支配者 上

チューダー王朝弁護士シャードレイク

C・J・サンソム

越前敏弥 訳

支配者　上

チューダー王朝弁護士シャードレイク

1541年頃の
ヘンリー8世の
北部大巡幸行程
ヨーク
ホルム
レコンフィールド
カウッド
レッスル
ハル
ポンテ
フラクト
ハットフィールド
ゲインズボロ
ドンカスター
リンカーン
スクロービー
スリーフォード
グリムズソープ
コリーウェストン
ロッジントン
パイプウェル
ノーサンプトン
グラフトン
アンプトヒル
ダンスタープル
セント・オールバンズ
エンフィールド
ロンドン
ゲルマン海
グレート・ヤーマス
イプスウィッチ
アシュフォード
ブラボーン
0
50マイル
イギリス海峡
1536年の蜂起時に
おける北部と南部の
おおよその境界線
巡幸ルート
シャードレイクの帰路

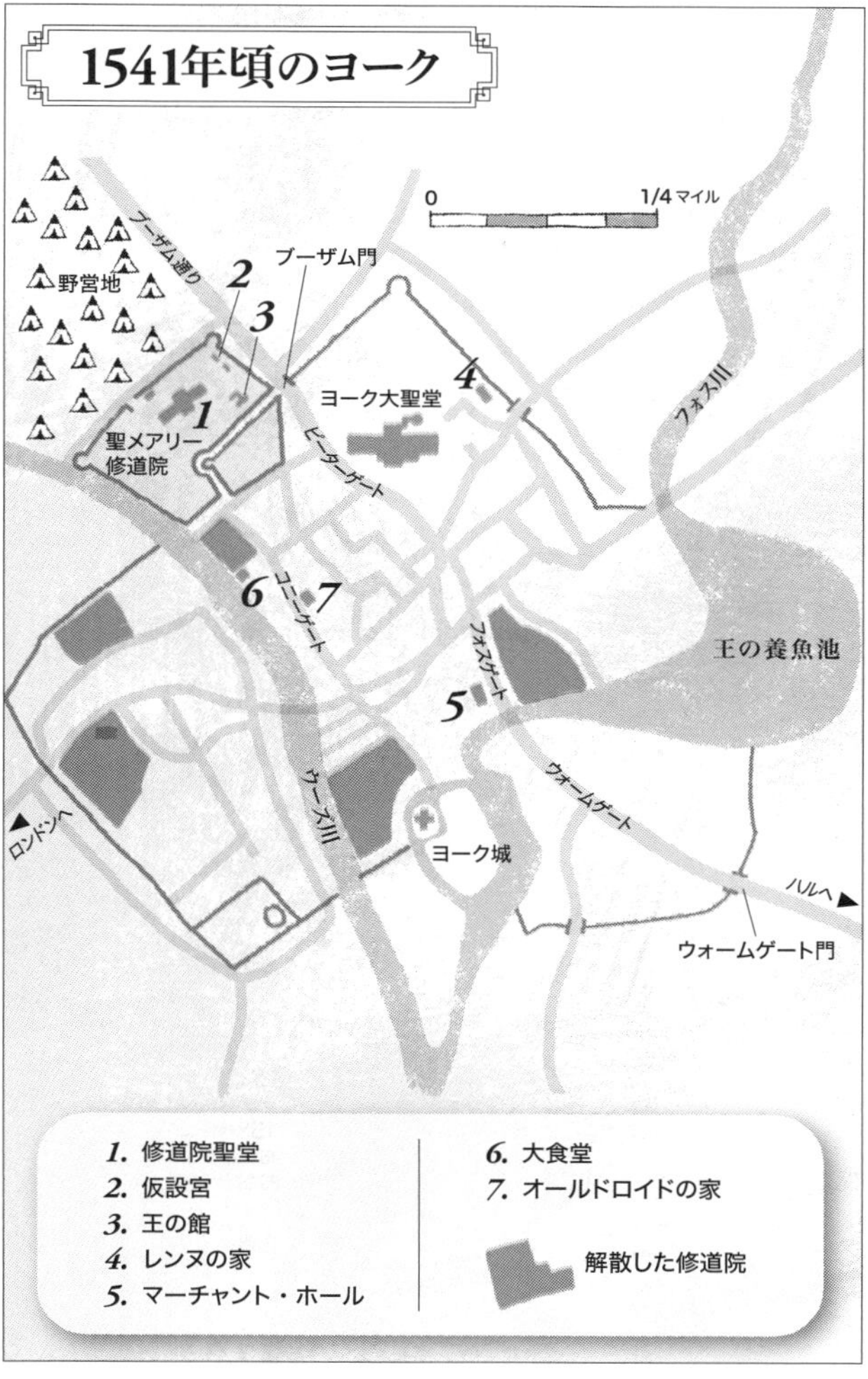
1541年頃のヨーク
0
1/4マイル
ブーザム通り
野営地
ブーザム門
2
3
1
聖メアリー修道院
4
ヨーク大聖堂
ピーターゲート
フォス川
6
7
コニーゲート
フォスゲート
王の養魚池
5
ウーズ川
ヨーク城
ウォームゲート
ロンドンへ
ハルへ
ウォームゲート門
1. 修道院聖堂
2. 仮設宮
3. 王の館
4. レンヌの家
5. マーチャント・ホール
6. 大食堂
7. オールドロイドの家
解散した修道院

【主な登場人物】

マシュー・シャードレイク……………………法廷弁護士
ジャック・バラク………………………………シャードレイクの助手
ジャイルズ・レンヌ……………………………ヨークの法廷弁護士
エドワード・ブロデリック卿…………………ヨークで捕らえられた謀反人
フルク・ラドウィンター………………………ブロデリック担当の看守
タマシン（タミー）・リードボーン…………王妃の厨房で働く娘。マーリンの使用人
ジェネット・マーリン…………………………王妃付き女官。レディ・ロッチフォードの部下
レディ・ロッチフォード………………………王妃付き女官
フランシス・デラハム…………………………王妃の秘書官
トマス・カルペパー……………………………国王の従者
サイモン・クレイク……………………………王室行政局の事務官。巡幸の宿泊担当官
ウィリアム・マレヴラー卿……………………法務と警備を担当する北部評議会評議員
ピーター・オールドロイド……………………ガラス職人の親方
ポール・グリーン………………………………オールドロイドの徒弟
トマス・クランマー……………………………カンタベリー大主教
リチャード・リッチ……………………………増収裁判所長官

P・D・ジェイムズに捧ぐ

1

木の下は薄暗く、葉の半分落ちた枝々のあいだから、かすかな月光が差しこむばかりだった。地面が落ち葉に厚く覆われ、蹄《ひづめ》の音がほとんど聞こえないので、道の上をまだ進んでいるのかもよくわからない。くそ忌々《いまいま》しい道め、とバラクがまたしても口にし、随行《ずいこう》させられたこの異邦の地の未開ぶりを罵《ののし》った。わたしは何も言わなかった。骨の髄《ずい》まで疲れていたうえに、背中が痛み、重い乗馬靴のせいで脚が板のようにこわばっていたからだ。そのうえ、行く手に待ち受ける奇妙な任務が心に重くのしかかり、不安を覚えていた。わたしは手綱《たづな》を放して、上着のポケットに手を入れ、カンタベリー大主教の印章を護符のように指でなでながら、大主教クランマーのことばを思い出した。「懸念は無用だ。危険にさらされることはない」

六日前にリッチフィールドで父を埋葬し、気がかりをいくつか残してもいた。それから五日間、バラクとともに、一五四一年の夏の大雨ですっかり荒れた道に難儀しながら馬を進め、北をめざしつづけている。辺鄙《へんぴ》な土地にはいると、あたりの村落に建ち並ぶのは棟の長い古びた家ばかりで、人も家畜も茅葺《かやぶ》き屋根と芝土壁の小屋に詰めこまれていた。きょうの午後には、フラクスビーでグレート・ノース・ロードをあとにした。バラクは夜は宿で休みたいと言ったが、わたしは夜通しだろうが馬を進めるべきだと説《と》いた。ただでさえ遅れていて、あすはもう九月十二日になるが、国王が到着するよりかなり前に着かなくてはならない、と言って聞かせた。

だが、ほどなく道はぬかるみに変わり、日も落ちたので、わたしたちは北東へ向かういくぶん乾いた脇道にはいり、生い茂った木立や、豚がそこかしこで黄色い刈り株を掘り返す荒れ野を進んでいった。

木立は森へ転じ、それからもう何時間も、こうして遅々《ちち》たる歩みを重ねている。一度は道を見失ってしまい、闇のなかでふたたび見つけるのは至難の業《わざ》だった。あたりは静まり返り、落ち葉が擦《す》れ合う音と、ときおりイノシシか山猫が茂みを逃げていく音が聞こえるばかりだ。荷かごに衣類や日用品を積んだ馬たちは、バラクとわたしに劣らずくたびれきっていた。ジェネシスの疲れが伝わってくる。バラクが乗るいつもは血気盛んな雌馬スーキーも、ジェネシスのゆるやかな歩みに甘んじて後ろを歩いている。

「道に迷ったな」バラクがこぼした。

「宿の連中は、本道を通って森のなかを南へもどれと言っていた。いずれにしろ、じきに夜が明ける」わたしは言った。「そうなればどこにいるのかわかるだろう」

バラクはうんざりしたように言った。「スコットランドにでも来ちまった気分だ。ここで身代金目当てにさらわれても、おれはちっとも驚かないね」

愚痴《ぐち》に付き合う気にはなれず、わたしは返事をしなかった。それからふたりとも無言のまま、重い歩みを進めていった。

わたしの思いは先週の父の葬儀へとさかのぼった。墓を囲むほんの数人の参列者、地中へおろされる棺《ひつぎ》。父がベッドで死んでいるのを見つけたのは、食べ物の包みを持ってきた従妹《いとこ》のベスだった。

「具合が悪いなら知らせてもらいたかった」農場にもどってから、わたしはベスに言った。「自分が面倒を見なくてはいけなかったのに」

ベスは疲れたように首を振った。「あなたは遠いロンドンにいて、もう一年以上顔も見せなかったじゃない」その目には非難の色が浮かんでいた。

「あれこれ大変だったんだ、ベス。でも、知らせてくれたら帰っていた」

ベスはため息をついた。「去年の秋、ウィリアム・ポアが亡くなったのが伯父さんにはこたえたのよ。ここ何年か農場が苦しくて、ふたりでどうにか利益を出そうとがんばってたけど、あれで望みを失ってしまったみたいで」一瞬黙してからつづける。「あなたに連絡したほうがいいって言ったんだけど、頑《がん》として聞かなかった。災難はつづくものなのね。去年の夏は日照りで、今年は洪水。金策に苦しんでるのが恥ずかしかったんだと思う。そして熱病に冒《おか》されてしまった」

わたしはうなずいた。少年時代を過ごし、いまや自分のものとなった農場が借金まみれになっていることを知って、衝撃を受けていた。父は七十歳近くで、管理人のウィリアムもさほど変わらないはずだ。畑の世話もなかなか思うようにはいかず、ここ数年は収穫も乏しかった。どうにか乗りきろうと、父は農場を抵当に入れ、リッチフィールドの裕福な地主から金を借りていた。父の死後まもなく、この農場の評価額では完済はむずかしいと書かれた手紙が先方から届き、はじめてその事実を知った。近ごろの地主階級のご多分に漏れず、その人物も羊を飼うために土地を集めていて、老いた農場主たちから抵当をとって法外な金利で金を貸すのはひとつの有効な手立てだったのだろう。

「ヘンリー卿というのは金の亡者《もうじゃ》だな」わたしは苦々しい思いでベスに言った。

「どうするの。農場を破産させるつもり？」

「いや」わたしは言った。「父の名を穢《けが》すわけにはいかない。借金は返す」自分はまちがいなく父に負い目がある。

「そうね」

背後から責めるようないななきが聞こえ、わたしははっとわれに返った。バラクがスーキーの手綱を引いて止まらせたのだ。わたしも馬を止め、鞍《くら》の上でぎこちなく振り返った。バラクや木々の輪郭《りんかく》がさっきよりもはっきりと見え、明るくなっている。バラクは前を指さした。「見ろよ」

前方は木がまばらになっていた。見ると、彼方の空の低いあたりに赤い光がともっている。「あった！」わたしは勝ち誇ったように言った。「あれがめざせと言われた明かりだよ。旅人を導くために、教会の尖塔《せんとう》のてっぺんにともされている。やはり、ここはギャルターズの森だったんだ」

　わたしたちは森を抜けた。空は白《しら》みはじめ、川のほうから冷たい風が吹きあげてくる。上着をしっかり体に巻きつけ、わたしたちはヨークへ向かって進んでいった。

　市街へとつづく本道は、すでに荷馬や、あらゆる種類の食料を積んだ荷馬車であふれ返っていた。木こりたちの巨大な荷馬車の後ろから木の幹がはみ出して、危なっかしく揺れている。前方に、何百年もの時を経て黒く煤《すす》けた高い市壁が見えてきた。壁の向こうには教会の尖塔が無数に並び、街全体を見おろすようにヨーク大聖堂の双塔が高々とそびえている。

「市日《いちび》のチープサイド並みの活気だ」わたしは言った。

「国王の随行団を迎えるともなるとさすがだな」

　足の踏み場もないほどの人混みのなか、わたしたちはのろのろと馬を進めていった。わたしは連れを横目で一瞥《いちべつ》した。前の雇い主が処刑され、ジャック・バラクを法廷弁護士業務の助手として使うようになってからもう一年以上になる。もとはロンドンのならず者で、のちにクロムウェルの怪《あや》しげな使命を帯びて働くようになったこの男は、たしかに頭が切れ、幸運にも読み書きを身につけてはいたが、助手にふさわしいとは言えなかった。とはいえ、雇ったことを後悔はしていない。バラクはこの仕事に馴染《なじ》もうとよくやっていたし、根気強く法律も学んでいる。証人をうまく誘導して要を得た宣誓供述書を作成したり、隠された事実を暴《あば》き出したりすることにかけては、右に出る者がいない。それに、体制に対する冷ややかで斜《しゃ》に構えたような見方は、わたしの激情に歯止めを掛けるのに役立っていた。

だがここ数か月、バラクはふさぎがちで、ともすればおのれの立場を忘れ、出会ったころのようにぶしつけで人を小ばかにした態度をとることがたびたびあった。この仕事に飽きたのかと思い、よい刺激になればとヨークに連れてきた。ところが、北部や北部人に対してロンドンっ子らしい偏見を根強く持つバラクは、道中ぶつくさとこぼしてばかりだった。いまも、何もかも信じられないというように、胡散《うさん》くさげにあたりを見まわしている。

通り沿いに家がところどころ現れはじめ、右へ目をやると、銃眼つきの高い古壁の向こうに、巨大な尖塔が見えた。壁の上では、鉄兜《てつかぶと》をつけた兵士たちが見まわりをしている。赤い十字架があしらわれた白い外衣は、王室長弓隊のものだ。しかし、手にしているのは弓や矢ではなく、剣や恐ろしげな槍《やり》で、長い火縄銃を担《にな》った者までいる。壁の向こうから、何かがぶつかり合う音や槌《つち》を振るう音が騒々しく響いてくる。

「あれがこれから泊まる聖メアリー修道院だ」わたしは言った。「国王を迎える準備で大わらわのようだな」

「さっさと荷物を置きにいこう」

「いや、まだだ。まずブラザー・レンヌに会って、それから城に向かう」

「囚人に会うのか」バラクは声を落として言った。

「ああ」

バラクは壁を見あげた。「聖メアリー修道院はずいぶん厳重に警備されてるんだな」

「ここであんなことがあった以上、国王もあたたかい歓迎を期待するわけにはいかないんだろう」

小声で話していたのに、穀物を積んだ荷馬車の脇を歩いていた目の前の男が振り返り、鋭い一瞥をくれた。バラクが眉を吊りあげてみせると、男は目をそらした。いまでもヨークで暗躍しているという、北部評議会の密偵だろうか。

「法服を着たほうがいいかもな」バラクが顎《あご》で前を示しながら言った。荷馬車や行商人の列が壁の大きな門を通って修道院にはいっていく。修道院の壁はその門の先で市壁と直角にぶつかり、すぐそばには、深紅の地に五頭の白獅子《しろじし》が踊るヨークの紋章が施《ほどこ》された、要塞《ようさい》のような門番小屋があった。門番小屋にはさらに多くの衛兵が配置され、みな槍や鉄兜や胸当てで武装していた。市壁の向こうには、ヨーク大聖堂の双塔が、灰色の空を背景に高々とそびえ立っている。

「荷かごから取り出す気力がないな」わたしは上着のポケットを軽く叩いた。「ここに宮内府長官の令状がはいっている」クランマー大主教の印章もはいっていたが、これを見せる相手はただひとりだけだ。そのとき、わたしの目は前方に留まった。話には聞いていたが、それでも身の毛がよだつ光景だった。茹《ゆ》でられて黒ずみ、鴉《からす》に肉を半ばかじりとられた四つの頭部が、長い棹《さお》の先に括《くく》りつけられている。この春、謀反《むほん》を企《くわだ》てて捕らえられた十二人の咎《とが》人《にん》がヨークで処刑され、頭部や四つ裂きにされた体が、見せしめのために市街のすべての門前でさらされているという噂《うわさ》だった。

わたしたちは短い列の後ろで馬を止めた。二頭とも疲れた様子で首を垂れた。衛兵たちがみすぼらしい身なりの男を呼び止め、街へ行く用向きを乱暴な口調で問いただしていた。

「さっさとしてもらえないかな」バラクは小声で言った。「腹が減って死にそうだ」

「たしかにな。さあ、わたしたちの番だぞ」

ひとりの衛兵がジェネシスの手綱をつかみ、別の衛兵が用向きを尋ねてきた。ことばに南部の訛《なま》りがあり、顔はいかつくて皺《しわ》が多い。わたしは委任状を差し出した。「国王の弁護士殿ですか」衛兵は言った。

「ああ。こっちは助手だ。国王陛下への嘆願の処理をお手伝いするためにきた」

「しっかりお願いしますよ」衛兵は言うと、委任状を巻き、通るよう合図した。櫓《やぐら》の下をくぐったとき、門に釘づけにされてハエのたかった大きな肉塊が目にはいり、思わず身を引いた。

「謀反人の肉だ」バラクは顔をしかめて言った。

「ああ」わたしはもつれた運命の糸に思いをはせてかぶりを振った。この春の陰謀がなければ、わたしはここにはいなかった。イングランド史上最も大規模で壮麗な北部巡幸を国王がおこなうこともなかっただろう。門の下を進んでいくと、壁に囲まれた櫓の下で、馬の蹄の音が急に大きく響いた。わたしたちはそこを抜けて市街へはいっていった。

門の向こうは、庇《ひさし》のせり出した三階建ての家屋が建ち並ぶせまい通りで、売り台を並べた店がひしめき合い、商人たちが木の台にすわって売り声をあげていた。ヨークは見るからに貧しい街だ。漆喰《しっくい》が剝《は》がれ落ちて黒い木材が露出した傷《いた》みの激しい家もあり、街路といっても、ぬかるんだ小道にすぎない。人混みを縫って馬を進めるのは骨が折れたが、この街の上級弁護士の例に漏れず、レンヌが大聖堂の構内に住んでいるのはわかっていた。大聖堂が統《す》べているのだから、居所をつかむのはたやすい。

「腹が減った」バラクは言った。「朝めしを調達しよう」

またひとつ、高い壁が現れた。ヨークは壁の街らしい。その壁の向こうに大聖堂の姿が見える。前方は大きな広場になっていて、市場の屋台が立ち並び、ひんやりと湿ったそよ風に鮮やかな縞《しま》模様の日よけをはためかせている。ゆったりとしたスカートを穿《は》いた主婦たちが店主と言い争い、ギルドの目立つ制服を着た職人たちが店の品をのぞいてまわり、野良犬や、ぼろをまとった子供たちが、われ先にと残飯に群がっている。ほとんどの者が継ぎのあたった服を着て、擦り減った木靴を履いている。街の紋章のはいった仕着せ姿の衛兵たちが群衆を監視していた。

市場のはずれで、背の高い金髪の男たちが犬を連れながら、奇妙な黒い顔の羊の群れを率いて歩いていた。男たちの日焼けした顔や厚ぼったい毛織の上着を、わたしは興味深くながめた。五年前の謀反の中軸を担ったとされる〝谷間の住人〟とは、ああいう男たちにちがいない。その姿と好対照をなすかのように、黒い長衣や茶色の頭巾《ずきん》を身につけた聖職者たちが門から大聖堂の構内に出入りしていた。

バラクは馬の歩みを少し落として、パイの屋台に立ち寄った。馬から身を乗り出し、羊肉のパイふたつでいくらかと尋ねる。店主はロンドン訛りが聞きとれなかったのか、まじまじと見返すばかりだった。

「南部人かい」店主はうなるように言った。

「ああ。腹が減ってるんだ。羊・の・パ・イ・ふ・た・つで、おいくらですかって訊《き》いてるんだよ」バラクは愚か者にでも話しかけるように、大きな声でゆっくりと言った。

店主はバラクをにらみつけた。「あんたがアヒルみてえにガーガーしゃべるからわかんねえんだろうが」

「そっちこそ、ナイフで平鍋ひっかくみたいな、耳障りなしゃべり方しやがって」

市場を歩いていた大柄な〝谷間の住人〟ふたりが、足を止めて振り返った。「この南部野郎が面倒でも起こしたのか」ひとりが店主に尋ねた。もうひとりが荒れた大きな手でスーキーの手綱をつかむ。

「手を離せよ、田舎者」バラクが凄《すご》みをきかせて言った。

驚いたことに、相手の男の顔が怒りに染まった。「くそ生意気な南部の若造め。太っちょヘンリーが来るからって、調子こいて好き放題ぬかしやがって」

「くたばれ」バラクはその男にじっと目を据えて言った。

男は剣に手をかけた。バラクもすばやく鞘《さや》に手を伸ばす。わたしは人々をよけて前へ進み出た。

「申しわけない」鼓動が速くなるのを抑えながら、わたしはなだめるように言った。「連れに悪気はないんだ。何しろ険しい旅で――」

男が厭《いと》わしげにわたしを見た。「背曲がりのご主人さまかい？　立派なお馬さんでわざわざご登場たあ、難癖つけておれたちからなけなしの金を巻きあげようって寸法かよ」男は剣を抜きかけたが、胸に槍を突きつけられて手を止めた。市の衛兵がふたり、騒ぎを聞き知って駆けつけてきたのだ。

「剣を引けい！」ひとりが声高《こわだか》に命じて、槍の先を男の心臓に向け、もうひとりがバラクにも同じように槍を向けた。人だかりができはじめる。

「いったいなんの騒ぎだ」衛兵が居丈高《いたけだか》に言った。

「そこの南部人が店主をばかにしたんだ」だれかが声をあげた。

衛兵はうなずいた。がっしりとした、目つきの鋭い中年の男だ。「南部人は礼儀を知らんものだ」衛兵は大声で言った。「そのくらい店主もわかってたろうに」人だかりから笑いが湧《わ》き起こった。手を叩く者もいる。

「おれたちはただパイをふたつ買おうとしただけだ」バラクが言った。

衛兵は店主にうなずいてみせた。「パイをふたつ売ってやれ」

店主はバラクに羊肉のパイをふたつ差し出した。「タンナー銀貨一枚だ」

「なんだって？」

店主は眉を思いっきり吊りあげた。「六ペンスだよ」

「パイふたつでか？」バラクは信じられないと言いたげに訊き返した。

「代金を払え」衛兵はぴしゃりと言った。バラクがためらっているので、わたしはあわてて硬貨を手渡した。店主がこれ見よがしに硬貨を噛《か》んでから財布にしまう。衛兵はわたしのほうに身を乗り出した。「さあ、お行きなさい。お供に礼儀をわきまえるよう言って聞かせることですな。国王の来訪があるのに問題を起こされてはかなわんでしょう」衛兵は眉を吊りあげ、バラクとわたしが馬を門に向けて修道院の構内へ進むのを見守った。わたしたちは壁際に置かれた長椅子の前でぎくしゃくと馬をおり、馬をつないでから、ようやく腰をおろした。

「くそっ、足がずきずきしやがる」バラクが言った。

「わたしもだ」まるで自分の足ではないかのようだ。背中もひどくうずいている。

バラクはパイにかぶりついた。「うまいじゃないか」声に驚きが混じっている。

わたしは声をひそめて言った。「口のきき方に気をつけるんだ。われわれがここの人間に好かれていないのはわかってるだろう」

「それはお互いさまだ、あんな間抜けども」バラクはあの店主がいた方角を憎々しげににらみつけた。

「いいか」わたしは小声でつづけた。「みんなが波風を立てないようにつとめている。さっきのような態度で人に接すれば、腹に剣を食らいかねないばかりか、巡幸にまで差し障りが出るかもしれないんだ。それが望みなのか」

バラクは何も言わず、足もとをにらんでいる。

「最近どうした」わたしは尋ねた。「この数週間、やけにぴりぴりしているじゃないか。お得意の毒舌もずっと抑えていたのに。先月など肝を冷やしたよ。ジャクソン判事のことをかすみ目のイモムシなどと言ったりして。本人がまだ近くにいたんだぞ」

急にバラクはにやりと笑った。「見たまんまじゃないか」

わたしは冗談に乗らなかった。「何かあったのか、ジャック」

バラクは肩をすくめた。「別に。ただ、抜け作の野蛮人どもに囲まれてるのが不愉快なだけだ」まっすぐにわたしを見つめる。「騒ぎを起こしてすまなかった。今後気をつける」

珍しく素直に謝られたので、わたしはうなずいて許した。しかし、バラクの機嫌が悪いのは、北部が気に食わないという理由だけではなさそうだ。わたしはあれこれと考えながらパイを食べはじめた。バラクは黒い目で市場のほうを鋭く見やって言った。「ここの連中はずいぶん貧しそうだな」

「何年も貿易不振がつづいたからな。そこに修道院の解散が拍車をかけた。このあたりには修道院領が多かったんだ。三、四年前だったら、あの群衆のなかに長衣をまとった修道士が何人もいたはずだ」

「まあ、何もかもすんだ話だな」バラクはパイを平らげて、口のまわりを手でぬぐった。

わたしは鈍い動きで立ちあがった。「さあ、レンヌを探しに行こう。仕事の指示を仰がなくては」

「国王が着いたら謁見《えっけん》することになると思うか」バラクは尋ねた。「間近で」

「かもしれないな」

バラクは頬をふくらませた。それを恐れているのが自分だけではないことを知って、わたしは悪い気分ではなかった。「しかも随行団のなかには旧敵がいる」わたしは言った。「近寄らないほうがいい」

バラクはいきなり振り返った。「だれのことだ」

「リチャード・リッチ卿だよ。国王や枢密院の一行とともに到着するらしい。クランマー大主教から聞いた。だから気をつけろと言っているんだ。人目を引くような真似はするな。できるだけ目立たないようにしなくては」

わたしたちはつないでいた手綱をほどき、馬を引いて門に向かった。衛兵が槍で行く手をふさいだが、令状を見せると、槍をあげてわたしたちを中へ通した。目の前には壮麗な大聖堂がそびえ立っていた。

2
「恐ろしくでかいな」バラクは言った。

石敷きの広い構内を取り囲むように建物が並び、あたり全体に大聖堂が影を落としていた。

「北部で最も壮大な建築物だよ。聖ポール大聖堂に劣らぬ大きさにちがいない」凝《こ》った装飾が施されたゴシック様式のアーチを戴《いただ》く巨大な玄関に目をやると、商人たちが立ち話をしているのが見えた。その下の階段には、施し物用の鉢を持った物乞いたちがすわりこんでいる。思わず聖堂のなかをのぞきこみたくなったが、背を向けて歩きだした。きのうにはレンヌの家に着いていなくてはならなかったからだ。教わった道順をたどって進むと、扉の上方に王家の紋章を飾った建物が見つかった。「そのすぐ先だ」わたしは言った。ぐるりと植えられた木々の落ち葉で足を滑《すべ》らせないように気をつけながら、馬を引いて中庭を歩いていく。

「そのレンヌってのは、どういう男なんだ」バラクが尋ねた。

「ヨークでは名の通った法廷弁護士で、国の仕事を数多くこなしてきたということしかわからない。もうかなりの高齢だと思う」

「舟ばかり漕《こ》いで仕事にならない老《お》いぼれじゃないといいけどな」

「国王への嘆願の処理を取り仕切っているわけだから、有能なんだろう。信頼も厚いはずだ」

わたしたちは馬を連れ、古い家がひしめき合う通りへと進んだ。言われたとおり、右手の角の家を探しあてると、それは背の高いずいぶん年季のはいった建物だった。わたしは扉を叩いた。中から床を引きずるような足音が聞こえ、皺だらけのまるい顔を白い頭巾で覆った年配の家政婦が扉をあけた。不機嫌そうにわたしを見る。

「どちらさん？」

「こちらはレンヌ殿のお宅かな」

「あんたさんがたがロンドンの？」

ぶしつけな物言いに、わたしは眉をやや吊りあげた。「そのとおり。わたしはマシュー・シャードレイク。こっちが助手のバラクだ」

「きのういらっしゃるものだと思ってましたよ。気の毒に、旦那さまはずっと気を揉《も》んでおいでで」

「ギャルターズの森で迷っていたんでね」

「珍しくありませんですよ」

わたしは馬のほうへ顎を向けた。「わたしたちも馬もくたびれている」

「もう骨までくたくただ」バラクがあてつけがましく言った。

「さあ、中へ。馬は手伝いの者に厩《うまや》で洗わせましょう」

「助かるよ」

「レンヌさまは仕事で出かけておいでですが、すぐにもどりますよ。お食事でも差しあげましょうか」

「それはありがたい」あのパイはかろうじて空腹を和《やわ》らげたにすぎなかった。

家政婦はくるりと背を向け、ゆっくりとした足どりで天井の高い大広間へと案内した。古風な造りの部屋で、中央に暖炉が配されている。暖炉では薪《まき》が赤々と燃え、煙が黒い梁《はり》のあいだの排煙口に向かってゆらゆらと立ちのぼっていた。食器棚には上等な銀の食器類が飾られているが、奥の一段高いところに置かれた卓の向こうのカーテンはほこりでくすんで見える。暖炉の脇には止まり木があり、みごとな灰色の羽衣《うい》をまとったハヤブサがいた。ハヤブサはこちらに大きな目を向け、獲物を狙うようにじっと見つめてくる。わたしは部屋のいたるところに積まれた本の山に目を瞠《みは》った。椅子やナラ材の櫃《ひつ》の上、壁際にまで積みあげられ、いまにも雪崩《なだれ》を起こしそうだ。図書館以外でこれほど本が集まった場所は見たことがない。

「ご主人はずいぶんと本がお好きらしいな」

「ええ、そうです。スープをお持ちしましょう」家政婦は歩きだした。

「ビールももらえるとありがたい」わたしはその背中に声をかけた。バラクは羊皮の敷物とクッションで覆われた長椅子にどさりと腰をおろす。わたしは子牛の革で装丁された古い大判の本を手にとった。中を見て、また眉を吊りあげる。「驚いたな。手書きの挿絵がはいった修道士の写本じゃないか」ページをめくった。美しい飾り文字と挿絵に彩《いろど》られたベーダの

『教会史』の写本だった。

「全部燃やされたものと思ってたんだが」バラクは言った。「注意が足りない男だな」

「ああ。となると、改革派ではあるまい」本をもどしたとたん、ほこりが舞いあがり、わたしは咳《せ》きこんだ。「あの家政婦め、掃除の手を抜いているな」

「もういい歳で体がきかないんだろう。でも、主人のほうも似た歳まわりだとすると、ただの家政婦じゃないかもしれないぞ。だとしたらずいぶんな趣味だけどな」バラクはクッションに身を沈めて目を閉じた。わたしは肘《ひじ》掛け椅子に腰をおろし、楽な姿勢をとろうとして痛む脚を動かした。まぶたが重くなってきたとき、老家政婦がまた現れ、わたしははっと目を覚ました。湯気を立てるエンドウ豆のスープふた皿と、ビールの瓶が二本載った盆を手にしている。わたしたちは勢いよく食事をはじめた。味もそっけもないスープだったが、ともかく腹はふくらんだ。食べ終わるとバラクはまた目を閉じた。客の身で広間で居眠りするのは無作法だから、肘でつついて起こそうかとも思ったが、疲れ果てているのはよくわかっている。ここは静かな部屋で、構内の物音が縦仕切りのあるガラス窓にさえぎられ、暖炉では火が小さくはぜていた。わたしもまぶたを閉じた。ポケットの上から、クランマー大主教の印章をそっと手でなでる。わたしの思いは、ここへ来るきっかけとなった二週間ほど前の出来事へとさかのぼっていった。


去年はわたしにとってきびしい年だった。トマス・クロムウェルが失脚し、かかわりのあった者と付き合えばおのれの身も危ないため、多くの顧客が仕事の依頼を取り消してきた。そのうえわたしは、しきたりに逆らい、市議会の代理人として、リンカーン法曹院の同僚である法廷弁護士に対して訴訟を起こしていた。スティーヴン・ビールナップは神の創造物のなかで最も忌《い》むべき悪党のひとりだろうが、それでも、相手取って訴訟をするのは同業者の結束にひびを入れる行為にほかならず、かつてなら仕事を紹介してくれていたであろう同僚たちまでもがわたしを避けるようになっていた。ビールナップがこの国屈指の権力者である増収裁判所長官のリチャード・リッチを後ろ楯《だて》としていたことが、さらに事態を厄介にしていた。そして九月のはじめ、父の死の知らせが届いた。それから数日が過ぎた朝、衝撃と悲しみが冷めやらぬまま執務室の前へ行くと、バラクがむずかしい顔で待ちかまえていた。

「お話があります」バラクは、窓から差す光に眼鏡を光らせて筆写をしているわが助手のスケリーをちらりと見やってから、執務室のほうへ顔を向けた。わたしはうなずいた。

「留守中に使者がきた」バラクは扉を閉め、口調を変えた。「ランベス宮殿からだ。クランマー大主教が今夜八時に、あんたとじかに会いたいそうだ」

わたしはどさりと腰をおろした。「もうお偉方を訪ねることはないと思っていたが」バラクを鋭く見る。去年携《たずさ》わったクロムウェルの任務のおかげで、わたしたちには強大な敵が何人もできていた。「危険が迫っているんだろうか。何か噂を聞いているか」バラクがまだ宮廷の裏に通じた人間とつながりがあることは知っている。

バラクはかぶりを振った。「知らないな。もう安全だと言われたままだ」

わたしは深々と息を吐いた。「なら、会ってみるしかないな」

その日はなかなか仕事に身がはいらなかった。早々に切りあげ、帰宅して夕食をとることにした。門にたどり着こうというとき、上等の絹の法服に身を包み、帽子の下から金髪の巻き毛をのぞかせた、背の高い細身の男が近づいてくるのが見えた。スティーヴン・ビールナップ。自分の知るかぎり最も腹黒く、最も強欲な弁護士だ。こちらに会釈《えしやく》をしてくる。

「ブラザー・ビールナップ」法曹院のしきたりにならい、わたしは丁重に言った。

「ブラザー・シャードレイク。大法官裁判所の事件ですが、まだ審理期日が決まらないそうですよ。まったく遅すぎる」ビールナップはかぶりを振ったが、時間稼ぎができて喜んでいるのはわかっていた。その事件は、この男が買いとった、クリップルゲート付近の解散した小さな托鉢《たくはつ》修道院に関するものだ。ビールナップはそこをまともな汚物溜めもない粗悪な共同住宅へと改装し、近隣住民に多大な迷惑をかけていた。勝敗の行方は、旧修道院が市の条例の適用を免《まぬが》れると主張できるかどうかにかかっている。ビールナップが敗訴すれば、旧修道院領の売却価値がさがってしまうため、それらを管轄する増収裁判所の長官リチャード・リッチが訴訟を支援していた。

「六書記室もなぜこんなに遅れているのかを説明できないようだな」わたしは言った。書記室に、その気になればいくらでも凄みをきかせることができるバラクを送りこんで、何度か脅《おど》したりすかしたりさせてみたが、成果はなかった。「ご友人のリチャード・リッチ殿なら理由をご存じかもしれないがね」言ったとたん、増収裁判所長官の不正を告発しているのも同然だと気づいた。口を滑らせてしまったのは、神経が張り詰めているせいだろう。ビールナップは首を左右に振った。「ずいぶんなことを言われますね、ブラザー・シャードレイク。収入役がなんとおっしゃることか」

唇を嚙みしめる。「失礼した。いまのことばは撤回する」

ビールナップは薄汚れた黄色い歯を見せて満面の笑みを浮かべた。「大目に見ましょう、ブラザー。訴訟で勝ち目が薄いときには、不安のあまり、自分が何を口にしているのかわからなくなるものですからね」ビールナップは一礼して歩きだした。わたしはそれを見送りながら、あの痩《や》せこけた尻を蹴飛ばせたらどれほど気分がよいかと思っていた。

夕食のあと、わたしは法服を身につけ、小舟で川を渡ってランベス宮殿へ向かった。国王と廷臣たちがイングランド北部に出かけているので、ロンドンは夏のあいだと同じようにひっそりとしていた。この春、国王は、ヨークシャーで新たに起こった反乱が萌芽《ほうが》のうちに摘《つ》みとられたという知らせを受け、北部の民にその威光を知らしめるために、壮大な巡幸をおこなうことを決定した。国王も国王評議員も過敏なほどだ、と巷《ちまた》では噂になっていた。それも無理はない。五年前、宗教改革が火種となってイングランド北部全域で暴動が起こり、恩《おん》寵《ちょう》の巡礼と名乗る反乱軍が三万もの大軍で蜂起《ほうき》した。国王は空約束で相手を騙《だま》して部隊を解散させたあと、軍隊を率いて反乱を鎮圧した。しかし、また北部で暴動が起こるのではないかとだれもが危《き》惧《ぐ》していた。

六月になると、国王の徴発官たちがロンドンじゅうの店や倉庫をまわり、北部に随行するという三千人ぶんの食料や生活用品を根こそぎさらっていった。人口の少ない小さな町で、それだけの物資を手に入れるのは容易なことではない。六月の終わり、徴発官たちが市街を発《た》つときには、街道に荷馬車の列が一マイル以上連なったという。その後、雨がちだった夏のあいだじゅう、ロンドンは不気味なほど静まり返っていた。

舟がランベス宮殿の北端にある異教徒の塔の前に差しかかったとき、薄れゆく日差しのなかで、大主教のもとに囚《とら》われた異教徒たちが収監されている塔の上の牢獄の窓に、明かりがともっているのが見えた。ロンドンにおけるクランマーの目とも呼ばれる場所だ。わたしたちは波止場に舟をつけた。衛兵の案内を受けて、中庭を横切り、グレート・ホールまで行くと、衛兵はわたしを残して立ち去った。

わたしは水平跳ね出し梁に支えられた荘厳な天井を見あげた。黒い長衣姿の事務官が足音も立てずに近づいてきた。「大主教がお会いになります」事務官は静かな声で言った。イグサの敷物を軽く踏む事務官のあとについて、入り組んだ薄暗い廊下を進んでいく。

天井の低い小ぶりな書斎へと通された。トマス・クランマーが机につき、具《そな》えつけられた燭台《しょくだい》の明かりで書類を読んでいた。暖炉では火が赤々と燃えている。教皇の権威を否定し、国王にアン・ブーリンを娶《めあわ》せ、クロムウェルの盟友として改革派のあらゆる企てに加わった偉大なる大主教に、わたしは深々と辞儀をした。クロムウェルの失脚の際は、ともに断頭台行きとなることをだれもが予想したが、改革が中断されても大主教は生き延びた。それどころか、ヘンリー王から留守中のロンドンをまかされている。だれよりも国王の信を得ていると言われていた。

クランマーは深く穏《おだ》やかな声で、すわるように勧めた。以前、説教をしているのを遠くから見たことがあるだけで、こうして会うのははじめてだった。聖職者の白い長衣をまとい、毛皮の頸垂帯《けいすいたい》をつけているが、帽子はかぶらず、白髪交じりの乱れた黒髪があらわになっている。青ざめた顔は面長《おもなが》で、ふっくらとした口もとには皺が目立つ。だが、何より印象に残るのは目だった。大きな、濃い青の瞳。こちらを見つめるその瞳には、懸念と葛藤《かっとう》と情熱が宿っている。

「マシュー・シャードレイクだな」大主教は、わたしをくつろがせるように愛想《あいそ》よく微笑んだ。

「はい、大主教」

わたしはクランマーの正面にある硬い椅子に腰をおろした。クランマーの胸で大きな純銀の佩用《はいよう》十字架が輝いている。

「リンカーン法曹院の仕事のほうはどうかね」

一瞬ことばに詰まった。「だいぶよくなってきました」

「クロムウェル伯爵のもとで働いていた者にとって、いまは試練のときだ」

「はい、大主教」用心しながら答えた。

「ロンドン橋にさらされたクロムウェルの首を片づけてもらいたいものだ。通りかかるたびに目にはいる。カモメの食い散らかした残骸《ざんがい》がね」

「痛ましい光景です」

「ロンドン塔まで会いにいったよ。本人から告解を聴いた。きみが携わっていた最後の案件についても話していた」

わたしは思わず目を見開いた。暖炉の火が燃えさかっているのに、背筋が寒くなるのを感じた。では、クランマーは知っていたのか。

「ギリシャ火薬探索の件は国王にご報告した。数か月前にな」わたしははっと息を呑《の》んだが、クランマーは笑みを浮かべ、指輪をはめた手をあげた。「お話ししたのは、アン・オブ・クレーヴズとの結婚問題で生じたクロムウェル伯爵へのお怒りが鎮まり、顧問を失ったことを悔やまれるようになってからだよ。あの件の首謀者どもは、いまや薄氷を踏む思いだろう。裏で糸を引いていたことを否定しようと、欺瞞《ぎまん》や嘘は隠せない」

その瞬間、ぞっとする考えが頭に浮かんだ。「大主教――国王はわたしがかかわっていたことをご存じなのですか」

クランマーは安心させるようにかぶりを振った。「クロムウェル伯爵から、それは言わないでくれと口止めされた。きみが忠義を尽くしたことも、一市民として暮らしていくのを望んでいることも、伯爵はわかっていたのだよ」

あの非情なる英傑が、苛烈《かれつ》な最期《さいご》を迎えるにあたって、わたしの身を慮《おもんぱか》ってくれたとは。不意に目の際から涙がこぼれた。

「シャードレイク殿、あれこれときびしい措置をとってはいたが、伯爵には多くの美点があった。国王には、かかわったのはクロムウェル伯爵の臣下のみだと伝えてある。陛下はご自身をたばかった者たちにお怒りではあったが、それ以上の追及はなさらなかった。先ごろはノーフォーク公に対し、できるものならクロムウェル伯爵を取りもどしたいとおっしゃったそうだ。口車に乗せられて最も忠実な側近を処刑してしまったとね。伯爵はそのとおりの人物だった」クランマーは真剣な顔でわたしを見つめた。「クロムウェル伯爵から、きみはきわめて口が堅く、どんな重大な秘密も守ると聞いた」

「それも職務のうちです」

クランマーは笑った。「噂話の温床《おんしょう》のような法曹院において？　いや、きみの口の堅さはたぐいまれな資質だと伯爵は言っていたよ」

そのとき、はっと思いあたった。クロムウェルはロンドン塔で、役立ちそうな人間をクランマーに教えたのだろう。

「父上が亡くなられたとのこと、気の毒だったな」

わたしは目を瞠った。どうして知っているのか。大主教はわたしの顔つきを見て、悲しげに微笑《ほほえ》んだ。「きみがロンドンにもどっているのかと収入役に尋ねたときに聞いたんだよ。きみと話をしたかったものでね。父上の魂《たましい》が安らかに憩《いこ》わんことを」

「アーメン」

「父上はリッチフィールドにお住まいだったそうだな」

「はい。二、三日中には、葬儀のためにそちらへ発たなくてはなりません」

「ちょうど国王もそのあたりまで北上なさったところだ。いまはハットフィールドにいらっしゃる。大巡幸は七月の長雨のせいで難儀していてね。早馬も遅れがちで、国王のご意思をたしかめるのもなかなか容易ではない」疲れた表情で首を左右に振った。クランマーは政略には長《た》けていないと言われている。

「ひどい夏でした」わたしは言った。「去年は日照りつづきでしたが、今年は雨ばかりで」

「このところ、少しましになってよかった。王妃の体調がすぐれないのも、天候のせいだろう」

「巷ではご懐妊なさったと言われていますが」わたしは思いきって言った。

大主教は眉をひそめた。「噂にすぎない」考えをまとめるかのように、しばらく黙していたが、また口を開いた。「知っているだろうが、国王の随行団のなかには数名の弁護士がいる。イングランド史上例を見ないほどの大がかりな巡幸だから、宮廷内の争いや、道中での物資提供者との紛争を解決するために、弁護士が不可欠というわけだ」そこで深く息をつく。「しかも、国王は北部の者たちを公正に扱うと約束なさった。行く先々の街で、地元の政治に不満をいだく嘆願者たちをお招きになるので、その嘆願を処理するためにも弁護士が要《い》る。とるに足りない些細《ささい》な案件を捨て、その場で裁定できるものは裁定して、残った案件を北部評議会へ送るのだよ。あいにく、弁護士のひとりが、肺の病《やまい》にかかって死んでしまった。それで宮内府からこちらへ、代わりの弁護士を派遣してヨークで巡幸に加わらせてくれという要請書が届いた。さまざまな処理が山積しているようでね。そこできみのことを思い出した」

「そうでしたか」こんな用件だとは予想もしていなかった。仕事の依頼だったとは。

「もともとそちらの方面へ向かうつもりだったなら、なおのこと都合がいい。来月には、報酬の五十ポンドを手にして巡幸の一行とともに帰ってこられる。使用人はひとりだけともなってもよいとのことだから、従者ではなく助手を連れていくのが得策だろう」

王室の仕事は報酬がよいとはいえ、これは破格だ。しかし飛びつく気にはなれなかった。宮廷にはもう近づきたくもない。わたしは大きく息をついた。

「リチャード・リッチ卿が巡幸に同行なさっていると聞きましたが」

「ああ、そうだ。ギリシャ火薬の件で、きみはリッチを敵にまわしたんだったな」

「そのうえ、リッチの利害を左右する訴訟にもまだかかわっています。向こうはきっとあらゆる手を使って妨害してくるでしょう」

大主教はかぶりを振った。「きみがリッチやほかの国王評議員と接触することはない。リッチが同行しているのは、増収裁判所の長官として、ヨークシャーの反乱軍から押収した土地の処理について国王に助言するためだ。評議員であれ国王であれ、実際に嘆願の処理に携わることはまったくない。弁護士がすべて処理している」

わたしはためらっていた。この仕事を受ければ、金銭面での悩みは消え、父への責任も果たせるだろう。また、この目でその壮大な巡幸を見ることができると思うと、心のどこかが浮き立った。おそらく一世一代の旅になるはずだ。それで悲しみもまぎれるかもしれない。

大主教は首をかしげた。「さあ、返事を聞かせてくれ、シャードレイク殿。時間がないのだよ」

「参ります」わたしは言った。「感謝いたします」

大主教はうなずいた。「頼んだぞ」そう言って身を乗り出すと、祭服のゆったりした袖《そで》が机の上の書類をかすめて軽く音を立てた。「もうひとつ、ちょっとした私的な用件も頼みたい」クランマーは言った。「ヨークでやってもらいたいことがあってな」

わたしは息を呑んだ。罠《わな》にはめられたのか。やはり、相手はみごとな策略家だった。

大主教はわたしの顔つきを見て、首を横に振った。「心配するな。危険が付きまとう仕事ではないし、それ自体は徳にかなったものだ。必要なのは、いくらか威厳のある態度と、何よりも――」クランマーは鋭い目でわたしを見た。「――口の堅さだ」

わたしは唇を引き結んだ。クランマーは指先を合わせて尖塔の形を作り、こちらへ目を向けた。

「北部への大巡幸をおこなう目的はわかっているだろうな」

「国王の力を反逆者たちに知らしめ、権威を確立するためです」

「北部は神が創造した最後の地と言われている」突然、声が怒りを帯びる。「穢れた異端の旧教にいまだに浸かっている野蛮な者たちの地だ」

わたしはうなずいただけで何も言わず、クランマーが内心を明かすのを待った。

「クロムウェル伯爵は五年前の反乱のあと、北部に強力な支配体制を敷いた。新設された北部評議会はおおぜいの密偵を使っているが、その策は正しかったよ。春に密偵たちが突き止めたこんどの陰謀は実に危険なものだった」クランマーは熱を帯びたような目でわたしをじっと見た。「前回の反乱で謀反人たちが求めたのは、国王が改革派の顧問を排除することだけだった」

あなたのような顧問を、とわたしは胸の内で言った。クランマーは火炙りにされていてもおかしくなかった。

「だが今回は、国王を暴君呼ばわりし、打倒せんとする者がおおぜいいる。しかも北部の連中は、自分たち以上に野蛮な者として忌みきらってきたスコットランド人と手を組むつもりらしい。とはいえ、スコットランド人も旧教徒だ。陰謀を暴かないかぎり、つぎに何が起こるかはだれでも想像がつく」

わたしは深く息をついた。クランマーはこちらの聞きたくもない秘密を打ち明けている。それによって、わたしを手放さないために。

「謀反人がすべて捕らえられたわけではない。人里離れた山中へ逃げた者も多くいる。その者たちの計画をもっとくわしく知る必要があるのだよ。先ごろヨークである謀反人が拘束《こうそく》され、これから船でロンドンへ送られることになっている。エドワード・ブロデリック卿という男だ」クランマーは口を固く引き結んだ。その顔に恐れの色がよぎる。

「今回の陰謀計画には、巷には知られていない部分がある。知っているのは謀反人のなかでもごく一部だけだが、ブロデリックもそのひとりだと考えられる。詳細については、きみは知る必要はあるまい。国王と、ロンドンとヨークの評議員数名だけが関知していることだ。ブロデリックは頑として話そうとしない。国王はヨークに尋問官を派遣なさったが、やつは悪魔のようにしぶとく、口を割らなかった。巡幸がヨークに到着したら、馬車でハルへ移され、最も忠実で信頼の置ける者たちの監視のもとで、そこからロンドンへ船で護送されることになっている。国王は尋問までにはロンドンにもどりたいとのご意向でいらっしゃる。尋問はやはり、真実を引き出す術《すべ》に長けた尋問官のそろったロンドン塔でおこなうのがまちがいなかろう」

そのことばの意味するところはわかっていた。拷問《ごうもん》だ。わたしはため息を漏らした。「わたしは何をすればよいのですか」

返事は驚くべきものだった。「ブロデリックが命を落とすことなく、無事にロンドンに着けるように監督してもらいたい」

「しかし――囚人は国王の監督下に置かれるのでは？」

「巡幸の手配を指揮するサフォーク公が、ブロデリックの看守を選んだ。嫌疑については教えていないが、信頼の置ける看守だ。ヨーク城の牢獄でもブロデリックの担当をつとめている。フルク・ラドウィンターという男だ」

「聞き覚えのない名前です」

「あわただしく任命されたのだが、いささか――懸念があってね」大主教は唇をすぼめ、机の上の真鍮《しんちゅう》の印章をまさぐった。「ラドウィンターには看守と尋問係の経験がある——異端者のな。忠実で信仰に篤《あつ》い男だから、つねに目を光らせてブロデリックを厳重に監視するのはまちがいない」大きく息をつく。「だが、少々きびしすぎるきらいがある。以前、囚人がひとり——死んだのだよ」クランマーは眉根を寄せた。「そこで、第三者が同行し、ロンドン塔に着くまでブロデリックの身の安全に気を配ってもらいたいというわけだ」

「なるほど」

「すでにサフォーク公には書簡を送り、了承を得ている。わたしの意図は伝わっているはずだ」クランマーは印章を手にとり、わたしのそばに横たえた。大きな楕円形《だえんけい》の平たい印章で、ふちにはクランマーと主教座聖堂の名がラテン語でぐるりと彫りこまれ、中央にはキリストの受難図が描かれている。「権限の証《あかし》として、これを持っていってくれ。きみは、ヨーク、そしてロンドンまでの道中において、ブロデリックの安危についていっさいの責任を負うことになる。健康状態を尋ねるときや、身の安全を確保するのに必要なときのほかは、囚人に声をかけてはならない。ラドウィンターはこちらから人を遣《つか》わすことを知っていて、わたしの権威に敬意を表するはずだ」大主教はまた悲しげな笑みを浮かべた。「わたしの使用人なのだよ。ふだんはここにあるロラード塔で、わたしの管轄《かんかつ》下にある囚人たちを監視している」

「わかりました」わたしは淡々と言った。

「もし、囚人が苦しげに拘束されていたら、当然ながら足枷《あしかせ》をゆるめてくれ。飢えていたら、食事を与える。具合が悪いようなら、医者に診《み》せてもらいたい」クランマーは微笑んだ。「慈悲深い任務だろう？」

わたしは大きく息を吐いた。「大主教、ヨークには参りますが、お引き受けするのは国王の嘆願処理の仕事のみとさせていただきたく存じます。わたしはかつて国事にかかわる任務に携わり、心の平安を大きく損ないました。いまはただ、クロムウェル伯爵がおっしゃったように、一市民として生きることを心から願っております。多くの人々が無残に命を落としていくのを見てまいりまし——」

「では、こんどはひとりの男が生きていられるように力を貸してくれ」クランマーは静かに言った。「まともな環境でな。わたしの望みはそれだけで、きみなら適任だと思う。わたしもかつては一市民だったのだよ、シャードレイク殿。国王に抜擢《ばってき》されて、離婚について助言を求められるまでは、ケンブリッジ大学の教職者にすぎなかった。神はときにわれわれをお召しになり、きびしい使命を課される。ならば——」また顔つきが険しくなる。「——ならばわれらは、立ち向かう勇気を奮い起さねばならない」

わたしはクランマーをじっと見た。ことわれば、むろん巡幸での仕事も失い、農場の抵当を抹消《まっしょう》することもできなくなるだろう。それに、宮廷に敵を作ってしまった身としては、大主教との関係まで壊すわけにはいかない。逃げるのは無理だ。わたしは深く息をついた。「お引き受けいたします」

クランマーは微笑んだ。「あす自宅に委任状を送っておくよ。巡幸に随行する弁護士の業務ができるように」印章を手にとってわたしの手のひらに置く。ずっしりと重かった。「これを権限の証としてラドウィンターに見せてくれ。令状はない」

「助手には、この話をしてもよろしいでしょうか。バラクという者です」

クランマーはうなずいた。「いいだろう。クロムウェル伯爵がその男を信用していたのは知っている。きみたちふたりとも、改革にはそれほど熱意がないと言っていたがな」急に探るような目つきになる。「きみのほうは、かつては熱心だったそうだが」

「任務はもうじゅうぶんに果たしました」

大主教はうなずいた。「たしかに。きみはイングランドを真実の信仰へと導いた草分けのひとりだ」鋭い目でわたしを見る。「イングランド国教会の真の長はローマ教皇ではなく、民を導く至高の長として神が定めたもうた国王だ。国王が善悪を判断なさるとき、その口を通じて神が語られている」

「仰《おお》せのとおりです」わたしは心にもない返事をした。

「謀反人たちは危険で邪悪な者ばかりだ。きびしい措置をとる必要がある。好ましい手ではないが、それもやむをえまい。われらが築きあげたものを守るためだ。もっとも、この国にキリスト教の理想の社会を確立するためには、まだまだやるべきことがたくさんあるがね」

「はい、たしかに」

クランマーはわたしのことばを同意ととって微笑んだ。「では、行きたまえ、シャードレイク殿。主が汝《なんじ》のつとめを導きたまわんことを」そう言って、見送りのために立ちあがった。

わたしは辞儀をして書斎をあとにした。歩きながら思った。慈悲深い任務とは言えまい。その男の身の安全を守るのは、ロンドン塔で拷問を受けさせるためなのだから。それにしても、クランマーの目に浮かんだあの恐れの色が気にかかる。ブロデリックという男は何をしたのだろうか。

部屋の外から声が響き、わたしは物思いから覚めた。足でついてバラクを起こし、まだ癒《い》えぬ脚の痛みに顔をしかめながら、あわてて立ちあがる。扉が開き、ずいぶん着古した法服を身につけた男がはいってきた。レンヌは肩幅のある長身の男で、バラクより頭ひとつぶん背が高かった。かなりの年配で、角張った顔には深い皺が刻まれているが、さいわい足どりはたしかで乱れもなく、赤みがかった艶《つや》のない金髪の下からのぞく青い目は鋭く光っている。レンヌはわたしの手を握った。

「シャードレイク殿」地元の強い訛りがあるはっきりとした声で言った。「あるいは、法曹界では兄弟ですから、ブラザー・シャードレイクとお呼びしますか。ジャイルズ・レンヌです。お会いできて幸甚《こうじん》です。途中で事故に遭《あ》われたのではないかと気を揉んでおりましたよ」

たいがいの人間は、わたしの曲がった背を長々と見るが、レンヌの視線はすぐに離れた。思いやりのある人物らしい。「道に迷っていました。助手を紹介させてください。ジャック・バラクです」

バラクは辞儀をして、レンヌの伸ばした手を握った。

「おやおや」レンヌは言った。「弁護士の助手にしておくにはもったいない握力だ」バラクの肩を軽く叩く。「会えてうれしいよ。うちの若い者たちはろくに運動もしない。近ごろは青白い顔の助手ばかりだ」レンヌは空《あ》いた皿に目をやった。「当家のマッジが食事を差しあげたようですな。それはよかった」暖炉のほうへ歩いていく。ハヤブサが足に結びつけられた小さな鈴を鳴らして振り返り、レンヌに首をなでさせた。「オクタヴィア、寒くなかったか」レンヌはこちらへ顔を向けて微笑んだ。「以前はよく、冬になるとこの鳥と狩りに出かけ、ヨークじゅうをまわったものですが、いまはどちらも歳をとりすぎました。さあ、どうぞおかけください。市内にご滞在中、宿をお貸しできず申しわけない」レンヌは椅子に腰を落ち着けると、ほこりにまみれた家具や本の山を悲しげに見やった。「三年前に妻に先立たれまして、それからは家事も妻がいたころのようにはいきません。男やもめですからな。使用人はマッジのほかに少年がひとりだけでして、そのマッジも歳をとってきたもので、三人の世話まではできません。もっとも、あれは妻の女中でしたが」

バラクの読みははずれていたわけだ。「聖メアリー修道院に泊まることになりました。ともあれ、お気づかいありがとうございます」

「そうですか」レンヌは笑みを浮かべ、両手をこすり合わせた。「それなら、華々《はなばな》しき巡幸の一行が着いた暁《あかつき》には、あれこれ興味深いものをご覧になれそうですな。さあ、きょうはもうお疲れでしょう。あすの朝十時にふたりでここにお越しください。一日かけて嘆願の処理をいたしましょう」

「承知しました。聖メアリー修道院ではいろいろと作業が進められているようですね」わたしは言った。

レンヌはうなずいた。「すばらしい建物を続々と建築中だと聞いています。しかも現場では、あのルーカス・ホーレンバウトがすべてを監督しているんですよ」

「ホーレンバウト？　あのオランダ人の宮廷芸術家ですか」

レンヌは笑ってうなずいた。「ホルバイン以来最高の設計者と言われているとか」

「そのとおりです。ここに来ていたとは知らなかった」

「何やら重要な儀式がおこなわれるらしく、そのための場所を準備しているようです。関係者以外の聖メアリー修道院への立ち入りは禁じられているんで、この目で見たわけではありませんがね。王妃がご懐妊なさって、ここで戴冠式をおこなうと言う者もいます。しかし、たしかなことはだれも知りません」そこでことばを切る。「何か聞いていらっしゃいますか」

「いえ、似たような噂話だけです」その噂話をわたしが口にしたときの、苛立《いらだ》たしげなクランマーの顔が脳裏に浮かんだ。

「まあ、いい。われわれヨーク人は、差し支えがなくなるときまで知らされますまい」あけすけな物言いに棘《とげ》を感じて、わたしは鋭くレンヌを見た。「キャサリン王妃はいずれ戴冠なさるでしょう」わたしは言った。「何しろ、一年もお立場を守れたんですから」あえてそのような物言いをしてみた。王室に雇われていても、国王にかかわることをなんでも畏《かしこ》まって崇《あが》め奉《たてまつ》る一徹者ではないと示したかったからだ。

意図するところが通じたらしく、レンヌは笑顔でうなずいた。「とにかく、嘆願関連の仕事は山ほどありますよ。来てくださって大助かりです。くだらない小競《こぜ》り合い、たとえば、ちっぽけな土地をめぐって北部評議会と争っている男の案件などは、除外しなければなりません。きのう、そんな嘆願書を読みましてね」声をあげて笑う。「しかし、そういったくだらない案件にもすぐに慣れますよ、ブラザー」

「もう慣れていますよ。財産法が専門ですから」

「なんと！　口を滑らせたことを後悔しますよ」レンヌはバラクに目配《めくば》せをした。「これから財産法がらみの件はすべてそちらにまわしましょう。わたしは借金問題や、下《した》っ端《ぱ》役人との揉め事を担当します」

「そんな案件ばかりなんですか」わたしは尋ねた。

「ほとんどがそうです」レンヌは眉を吊りあげた。「肝心なのは、はたから見て、国王が北部の問題を気にかけているように感じさせることだそうですよ。細かい案件は国王の権限のもとでわれわれが調停し、大きな案件は国王評議会に付託されます」

「調停はどのような形でおこなわれるんですか」

「委任された権限に基づいて非公式に審理されます。あなたと北部評議会の代理人ひとりが立ち会って、わたしが審理を担当します。調停のご経験はありますか」

「ええ、あります。では国王が細かい案件に直接かかわられることはないんですね」

「ありません」レンヌは間を置いて言った。「もっとも、国王にお会いする機会はあるかもしれませんよ」

バラクとわたしは背筋を伸ばした。「なぜです」

レンヌは首を少し傾けた。「国王はリンカーンからの道すがら、近くの街や立ち寄る先々で、地元の紳士階級や市の評議員から哀訴を受け入れています。五年前に反逆者側に与《くみ》した者たちが、ひざまずいて国王の許しを請うんですよ。国王はその者たちにあらためて忠誠の誓いを立てさせます。興味深いことに、哀訴の者は大量に集結してはならないという命令まで出されましてね。まだ警戒なさっているんです。巡幸に千人もの兵士をともない、王室砲兵隊を船でハルへ派遣しているくらいですから」

「何か問題でも起こったのですか」

レンヌは首を横に振った。「いえ、何も。ともかく最も屈辱的な形で服従させることに重きが置かれているんですよ。ここヨークでの哀訴はまたとない見ものとなるでしょう。金曜日には、評議員たちが国王と王妃を市の外まで迎えに出向きます。粗末な長衣で服従の意を示し、一五三六年に反逆者たちにヨークを占拠させてしまったことを謝罪する予定です。一般市民の同席は許されていません。市の指導者がそんなふうにへつらう姿を庶民が見るのは好ましくありませんから」レンヌは太い眉をあげた。「それに、国王に反感をいだかせないという配慮もあるでしょう。市の評議員は金貨の詰まった上等な酒杯を陛下に贈る予定です。市民の所蔵品でしたが」皮肉っぽく笑う。「お宝でご機嫌をとろうというわけです」そこで大きなため息を漏らした。「われわれ国王の弁護士も、儀式で嘆願書を提出するために同行を求められています」

「では、いやでも儀式の中核にかかわることになりますね」クランマーの話とちがうではないか。

「そうなりかねません。市裁判官のタンカードは、式辞の準備に大わらわです。市の役人たちは、サフォーク公に手紙を送っては、国王のご意向に沿っているかどうかを細かく確認しています」レンヌは微笑んだ。「実を言うと、国王のお姿を拝見するのがとても楽しみですよ。あすにはハルを出立《しゅったつ》なさるとか。巡幸の一行は当初の予定よりも長くポンテフラクトに滞在し、ハルへ寄ってからヨークに来ます。その後、ふたたびハルに向かうようです。防備を固めなおしておきたいのでしょう」たしか囚人を乗船させる場所もハルだった。

「巡幸はいつ到着するんですか」

「来週のはじめでしょう。国王が滞在なさるのはせいぜい二、三日です」レンヌはまたあの鋭い目を向けてきた。「ロンドンのかたなら、国王に間近でお目にかかる機会もあったかもしれませんが」

「以前、アン・ブーリンの戴冠式の行列でお見かけしたことがあります。遠目からですが」わたしは深く息をついた。「儀式に参加するのなら、一張羅《いっちょうら》の法服とおろしたての帽子を持ってきてよかった」

レンヌはうなずいた。「そうですね」いかにも年寄りらしい緩慢な動きで立ちあがる。「さあ、長旅でお疲れになったでしょう。宿へ行ってゆっくりお休みください」

「ええ。たしかにくたびれました」

「それから、ここではいろいろと変わった言いまわしを耳になさると思います。特に大事なのは、通り《ストリート》は門《ゲート》と呼ばれ、門《ゲート》は関《バー》と呼ばれていることです」

バラクは頭を掻《か》いた。「やれやれ」

レンヌは笑った。「馬を連れてこさせましょう」

わたしたちは暇《いとま》を告げ、大聖堂の構内へ通じる門に向かった。

「それにしても」わたしはバラクに話しかけた。「レンヌはいかにも気のいい老人という感じだな」

「ああ。弁護士にしては感じがいい」わたしを見る。「で、つぎはどこへ行くんだ」

わたしはまた大きく息を吐いた。「ぐずぐずしてはいられない。牢獄へ行かなくては」

3

門を抜けると、わたしたちは足を止めた。ヨーク城へ行くにはどちらに向かえばよいのだろう。わたしは黄色い髪の少年を呼び止め、ファージング銅貨一枚で道案内を頼んだ。少年は胡散くさそうにこちらを見た。

「ファージングを見せてよ」

「ほら」わたしは銅貨を持ちあげた。「さあ、城はどっちだ」

少年は道路の先を指さした。「シャンブルズの通りを抜けていくんだ。においですぐわかるよ。その先の広場を抜けると、お城の塔が見える」

わたしはファージング銅貨を手渡した。少年は、わたしたちが遠く離れたのをたしかめてから、「南部の異端者め！」とひと声叫び、路地に消えていった。通行人のなかには、にやついている者もいる。

「きらわれてるようだな」バラクが言った。

「ああ。南部から来た人間は、みな新教徒と見なされるんだろう」

「じゃあ、ここの連中はいまだに旧教にしがみついてるのか」

「そうだ。喜ばしき福音のときが来るのを歓迎してはいないらしい」わたしは皮肉っぽく答えた。バラクが眉を吊りあげる。この男が信仰について意見を言うことはないが、前から、自分同様、新教も旧教も大差はないと考えているような気がしていた。いまだにクロムウェルの喪《も》に服しているのは知っていたが、かつての主人に対する忠誠心は、クロムウェル個人に向けられたものであり、信仰とはかかわりがない。

わたしたちは人混みのなかを抜けていった。バラクの服はわたしのものに劣らずほこりまみれで、黒い帽子の下の精悍《せいかん》で整った顔は馬旅で日に焼けていた。「レンヌじいさんは王妃が身ごもってるかどうか、やけに気にしてたな」バラクは言った。

「みな同じだよ。何しろ国王の息子はひとりきりで、王朝がそのただひとりの肩にかかっているんだからな」

「宮廷にいる昔馴染みが言っていたが、国王はこの春、脚に潰瘍《かいよう》ができて死にかけたらしい。ホワイトホール宮殿を移動するのに、小さな荷車か何かに乗せて押してまわらなきゃいけなかったんだと」

わたしは興味を惹《ひ》かれてバラクを見た。バラクには、王室の密偵や紛争調停人をつとめる昔馴染みがいて、そこからおもしろい情報をあれこれ仕入れてくる。「ハワード家の王子が誕生すれば、教皇派の力が増すだろう。主導するノーフォーク公は王妃の伯父だからな」

バラクは首を左右に振った。「王妃は宗教になんの関心もないらしい。ただの移り気な十八の小娘だよ」下卑《げび》た笑いを浮かべる。「国王も幸せなじいさんだな」

「クランマーと話した印象では、ノーフォーク公は以前ほど国王の覚えがめでたくなさそうだ」

「じゃあ、そのうち首が飛ぶな」バラクの声が辛辣《しんらつ》な響きを帯びる。「あの国王のことだ、何をするかわかったもんじゃない」

「声を落としたほうがいい」わたしは言った。ヨークにいるとどうも落ち着かない。ロンドンとちがって、広々とした中央の通りもなく、どこへ行っても通行人に取り囲まれている気分になる。道が混み合っていて馬がなかなか進まないので、いずれ歩くことになると覚悟した。巡幸の到着を控えて、通りは人で満たされ、商《あきな》いも活気づいているが、気分が浮き立つようなロンドンのにぎわいとはまったくちがう。敵意に満ちた視線をさらに集めながら、わたしたちはゆっくり馬を進めた。

少年の言ったとおり、シャンブルズの通りのにおいは強烈で、二十ヤードも手前から、腐りかけた肉の悪臭が鼻を突いた。せまい通りにはいっていくと、骨つき肉を並べた売り台が置かれ、まわりにハエが飛んでいた。捨てられた臓物が道に散乱しているのを見て、まだ馬上にいたことに感謝した。バラクは鼻に皺を寄せながら、肉にたかるハエを追い散らす店主や、スカートが汚れないように裾《すそ》をたくしあげて肉を値切る女たちを見ていた。胸の悪くなりそうな場所を抜けていくあいだ、わたしはにおいに怯《おび》えるジェネシスを軽く叩きながら、なだめるように声をかけつづけた。少し静かな通りにはいってその端まで来たとき、市壁と、衛兵が見まわる櫓が目にはいった。その向こうの高い緑の丘に円筒形の石造りの天守があるのが見える。

「ヨーク城だ」わたしは言った。

ひとりの娘がこちらへ歩いてくるのがわかった。目を引いたのは、ダブレット（体に密着した上着）に国王の記章を光らせた従者を連れていたからだ。娘は上等な黄色のドレスを身につけていて、際立った器量よしだった。穏やかそうな顔立ちに、ふっくらとした唇、健《すこ》やかな白い肌。みごとな金髪が白い頭巾の下からのぞいている。娘はわたしと視線を合わせたあと、こんどはバラクに目をやり、通りしなに大胆にもバラクへ笑いかけた。バラクは馬上で帽子をとり、歯並びのいい真っ白な歯を見せて微笑んだ。娘は目を伏せて歩いていった。

「ずいぶんと大胆な娘だな」わたしは言った。

バラクは笑った。「いい男がいたら笑いかけるのが当然じゃないか」

「ここで色恋沙汰《いろこいざた》はやめておくんだな。相手はヨーク人だ。とって食われるかもしれないぞ」

「望むところだね」

わたしたちは櫓にたどり着いた。ここにも人の首が括りつけられた棹がいくつも並び、門の上には切断された足が釘づけにされていた。令状を取り出して見せると、その先へ通された。泥でいっぱいの浅い濠《ほり》の脇を城壁に沿って進んでいく。そびえ立つ円塔形の天守へ目をやったところ、白い壁が苔《こけ》に覆われ、半ばあたりから下へ向かって大きな亀裂《きれつ》が走って、ひどく荒れた様子なのがわかった。前方には両側を塔にはさまれた門があり、門の前の濠には時代がかった跳ね橋が架かっている。その橋を通って人々が門に出入りしていたが、そこに黒い法服姿が交じっているのを見て、ヨークの裁判所が城の中庭にあるのを思い出した。馬が蹄を鳴らして跳ね橋を渡っていくと、国王の仕着せを着た衛兵がふたり進み出て、槍を交差して行く手をふさいだ。三人目の衛兵がジェネシスの手綱をつかみ、わたしをじっと見据えた。

「ご用の向きは？」訛りからすると、この衛兵も南部の州の出のようだ。

「ロンドンから来た。大主教の看守のラドウィンター殿に用がある」

衛兵は鋭くわたしを見た。「南の塔へ行ってください。中庭の向こう側です」門をくぐって振り返ると、衛兵はこちらを目で追っていた。

「この街には壁と門しかないのかね」バラクが言い、中庭にはいった。ほかの場所同様、ここも荒廃が進み、高い城壁の内側には堂々たる建物がいくつも並んでいたが、多くが天守と似たようなありさまで、壁に苔が縞模様を描き、漆喰にはひびがはいっていた。おおぜいの弁護士が階段で議論を戦わせている裁判所でさえ、いまにも崩れ落ちそうだ。国王が聖メアリー修道院を宿舎に選んだのも無理はない。

そのとき、天守の上のほうに何かがぶらさがっているのが見えた。鎖で縛られた白い骸骨《がいこつ》だ。

「また謀反人か」バラクが言った。「見せしめが大はやりだな」

「いや、肉がきれいになくなっているから、あれはだいぶ前にさらされたものだ。五年前に恩寵の巡礼を指導したロバート・アスクではないかな」たしか鎖で吊されたという話だ。おぞましい死に方を思って、身震いをしたあと、ジェネシスの手綱を引いた。「さあ、看守に会いにいこう」

向こう側の門の両脇にも塔が建っていた。わたしたちは中庭を抜けて馬をおりた。少し休んだはずなのに、体のこわばりも疲れもとれていないが、バラクのほうはすっかり精気を取りもどしたように見える。今夜は背中を軽く動かそう、とわたしは心に言い聞かせた。

自分と似たような歳まわりの、角張ったいかつい顔の衛兵が近づいてきた。わたしはクランマー大主教の命でラドウィンターに会いにきたことを告げた。

「きのうお見えになるものと看守は思っていたようですが」

「ああ、それはそうだ。遅れてしまったんだよ。馬を厩に置いてもらえるだろうか。疲れて腹を空《す》かせているから、何か食べ物をやってくれ」

衛兵は別の衛兵を呼んだ。わたしはバラクにうなずいた。「いっしょに厩へ行っていてくれ。最初はわたしひとりで会うほうがいいだろう」

バラクは不満げだったが、馬を連れて立ち去った。最初の衛兵がわたしを塔まで案内した。入口の鍵をあけ、小さな矢狭間《やざま》から差しこむ光に照らされた、せまい螺旋《らせん》階段をのぼっていく。塔の半分あたりまでのぼって息が切れはじめたとき、衛兵はがっしりとした木の扉の前で足を止めた。扉を叩くと、「どうぞ」という声が返ってきた。衛兵は扉をあけ、脇によけてわたしを中へ通すと、後ろで扉を閉めた。塔をおりていく足音が聞こえた。

室内は薄暗く、街に面した矢狭間がさらにいくつか設けられていた。石の壁はむき出しだが、敷石は香りのいいイグサで覆われている。壁際にはしっかり整えられた車輪つきのベッドがあり、反対側には書類の載った机がある。その前で、ひとりの男が張りぐるみの椅子にすわって本を読んでいた。薄暗い明かりを補うために、すぐ脇の小さな卓に蠟燭《ろうそく》が置かれている。いかにも看守らしい薄汚れた恰好《かっこう》を予想していたが、男は小ぎれいな茶色のダブレットと上等な毛織のタイツを身につけていた。本を閉じて笑みを浮かべ、猫のようにしなやかに立ちあがった。

四十歳ぐらいだろうか。両の頰に皺が刻まれているが、その点を除けば端整な顔立ちと言える。顔をふちどる短いひげは髪の毛と同じく黒いが、口の端のあたりに白いものが交じっている。背が低く細身ながら、頑強そうな体つきだ。

「シャードレイク殿ですね」看守はかすかにロンドン訛りのある心地よい声で言い、手を差し出した。「フルク・ラドウィンターです。きのうお見えになるものと思っていましたよ」白い小ぶりの歯を見せて笑ったが、薄青の目は氷のように冷ややかで鋭い。わたしの手を握った手は清潔で湿りがなく、爪は磨かれている。よくいる看守とはまるでちがう。

「階段がこたえましたか」看守が気づかうように言った。「少し息切れなさっているようですが」

「夜通し馬に乗ってきたせいだよ、ラドウィンター殿」わたしはきっぱりと言った。こちらの権威を見せておかなくてはならない。そしてポケットのなかの印章を探った。「大主教の印章を見せておこう」印章を手渡す。ラドウィンターはしばしそれを検《あらた》めてから、わたしの手に返した。

「準備は整っています」ラドウィンターはふたたび笑みを浮かべて言った。

「では、わたしがエドワード・ブロデリック卿の扱いを監督することについて、大主教からこちらに書状が届いたんだな」

「ええ、たしかに」ラドウィンターはそう言ってから、かぶりを振った。「ですが、実を言うと、その必要はないんですよ。大主教は神のごとき偉大なおかただが、ときにどうも――ご心配が過ぎます」

「では、エドワード卿の健康状態は良好なのか」

ラドウィンターは首をかしげた。「捕らえられた当初は、王室の尋問官から手荒い扱いを受けていました。ある事実が明るみに出て、ロンドンへ送致されることが決まる前の話です。その事実は極秘とされていますが」眉を吊りあげる。それがどういうたぐいの事実なのか、自分同様わたしも知らされていないことを知っているらしい。クランマーが書状に書いたのだろう。

「では、きみがここに来る前は拷問されていたと」

看守はうなずいた。「いまも多少不快な思いはしているでしょうが、それはどうしようもありません。問題なのはそのぐらいで、かなり元気にしていますよ。じきにロンドンへ送られますが、そうなればいまよりもはるかに不快な目に遭うでしょう。国王は一刻も早い尋問をお望みですけれど、この男の尋問は最高の技術を持った者がおこなわなくてはなりません。ロンドンには腕利きがそろっています」

　囚人の旅路の果てに何が待ち受けているかについては考えないようにしていた。わたしは身震いをこらえた。

「さて」ラドウィンターは陽気に言った。「ビールでもいかがです」

「いや、いまはけっこうだ。まずエドワード卿に会わなくては」

　また首を傾ける。「それもそうですね。鍵をとってきましょう」ラドウィンターは歩いていって戸棚をあけた。わたしは机の上の書類に目をやった。令状や、小さなまるい字で記された手書きのメモらしきものが見える。さっき読んでいた本もある。改革派がよく読むティンダルの『キリスト者の服従』だ。机は細長い矢狭間のそばに置かれていて、市街を見晴らすことができた。外へ目をやると、建ち並ぶ尖塔と、ひときわ大きな屋根なしの教会が見えた。あれも解散した修道院にちがいない。その向こうは湿地になっていて、湖へとつづいている。真下には、城の向こう側よりも幅広で水量の多い濠があり、水際には葦《あし》が茂っていた。

　そのあたりで、大きなかごを背負った女たちが動きまわっている。

「灯心草《とうしんそう》蠟燭を作るために葦を集めているんです」ラドウィンターの静かな声がすぐそばで聞こえ、わたしはぎくりとした。「あれが見えますか」指し示された先で、女が脚についた何かを引っ張っている。痛みをこらえる悲鳴らしきものがかすかに聞こえた。ラドウィンターは微笑んだ。「食いついたヒルを集めているんですよ。薬屋に売るために」

「泥のなかに立ってあんなものが食いつくのを待っているとは、つらい仕事だな」
「きっと脚は小傷だらけですよ」ラドウィンターは振り返り、わたしの目を見据えた。「イングランドの全身が、ローマという巨大なヒルの嚙み跡で覆われているのと同じです。さて、われらがブロデリックに会いにいくとしましょう」きびすを返し、扉のほうへ歩いていく。わたしは椅子の脇の蠟燭を手にとり、そのあとにつづいた。

ラドウィンターは鍵を鳴らしながら足早に階段をのぼって、上の階まで行き、小さな格子窓のある頑丈そうな扉の前で足を止めた。窓をのぞきこみ、扉の錠をあけて中へ進む。わたしもあとにつづいた。

独房はせまく、格子だけでガラスのない小さな窓がひとつあるばかりで、中は薄暗かった。開かれた鎧戸《よろいど》から冷たい風が吹きこんでいる。肌を刺す空気には湿った瘴気《しょうき》と排泄物《はいせつぶつ》のにおいが入り混じり、靴の下のイグサはぬめっていた。鎖の音がして、わたしは隅のほうを振り返った。汚れた白いシャツを着た細身の男が粗末な板の寝床に横たわっている。

「お客さんだぞ、ブロデリック」ラドウィンターは言った。「ロンドンからいらっしゃった」淡々とした口調でつづける。

男は鎖を鳴らして、のろのろとつらそうに体を起こした。そのせいで年寄りだとばかり思ったが、近づくと垢《あか》にまみれた顔は若々しく、二十代ではないかと感じられた。豊かな金髪はもつれ、面長の顔には無精ひげが生えているものの、平時であれば見栄えがするだろう。

危険な男には見えなかったが、こちらを凝視する血走った目に怒りが満ちているのに気づき、わたしははっとした。両手にはめられた枷には長い鎖がついていて、鎖の端は寝床の脇の壁に固定されている。

「ロンドンから？」しゃがれた声は紳士のものだった。「じゃあ、また火掻き棒でつつかれるのか」

「いや」わたしは静かに答えた。「わたしが来たのは、きみを無事に向こうへ送り届けるためだ」

瞳に宿る怒りの炎は消えなかった。「健康な肉体のほうが、王室の尋問官にはいたぶり甲斐《がい》があるんだろう」そこで声を詰まらせて咳きこむ。「ラドウィンターさん、頼むから何か飲ませてもらえないか」

「きのう宿題にした節を暗誦《あんしょう》できたらな」

わたしはラドウィンターを見た。「なんだね、それは」

ラドウィンターは笑った。「毎日聖句を十節ずつ、宿題として覚えさせているんですよ。英語で記された神の清らかなことばによって、旧教で穢れた心を叩きなおせるんじゃないかと思いましてね。きのう、こいつはずいぶん強情だった。だから聖句を暗誦するまでは何も飲ませないと言ったんです」

「すぐに何か飲ませろ」わたしはきびしく言った。「きみがここにいるのはこの男の心ではなく体の世話をするためだ」蠟燭をラドウィンターの顔の前に掲げる。

ラドウィンターは唇を引き結んでいたが、すぐにまた微笑んだ。「そうですね。ずいぶん長いあいだ飲ませていなかったかもしれません。衛兵に言って何か持ってこさせましょう」

「いや、自分で取りにいってくれ。そのほうが早い。四人はしっかり鎖でつながれているから、こっちはだいじょうぶだ」

ラドウィンターは一瞬ためらったが、何も言わずに部屋を出ていった。鍵がまわる音がして、わたしは閉ざされた空間に取り残された。うなだれた四人に目をやった。

「ほかにほしいものはあるかね」わたしは尋ねた。立ちあがり、わたしはきみを痛めつけるために来たんじゃない。きみが告発された理由も知らない。わたしが大主教から与えられた任務はただひとつ、きみを無事にロンドンへ連れていくことだ」

ブロデリックは顔をあげ、ゆがんだ笑みを浮かべた。「クランマーは、自分の手下がわたしをなぶり者にするんじゃないかと心配してるわけだな」

「もう何かされたのか」

「いや。心を揺さぶろうとはするが、そんな手は通用しない」

ブロデリックはわたしを険しい目でじっと見つめ、それから寝床に横たわった。そのとき、はだけたシャツの襟《えり》から、胸に赤々と刻まれた火傷《やけど》の跡がのぞいた。

「見せるんだ」わたしは鋭く言った。「シャツの前をあけろ」

ブロデリックは肩をすくめて体を起こし、シャツの紐《ひも》をほどいた。わたしは思わず顔をしかめた。熱した火掻き棒を何度も押しあてられたのだろう。胸の傷跡は赤く腫《は》れあがり、膿《うみ》がにじんで蠟燭の明かりで鈍く輝いていた。こちらをにらみつける荒々しい目から、激しい怒りがありありと伝わってくる。ラドウィンターが氷なら、この男は火だ。

「この傷はどこで？」わたしは尋ねた。

「二週間前に捕まったとき、この城で王室の尋問官にやられた。それでもこっちは口を割っていない。だから、腕の立つ連中に尋問させるために、ロンドンへ送るというわけだ。知ってるだろう」

わたしは何も言わなかった。

ブロデリックは興味深げにわたしを見た。「で、あんたは何者なんだ。あのラドウィンターの仲間なのに、この傷を見て血相を変えていた」

「弁護士だ。そして、さっきも言ったが、きみがまともに遇されるようにするためにここに来た」

囚人の目がふたたび燃えあがった。「そんなことが神の御心《みこころ》にかなうとでも思ってるのか」

「どういう意味だ」

「ここで元気に生きながらえたところで、ロンドンの拷問者どもが喜ぶばかりだ。やつらが長く楽しむだけだろう。それなら、ここで死んだほうがましだ」

「なら、相手の望みどおり口を割ればいい」わたしは言った。「結局話すことになるんだから」

ブロデリックはぞっとするような笑みを浮かべた。「おや、甘いことばで説き伏せようというのか。でも、話さないぞ。どんな目に遭っても」

「ロンドン塔へ送られて口を割らなかった者はほとんどいない。だが、わたしはきみを説得するために来たわけじゃない。とにかく医者に診せないと」

「よけいなお世話だよ、背曲がり」ブロデリックはふたたび体を横たえ、窓のほうに目をやった。一瞬の沈黙ののち、唐突に言った。「ロバート・アスクがクリフォーズ塔から鎖で吊されたままなのを見たか」

「やはりあれはアスクだったのか。ああ、見た」

「この鎖は、どうにか窓辺に立つことができるくらいの長さはあるんだ。表を見るたびに思い出す。ロバートが反逆罪で有罪になったとき、国王は約束した。処刑の際には、はらわたを抜くような苦痛は与えず、ただ吊したままにするとな。ロバートは、まさかそれが飢えと渇きで息絶えるまで鎖にぶらさげられることだとは思ってもいなかった」ブロデリックは咳きこんだ。「哀れなロバート。冷酷無情なヘンリーを信じるとは」

「治療を受けるんだ、エドワード卿」

ブロデリックは振り向いてわたしを見た。「ロバート・アスクは親友だった」

鍵がまわる音がして、ラドウィンターが弱いビールのはいった水差しを持ってはいってきた。ブロデリックはビールを受けとり、体を起こして喉に流しこんだ。わたしはラドウィンターに合図をして部屋の隅に招いた。

「何か話しましたか」看守はぶっきらぼうに言った。

「話したのはロバート・アスクと知り合いだということぐらいだ。それよりも、体に火傷の跡がある。見たところ、よい状態ではなさそうだ。炎症を起こしているところもあるから、医者に診せたほうがいいだろう」

「わかりました」ラドウィンターはうなずいた。「熱病を起こして死なれでもしたら、大主教のお役に立てませんからね」

「医者の手配を頼むよ。あす、また様子を見に立ち寄る。それから、新鮮なイグサも必要だな」

「香草で香りをつけたやつでもご用意しますか」顔は笑ったままだが、声には冷たい怒りがにじんでいる。「おい、ブロデリック」ラドウィンターはつづけた。「シャードレイク殿にアスクの話をしたそうだな。おれも聞いた話がある。あいつが死んで最初の冬、鴉に肉を食いつくされた体から小さな骨が地上に落ちはじめ、その骨を持っていく者たちが現れたせいで、見張りが必要になったそうだ。手や足の骨は、教皇派の連中がヨークのいたるところで隠し持っている。たいていは肥え溜《こだ》めのなかだ。見つからないように遺骨を隠しておくのに、それ以上安全な場所もないからな。それにアスクの骨にはふさわしい場所――」

　ブロデリックが、うめきともうなりともつかぬ声をあげて跳ね起きた。鎖を鳴らしてラドウィンターに飛びかかる。その動きをじっと見ていたラドウィンターはすばやく一歩後ろにさがった。腕の鎖がぴんと張り、ブロデリックは反動でベッドに投げ出された。体をまるめて痛々しい声をあげる。

ラドウィンターは静かに笑った。「ご覧のとおりです、シャードレイク殿。見た目ほど弱っていやしませんよ。ブロデリック、おれはおまえの暴力など屁《へ》とも思わない。ロンドンでおまえを待ち受けていることを思えば胸もすくからな。真実は痛みのなかにあり、とはよく言ったものだ」ラドウィンターはわたしの前を通って扉をあけた。わたしはその後ろにつづきながら、最後に軽く囚人を振り返った。ブロデリックはまたこちらを見つめている。

「あんたは弁護士か」静かな声で尋ねる。

「ああ、さっきも言ったとおりだ」

ブロデリックは苦々しげに笑った。「アスクもそうだった。こんどあいつを見たら、弁護士もああいう末路をたどることを思い出すんだな」

「なんとでも言え、エドワード。しょせん口先だけだ」ラドウィンターは言い、わたしは先に外へ出た。扉に鍵をかけ、階段をくだっていく看守につづいて階下へおりる。部屋にもどると、ラドウィンターはきびしい表情を浮かべ、冷ややかな目で向きなおった。

「非力に見えたとしても、あいつが危険な男だということをわかっていただきたかったんです」

「なぜ挑発したんだ」

「実際にその様子をお見せするためですよ。ともあれ、医者は手配します」

「頼むよ。あの男が何をやったにせよ、危険のないかぎり手厚く扱うべきだ。それから、エドワード卿と呼んだほうがいい——まだそのくらいの礼を示してやってもいいはずだ」

「危険を避けるためには、あの男の頭にだれが主人かを叩きこむ必要があるんですよ。あなたはあいつに何ができるかご存じない」

「何ができるというんだ。壁に鎖でつながれているのに」

ラドウィンターは唇をナイフの刃のように固く引き結んだ。前に足を踏み出してわたしに顔を近づける。視線は射貫《いぬ》くようだ。

「あなたが同情しているのがわかります」ラドウィンターは言った。「やさしい顔つきでね。それが心配なんですよ。相手はあんなに危険なやつなのに」

わたしはため息を漏らした。人が牢に囚われていること自体に耐えがたいものを感じる。

「気に障ることを言ってしまったようですね」ラドウィンターは冷ややかに笑った。「ついでにもうひとつ言わせてもらいましょう。あなたのその同情心にもひっかかるものを感じます。おそらくあなたの心は世間から除《の》け者にされた者たちに共感するんです。たぶん、その背中のせいでね」

侮辱《ぶじょく》を受けてわたしは思わず口を閉ざしたが、同時にそのことばが的《まと》を射ているのに気づいて、胃が引きつるのを感じた。

ラドウィンターはうなずいた。「わたしには、ブロデリックを厳重に監禁し、まちがいなくロンドンに送り届ける義務があります。この街には、あいつがここにいることを知っていて、隙《すき》あらば逃がしてやろうという連中がたくさんいる。だから出会った人間はだれであろうと念入りに観察し、胸の内を可能なかぎり深く探らなきゃいけないんですよ。もちろんあなたの胸の内もね」

わたしはその冷たい目を見返した。「医者に診せるように」わたしはそっけなく言った。「あすまた、どんな具合か見にくる」

ラドウィンターはしばし見つめ返していたが、やがてわずかに首を傾けた。「何時にお見えですか」

「わたしが決めたときだ」わたしは答え、背を向けて部屋を出た。

表に出ると、バラクが長椅子にすわって裁判所に出入りする人々をながめていた。冷たい秋の風が吹きつけ、木々の梢《こずえ》から葉が舞い落ちる。バラクはまじまじとこちらを見て尋ねた。「だいじょうぶか」よほど疲れきっているように見えるのだろう。

わたしはかぶりを振った。「あれではどちらが悪人だかわからない。いまのところ、看守のほうがよほど悪人に見えるが――どんなものか」アスクの骸骨がぶらさがっているほうへ目をやる。白い骨は風にゆらゆらと揺れ、自由になろうともがいているように見えた。

4

衛兵のひとりが、聖メアリー修道院へ行くにはコニーゲートという通りを行けばいいと教えてくれた。それも活気のある店がひしめき合う細い小道で、わたしたちはまた蝸牛《かたつむり》のように進んだ。見ると、さらにせまい無数の路地が、おそらくは奥にある広場か何かへ向かって延びている。わたしは街に押しつぶされそうな気分になった。

一軒の大きな酒場の前を通ったとき、入口のあたりで、切れこみのはいった色とりどりのダブレットを身につけた若い男たちが、きびしい目つきの護衛たちを従えて、革袋から葡萄《ぶどう》酒《しゅ》を飲みながら雑踏を見渡しているのが見えた。そのなかのひとりで、黒いひげを生やした端整な顔立ちの長身の男が、ヨークの人々を指さして粗末な身なりを笑っていた。憎しみのこもった視線が返ってくると、男はいっそう大きな笑い声をあげた。大巡幸の前衛部隊だろう。紳士たるもの、もう少し言動に気をつけるべきではないかとわたしは思った。

ラドウィンターとブロデリックのことが頭に浮かんだ。看守と囚人、氷と火。ラドウィンターがブロデリックを押さえこむため、そしておそらくおのれの慰みのために、ありとあらゆる責め苦を負わせているのは明らかだ。そんな扱いをしていると危険を招きかねない。ブロデリックは若いが、育ちのよい紳士で、きびしい困苦には慣れていない。あの胸の火傷が悪化することも考えられる。ヨークに腕のよい医者がいることをわたしは祈った。昔馴染みのガイが同行していれば好都合なのだが、薬剤師をしているガイは、はるかロンドンにいる。

ブロデリックの、生きながらえたところで拷問者のためにしかならないということばが、あらためてわたしを苛《さいな》んだ。たしかにそのとおりだ。しかし、勇ましく挑発することばを吐いてはいても、ブロデリックはラドウィンターに何か飲ませてくれないかと懇願していたではないか。そしてわたしは望みをかなえてやった。

この体のせいで、わたしは除け者たちに同情してしまうのだというラドウィンターのことばも思い出した。人の胸の内をうまく探る男だ。その能力を使って、ロラード塔のてっぺんにあるクランマーの牢獄でも、異端者の胸の内を探っていたのだろうか。ともあれ、ラドウィンターの言うとおり、ブロデリックへの同情心が判断力を鈍らせる可能性はある。やにわに激昂《げっこう》して飛びかかったブロデリックの姿が目に浮かんだ。疫病患者のように閉じこめられたのは何をしたからなのか、という疑問がふたたび頭をもたげた。

蠟燭店の前で、赤い長衣姿の肉づきのよい短気そうな男が、蠟燭の箱を検めているのが目にはいった。公職ならではの金の鎖を首に掛け、つばの広い赤い帽子をかぶっている。市長だ。前掛けに獣脂の染みをつけた蠟燭屋が不安げな様子で、市長が箱から太い黄色の蠟燭をつまみあげて観察するのを見守っている。かたわらには黒い長衣を着た役人が三人立ち、ひとりは金の職杖《しょくじょう》を携えていた。

「これでよかろう」市長は言った。「いいか、聖メアリー修道院におさめるのは極上の蜜蠟だけだぞ」市長がうなずき、一行はつぎの店へと移っていった。

「巡察をしているんだ」わたしはバラクに言った。「巡幸の到着に備えて、万事が順調に運ぶようにな。それに――」そのとき叫び声がして、わたしははっとことばを切った。

せまい路地の入口で、若い娘が、持っている大ぶりのかごを鼻に大きないぼがある汚い身なりの若い男につかまれ、取り返そうと懸命にしがみついている。先刻、バラクに笑いかけた娘だ。ほかにもうひとり、鼻の折れた金髪の少年もいて、娘の腰をつかんでいる。バラクはスーキーの手綱をこちらへ投げてよこし、馬から飛びおりて剣を抜いた。何人かの通行人があわてて後ろにさがっていく。

「その女を離せ、くそ野郎ども！」バラクは大声で言った。ふたりの若者はすぐさま娘を離し、背中を向けて一目散《いちもくさん》に路地を駆けていった。バラクはあとを追おうとしたが、その腕を娘がつかんだ。

「だめ、行かないで！　そばにいてください。これはキャサリン王妃のかごなんです」

バラクは剣を鞘におさめ、娘に微笑みかけた。「もうだいじょうぶだ」

わたしは二頭の馬の手綱をつかんだまま、慎重に馬をおりた。ジェネシスが落ち着かない様子で蹄をせわしなく動かしている。

「何があったんだ」わたしは娘に尋ねた。「そのかごがキャサリン王妃のものというのは？」

娘は鮮やかな濃い青の目を見開いて、こちらに向きなおった。「わたしは王妃さま専用の厨房《ちゅうぼう》で働いております。お使いで、王妃さまのお好きなものを買いに参りました」わたしはかごに目をやった。シナモンの枝、アーモンド、根生姜《ねしょうが》のかけらがはいっている。娘は軽く膝《ひざ》を曲げて辞儀をした。「タマシンと申します。タマシン・リードボーンです」声にロンドン訛りがあり、身につけているファスチアン織の服は、厨房で働く小間使いとしては高価なものだ。

「おい、怪我《けが》はないか」バラクが尋ねた。「あのごろつきども、きみのかわいらしい腕を肩から引っこ抜いちまうんじゃないかと思ったよ」

タマシンは愛らしいえくぼを作り、白い歯を見せて笑った。「ぜったいに離したりしませせん。王妃さまがお着きになるまでに、このヨークで手に入れた材料で、お好きなお菓子をいっぱい作って、お泊まりになる部屋にご用意しなくてはいけませんから」わたしたちを交互に見る。「おふたりは巡幸のお迎えにいらっしゃったんですか」

「ああ」わたしは会釈をした。「わたしは弁護士でシャードレイクという者だ。こっちは助手のバラク」

バラクが帽子をとると、タマシンは先ほどよりやや艶《なまめ》かしく笑いかけた。「勇敢でいらっしゃること。先ほどもお見かけしましたね」

「ああ、にっこり笑ってくれたな」

「さっきは国王の仕着せを着た従者を連れていたが」わたしは言った。

「ええ。でも、タンナーは服地を買いたいと言うので、時間をやって店に買いにいかせましたの」タマシンはかぶりを振った。「ばかでしたわ。ここがどんなに野蛮なところか忘れていました」

「あれがそうかね」わたしは通りの向かいの店から出てきた、国王の記章をつけた細面《ほそおもて》の若者を指さした。けさ見かけた男だ。剣の柄《つか》に手をかけ、こちらに向かって通りを渡ってくる。

「リードボーンさま」男は警戒した声で尋ねた。「どうかなさいましたか」

「どうもこうもないわ、タンナー。あなたが新しいダブレットの生地を選んでいるあいだに、ふたりの若い男が王妃さまのごちそうを盗もうとしたのよ。このかたがたが助けてくださったの」そこでまたバラクに微笑みかける。

タンナーは目を伏せた。ジェネシスが手綱を引っ張った。

「そろそろ発たなくては」わたしは言った。「聖メアリー修道院へ出向くことになっていてね。さあ行こう、バラク。みんなお待ちかねだ。ぐずぐずしていると、また、きのうお着きになるはずだったのではと言われてしまうぞ」そう言ってタマシンに一礼をした。娘はまた膝を曲げて辞儀をした。

「わたしも聖メアリー修道院に泊まっております」タマシンはにこやかに言った。「たぶんまたお会いできますわね」

「楽しみだよ」バラクが帽子をかぶって目配せをすると、娘は真っ赤になった。わたしたちは馬を出した。

「いい刺激になったよ」バラクは陽気に言った。「といっても、相手は危険でもなんでもない、ただの薄汚い小僧どもだったけどな。かごに何か金目のものでもはいってると思ったんだろう」

「大活躍だったな」わたしは皮肉っぽく笑った。「王妃さまの菓子を救出とは」

「あの娘こそ菓子そのものだ。いっしょに目隠し鬼をやってもいい」


コニーゲートを抜けると、修道院の高い塀に沿って延びる別の通りにはいっていった。塀の上を国王の衛兵たちが見まわっていて、その向こうに、ここに来る途中で目にした、大聖堂にも高さで引けをとらぬあの尖塔が見えた。修道院はどれも塀がめぐらされているものだが、これほど高い塀は見たことがない。聖メアリー修道院にはよほど広大な敷地があるのだろう。こんなに高い塀なら警備に大いに貢献するはずであり、この修道院が国王のヨークにおける本拠地とされた理由もそれではないかとわたしは思った。

ブーザム門に着くと、また櫓の下をくぐって、左へ曲がり、修道院にはいる順番を待つ人や馬の列に並んだ。委任状を丹念に検められてから、門を通された。中にはいると馬をおりた。バラクは馬の背からふたりぶんの日用品がはいった荷かごをおろして肩に背負い、それからわたしの隣に歩いてきて、いっしょに目の前の光景を見つめた。

真正面には、かつては修道院長の居館だったと思われる大きな屋敷が建っていた。大規模な修道院の院長に与えられる住まいの標準からしても、際立って壮麗な赤煉瓦《あかれんが》造りの三階建ての建物で、細長い煙突を具えている。外壁沿いには小ぶりな白い薔薇《ばら》の花壇がある。かつては芝も植えられていたようだが、人の足や荷馬車の車輪が幾度となく踏んだせいで、いまはぬかるんだ地面になっていた。残った芝土を人夫たちが掘り返し、代わりに敷石を敷いている。少し離れたところには、修道士の墓地だったらしい一角を掘り返し、墓石を運んでは荷馬車に積む人夫たちの姿もあった。表玄関の上には、王家の紋章が施された大きな楯が掛かっている。

屋敷の向こうには、これまで見たこともないほど壮大なノルマン様式の修道院聖堂がそびえていた。四角い塔の上に巨大な石の尖塔を戴き、建物の正面は豪華な控え壁や彫刻つきの柱で飾られている。屋敷と聖堂のあいだには、全長一ファーロング（約二百メートル）はありそうな大きな中庭がひろがっていた。そこに驚くべき光景が現れつつあった。付属の建築物はすでにどれも取り壊され、土台があった場所は深い溝になっているが、その跡地に何十という天幕が張られ、何百人もの人夫がふたつの豪壮な仮設建築物の仕上げ作業に取り組んでいた。どちらも宮殿をかたどって造られた高さ四十フィートに及ぶもので、小塔や櫓門までも具えている。すべて木造だが、彩色によって石造りに見えるよう設計してある。そこには梯子《はしご》がびっしりと立てかけられていて、職人たちがその上で紋章獣の石膏《せっこう》像を取りつけたり、壁を鮮やかな色で塗ったり、窓にガラスを入れたりしていた。見ているうちに、この仮設宮の意匠にはどこか見覚えがあるという気がしてきた。

中庭のいたるところに架台が置かれていて、大工たちが巨木を切り、かんなをかけている。修道院の塀の前にはナラの若木の幹が五十本ほど山積みにされ、どこもおがくずだらけになっていた。豪華な軒蛇腹《のきじゃばら》に複雑な彫刻を施す職人たちの姿もあり、どんよりと曇った午後に蛇腹の鮮やかな色が映《は》えていた。

バラクが口笛を吹いた。「びっくりだな。ここで何をやらかす気だ」

「わたしには想像もつかない催し物だろう」

ふたりでしばしその異様な光景に見入っていたが、わたしはバラクの腕に手を置いた。

「行こう。宿泊担当官のサイモン・クレイクに会わなくては」わたしは微笑んだ。「昔馴染みなんだ」

バラクは荷かごをかつぎなおした。「へえ」

「リンカーン法曹院の同窓生だよ。卒業以来会っていないがね。開業しないで、王室行政局に就職したんだ」

「なんでまた？　実入りがいいのか」

「ああ。伯父上が王室関係の仕事をしていて、その伝手《つて》で職を得たらしい」

「どんな男なんだ」

わたしはまた笑った。「会えばわかるさ。たぶん変わってはいまい」

わたしたちは馬を屋敷につけた。そこがあらゆる喧騒《けんそう》の中心らしく、人々がせわしなく出入りしていた。階段では、役人たちが指示を出し、議論を交わし、図面を調べている。わたしが衛兵に、どこへ行けばクレイクに会えるかと尋ねると、衛兵はここで待つように言って、馬丁を呼び、馬たちを厩へ連れていかせた。そのまま待っていたところ、緑のビロードの長衣を着た高位の上級官吏が、わたしたちに手ぶりで、どけと合図をした。それから別の役人が、まるでわたしたちが行く手をさえぎる犬であるかのように、あいだを押し分けて通っていった。

「くそ野郎」バラクは小声で罵った。

「よせ。邪魔にならないように場所を変えよう」

屋敷の角まで行くと、ふたりの女が、間取り図らしき図面を手にした役人に文句を言っていた。図面をぬかるみに落としそうになりながら、地面に届くほど深々と頭をさげる役人を、着飾ったふたりの貴婦人が声高になじっている。ひとりは三十代で、茶色の髪に真珠入りのフランス風の頭飾りをつけ、高い襟がついた赤い絹のドレスを着ている。身分の高い女だ。見栄えのしない角張った顔を怒りに赤く染めている。

「火事の場合にお泊まりの部屋からどう逃げればよいか、王妃さまがお知りになりたいというのは、そんなに無茶な注文かしら」低いとがった声で女が言うのが聞こえた。「もう一度訊きます。いちばん近い出口はどこで、鍵はだれが持っているの？」

「はっきりとはわかりませんが」役人は図面の向きを変えた。「たぶん専用厨房がいちばん近いと――」

「たぶんなんて話は聞きたくありません」

もうひとりの女が、わたしたちの視線に気づき、眉を吊りあげて不快そうににらみつけてきた。細身の女で、冷たく傲然《ごうぜん》とした表情をしていなければ、おそらく魅力的な顔の持ち主だ。やはり三十代だろうが、簡素な頭飾りをつけた茶色の巻き毛は束ねられておらず、結婚していないらしい。だが指には、ダイヤモンドのついた高価そうな金の婚約指輪がはめられている。女がふたたび眉をひそめたので、わたしはバラクをつついて、聞き耳を立てるなと合図した。そのとき、屋敷から現れた茶色の長衣姿の男が階段で立ち止まって、あたりを見まわしているのにわたしは気づき、顔がほころんだ。男の首には、青い紐で小さな携帯用の机が結わえつけられている。携帯机にはインク壺《つぼ》と羽根ペンも取りつけられ、分厚い書類の束がピンで留められていた。

不安げな、困り果てたような表情には見覚えがあった。そうでなければ、サイモン・クレイクだとは気づかなかったかもしれない。歳月は学生時代の友を別人のように変えていた。王室の待遇がよいせいか、顔はまるまると肥え、胴まわりも太くなっている。豊かだった金髪はほとんど消え、いまや黄色いひと房を残すばかりだった。クレイクはわたしの呼びかけに振り返り、悩み疲れたような顔を輝かせた。バラクとわたしは帽子をとり、クレイクは一方の手で小さな文具箱を押さえつつ歩み寄ってきた。もう一方の手でわたしの手を握る。

「シャードレイク！　すぐにわかったよ。流れる歳月もきみにはずいぶんと慈悲深かったようだな。なんと、まだ髪もあるじゃないか。白くさえなっていない」

わたしは笑った。「これまでに扱った仕事を思えば、まさに奇跡だよ」

「信じられんな、もう二十年近く経つとは」クレイクは悲しげに微笑んだ。「あれから世の中はいろいろと変わったたな」

「たしかに」宗教改革、修道院の解散、激しい抵抗。そして父が死んだことを、わたしは痛烈な悲しみとともに思い出した。「ところで」わたしは言った。「ヨークでは紳士階級の宿泊の手配を担当しているそうだな」

「ああ。こういう巡幸関連の仕事をするのははじめてでね。先遣隊といっしょに停泊地に先まわりしては、全員が泊まれるように宿泊先を確保してきた。この雨のせいで、国王がしじゅう予定を変更なさるものだから、参ってしまう」

「大巡幸には出発から随行しているのか」

「ああ。これほど大規模なものは先例がないからな」クレイクは大きくかぶりを振った。「信じられないような問題が起こるんだ。最悪なのは排泄物の処理だよ。停泊地に着くたび、ばかでかい穴を掘らなきゃならない。何しろ三千の人間と五千の馬を連れているんだ。想像できるか？」

「排泄物を地元の人間に肥やしとして使ってもらうわけにはいかないのか」

「必要な量をはるかに越えているんだよ。それにあのにおいときたら。わかるだろう……」

「わかる」

「穴を掘っても、いまやロンドンからハルまでの街道筋はごみだらけだ。悪夢だよ。まさに悪夢というほかない」またかぶりを振る。「しかも、妻をロンドンに残してきてしまった」

「結婚しているのか」

「ああ。子供が七人いる」クレイクは誇らしげに笑った。「きみは？」

「いや、まだ結婚したことはない。それはそうと、助手を紹介しよう。バラクだ」クレイクは薄青色の瞳でまじまじとバラクを見た。「ここの仕事に助手は必要だよ。わたしのまわりは能なしばかりでね。準備することが山ほどあるというのに。実を言うと、また会えたのはうれしいんだが、あいにくいまはあまり時間がとれなくてね。いや、もちろん宿舎へは案内させてもらうよ」

わたしは屋敷を顎で示した。「立派な建物だな」

「ああ。修道院長の居館だった。国王が到着なさったら、こちらにお泊まりになる予定だよ――国王に敬意を表して、呼び名も〈王の館《やかた》〉と改められた」

「また会う機会もあるだろう。そのときには積もる話を」

「いいね。時間がとれたらぜひ――」ふたりの女が角を曲がってくると、クレイクは怯えたような表情を浮かべてことばを切った。「まったく」小声で悪態をつく。「またレディ・ロッチフォードのお出ましか」

聞いただけでだれもが震えあがると言われるその名を耳にして、わたしは一驚した。あわてて三人で礼をする。体を起こしながら、その角張った顔の女をじっと見た。上気した顔はまだ怒りにゆがみ、神経が張りつめているように見える。連れの女は先ほど役人から見せられていた図面を手に持っており、自分の主人を観察するわたしに気づいて、また咎めるような視線を投げてきた。

「クレイクさま！」レディ・ロッチフォードは鋭く言った。「設計責任者がごく簡単な質問にも答えられないのよ。教えてちょうだい。この屋敷のこちら側には、王妃さま専用の出口はあるの？　王妃さまは火事を恐れていらっしゃいます。ホーシャムにいらっしゃったご幼少のみぎり、お住まいが焼け落ちそうになって――」

「申しわけありま――」

「申しわけないじゃすまないのよ！　ジェネット、図面をお出し！　ぐずぐずしないで！」

連れの女は図面を差し出した。クレイクはそれを机の上にひろげてながめていたが、やがてひとつの扉を指さした。「ここにあります。いちばん近いのは専用厨房の出口です」

「そこに衛兵は？」

「いえ、おりません」

「では鍵が要るわね。手配してちょうだい。行くわよ、ジェネット。ほら、はぐれた羊みたいに突っ立ってないで！」そう言うと、レディ・ロッチフォードは図面を奪いとり、ふたりはぬかるんだ地面に裾がつかないようにスカートを持ちあげながら去っていった。

クレイクは額《ひたい》をぬぐった。「まったく、鬼のような女だよ」

「そうだな。噂は聞いてるよ。あの不機嫌そうな顔をした連れは？」

「侍女のジェネット・マーリンだよ。不機嫌なのには理由がある。婚約者が謀反に加担したかどでロンドン塔に投獄されているんだ」

「ということは、地元の人間なのか」

「そうだ。地元の事情に明るいので、ヨークへのお供に選ばれた。一族そろって改革派だから、忠誠心の点でも文句なしというわけさ」そう言って渋面を作る。わずかに顔をゆがめただけだったが、それでクレイクの宗教上の立場がわかった。「さあ、宿舎まで案内しよう。最高の宿とは言いがたいが、数日中には何千人もの人間が押しかけてくる。何千人もだぞ」クレイクは首を左右に振った。

「到着まであと四日だな」

「ああ。きょう宿へ部下をやって、準備が万全かを確認させないとな。いつ何が起こってもおかしくない。七月のあの大雨の際にはさんざんな目に遭ったよ。荷馬車が何台も壊れて、泥にはまって立ち往生だ。すんでのところですべて台なしになるところだった」

「きっと何もかもうまくいくとも」わたしは笑みを浮かべて言った。リンカーン法曹院の図書館で夜遅くまで課題に取り組む、学生のころのクレイクの姿が不意に脳裏《のうり》によみがえった。書類に埋もれ、手にインクの染みをつけて、すべてうまくいくように万全を尽くしていた姿だ。

「そう願うね」クレイクはため息をついて言った。「旅程がしじゅう変更されるので変になりそうだよ。はじめ国王はポンテフラクトに二日宿泊なさったあと、その付近に二週間近く滞在される予定だったのに、いまになって行き先をハルにお変えになった」

「そこの中庭での作業がすべて終わるように、時間の余裕を与えたんだろう。あの仮設宮はなんのために建てているんだ」

クレイクは気まずそうな顔になった。「悪いがそれは言えなくてね。一行が到着すれば公

表される」数歩先を歩いて、わたしたちを修道院聖堂へ導いていく。「それにしても仕事が
――悪夢だよ、まさに悪夢だ」

バラクがクレイクの後ろでにやりと笑った。あの娘と会ってから機嫌がよくなったようだ。

「いつもこんな調子だったのか」声をひそめて言う。

「わたしの知るだれよりも用心深い学生だった。万全を尽くさないと気がすまないんだ」

「発作を起こさないための妙薬だな」

わたしは笑った。「行こう、置いていかれるぞ」

聖堂に着くと、ステンドグラスの大半は取りはずされ、残ったものは割れていた。少し離れたところで、黒髪の中年の男が梯子の上に立ち、慎重な手つきでガラスをはずしている。下のほうへ目をやると、大きな黒い馬が高い囲み板のついた荷馬車の脇で草を食《は》んでいた。

「ガラスを全部はずすのか」わたしはクレイクに言った。「国王がお着きになるころには、ずいぶん寒々しい姿になりそうだ」

「あのガラス職人が、巡幸が到着する前に一枚でも多くはずそうとがんばっている。聖堂がもはや使い物にならないところを国王はご覧になりたいだろうからな」

話し声が聞こえたのか、ガラス職人は仕事の手を止めて下を見た。顔は肉づきが薄くやつれていて、目つきは鋭く油断がない。

クレイクは男に声をかけた。「進み具合はどうだ、オールドロイド」

「おかげさまで順調ですよ」

「国王がお着きになる前に全部はずせそうか」

「ええ。はずし終わるまで、毎朝、日の出とともに働きますよ」

クレイクのあとにつづいて、聖堂のすり減った階段をのぼっていく。巨大な扉が半開きになっていて、泥まみれの足跡が中へつづいている。聖堂は通り道として使われてきたにちがいない。

かつてはここも壮麗な場所だったのだろう。装飾が施された大ぶりのアーチや柱が目もくらむほど高くそびえるなか、壁は緑と黄土色で豪華に彩られ、床にはさまざまな模様の美しいタイルが敷きつめられている。燭光に包まれたさまは、人々に畏怖《いふ》の念を大いにいだかせたはずだ。しかしいまは、ガラスのない窓から差す冷ややかでほの暗い明かりが、家具が取り払われた付属礼拝堂や、かつて聖像が祀《まつ》られていた空の壁龕《へきがん》を照らすばかりだった。何体かの聖像が砕けて床に転がっている。泥と割れたタイルが点々と散って、近道を示すかのように、身廊《しんろう》の南端のやはり半開きになった扉へとつづいていた。廃墟と化した聖堂を歩いていると、表の喧騒とはかけ離れたしじまのなかで足音が不気味に響き渡った。わたしは身震いをした。

「そう、冷えるだろう」クレイクが言った。「ここは川が近いから、湿っぽくて霧が多いんだよ」

壁沿いには木で仕切られた馬房がいくつも設けられている。馬が何頭かそのなかにいたがほとんどは空だった。藁《わら》の束が側廊へとあふれ出ている。

バラクがその一角を指した。「スーキーとジェネシスがいる」

「ここを厩舎《きゅうしゃ》として使っているのか」わたしは信じがたい思いで尋ねた。

「廷臣たちや上級官吏の馬もみんなここにはいる予定だ。なかなかうまい使い方だろう。まあ、聖堂の俗用がおこなわれるようになったとはいえ、罰あたりには見えるだろうがね」

わたしたちは南側の扉を抜け、先ほどのものよりやや小さいが、にぎやかさでは劣らない中庭へと出た。塀に沿ってさらに建物が並び、堂々たる構えの門番小屋と、やや小ぶりの聖堂が建っている。無傷で残されているところを見ると、教区聖堂なのだろう。中庭では、あらゆる種類の農産物が荷馬車からおろされているところだった。袋にはいったリンゴや梨、木炭や薪の束、大小さまざまな蠟燭、何俵もの干し草。使用人たちがそれをそれぞれの建物や仮設の小屋へ運んでいる。囲い柵もいくつか設けられ、羊の群れや、おびただしい数の牛や、何頭かの鹿が収容されていた。ひとつの柵のなかでは、何百羽もの鳥が押し合いへし合いしながら地面を盛んにつついている。雌鶏《めんどり》やアヒルや七面鳥、それに巨大な翼を短く切られたつがいの野雁《やがん》の姿まである。近くでおおぜいの男たちが溝に配水管を敷設していたが、その溝は修道院の南側の塀へ向かって延びていた。開いた門から、干潟《ひがた》や広い灰色の川が少し見える。わたしはかぶりを振った。「これは見たこともない大仕事だな」

「金曜には三千人ぶんの食事を出すことになるからな。さあ、こっちだ」クレイクは家畜の柵の前を通り、二階建ての大きな建物へわたしたちを案内した。「ここはかつて修道士の病院だった」クレイクは気まずそうに言った。「それを仕切って部屋を造ったんだ。そのくらいのことしかできなくてね。法務官のほとんどはここに泊まる。使用人には天幕で寝起きしてもらうしかない」

数人の役人が扉の前に立って話をしていた。宮殿への侵入者を監視する門衛が持つ赤い職杖を手にした者もいる。周囲より頭ひとつ背が高い、大柄でがっしりとした法服姿の男が、ほかの者たちに質問をしていた。クレイクは声を落とした。「あれがウィリアム・マレヴラー卿だ。弁護士で、北部評議会の評議員でもある。法務と警備全般を担当している」

クレイクが注意を引こうと咳払《せきばら》いをして近づくと、大男は苛立たしげに振り返った。重厚できびしい顔立ちをした四十代の男で、下がまっすぐに切りそろえられた流行の〝鋤《すき》形ひげ〟を生やしている。冷ややかな黒い目がこちらをじっと見つめた。

「おや、クレイク。きみとそのちっぽけな携帯机はだれを連れてきたんだね」マレヴラーの声は野太く、北部の訛りがあった。わたしは北部評議会が地元の王党派で構成されていることを思い出した。

「ロンドンのブラザー・シャードレイクですよ、ウィリアム卿。助手もいっしょです」

「国王の嘆願処理を担当するんだったな」マレヴラーは蔑《さげす》むような顔でわたしを見た。高い背丈とまっすぐな背中を手に入れたのはおのれのすぐれた人徳のおかげだ、とでも言いたげだ。「遅かったじゃないか」

「申しわけありません。旅で難儀をしまして」

「金曜の準備をしなくてはならんのだろう。ブラザー・レンヌといっしょに」

「レンヌ弁護士とは先ほどお会いしました」

マレヴラーは不機嫌な声で言った。「あれは小心者だ。しかし、わたしはほかの案件で手いっぱいで、きみたちにまかせるほかない。まずは、宮内府に提出する嘆願の一覧を木曜の朝までに用意するように」

「すべて整えておきます」

マレヴラーはまた胡散くさそうにわたしを見た。「金曜には国王の御前に出るんだぞ。泥のはねた上着などではなく、もう少しましな服はないのか」

「荷物のなかにあります」わたしが荷かごを示すと、バラクはまたかごを揺り動かした。

マレヴラーはぞんざいにうなずき、連れの男たちに向きなおった。バラクが顔をしかめてみせ、わたしたちは建物にはいっていった。中は小さなアーチ形の窓がいくつかあるだけで薄暗く、石の床の中央に暖炉があった。壁に描かれていた宗教画は削りとられ、全体に乱れた印象を受ける。玄関広間は木の間仕切りで小さな部屋に区切られている。ほかにはだれも見あたらない。みな外で仕事をしているのだろう。

「きびしい人だな、ウィリアム卿というのは」わたしは小声で言った。

「北部評議会の評議員の例に漏れず、無慈悲な人間だよ」クレイクは言った。「さいわい、わたしはあまりかかわらずにすんでいるがね。さあ、ここだ」申しわけなさそうにわたしを見る。「勝手ながら、きみときみの助手の部屋は隣同士にさせてもらった。でないと、バラク殿には使用人用の天幕で寝てもらわなくてはいけないんでな。いろんな階級の人間がこれほどおおぜいいると、全員によい部屋をあてがうのはむずかしくてね」

「かまわないさ」わたしは微笑んで言った。クレイクはほっとしたらしく、小さな文具箱を掻きまわして一枚の書類を見つけ出すと、ずらりと並ぶ小部屋の前へわたしたちを導いていった。扉には番号がついている。

「十八番と十九番――そう、ここがきみたちの部屋だ」クレイクは書類に印をつけて微笑んだ。「また会えてよかったよ。だが、もうそろそろ行かなくては」

「いいとも、行ってくれ。よかったら、ここにいるあいだにいっしょにエールでも飲もう」

「時間が許せば喜んでそうしよう。ただ、いまは――」中庭に向かって手を振る。「まさに悪夢だよ」クレイクは軽く会釈をし、また一覧表に目を向けてから去っていった。

「さあ、部屋を見よう」わたしはバラクに言った。扉の錠に鍵が差しこまれていたので、それをまわす。室内には、小ぶりの収納用の櫃のほかには、車輪つきのベッドしか家具がなかった。わたしは乗馬用の靴を脱ぎ、安堵《あんど》の吐息を漏らして体を横たえた。しばらくすると、扉を叩く音がして、荷かごを持ったバラクが裸足《はだし》ではいってきた。わたしは体を起こした。

「とんでもないな」わたしは言った。「足がにおうぞ。だが、わたしの足もくさいんだろうな」

「ああ」

バラクの声に疲れがにじんでいるのに気づいた。「午後は休むことにしよう」わたしは言った。「夕食まで眠れる」

「そうだな」バラクは首を軽く左右に振った。「しかし、ずいぶんな騒ぎだな。あれだけの物資と家畜がひとところに集まっているのを見たのははじめてだよ。いったいあそこでどんな秘密の見せ物を出すつもりなのか」

　わたしは指を鳴らした。「あの仮設宮、何かに似ている気がしたんだが」わたしは言った。「いま思い出したよ。金襴《きんらん》の陣だ」

「イングランド国王がフランス国王とカレーでやった会見のことか」

「ああ。二十年ほど前のことだ。ロンドン市庁舎にその絢爛《けんらん》たる会見のさまを描いた絵がある。同じ造りのばかでかい仮設宮が建てられ、その名のとおり、金襴を張った巨大な天幕が立ち並んだ。今回はルーカス・ホーレンバウトがその宮殿の意匠を真似たんだ」

「なんのために？」

「わからない。ずいぶん豪華だよ。だが、穿鑿《せんさく》の虫は抑えて、仕事に精を出すほうがいいだろう」

「〝ネズミはネズミ色に〟というわけか」

「そのとおり」

「しかも、レディ・ロッチフォードがここにいるとはな。あの女には近づかないに越したことはない」

　わたしは真顔でバラクを見た。「そうだな。何しろ、きみの前の主人の最も暗い陰謀に加担していたんだから」

バラクは落ち着かなげに身じろぎした。ジェーン・ロッチフォードは、五年前、トマス・クロムウェルが、不義密通の告発でアン・ブーリンの信用を失墜させた際に使った手先のひとりだった。レディ・ロッチフォードは、自分の夫でありアン王妃の弟でもあるジョージ・ブーリンが王妃と近親相姦《そうかん》の関係にあるという、この上なく忌まわしい証言をした。世間の大半が信じていた王妃に対する告発が政治的な目的で捏造《ねつぞう》されたものだということを、わたしはいくつかの理由から確信していた。

「いまや最低の裏切り者の代名詞だ」わたしはつづけた。「だが、見返りはじゅうぶんに受けた。王妃の私室付女官になり、ジェーン・シーモア、アン・オブ・クレーヴズ、そしていまはキャサリン・ハワードに仕えているんだからな」

「それにしてはご機嫌が麗《うるわ》しくないようだったが」

「たしかにな。あれほど怒鳴り散らしてばかりいたのには何かわけがありそうだ。まあ、自分が世の中のすべての人間からきらわれているというのはあまり気分のいいものではないだろうがね。ともあれ、もう顔を合わせずにすむことを祈ろう」

「でも、あんたは国王に会わなきゃいけない」

「そうらしいな」わたしはかぶりを振った。「どうも、あまり気が進まないが」

「しかも、あの城の囚人にもかかわらざるをえない。選ぶ余地はないじゃないか」

「ああ。だが、できるだけ穿鑿はしないつもりだ」わたしはバラクにヨーク城での出来事をくわしく説明した。ラドウィンターの冷酷な仕打ちや、ブロデリックが突然飛びかかったことは話したが、囚人に同情しているとラドウィンターから指摘されたことは言わなかった。話し終えると、バラクは考えこむような顔になった。

「危険な囚人の扱いに長け、うまく監視できるやつはほとんどいない。クロムウェル伯爵はそういう人間を高く評価していた」バラクは真顔でわたしを見た。「あんたの言うとおりだな。どっちにも必要以上にはかかわるまい」

バラクは夕食の時間に呼びにくると言って、部屋を出ていった。隣の部屋でベッドがきしむ音がし、バラクがため息をついて体を横たえるのが感じられる。目を閉じたとたん、眠りに落ちた。夢のなかで、父が部屋の外から鮮明な声でわたしを呼ぶのが聞こえたが、小さなベッドから起きあがり、呼びかけに応《こた》えて出迎えようとした瞬間、小部屋の扉はブロデリックの独房の分厚くて重い扉に変わり、しかも施錠されているのがわかった。


バラクには、眠りに就く前に起きる時間を心に言い聞かせると、ほぼまちがいなくその時間に目を覚ますという、うらやむべき才能があった。そのバラクが扉を叩く音でわたしは悪夢から覚めた。部屋は薄暗く、日が落ちかけているのが窓から見えた。扉をあけて玄関広間に出る。いまはほかにも人の姿があり、助手数名と黒い法服を着た弁護士ふたりの姿が目にはいった。みな若い。暖炉に手をかざしてあたたまっていた小柄で痩せた男が、わたしに目を留め、会釈をしてきた。

「新しくいらっしゃったかたですか」大きな目で興味深げにわたしたちを見つめる。

「はい。わたしはリンカーン法曹院のシャードレイク、こちらは助手のバラクです。国王の嘆願処理の手伝いに参りました」

「そうですか」相手はこちらに好感を持った様子で、愛想よく微笑んだ。「ポール・キンバーです。わたしもリンカーン法曹院ですよ」キンバーはふたたび会釈をした。

「巡幸ではどういったお仕事を？」

「徴発局で、道中の物資供給者との契約業務を監督しています。というより、支援でしょうか。はじめから随行していますが、北部の野蛮人どもと交渉するのは骨が折れますよ」キンバーはばかにしたように笑った。

「夕食をとるにはどこへ行けばいいでしょうか」わたしは尋ねた。

「共同食堂があります。助手や大工といっしょに、あわただしく食べなくてはいけませんがね。ただ、遠征地食料配給の受給資格を示す証明書が要りますよ」

「それはどこで手に入りますか」

「グレート・ホールの事務局で発行しています」キンバーは鼻に皺を寄せた。「でも、いまはどこに設置されているのかわかりません。きょう、巡幸の到着に備えて広い場所へ移転しているので」

「たぶん見つかるでしょう」

表に出ると、あたりには秋を思わせる薪の煙のにおいが漂っていた。先刻より空気が湿っぽいのを感じ、わたしは小さく身震いした。少し離れたところでは、茶色い仕事着姿の使用人たちが、仮設の放牧地で家畜の群れに餌《えさ》をやっていた。

「また聖堂のなかを通っていこう」わたしは言った。「事務局は屋敷の近くにあるはずだ」

足音を響かせながら、ふたたび修道院聖堂のなかを進んだ。日の光が弱まるにつれ、気温はさがり、あたりは暗い影に覆われていく。聞こえるのは壁際の馬たちが体を揺するかすかな音ばかりだ。正面玄関を抜け、前庭を見渡した。職人たちは相変わらず鋸《のこ》を引いたりペンキを塗ったり、忙しく立ち働いている。これほど多くの作業がこれほど急速に進められるのは見たことがない。ふたりの使用人が荷馬車から太く白い蠟燭のはいったランプをおろしては、男たちのもとへ運んでいる。天幕の多くにはすでに明かりがともされ、奥から光があふれていた。

「夜も働くつもりなのか」バラクが尋ねた。

「そのようだな。あの者たちのために雨が降らないことを祈ろう」

馬具が鳴る音がしてわたしは振り返った。先刻顔を合わせたガラス職人のオールドロイドが、巨大な馬を引いてゆっくり歩み寄ってくる。それはこの国で最も大きく力が強い中部産の黒毛の馬で、ガラスを満載した高い囲み板つきの荷馬車を引いていた。

「仕事ははかどったかね」わたしは尋ねた。

「ええ、忙しい一日でした」オールドロイドはもの静かな声で言った。帽子にやった手に、細かな傷が縦横無尽についているのに気づいた。長年にわたって刻まれてきた傷にちがいない。「ガラスと鉛《なまり》を給金代わりにもらえます」

「それをどうするんだね」

「紳士がたのお屋敷へ持っていくんです。神話の獣や働く農夫が描かれたものは窓の主役になりますし、新しいガラスを彩色するより安あがりですから」少し間を置く。「しかし、修道士や聖人が描かれたものは融《と》かすように命じられています。みごとなものもあるのに残念ですよ」オールドロイドは急に話すのをやめ、不安げにこちらを見た。国王の政策への批判と見なされるかと思ったのだろう。わたしは異存がないと示すために微笑んでみせた。一瞬、どうつづけるかと思ったが、オールドロイドはふたたび頭をさげ、巨大な馬を引いて門へ向かった。

わたしはルーカス・ホーレンバウトがいるのではないかと思い、天幕を見渡した。あわただしげに通りかかる役人をバラクが何人かつかまえ、グレート・ホールの事務局の場所を知らないかと尋ねたが、みなひどく急いでいて、首を横に振るばかりだった。バラクはため息をつき、門の脇の小さな番小屋のほうを顎で示した。兵士がひとり、門を出入りする人々の書類を確認している。

「あいつに訊こう」

わたしたちは門のほうへ歩いていった。国王の侍者の真っ赤な仕着せを身につけた若い守衛官が、荷馬車の御者の書類を検めていた。おそらく二十代で、背が高く亜麻色《あまいろ》の髪を持ち、目鼻立ちの整った実直そうな顔をしている。窓の下の棚には、学のない者たちのためにことばの意味を説明した注釈入りの聖書が、開かれたまま置かれている。

「通ってよし」兵士がそう言って書類を返すと、御者は馬を引いて門をくぐった。

「グレート・ホールの事務局はどこかわかるか」バラクが尋ねた。「着いたばかりで腹が減ってるんだ」

「申しわけありませんが、わたしも知らないんです。移転したと聞いてますが」

「みんなそう言ってるな」

「あのパイも悪くありませんよ」兵士が顎で示した先で、パイ売りが大工たちに盛んにパイを売りこんでいた。なかなかの売れ行きだ。

「またパイってのはどうもな」バラクはわたしに言った。

「この人混みのなか、夜通しさまようよりはましだ」

バラクはパイ売りに歩み寄った。その男は行儀よく一礼した。なんと言っても、ここは国王の巡幸を迎える地だ。

「助かったよ」わたしは兵士に言った。

「お安いご用です。今夜はどこもてんやわんやですから」

「きみはどこの出身だね」兵士のことばに南部の訛りがあるのに気づいて、わたしは尋ねた。

「ケントです」

「ああ、道理で話し方に聞き覚えがあると思ったよ。何年か前にそっちで仕事をしたことがある」

「巡幸のために召集された兵の大半がケントの出身です。金曜には国王とともにケント人の射手が六百人到着します。国王はわれわれがこの国で最も腕が立ち、最も忠実であることをご存じなのですよ」

わたしは聖書に向かって顎を軽く動かした。「教養を深めているらしいな」

兵士は顔を赤らめた。「牧師さまが、本ぐらいはしっかり読めるようにならないといけないとおっしゃるので」

「そのとおりだよ。では、よい夜を」わたしは番小屋を出て、バラクに歩み寄った。ふたりで立ったままパイを食べ、職人たちを見渡した。なんとも壮大な光景だった。男たちの大声が飛び交《か》い、何百というランプがきらめき、高い塀の上では槍や銃を手にした衛兵たちが見まわっている。暮れゆく空に静かに浮かぶ教会の巨大な影にわたしは目をやった。

「そろそろ寝たいな」バラクは言った。

「わたしもだ。ゆうべは一睡もしていないからな」

わたしたちは、先ほどの建物にもどった。宿舎には弁護士や役人がおおぜいいた。疲れきっていたので、部屋に引きあげながら、軽く会釈をするのが精いっぱいだった。わたしはすぐに眠りに落ちた。

ようやくたっぷり眠ることができ、朝早く目が覚めた。夜が明けたばかりで、そこらじゅうからいびきや寝言が聞こえてくる。バラクより前に目が覚めるとは珍しい。起きあがって静かに着替えたあと、無精ひげの伸びた頬をなでた。ひげを剃《そ》らなくては。

白々《しらじら》と靄《もや》の立ちこめる薄明かりのなかへ、わたしはそっと足を踏み出した。ここに来てはじめて、聖メアリー修道院が静寂に包まれているのを感じた。怒鳴り声も、鋸を引く音も、歩きまわる足音も聞こえない。家畜たちは牛小屋でおとなしく白い息を吐いている。わたしは音もなく草を踏みながら中庭を横切り、聖堂へ向かった。夜のうちに雨が降ったらしく、草はひどく濡れている。聖堂の屋根は霧でよく見えない。ほんの二、三年前なら、いまごろは修道士たちが礼拝にいそしみ、詠唱《えいしょう》の声が高く低く響いていたことだろう。

わたしは、教会を通り抜け、中庭の様子を見にいくことにした。窓からほのかな明かりが差しこんでいたが、かつて聖人たちの像の前に蠟燭がともされていたであろういくつかの付属礼拝堂は、どれもひっそりと薄暗かった。馬たちのほうに立ち寄ってジェネシスとスーキーに声をかけてから、また歩きだす。途中で、引っ掻くような音やガラスの鳴るような音が繰り返し聞こえ、不思議に思った。振り返ると、頭上にオールドロイドの姿が見えた。早々と仕事に取りかかり、ステンドグラスを囲む鉛を叩き切っている。

わたしは中庭へ出た。ここも静まり返り、霧のなかに大きな仮設宮が亡霊よろしく浮かびあがっている。ブーザムの通りに面した門は閉ざされていて、衛兵がひとり、槍にもたれて眠たげにあくびをしていた。しかし、修道院長の居館の窓辺には明かりがまたたき、戸口のあたりには数人の役人がもう立っていて、足踏みと咳払いをしていた。

「シャードレイクさま！」女の声がして、わたしは振り返った。頭巾のついた梳毛織《そもうおり》の上着を身につけた、あのタマシンという娘がこちらへ歩いてくる。わたしは足を止めた。

「リードボーンさん」

「おはようございます」タマシンは膝を曲げて言った。「お会いできてよかった。きのう助けていただいたお礼をきちんと申しあげたくて」霧のなかを見まわす。「バラクさまとごいっしょでは？」

「あの男はまだ寝ているよ」わたしは言った。「それにしても、出歩くのは早すぎないかね」わたしはきのうの騒動を思い出した。襲われたときにちょうどわたしたちが通りかかったのは、この娘にとって幸運だっただろう。

タマシンは微笑んだ。「お仕えしているジェネット・マーリンさまと落ち合って、いっしょに料理人のところへ行くんです。レディ・ロッチフォードが王妃さま専用の厨房の手配にご不満をお持ちらしくて。きょうは忙しくなるんで、早めに動きたいとマーリンさまがおっしゃるものですから」

わたしはタマシンをまじまじと見た。ジェネット・マーリン。きのうレディ・ロッチフォードといっしょにいたあの不機嫌そうな女に仕えているというのか。

「マーリンさまもまだおやすみなのかしら」娘はそう言って、上着を体に巻きつけた。「でも、ここでお待ちしていないといけないんです」

わたしはうなずいた。「では、わたしは行くとしよう」

「たぶんまたバラクさまにお会いして」わたしの冷ややかなそぶりにひるむこともなくつづける。「お礼を申しあげる機会もありますわね」

「お互いにずいぶん忙しくなりそうだ。顔を合わせる機会はもうあるまい」

「こうして同じ宿に泊まっているのですから、いずれは——」

急にことばが途切れ、わたしたちは聖堂のほうから霧越しに響くすさまじい悲鳴に振り返った。それは人間のものにしては大きすぎる、ぞっとするような獣の叫びで、わたしはうなじの毛が逆立つのを感じた。赤い長衣を着た役人が、仕事に向かう途中で体を凍りつかせ、大きく口をあけている。

「いったい何が……」タマシンが息を呑んだ。

その恐ろしい叫び声が、こんどはさっきよりも近くで聞こえたかと思うと、突然ぼんやりとした巨大な塊《かたまり》が現れ、霧のなかを猛然と走ってきた。それは九柱戯《きゆうちゆうぎ》の球のように赤い長衣の役人をはじき飛ばし、タマシンとわたしに向かって突進してきた。

5

あのガラス職人の巨大な馬だ。そう察するや、わたしは娘の体をつかんで跳びすさった。その瞬間、馬が疾風とともに駆け抜け、汗のにおいが鼻を突いた。倒れそうになったとき、タマシンがすばやく背中に手を添えてどうにか体を支えてくれた。背中をさわられるのは大きらいだが、そのときは気づきさえしなかった。巨大な馬を目で追う。馬は屋敷の壁の前まで駆けていき、そこで行き場を失って立ち止まった。目玉を激しくぎょろつかせ、口に泡を点々とつけて、わなないている。

わたしは娘を振り返った。「怪我はないか」

「ええ」タマシンはおずおずと目をあげた。「おかげさまで助かりました」

「危うくひっくり返されるところだった」わたしはぶっきらぼうに言った。「ああ、あの男、立ちあがりそうだ」馬に跳ね飛ばされた役人を指さした。赤い長衣を泥だらけにして、どうにか立ちあがろうとしている。騒ぎを聞きつけた人々が修道院長の居館から駆け出してきた。抜き身の剣を携えた衛兵も数人交じっている。人々が近づくと、馬はまたけたたましくいないて後ろ脚で立ちあがり、前脚を蹴り出した。毛むくじゃらの大きな蹄に脳天を割られてはたまらぬと、みなあわてて後ろへ跳びのいた。昨夜はごく穏やかに通り過ぎていったその馬をわたしはじっと見た。これほど凶暴になるとは、いったい何があったのだろう。

「ほうっておけ！」だれかが叫んだ。「そうすれば、じきにおとなしくなる」人々は馬を半円で囲むようにさがった。馬は怯えた目を人だかりに向け、震えながら立ちすくんでいる。

「いったい何があった。だいじょうぶか、シャードレイク」間近で声がして、わたしは振り返った。いつの間にかクレイクがそこにいて、目の前の光景に呆然《ぼうぜん》と見入っている。

「平気だ。ガラス職人の馬だよ。何かを恐れて興奮したらしい」

「オールドロイドの？」クレイクはあたりを見まわした。「やつはどこだ」

「見あたらない」

クレイクは怯える馬を見つめた。「ふだんはこの上なく穏やかな馬なのに。つなぐ必要もないくらいなんだ。オールドロイドはいつも荷馬車のそばで放して草を食わせていた」

わたしはクレイクを見た。「いっしょに来て、何があったかをたしかめてくれないか」

やがて屋敷から使用人たちが現れ、職人たちも、ろくに着替えもすませないまま、つぎつぎと天幕から出てきて、人だかりがふくれあがっていった。昨夜ことばを交わした守衛官が数人の兵士とともに駆けてくるのが見えた。

「わかった」クレイクは言った。「いっしょに行こう」わたしの隣のタマシンに目を向ける。

「驚いたな、若い娘がこんなに朝早くからひとりで出歩いているとは」

「マーリンさまをお待ちしているんです」

「屋敷のなかにいたほうがいい」わたしは断固とした口調で言った。タマシンはしばしためらっていたが、やがて深々と一礼して立ち去った。クレイクはあの守衛官のもとへ歩きだし、わたしもあとにつづいた。タマシンが人だかりの端で立ち止まり、わたしを見ているのが目にはいった。さっき背中に手を添えられたことを思い出した。そのせいでこちらの目つきが鋭くなったのか、タマシンは背を向けて屋敷へもどっていった。

クレイクが守衛官に声をかけた。心配性の人間のつねで、いざ危機に見舞われるとクレイクは冷静沈着だった。「あの馬の持ち主は聖堂の窓ガラスをはずしていた男だ。主の身に何か起こったのかもしれない。だれか連れていっしょに来てくれないか」

「かしこまりました」

「あとの兵士はここに残すのがいいだろう。あの馬を見張り、野次馬を追い払って仕事にもどらせてくれ。それから、だれか人をやってウィリアム・マレヴラー卿にこのことを知らせてくれないか。きみの名は?」

「ジョージ・リーコンです」守衛官は手短に仲間たちに説明し、身長も横幅も自分と同じくらいの男を連れに選んだ。そして、槍をしっかり握りしめて先頭に立ち、聖堂の横側へ向かって歩きだした。

霧がまだ濃く立ちこめていた。わたしたちは教会の右手を走る濡れた踏み板の上を注意深く歩いていった。バラクがいてくれたら、とわたしは思った。そのとき、前方から耳障りなきしむような音が響いた。クレイクを振り返る。「いまの音、聞いたか」

「いや」

「扉が閉まるような音だった」

「あれはなんだ」クレイクは霧のなかに浮かぶ大きな茶色の塊を指さした。近づくと、それはガラス職人の荷馬車で、梯子が立てかけられていた。

「あの男はどこだ」クレイクは途方に暮れたように言った。「この霧じゃ何も見えやしない。オールドロイド！」大声で呼ぶ。兵士たちもそれにならい、呼び声が霧に呑まれていった。あたりは静まり返るばかりで、返事はない。

「草を食わせるのに馬を放したんだな。だが、なんだってあの馬はあんなに怯えているんだ」

兵士たちがまた声を張りあげた。わたしは荷馬車を観察した。梯子が奇妙な角度で立てかけられ、端が荷台の真上に張り出している。不意に胸騒ぎに襲われ、わたしはリーコンの腕にふれた。

「わたしを持ちあげてくれないか。あの中を見たいんだ」

若者はうなずいて身をかがめ、両手で鐙《あぶみ》を作った。その上に乗って、荷台の囲い板の上端をつかむと、体が持ちあげられるのが感じられた。板に刺さったガラスのかけらに引っかかって、法服が裂ける音が聞こえる。守衛官の手に支えられたまま、わたしは中をのぞきこみ、これまで見たこともないほど恐ろしい光景を目にした。

荷台の四分の三は、砕けたステンドガラスの破片で埋まっていた。ガラスの山の上に、体の何か所かを鋭い破片に貫かれたオールドロイドが仰向けに倒れていた。大きな破片が体の中心を貫通し、剣のように鋭い血まみれの先端が腹から突き出ている。ちょうど真下に見える顔は蒼白《そうはく》で、目が閉じられていた。体の下のガラスは血にまみれている。

わたしは激しく唾《つば》を呑み、大声で言った。「ここにいたぞ！　死んでいる！」

「持ちあげてくれ」クレイクがだれかに頼む声が聞こえ、しばらくして荷台の反対側からクレイクの丸顔が現れた。その顔から血の気が引いていく。「なんてことだ。梯子から落ちたんだな」クレイクはできはじめた小さな人だかりに向かって叫んだ。「ここだ！　だれかの肩に乗って、四人のぼってくれ。死体を運び出すんだ！」

また激しい物音がつづき、四人のたくましい職人たちの頭と肩が現れた。みな、荷台のなかの光景を見て愕然《がくぜん》としたが、おずおずと手を伸ばした。オールドロイドの手足をつかんで引っ張りあげる。あの恐ろしいとがったガラスの破片から体が抜け、傷口から血が大量に噴き出した。そのとき、オールドロイドの目が大きく見開かれ、わたしは荷馬車から転げ落ちそうになった。「生きてるぞ！」わたしは叫び、職人たちは驚いて手を離した。オールドロイドはふたたび破片の山の上に落ち、ガラスが砕ける音が響き渡った。

オールドロイドはこちらに目を凝らした。弱々しく手をあげ、口を動かして何か言おうとしている。わたしは懸命に身を乗り出した。傷だらけで血まみれの手が伸びてきて、わたしの法服をつかんだ。わたしは力をこめて荷台のへりにしがみついた。頭からガラスの破片のなかへ突っこんで、隣に転がる羽目に陥《おちい》ってはたまらない。

「こ――国王は」オールドロイドは震える声でささやいた。

「国王がどうした。何が言いたい？」胸の奥で心臓が激しく波打つせいで、わたしの声も震えている。

「ヘンリーと――」オールドロイドは苦しげに言い、咳きこんで血を吐いた。「ヘンリーとキャサリン・ハワードの子は――断じて――正当な王位後継者ではない！」

「なんだって？　どういうことだ」

「あの女は知っている」体を大きく震わせる。「ブレイボーン」オールドロイドは異様な形相《ぎようそう》でささやき、そうすれば命をつなぎ留められるかのように、青い瞳でじっとわたしの目を凝視した。「ブレイ、ボーン――」声が乱れたあえぎに変わり、握る手の力が抜けて、頭ががくりと後ろに垂れる。オールドロイドは息絶えた。引きあげられたせいで傷口が開き、残っていた血がいまもなお大小さまざまなガラスの破片の上にあふれ出している。

　わたしは腕を震わせながらも体を引き起こした。職人たちがこちらを呆然と見ている。

「何を言ったんだ」クレイクが尋ねた。

「何も」わたしはすばやく言った。「何も言っていない。さあ、運び出そう」後ろを見てリーコンに呼びかける。「おろしてくれ」

　下におりて荷馬車にもたれていると、バラクが駆けてきた。「いったいどこにいたんだ」わたしはきびしい口調で八つあたりするように言った。

「あんたを探してたんだよ」バラクも喧嘩腰《けんかごし》で言い返した。「どこもかしこも大騒ぎだ。いったい何があった?」

「ガラス職人が梯子から荷馬車に落ち、馬が怯えて逃げ出した」

そのとき、ウィリアム・マレヴラー卿が長い脚に黒い法服の裾をはためかせながら長身を現した。人々があわてて道をあける。オールドロイドの血まみれの死体が荷台のへりまで引きあげられ、胸の悪くなるような音を立てて地面へ投げ出されるさまを、マレヴラーは眉をひそめて見守った。

「何事だ」マレヴラーは高飛車に言った。「クレイク、それからそこの弁護士、何があったのかを説明しろ」

「ガラス職人が自分の荷馬車の上に落ちました」クレイクが答えた。

マレヴラーは死体を忌々しげに一瞥した。「とんでもない間抜けめ。ただでさえ、すべきことが山ほどあるというのに。おかげで王室検死官の手を煩《わずら》わせなくてはならなくなった」人だかりを見まわす。「発見したのはだれだ」

わたしは前に進み出た。「わたしです」

マレヴラーは不機嫌そうにうなると、人だかりに向きなおった。「きさまら、さっさと仕事にもどらんか!」大声で怒鳴りつける。「おまえもだ、クレイク。おい、そこの兵士」リーコンに向かって言う。「死体を屋敷へ運べ。それから、あのいかれた馬の首を刎《は》ねさせるんだ!」

マレヴラーのすさまじい迫力に、人だかりはたちまち散りぢりになり、興奮してささやき合う声が霧のなかを漂うばかりとなった。リーコンと連れの兵士が両側からオールドロイドの体をかかえて歩きだし、険しい顔のマレヴラーがそれにつづく。バラクがあとを追おうとしたので、わたしは引き止めた。「待て、ジャック」すばやく言う。「話がある。頭が混乱しているんだ」

わたしは荷馬車の陰で、オールドロイドの今際《いまわ》のことばをバラクに話して聞かせた。

「とんでもないな」バラクは言った。「そんなことを言ったら反逆罪じゃないか。やつは謀反人の支持者だったのか？　死ぬとわかっておおっぴらにお上に楯突いたのか？」

わたしは眉根を寄せた。「懸命に何かを伝えようとしていたが」

「なぜあんたに？　きのうちょっとことばを交わしただけじゃないか」

「死にかけていて、ほかに話す人間がいなかったからだろう」

「ブレイボーンというのは何者だよ」

「わからない。殺害犯かもしれない」わたしはかぶりを振った。

「でも、事故じゃないか。梯子を踏みはずしたんだ」

「そうとも言いきれない」わたしは大きく息を吐いた。「突き落とされたということも考えられる。オールドロイドはガラス職人だ。ふつうなら梯子を踏みはずしたりしない」わたしは荷馬車の向こうの聖堂を見やった。「聖堂へ向かう途中、何かがきしむ音を聞いたんだよ。扉の閉まるような音だった」

バラクの顔が鋭くなる。「ガラス職人を殺し、あんたが来るのに気づいた人間がいたというのか」

「その可能性はある。そして聖堂へ逃げこんだ」

「じゃあ、たしかめに行こう」バラクの目に闘争への渇仰《かつごう》がよみがえっている。わたしはためらった。

「巻きこまれたくないんだよ、バラク。だからオールドロイドの今際のことばについてだれにも話さなかったんだ。わたし以外に聞いた者はいない。だれも知る必要のないことだ」

「だけど、国王と王妃にかかわることを耳にした以上、秘密にしておくわけにはいかないだろう」バラクの顔に気づかわしげな表情が浮かんでいる。「今年の春吊されたのは、何かが進行しているのを知りながら口を閉ざしていた者たちだ。ここでまた何か別の計画が持ちあがっていて、その噂をオールドロイドが知ったんだとしたら？　国王の到着は三日後だ。頼むから、あんたの聞いたことをマレヴラーに話してくれ！」

わたしはゆっくりとうなずいた。バラクの言うとおりだ。

「まず、さっき音がしたという扉を探してみよう。聖堂にだれかいないか、たしかめるんだ。聖堂で不審な物音を聞いたと言えば、確認したものとマレヴラーは当然思うだろうから」バラクは日ごろから腰にさげている剣の柄に手をかけた。

わたしはバラクを見た。一年以上にわたって法律の道を手ほどきしてやったが、一瞬にして、クロムウェル伯爵の下で荒事を担っていた男にもどり、鋭く隙がなく見える。わたしはしぶしぶうなずき、短剣に手を伸ばした。「行こう」

バラクが先に立ち、壁沿いに歩いていく。霧はもう薄れかけ、白っぽい太陽が透けて見えた。荷馬車の少し先まで行くと、案の定、壁に小さな扉があった。大きな鍵穴が見えたので、施錠されているのではないかと思ったが、バラクが押すと、先ほど聞いたあの耳障りなきしむような音を立てて扉が開いた。バラクは剣を抜き、扉を大きく押しあけた。わたしたちは中へ進んだ。

「見ろよ」バラクは大きく息を吐いた。まだ新しい足跡を指さす。湿った泥の跡が扉の前から聖堂の奥へとつづいていた。大きな柱が視界をさえぎっていたので、足跡を目で追おうと首を動かす。

「何も見えない」わたしは小声で言った。

「とりあえず足跡をたどっていこう。真新しい足跡だな——つけた人間は、濡れた草むらにだいぶ長く立ってたんだろう」

「じゃあ、やはりだれかあそこにいたのか」

バラクはうなずいた。「あんたらが来るのを聞きつけて、とっさに聖堂に身を隠し、それから逃げたんだ。たぶんどれかの扉から出てったんだろう」

わたしは首を横に振った。「大騒ぎになるのがわかりきっているんだから、わたしなら人だかりが消えるまでここに身をひそめている。ここなら暗がりがいくらでもあるからな」

バラクは剣を固く握りしめた。「よし、跡をたどろう」

タイル張りの床についた足跡はうっすらとしていたが、見てとることはできた。足跡は聖堂を横切り、近道のために身廊を抜けていった者たちの、泥と糞が混じった足跡と交差して、さらに薄れながら、キリストの生涯が描かれた向こう側の大きなアーチ型の戸口へとつづいていた。その扉はわずかに開いていて、湿った泥の跡はそこで途絶えている。

バラクは微笑んだ。「もう逃げられまい」ささやき声で言う。「大手柄だぞ」バラクが後ろにさがって、扉を思いきり蹴りあけると、衝撃音が人気《ひとけ》のない巨大な聖堂に繰り返し響き渡った。中をのぞきこむ。凝った装飾が施された控えの間が見えた。低い丸天井を彫刻のある何本もの太い柱が支えている。奥にはまたアーチ型の戸口があり、まだはずされていない大きなステンドグラスの窓からぼんやりと日が差す広々とした部屋へ通じている。おそらく集会室だろう。わたしたちは足を踏み入れ、敵が陰に身を隠してはいないかと、柱の列を用心深く見まわした。

「出てこい！」バラクが声を張りあげた。「逃げられないぞ！　観念しろ！」

「扉から離れるな」わたしは言った。「いま兵士を呼んでくる」

「だいじょうぶだ。ひとりで捕まえられる」

「バラク！」わたしは言った。「ばかな真似はするな」だがバラクはもう剣を構えて部屋を歩きまわっている。わたしは短剣を抜き、部屋の隅に目を向けた。しかし、薄暗くてよく見えない。そのときバラクが叫び声をあげた。

「うわっ！」

わたしはバラクのいる奥の部屋の戸口へ駆けつけた。家具がすっかり取り払われてがらんとしていたが、壁際には色鮮やかな長衣を身につけた男たちが二列に並んで立っていた。白髪、長いひげ、血色のいい顔、輝く目。わたしはしばらく口をあけたままでいたが、急に笑いがこみあげた。

「あれは彫像だよ、バラク。預言者と使徒たちだ」薄明かりのなかで見るとまるで生きているようで、バラクが仰天するのも無理はなかった。「ほら、あの青い長衣を着ているのがモーセだ。ああ、唇まで赤く塗られて、ほんとうに生きているよう――」

駆け足の音がして、わたしたちは同時に振り返った。黒っぽい長衣の裾が扉の向こうに消えるのが一瞬見え、大きな音を立てて扉が閉まった。そこへ駆けつけると、鍵がまわる音が聞こえた。バラクが猛然と取っ手をつかんだ。

「くそっ！」バラクは叫んだ。「閉じこめられたぞ！」もう一度取っ手を引くが、びくともしない。

わたしは口を引き結んだ。「つまり捕らわれたのはこちらで、敵はさようならというわけか」

集会室にもどると、少し明るくなっていた。バラクはきまり悪そうに顔を赤くしている。

「すまない」バラクは言った。「おれのせいだ。くそ野郎みたいになんの考えもなく突っこんでいって、彫像相手に大騒ぎするなんて。あいつ、部屋の隅にひそんでいやがったんだ。おれがばかな真似をしなけりゃ、きっとあんたが見つけていた」顔に苦悶《くもん》の表情が浮かんでいる。

「まあ、すんだことだ」わたしは言った。

「おれは変わっちまったな」唐突にバラクが苦い怒りをみなぎらせて言った。

「どういう意味だ」

「二、三年前だったら、ぜったいにこんなへまはしなかった。リンカーン法曹院のやわな暮らしにどっぷり浸かりすぎたよ」バラクは歯を食いしばった。「どうやってここから出りゃいいんだ」

わたしはステンドグラスの窓を見あげた。「ひとつだけ方法がある。あの彫像にのぼって窓を叩き割り、助けを呼ぶんだ。剣の柄を使え」

バラクは口もとをこわばらせた。「聖メアリー修道院じゅうの笑い物だな」

「マレヴラーは笑わないだろう。一刻も早く会いにいかなくては」

「じゃあ、ぐずぐずしてはいられないな」バラクは深呼吸をひとつして、モーセの像にのぼった。石の頭の上で体の釣り合いをとりながら、その上の聖マルコの像をよじのぼっていく。少なくとも敏捷《びんしょう》さは失われてない。こんどは聖マルコの頭の上で体の釣り合いをとりながら、装飾の施された柱に片腕をまわして前のめりになり、いちばん近くの窓ガラスに剣の柄を思いきり叩きつけた。ガラスが砕け散り、すさまじい音が集会室じゅうに響き渡る。わたしは身をすくませた。バラクはその隣のガラスも叩き割って、窓から身を乗り出し、「助けてくれ！」と叫んだ。大声がとどろく。わたしはまた体をすくませた。バラクはさらに二度叫んだあと、上からわたしに声をかけた。

「こっちに気がついたぞ。いま人が来る」

一時間後、わたしたちは〈王の館〉にあるマレヴラーの書斎で、卓の前に立っていた。来る途中、地面に横たわって動かないオールドロイドの馬のまわりに人だかりができているのを目にした。大量の血が中庭を川のように流れるのを見て、わたしはあとずさった。マレヴラーの命令はたしかに実行されたわけだ。屋敷にはかんなくずの香りが漂っていた。書斎の外から鋸を引く音が聞こえてくる。国王の滞在にふさわしい凝った装飾を施す作業が、ここでも進められているのだろう。わたしはマレヴラーに一部始終を話した。マレヴラーは、おそらくはつねに顔に張りついているあの険しい腹立たしげな表情で、じっと耳を傾けていた。毛深い大きな手で、インク壺を握りつぶさんばかりにいじりまわしている。あらかじめ呼ばれていたらしく、かたわらには、絹の法服と上級法廷弁護士の白い職帽を身につけた背の高い細身の男が控えていた。王室検死官のアーチボルトで、王室の所有地で起こる死亡事件全般の調査を担当していると紹介された。

わたしが話し終えると、マレヴラーはしばらく黙したまま、切りそろえられたひげの先を指でなぞっていた。「では、その男は国王と王妃を貶《おとし》める発言をしたというわけか。まあ、こちらではよくあることだ。この春、絞首刑に処すべきだった者がまだまだいる。われわれの密偵の話を聞いてみるといい」

「ただ、あのガラス職人は重要なことを話そうとしていたように感じました。殺されるだけの理由があったはずです」

「仮に殺されたのだとしても」マレヴラーは言った。「聖堂にいたのはただの通りすがりの者で、そこの間抜けが剣を持って駆けこんできたのに怯えただけではないのか」疎《うと》ましげな目をバラクに向ける。

「わたしはそうは思いません」こんな反応が返ってくるとは思いもしなかった。「足跡は荷馬車の近くの扉から集会室までつづいていました。その人物はふたつの扉の鍵を持っていて、はじめから見つからないように聖堂へ逃げこむつもりだった気がします。となると、話はちがってきます。聖堂の鍵を入手できるのはだれでしょうか」

マレヴラーは不機嫌そうに言った。「修道士どもが、もどって物を盗み出せるように、出ていく前に合い鍵を作った可能性はある」じっとわたしを見る。「きみも難事件や謎《なぞ》を追いまわすのが好きな弁護士か。いかにも抜かり者らしい貧相な顔つきをしているな」聞き慣れない言いまわしを口にしたとき、ヨークシャー訛りがいっそう強くなったが、こちらをばかにすることばだということだけはわかった。わたしは何も言わなかった。

「取り逃がすとは情けないな。どんなやつだったかまったく見ていないのか？」

「見たのは黒い長衣の裾だけです」

マレヴラーは検死官を振り返った。「ガラス職人が口にした名前に聞き覚えは？　ブレイボーンという名だ」

「いいえ、ありません」検死官は鋭く青い瞳でこちらを見た。「事実かどうかはともかく、そのガラス職人を荷馬車に突き落とした犯人の名かもしれません。喧嘩をしていたギルドの仲間とか」

　マレヴラーはうなずいた。「そんなところだろう」卓に身を乗り出す。「ブラザー・シャードレイク、国王と巡幸の一行はあと三日で到着する。ここの役人はみな、国王陛下をお迎えするにあたって、すべてが滞《とどこお》りなく運ぶよう準備を整えるのにかかりきりだ。何しろ、市の評議員と地元の紳士階級の服従の儀式が控えているからな。足を踏みはずしたのか、突き落とされたのか知らないが、ガラスを積んだ荷馬車に落ちた間抜けな職人なんぞにかかずらう暇はまったくない。わかったかね？」

「わかりました」わたしは落胆したが、同時に安堵もした。これでつとめは果たした。何か手を打つかどうかはマレヴラーが判断することだ。ところが、つぎのことばを聞いてわたしの心は沈んだ。

「きみは謎に目がないようだから、検死官の代わりにガラス職人の死の謎に取り組むといい」

　アーチボルトが笑ってうなずいた。「それは妙案ですな。こちらも人手を割《さ》く余裕はありませんので」

「その男の家に行って、友人たちに話を聞き、敵がいなかったかをたしかめるんだ」マレヴラーはまた検死官を振り返った。「やはり正式に調査をしたほうがいいんだろう？」

　アーチボルトはうなずいた。「そのほうがよろしいと存じます、ウィリアム卿。事故ではなく、先ほど申しあげたようなギルドの職人同士の喧嘩だったにしても、ほうっておくわけにはまいりません。こちらが何かしら手を打っているのを見せる必要はあるでしょう。これ以上市を刺激するのは避けたいところです」

「そうだな。では、この件はブラザー・シャードレイクと助手にまかせよう」マレヴラーは法服を探り、大きな鉄の鍵を取り出して卓の上に置いた。わたしはしぶしぶそれを手にとった。「あの男が持っていたのは、グロート銀貨が数枚はいった財布とそれだけだ。おそらく家の鍵だろう。調査の結果を報告してくれ。事故死を裏づける証拠が出てくるとありがたい。わかるな」黄色い大きな歯を見せて笑う。「サフォーク公にご報告して、あとは内々に処理するとお伝えしよう」

「しかし、ウィリアム卿」わたしは言った。「この件では、わたしはむしろ証人です。その仕事に適任とは――」

「適任かどうかなど知ったことではない。とにかくこの件を片づけたいんだ。陪審員はここの職人たちから選べばよかろう」

「国王の嘆願処理の準備もしなければなりません」わたしは食いさがった。

「では、われわれと同じように昼夜を問わず働くことだな」マレヴラーはにべもなく言った。アーチボルトに向きなおる。「検死官殿、少し席をはずしていただけるかな。そこの――」手を振ってバラクを示す。「――男を連れて」ふたりは一礼し、冷ややかにわたしを見つめるマレヴラーを残して部屋を出ていった。嫌悪の情が伝わり、これは体が大きく頑強な者が障碍《しょうがい》を持つ者にいだきがちな侮蔑の念なのかとわたしは思った。マレヴラーの目が険しくなる。

「もうひとつ、別の任務にも携わっているそうだな」マレヴラーは言った。「あの城でだ。そんなふうに、陸揚げされたばかりの魚のような目で見るな。わたしは北部評議会に席を持つ身だ。なんでも耳にはいる。きみも政治的立場というものがどれほど不安定かを知っているだろう。そう、このガラス職人の件ではわたしの命令を厳守するように。さっさと片づけろ」

「承知しました」わたしは重い声で言った。マレヴラーはクランマーの言う、北部評議会で信頼の置ける人間のひとりなのだろう。ブロデリックが告発された理由も知っているのだろうか。

マレヴラーはまた残忍な笑みを浮かべた。「そのもうひとつの任務のことだが、噂を聞くかぎり、ラドウィンターに監視をつけるのはいい考えだな。ブロデリックの様子は？　もう会ったのかね」

「きのう面会しました。火傷で感染症を起こしていたので、医者を呼ばせました」

「それはよかった。だが、ひとつだけ忠告する、ブラザー・シャードレイク」大きな角張った指の先をわたしに突きつける。「ブロデリックの身の安全に気を配ること以外には、その高い鼻の先を突っこむんじゃないぞ。ぜったいにだ」

マレヴラーはもう一度こちらをきびしい目で見た。「高い鼻はどうも気に食わない。だからときどき切り落としてやるんだよ。首もいっしょにな」

6

屋敷の前の階段でバラクが中庭を見渡していた。この日の仕事はもうはじまっていて、相変わらず猛烈な勢いで作業が進められていた。ふたつの仮設宮の建築工事は目に見えて進捗《しんちょく》し、開いた扉から、職人たちが内装の仕上げにかかっているのが見える。すぐそばでは三つの巨大な天幕の骨組みを造る作業がおこなわれ、脇には特大の帆布を積んだ荷馬車が停まっている。霧はすでに消え、灰色の空がひろがっている。

「馬は始末されたよ」バラクが顎をしゃくった。その先に壁があり、ブラシと手桶《ておけ》を持った男が血をこすり落としている。

「馬を殺すこともなかったろうに」わたしは言った。マレヴラーの命令についてバラクに話す。「やはり胸の内におさめておけばよかったよ。こんな仕事を押しつけられて、しかもオールドロイドが殺された証拠を見つけでもしたら、ますます不興を買うことになる」

「何からはじめるんだ」

「まず市庁舎へ行こうと思う。市の検死官と連絡をとるのが得策だ。それに、オールドロイドがガラス職人の親方階級なら、所属していたギルドの連絡先を聞き出せるだろう」

バラクはうなずいた。まだ暗く沈んだ顔をしているのを見て、先ほど聖堂で急に見せた感情の爆発を思い出した。あとで話をしなくてはいけない。「では、はじめるとしよう」わたしは深く息をついて言った。

「十時にレンヌじいさんのところに行くことになってるぞ」

「ああ、そうだった。遅れると手紙で伝えよう。牢獄へも行って、ラドウィンターがブロデリックを医者に診せたのをたしかめないとな」

「シャードレイクさま！」聞き覚えのある声に振り返ると、聖堂のほうからタマシン・リードボーンが歩いてくるのが見えた。きのうレディ・ロッチフォードといっしょにいたあの不機嫌そうな女もいる。わたしは歯を食いしばった。この煩わしい娘と顔を合わせずにすむ手立てはないものか。タマシンはこちらへ歩いてきた。

「立ち話をしている暇はありませんよ、タマシン」連れがたしなめるように言った。

「でも、きのう王妃さまのお菓子を守ってくださったのは、こちらの紳士がたなんですよ。それにシャードレイクさまは、きょうも馬が襲いかかってきたときに助けてくださいました」

年上の女は好奇の目でわたしを見た。「死体を見つけた弁護士というのはあなたですか」

「ええ」わたしは辞儀をした。「マシュー・シャードレイクです。あなたはミス・マーリンですね」

驚いたことに、大きな茶色の瞳に怒りの色が宿った。「なぜわたしの名をご存じなのですか」

「きのうお見かけしたときに、クレイク殿から聞きました」

「あのかたが?」皮肉っぽい冷ややかな笑みが浮かぶ。「ええ、ジェネット・マーリンです。きのうご覧になったとおり、レディ・ロッチフォードにお仕えしております」こちらを見る。「なんでも、集会室に閉じこめられて助けを呼ぶ羽目になったとか」

わたしは平然と見返した。「ええ、そのとおりです」

「どうしてそのようなことに?」

「それは口外できません」わたしは冷ややかに言った。

「謎めいたかたね」ジェネットはそう言って背を向けた。「行きますよ、タマシン。王妃さまの厨房の様子を見にいかなくては」

タマシンはわたしたちに笑いかけ、その笑顔でバラクを見つめつづけた。「国王陛下と王妃さまは、あの修道院長の居館にそれぞれ専用の厨房をお造りになっています」誇らしげに言う。「さっきも言いましたけど、わたしたち、その手配をお手伝いしてるんですよ」

「早くいらっしゃい!」ジェネットが衣擦《きぬず》れの音をさせて歩いていく。その足どりには、体をきつく締めつけられているような、奇妙なぎこちなさがあった。婚約者がロンドン塔に囚われているともなると、気がかりも多いのだろう。タマシンはバラクにすばやく話しかけた。

「今夜は食堂で召しあがりますか」

「わからないな。朝食をとる時間もなくてね」

「でも、遠征地食料配給の受給資格はおありでしょう。証明書をお持ちでは?」

「まだもらっていないんだ」わたしは言った。

「代わりにもらってきて差しあげますわ」

「夕食にありつくのは遅くなりそうだな」わたしは言った。「忙しい日だから」

「六時ならどうですか」

「だいじょうぶだろう」バラクは言った。「じゃあ、六時に」

タマシンはすばやく膝を曲げて一礼し、ジェネットのあとを追った。ふたりは屋敷へはいっていった。わたしはかぶりを振った。「あんなお節介《せっかい》な娘に会ったのははじめてだよ」

「あの娘が仕えているのはずいぶんと無礼なくそ女だな」

「そうだな。ああいう王室つきの女官はなんでも勝手が通ると思っているらしい。ところで、あのタマシンという娘、きみを狙っているぞ」

バラクは微笑んだ。「悪い気はしないな。元気のいい娘じゃないか」

「さて」わたしは言った。「この壮大な迷宮のどこかに、手紙を送る手配ができる場所がないかを探しにいこう」

衛兵から道を教わり、少年たちが書状を持って駆け足で出入りする天幕まで歩いた。そこで手紙を頼めば市のどこにでも届く仕組みだ。担当の男はレンヌへの手紙を受けつけるのに気乗りしない様子だったが、マレヴラーの名前を出したとたんに魔法がかかり、ひとりの少年が走り書きの手紙を携えてあわただしく出ていった。

わたしたちは外出着を身につけ、ブーザムの通りに面した門へ向かった。人々が櫓の下をせわしなく出入りするなか、国王の兵士と、麻袋を山ほど積んだみすぼらしい荷馬車からおりてきたほこりまみれの夫婦とが言い争っていた。ふたりともゆるい野良着姿で、服の柄は、赤褐色《せっかっしょく》の生地に緑色のさまざまな大きさの四角形が散った奇妙なものだ。

「国王のご到着に備えて、ありったけの農産物を集めてるって聞いたんですがね」男のほうがスコットランド訛りで言った。

「国王のご滞在中、スコットランド人は市内に立ち入り禁止だ。流れ者を入れるわけにはいかない」衛兵は取りつく島もなく言った。

「はるばるジェドバラからやってきたのに。今年収穫したオート麦を積んできたんですよ」

「では、われわれの家畜をくすねていく〝国境の盗賊〟にでもふるまってやればいい。さあ、とっとと失《う》せろ。スコットランド人に用はない！」

夫婦は落胆して荷馬車にもどっていった。わたしたちが近づくと、衛兵は目配せをした。

「野蛮人は締め出しませんとね」訛りからするとヨーク人らしく、男は悦《えつ》に入った様子だった。きのう会った弁護士のキンバーがそれと同じことばで北部の人間を呼んでいたのをわたしは思い出した。

わたしたちは市内にもどった。市庁舎は通りをほんの二、三本隔てた先にあり、その隣にも屋根のない修道院の廃墟がある。かつてこの市街には、修道士たちがあふれるほどいたのだろう。市庁舎は〈王の館〉と同じくらい活気があり、人々が忙しげに出入りしている。大きさではロンドンの市庁舎にははるかに及ばないが、堂々たる建物だった。わたしは入口の衛兵に話しかけ、市の検死官に面会するにはどこへ行けばよいかと尋ねた。

「検死官はここにはいらっしゃいません」衛兵は興味深げにこちらを見た。「しかし、タンカード裁判官なら在庁なさっています」通されて、広い玄関広間にはいると、みごとな水平跳ね出し梁を具えた天井の下で、商人や役人たちが立ち話をし、役人たちがあわただしく周囲の部屋に出入りしていた。わたしは通りかかった事務官に、市裁判官《レコーダー》はどこにいるかと尋ねた。市の法曹界の長をそう呼ぶのは、ロンドンもここも同じだ。

「いま市長とごいっしょです。お会いになるのはむずかしいでしょう」

「ウィリアム・マレヴラー卿の使いで参りました」

ここでもその名は効力を発揮した。「ご案内します。どうぞこちらへ」

わたしたちは川を望む大きな部屋へ通された。ふたりの男が卓の前に立ち、金貨をていねいに数えていくつもの小山に分けている。ひとりはきのう見かけた、鮮やかな深紅《しんく》の長衣を身につけた小太りの市長だった。「あちこちまわって寄付を募《つの》ったが」市長が不機嫌そうに言った。「なぜもっと集めなかったんだと文句を言われるんだろうな」

「ここまで集めるだけでもひと苦労でした。それにこの金杯はよい品ですよ」もうひとりはもう少し若い細面の実直そうな男で、法服に身を包んでいる。

「これでは金杯がいっぱいにならない」市長は顔をあげ、戸口に立つわたしたちを腹立たしげに見た。

「どうした、オズワルドカーク、こんどはなんだ」

事務官は頭が床に届きそうなほど深々と辞儀をした。「市長殿、こちらのかたがたがウィリアム・マレヴラー卿のお使いで見えました」

市長は大きく息をつくと、手を振って事務官をさがらせ、出張った目をわたしに向けた。「で、ウィリアム卿はこんどは何をお望みなんだ」苛立たしげに金貨の山をさす。「市裁判官とわたしとで、金曜に国王へお贈りする市の献上品を調《ととの》えているところだ」

わたしは名乗り、ガラス職人の死を調査するという自分の任務について説明した。「この件を担当するように命じられています」わたしは言った。「しかし礼儀として、ヨーク市の検死官にもお知らせしておきたかったのです。お力添えいただけるかとも思いまして」わたしは期待をこめて付け加えた。

市長は眉をひそめた。「ピーター・オールドロイドなら知っている。二年前、ガラス職人ギルドの長をつとめていた。これは市で調査するべき案件だろう」

「王室の所有地で死亡したなら、王室検死官の管轄ですよ」細面の男が言った。手を差し出す。「市裁判官のウィリアム・タンカードです」微笑を浮かべながらも、好奇の目をこちらに向ける。

「ロンドンのマシュー・シャードレイクです」

「なんということだ」市長が憤然と言った。「この市の市長だというのに、わたしにはなんの権限もないのか」ため息を漏らし、裁判官に向かって手を振る。「そのふたりを外へ連れていってくれ、タンカード。大金のそばをうろついてもらいたくない。必要なことは教えてやれ。ただし、長話はするなよ」

わたしたちはタンカードにつづいて部屋を出た。「市長の非礼をお詫《わ》びします」タンカードは言った。「何しろ、金曜までに片づけることが山ほどありまして。こちらがどれだけ脅しても、市民は通りにごみを投げ捨てるのをやめず、家の前のがらくたを始末しようともしません」

「お手間をとらせて恐縮です。検死官がどこにいらっしゃるかを教えていただければ……」

タンカードは首を横に振った。「あいにく、きょうはエインスティで検死審問があるので、サイクス検死官は市内にいません」

「では、オールドロイド殿の住まいを教えていただけますか。ご家族に知らせなくては」それは自分の仕事のなかでも気の滅入《めい》るものだった。

「ガラス職人はみなストーンゲートに住んでいます。ここのほぼ反対側にある聖ヘレナ教会の先ですよ。オールドロイドは教会の庭を越えたところに住んでいました」

「ありがとうございます。さっそく向かいます」

タンカードはうなずき、鋭い目でわたしを見た。「気をつけてください。修道院が解散して、ガラス職人たちは多くの仕事を失いました。南部人に友好的とは言えません」

広場をはさんで市庁舎のほぼ反対側に、みごとなステンドグラスの窓を具えた古い教会があり、通行人に尋ねたところ、その教会沿いに延びるせまい通りがストーンゲートということだった。片側が古い教会の庭に接し、そのうえ背が高く幅のせまい建物が軒を連ねているので、張り出した庇が灰色の空から注ぐ日差しの大半をさえぎっている。通りを進んでいくと、ガラス窓をかたどった看板を出した家が目につきはじめた。作業場からガラスがふれ合う音や槌を振るう音が聞こえてくる。ストーンゲートの半ばまで来たとき、教会の庭のはずれに着いた。「このあたりだな」バラクが言った。

そのとき、黒髪の頭にゆるい帽子をかぶった、角張った顔の中年男が通りかかったので、わたしは呼び止め、オールドロイドの家はどこかと尋ねた。

「そういうあなたは？」男は言い、鋭い目つきでわたしを見た。男の手はオールドロイドの手と同じように傷だらけだった。

「聖メアリー修道院から来ました」わたしは言った。「オールドロイド殿が事故に遭われたもので」

「事故？　ピーターが？」心配そうに顔を曇らせる。

「本人をご存じですか」

「もちろん。ギルドが同じで、友人でもあります。何があったんですか」

「けさ早く、修道院聖堂で作業をしていたときに梯子から落下なさったんです。残念ですが亡くなりました」

男は眉をひそめた。「梯子から落下？」

「詳細はわかりません。わたしたちは王室検死官からこの件を調査するよう任じられました」わたしは言った。「本人をご存じということでしたが、お名前は……」

「ラルフ・ダイク。ピーターと同じガラス職人の親方です。いいやつだったのに」

「できればオールドロイド殿について教えていただきたい。ご家族はいらっしゃいますか」

「女房と三人の子供がいましたが、三八年の疫病でみんな亡くなりました」ダイクは十字を切った。「徒弟がひとりいるだけです」

では家族はいないわけだ、とわたしは安堵した。ダイクは二軒先の家を指さした。「ピーターの家はそこです」わたしたちをしばらく見てから、一歩後ろにさがる。「では、仕事がありますから。ギルドの仲間にも伝えないと」ダイクはそう言って背を向け、足早に去っていった。

「なんだか話をしたくなさそうだったな」バラクは言った。

「聖メアリー修道院に滞在している南部人など、信用できなかったんだろう。さあ、家を見にいこう」

　ダイクが指さした家は漆喰工事が必要な状態で、正面玄関の扉の塗装がひびだらけで剝がれかけていた。扉を叩いたが、返事がなかったので、鍵を取り出し、錠に差して扉をあけた。そのときバラクがわたしをつつき、向かいの家の窓を顎で示した。女の顔がさっと引っこんだ。わたしは扉を押しあけた。

　オールドロイドの家はレンヌの家より小さかったが、同じように広間を中心とした造りになっていて、部屋の中央に暖炉があり、黒い梁が渡された天井には排煙口があいていた。小さな火床には昨夜の薪の灰が積もっている。棚に並べられた皿はほとんどが白鑞《しろめ》製で、家具は手入れが行き届いていたがどれも安物だった。

「ごめんください！」わたしは大声で言った。「だれかいませんか？」返事はなかった。

「変だな」バラクは言った。「使用人か徒弟ぐらいはいてもおかしくないのに」

わたしは奥の扉へと歩いた。扉の向こうの廊下にはさらに扉が並び、二階へ通じる木の階段があった。ひとつ目の扉をあけると、そこは台所だった。わたしはかまどに歩み寄った。あたたかい。いましがたまでだれかが料理をしていたらしい。通りから往来の音がかすかに聞こえるばかりで、家のなかは静かだ。台所を抜けて別の扉を出ると、塀に囲まれた庭と門があり、庭の隅のあけ放たれた小屋に炉が置かれていた。壁際には、彩色や塗装を施された窓ガラスのかけらが積まれている。真っ二つに割られたものも多い。わたしは血まみれの荷馬車を思い出して体を震わせた。オールドロイドは、彩色された小さなガラス板数枚を再利用のために選び出していた。鳥や動物、神話に登場する獣などが描かれたガラス板が布の上に並べられている。宗教的な主題を扱ったものはない。「言ったとおりだな」バラクが言った。「ガラスを再利用するためにとっておいたんだ」わたしは身をかがめてガラスの絵をながめた。何百年も前に描かれたと思われる美品もある。聖メアリー修道院からはずしてきたものだろうか。

バラクは炉のそばに立っていた。脇には大きな桶が置かれ、融かすつもりだったのか、中には祈りを捧げる修道士が描かれたガラスのかけらが詰まっている。バラクは炉の側面にふれた。「冷たいな」

「二階を見よう」

中へもどって階段をのぼると、こぢんまりした廊下にまたふたつの扉が並んでいた。ひとつをあけるとそこは寝室で、藁が敷かれた車輪つきのベッドが一台と、衣類や青い外套《がいとう》がはいったあけっぱなしの櫃がひとつ置かれているだけだった。

「徒弟の部屋だな」わたしは言った。

「ひとり部屋とは贅沢《ぜいたく》だな」

「オールドロイドの家族はみな疫病で死んでいるから、ほかに部屋の使い道がなかったんだろう」もうひとつの扉をあけると主寝室があった。緑と黄の縞模様の壁布が、窓を除く部屋じゅうにめぐらされている。羽毛のマットレスが敷かれた高級なベッドと、彫刻や彩色が施された頑丈そうな大櫃がふたつ置かれている。蓋《ふた》をあけたところ、ていねいにたたまれた替えの衣類が見つかった。

「書類はどこにしまってあるんだろう」そう言ったとき、バラクがわたしの腕に手を置いたので、わたしは振り向いた。

バラクは唇に指を押しあてたあと、後ろへ軽く顔を向けた。「階段にだれかいる」声を響かせずに言う。「床板がきしむのが聞こえた」動くなと合図をして、扉に忍び寄り、じっと聞き耳を立てたのち、勢いよくあけ放った。金切り声があがり、バラクがもどってきた。その腕は十代はじめの太った少年の首にまわされていた。少年は徒弟の青い上着を身につけ、赤い髪を振り乱している。

「鍵穴から盗み聞きしていたよ」バラクが言った。「この小僧、捕まえたら噛みつこうとしやがった」バラクが少年を離してひと突きすると、少年は向かいの壁にぶつかって、扉にもたれかかった。目を見開いてわたしたちを交互に見る。

「オールドロイド殿の徒弟か」わたしは尋ねた。

少年は唾を呑んだ。「はい、そうです」

「わたしたちは国王に仕える役人だ」それを聞いて、少年は怯えた目をいっそう見開く。

「聖メアリー修道院から来た。きみの名は？」

「ポ、ポール・グリーンです」

「ここに住んでいるのか」

「はい、オールドロイドさんといっしょに」

「ここで徒弟になって長いのかね」わたしは声を和らげて尋ねた。

「二年です。十四のときに徒弟にはいりました」少年は深く息をついた。「悪気はなかったんです。炭を取りにいってもどったら、オールドロイドさんの寝室から声が聞こえて」ほんの一瞬、少年が壁の下のほうへ視線を走らせたのに気づいた。「それで泥棒じゃないかと思いました」

「階段の下に炭の袋が置いてあった」バラクが裏づけるように言った。

「ほかに使用人はいないのか」わたしは尋ねた。

「あとは家政婦だけです。親方の夕食用の鶏肉を探しに出かけました。国王の徴発官がなんでも買い占めてしまうから、市内では物が不足してるんです。ぼくは親方から、修道士のガラスを融かすから炉の用意をするようにと言われました。でも、その前に炭を取ってこなきゃいけなくて」こちらをじっと見つめる目はまだ怯えきっている。

「悪い知らせがあるんだよ、グリーン」わたしはやさしく言った。「きみのご主人が亡くなった。けさ早く、聖メアリー修道院で梯子から荷馬車に落ちたんだ」

少年の顔から血の気が引いた。口をあけたまま、力なくベッドに腰をおろす。

「オールドロイド殿はよくしてくれたのか」

「はい」消え入るような声で言う。「親切にしてくださいました。なんて気の毒な」少年は十字を切った。

「わたしたちは王室検死官から親方の死を調査するよう依頼された」

少年の目が険しくなる。「事故じゃないんですか」

「どうなのかを調べている」わたしは少年を見た。「親方がだれかと揉めていなかったか、きみは知らないかね」

「いえ、知りません」だが声にためらうような響きがある。少年はもう一度視線を壁の下のあたりへ向けかけたが、こんどは思いとどまった。

「オールドロイド殿の友達や家族の名前はすべてわかるかね」

「付き合ってるのは仕事仲間の職人さんたちばかりでした。ご家族はみんな疫病で亡くなったんで、もういらっしゃいません。前の徒弟も死んでしまって、そのあとにぼくが徒弟にはいったんです」

「では、親方に危害を加えそうな人間に心あたりはないと」

「ありません」ふたたび声にためらいがにじむ。

「ほんとうに？」

「ええ、ほんとうです。ぼくは——」

しかし、少年が言い終える前に、玄関で、ノックというにはあまりにも大きな、扉を叩き破るような轟音《ごうおん》が響いた。その場の全員が息を呑み、少年は怯えた悲鳴をあげた。おおぜいの足音が一階の部屋や庭へなだれこみ、同時に二階にも駆けあがってくる。バラクが戸口から飛びのいた瞬間、扉が勢いよく開き、国王の仕着せ姿の衛兵がふたり、剣を構えて飛びこんできた。バラクは部屋の真ん中で両手をあげた。徒弟は恐ろしさのあまり、うめくような声を漏らしている。すぐそばの衛兵がこちらを見て残忍な笑みを浮かべた。「おまえたち、そこを動くなよ」威嚇《いかく》するように言い、階下に向かって叫ぶ。「閣下、やつらはここです。寝室です！」

「これはどういうことだ」わたしは尋ねた。「われわれは——」

「だまれ！」衛兵はまた底意地の悪い笑みを漂わせた。「おまえたちに逃げ場はない」

つぎの瞬間、マレヴラーが勢いよく部屋にはいってきた。

7

ウィリアム・マレヴラー卿は、わたしからバラクへ、そして恐れおののく徒弟へと鋭い視線を移した。「どういうことだ」と怒鳴る。

わたしはつとめて声を平静に保った。「ご指示どおり、検死官に代わってガラス職人の死亡事件を調査しております。いま来たばかりでして、徒弟に質問し――」

「ああ、そうだったな」驚いたことに、自分が出した指示を忘れていたらしい。「なぜこの部屋にいる」

「こいつが戸口で立ち聞きしてたんですよ」バラクがグリーン少年を顎で示した。

マレヴラーは身を乗り出して徒弟の耳をつかみ、ぐいと引っ張って立たせた。少年のまるまるとした手脚が震えている。マレヴラーは怯えきったその顔を鋭くにらんでから、わたしへ向きなおった。「なるほど。で、こいつから何を聞き出した」

「オールドロイドに敵はいなかったはずだと言っています」

「ほう」マレヴラーは少年へ顔を向けた。「おまえ、主人のことで何を知っていると？　立ち聞きで何がわかったんだ」

「仕事のことだけです。ほかは知りません」

マレヴラーは不満の声を漏らし、少年の耳を放して深く息をついた。「サフォーク公にお伝えしたよ。そうしたら、わたしが直接捜査にあたるようにとの仰せだった。オールドロイドはわれわれを相手にいかさま商売をしていたらしい。調べなくてはな」

「そんな」少年が言った。「まさか親方が――」

マレヴラーの強烈な一撃が顔面を見舞い、ことばが途切れた。少年はベッドへ倒れこみ、口からも、マレヴラーの指輪があたって裂けた頰からも、血があふれた。マレヴラーはわたしに目を向けた。「このうるさい子豚を聖メアリーへ連れていき、何を吐かせられるか試してみよう。ほかに使用人はいるのか」

「家政婦がいるはずですが、買い物に出ているようです」

「その女にも来させよう」そばの衛兵へ顔を向ける。「二名でこの小僧を聖メアリーへ連行しろ。残りの者はわたしとここを捜索する」ひとりの衛兵がグリーン少年を引っ張って立たせた。えずいた少年は歯を一本手のひらに吐き出し、恐怖と衝撃で声もなく泣きはじめた。まだひどく出血している少年を、衛兵は部屋から引っ立てていった。マレヴラーは別の衛兵に向かって事もなげに言った。「では、下へ行って捜索の段取りを整えろ」

「何を探すのでしょうか、ウィリアム卿」

「わたしが見ればわかる」マレヴラーは部下が立ち去るのを見届けてから、わたしをにらみつけた。「この件はきみの管轄外だ。忘れろ、いいな」

「はい。われわれには——」

「きみたちには関係ない。それから、けさオールドロイドから聞いたということばだが、国王だの、例の名前だの——」そこで声を落とす。「ブレイボーンだったな。それについては他言無用だ。わかったな。だれかに漏らしたのか」

「いいえ、ウィリアム卿」

「では、ふたりとも行くがいい。自分の職務にもどって——」

外の騒ぎにことばがさえぎられた。マレヴラーが窓のほうを向く。通りでふたりの兵士が徒弟を引っ張っていくのが見えた。少年の両脚に力がはいらないので、腕をつかんで地べたを引きずって進む。少年はこわがっておいおい泣き、逃がしてくれと請うた。近くの家々の戸はみなあいている。おおぜいの人々が——たいがいは女たちだが——それぞれの戸口に姿を見せ、ざわめきが起こっていた。「恥知らず！」だれかが兵士の背中に言った。「南部人の犬！」もうひとりが叫ぶ。マレヴラーは口を引き結んだ。

「けしからん、あいつらみんなぶちこんでやる！」目の色を変えて勢いよく出ていき、すぐあとで怒鳴り散らす声が聞こえた。「仕事に精を出せ。とっつかまって鞭《むち》打ちにされたいのか！」

バラクがわたしをつついた。「いまのうちにずらかったほうがいいな。裏口から出よう」

わたしはためらい、徒弟が見ていた壁の一角に目を走らせたが、やがてうなずいてバラクのあとから階下へおりた。別の兵士がふたり、裏門を見張っている。公務で来た旨《むね》を説明したが、通してもらうには委任状を見せなくてはならなかった。出たところはせまい脇道で、その道をたどって大通りへ出た。市庁舎に向かってゆっくり歩きながらも、ふたりとも事の成り行きに少し動揺していた。

「昼めしにありつけないかな」バラクが言った。「胃袋のやつ、おれの喉が掻っ切られたと思ってるぜ」

「そうだな」わたしも自分の空腹に気づいた。そう言えば朝食をとっていなかった。繁盛《はんじょう》している宿屋があったので、そこでパンとスープを注文して空席についた。

「いったい何がどうなってるんだ」周囲に聞こえないように、バラクが小声で尋ねた。

「さっぱりわからない」

「サフォーク公がなぜ関係してる。巡幸の責任者だよな」

「ああ。国王のそばに仕える要人だ」

「オールドロイドは何をしたんだろうな。ガラスの取りはずし代金を吹っかけたとしても、兵士の一部隊を送りこまれはしまい。ばかげてるよ」

「そうだな。われわれと会った当初はマレヴラーもそう考えていたようだ」わたしは声を落とした。「政治がからんでいる。それしかない」

「謀反につながるのか」バラクはそっと口笛を吹いた。「そう言えば、オールドロイドは教皇派じみたことを言って、ステンドグラスを惜《お》しんでいたな」

　わたしは首を縦に振り、すぐに眉をひそめた。「あの徒弟はどんな目に遭わされるんだろう」

「哀れなくそ野郎」そう言って、バラクは硬い表情でわたしを見た。「だが、徒弟は盗み聞きをして事情を知っていることが多いし、ああいうひよっこは脅して吐かせるのがいちばん手っとり早いんだ」

「それがクロムウェルの流儀か」

バラクは肩をすくめた。「少しでも道理がわかれば、あの小僧は知ってることを全部話すさ」

「あの少年はたしかに何かを知っていた」わたしは思案をめぐらせて言った。「壁の一点を何度も見ていたよ。壁掛けの後ろに何か隠してあるかのようだった」

「そうだったのか。気づかなかった」

「マレヴラーに言うつもりだったが、怒って飛び出していったからな」

「すぐにもどって、伝えるほうがいいんじゃないか」

わたしは首を横に振った。「さっさと立ち去らせたがっていたじゃないか。あとで話すとしよう」

「なんにせよ、おれたちはこの件からはずされたわけだ。別に残念じゃないけどな」

「それはそうだ。しかし……」わたしは逡巡《しゅんじゅん》した。「何がどうなっているのか、考えずにはいられないのだよ。オールドロイドのあの悲壮なまなざしはけっして忘れられそうもない。国王と王妃について言ったこと。そしてあのブレイボーンという名前。なんと言っても由々《ゆゆ》しき事態だ」

「どうやらな」

「マレヴラーがオールドロイドのことばをサフォーク公に伝えて、その意味がサフォーク公にはわかったということではないか。マレヴラーの知らない国の秘事をご存じなのだろう」

「それで好奇心が掻き立てられるってわけか」バラクはにやりと笑った。「じゃあ、気をつけないとな。どうせあんたは、ガラス職人の事件を調査したくなるんだろうけど」

「いや、仕事を片づけるので手いっぱいだ」わたしは鉢を押しやった。「行こうか。きょう会わなくてはならない愉快な紳士がもうひとりいる。ラドウィンターだ。ここは市中だから、レンヌを訪ねる前にそちらをすませよう」


細い混み合った通りを進むには馬よりも徒歩のほうがたやすく、半時間も経たないうちにわたしたちは市中を突っ切っていた。ヨークはロンドンよりはるかにせまく、目印となる建物もわかってきた。城に着くころにはふたたび雨が降っていた。身の奥に染み入るような霧雨だ。城壁のなかは、落ち葉と泥で足もとがぬかるんでいた。わたしはアスクの骸骨を見あげた。

「ああいうさらし物を長々と見つめるのは体に悪いな」バラクがひっそりと言った。

「ブロデリックに言わせると、あれを見て弁護士の末路に思いをはせるべきらしい」ブロデリックの独房がある塔の最上階の小窓にわたしは目をやった。「さあ、はいるとするか」

「きょうは付き添ったほうがいいのか」バラクが尋ねた。

「いや」わたしは笑みを浮かべた。「興味があるのはわかる。きみの立場なら当然だ。でも、ラドウィンターとは一対一で向き合うしかない気がする。供の者を連れていけば、弱気の証と受けとられかねない」

　バラクがうなずいたので、わたしは先に立って衛兵所へ向かった。そこにはきのう会ったいかつい顔の衛兵がいて、バラクは火のそばで待つことになった。その衛兵がきょうも塔へ案内し、外の扉を開錠した。

「ここからひとりで行ってもらっていいですか」

「もちろんだ」わたしは中へ進んだ。背後で鍵がかけられた。きのうと同じく石段をのぼる。どこかで水がしたたる音がするが、ほかは物音ひとつ聞こえない。この塔にいるのはラドウィンターとブロデリックだけだろう。ブロデリックは厳重すぎるほどに監禁されている、と思った。囚人と外界のあいだにはひとりならず衛兵がいて、城の跳ね橋と衛兵所で任に就いている。そして施錠された塔、さらにまた施錠された独房。

　二度も息切れした姿をさらしてはなるまいと、わたしはラドウィンターの部屋の外で立ち止まり、呼吸を整えた。けれども、相手は猫のように耳ざとく、足を止めていくらも経たないうちに重い扉が力強く開いた。ラドウィンターが険しい顔で戸口に立ち、切っ先の鋭い剣を握っている。わたしだとわかり、声をあげて笑った。

「シャードレイク殿！」

意地の悪い挨拶《あいさつ》を予想してわたしは顔を赤くしたが、ラドウィンターは室内へ招じ入れた。「驚きましたよ。外で人の物音が聞こえたので」剣を置く。「濡れていますね。火のそばへどうぞ」

部屋の中央の火鉢で暖をとれるのはありがたかった。「あっという間に今年も過ぎていきますね」ラドウィンターは親しげな口調のままで言いながら、すでに整えてある髪をなでつける。「巡幸のご一行が到着する金曜日にはぜひ晴れてもらいたいものです。このじめついたヨーク地方ではまったくあてにできませんが」

「たしかに」なぜこんなに愛想がよいのか、とわたしは思った。

「きょうは葡萄酒でもいかがですか」ラドウィンターが誘う。ためらったのち、わたしはうなずいた。ラドウィンターはゴブレットを手渡してきた。「さあ、どうぞ。医師が来て、エドワード卿の火傷の手当てをしたんです。ただれたところには湿布をあてました。あすまた来ます」

「なるほど」

「きのうはのっけからお互いに気まずい思いをしましたね。どうかお許しください。わたしはこの塔にひとりでいて、付き合う相手は囚人とむさ苦しい衛兵たちだけです。孤独は暗い気分を生むものでしてね」そう言ってわたしに微笑んだが、その目はいまだに冷たい光を帯びていた。

「忘れることにしよう」わたしは静かに言った。こちらが勝ったとも考えられ、これ以上自分の権威が脅かされないことを願った。ラドウィンターはうなずいたのち、窓へ歩み寄ってわたしに手招きをした。雨滴のついた窓ガラス越しに幅の広い川と建ち並ぶ家々が見え、さらに市壁の向こうには、森と荒野がひろがる殺風景な田園地帯がつづいている。ラドウィンターは市の外へ延びる一本の道を指さした。

「あれがウォームゲートです。巡幸の列は金曜日にあそこからはいってきます」

「何千人もが市中を通って聖メアリーへ向かう光景がどんなものか、想像もつかない」

「王室ははるか昔からたびたび巡幸をおこなってきました。とはいえ、これほどのものははじめてです」ラドウィンターは地平線を指し示した。「向こうがフルフォード・クロス。市の境界とされている場所です。市の有力者たちがそこで恭順の意を表することになっています」

「わたしもそこへ行く予定だ」

ラドウィンターはこちらを向いた。「ほんとうですか」

「国王への嘆願の処理に携わっているんでね。拝謁を賜《たまわ》ることになる」

「喜んでいらっしゃるように聞こえませんが」

わたしはためらった。「いささか荷が重くてね」

「わたしは陛下のお姿を拝見したことがあります」

「ほう」

ラドウィンターは得意げにうなずいた。「三年前のジョン・ランバートの裁判を覚えていらっしゃいますか」

覚えている。イングランド国教会の首長として、国王は急進改革派だったランバートの異端審問を執《と》りおこなった。それは、改革はもうじゅうぶんだという国王の思惑がはじめて感じとれた出来事だった。

「ああ」ゆっくりと答える。「ランバートは火刑に処せられた」

「当然の報いです。ロラード塔に収監されているあいだ、ランバートの面倒はわたしが見ていて、裁判へも同行しました。国王陛下は――」笑みが口の端をよぎる。「すばらしかった。荘厳でした。純潔を示す白い衣《ころも》を全身にまとっていらっしゃいました。ランバートが異端の聖書解釈をひけらかそうとしたとき、陛下はやつを一喝《いっかつ》して犬のようにすくみあがらせました。火刑も見ましたよ。すさまじい叫び声をあげましてね」ラドウィンターはわたしを見た。いまの話をこちらがどれほど不快に感じたかを推《お》し量っているのだろう。またしても嘲弄《ちょうろう》しているわけだ。わたしはだまっていた。

「そしてヨークの者たちを相手にしても、国王陛下は荘厳でいらっしゃるでしょう。賢明にも、郷紳《ジェントリ》たちにはご自身へ向けてじかに宣誓をさせていらっしゃる。その者たちの咎をお許しになると同時に、もし宣誓が破られた場合には慈悲は望めないとはっきり表明なさってもいる。人参と棍棒《こんぼう》こそがあいったロバどもにふさわしい扱い方です。ところで」付け加えて言った。「ブロデリックの件だけでヨークまではるばるお越しになったわけではありますまい」

「はじめに大主教から依頼されたのは法務関係の仕事だ。それをお受けしたら、ついでにもうひとつ頼まれた」

ラドウィンターは静かに笑った。「そう、あのかたは狐になれる。しかし、報酬はたっぷりもらえるでしょう」

「じゅうぶんだ」わたしはそっけなく言った。

「新しい法服をお買いになるといい。国王陛下にお目見えなさるのなら、ぜひとも必要です。いまお召しになっているものは破れていますよ。お気づきでないかもしれないので念のため申します」

「もう一着あってね。これはけさ破れた。ガラス職人の荷馬車で」

「おやおや。変わった災難ですね」

「たしかに」わたしはオールドロイドを発見したいきさつを話したが、公《おおやけ》に知られている範囲にとどめた。

看守はまた笑った。「弁護士さんの仕事にはきりがない」ゴブレットを置く。「さて、エドワード卿にお会いになりますね」

「もちろん」

きょうもまた、階段を軽やかにのぼるラドウィンターのあとをわたしは追った。ランバートの裁判と火刑についてのことばがよみがえり、クランマーがラドウィンターを忠実で信仰に篤い男と評したことが思い出された。要は、宗教における最終決定権は首長たる国王が持つと見なす正論の持ち主だ。そのような男が異端者の火刑をよしとするのはわかるが、軽く茶化すような口調には嫌悪を覚えた。ひけらかした信仰心は、残虐な仕打ちを楽しむための隠れ蓑《みの》にすぎないのではないか。独房の扉の前で、わたしは鍵をまわす看守の背中をじっと見つめた。

ブロデリックは不潔な寝床に横たわっていた。とはいえ、わたしの指示どおり床には新しいイグサが敷かれ、悪臭も弱まっている。シャツの前がはだけていて、胸に貼られた湿布が見える。痩せ衰え、生気のない白い肌にあばら骨が浮いている。囚人はまたもや冷ややかな目でわたしを見つめた。

「いかがかな、エドワード卿」わたしは尋ねた。「きょうの気分は」

「火傷に湿布をあてられた。ひりひりと痛む」

「効いている証だよ」看守へ向きなおる。「ひどく痩せているが、何を食べさせているんだ」

「城の厨房で作った濃いスープで、衛兵が飲むのと同じものです。もちろん、あまり多く与えてはいません。弱らせておくほうが騒ぎも起こりにくいですから。飛びかかる力があるのをきのうご覧になったでしょう」

「しっかり鎖につながれているのも見た。体が弱っているのもな。病人に食べ物を与えなければ衰弱してしまう」

ラドウィンターの目が光った。「国王陛下の厨房からツグミのパイを取り寄せろとでも？それにマジパンの菓子も」

「そうじゃない」わたしは言った。「衛兵と同じ量にしてもらいたいんだ」ラドウィンターが口を引き結ぶ。「よろしく頼む」わたしは静かに言った。

ブロデリックがかすれた声で笑った。「あんた、まだわからないのか。こっちとしたら、ロンドンに着いたときに弱っているほうがましなんだよ。拷問吏のはじめのひとなでで死ぬるように」

「拷問吏はそんなことにならないよう気づかうんだよ、ブロデリック」ラドウィンターが静かな声で言った。「送りこまれた者を念入りに観察する。殺さずに頭がはっきりした状態で口を割らせるには、どの程度の痛みがよいかを心得てるんだ。しかし、弱っているほうが我慢がきかずにさっさと吐くのはたしかだ」わたしに微笑みかける。「つまり、待遇をよくすれば、より多くの痛みに耐えることになるんですよ」

「そうじゃない」わたしは鋭く言った。「食事はしっかり与えるべきだと言っているだけだ」

「そしておれは食べる。ひもじいからな。何が待ち受けているのかを知りながら」ブロデリックは怒りと苦痛に満ちた目でわたしを見た。「人は命にしがみつくものだよ、弁護士殿。生きていてもしかたがないのに、生き延びようともがく」窓へ顔を向ける。「哀《お》れなロバートがあそこに吊されているのを、おれは毎日見にきたものだ。親しい友の顔を拝《が》むためにな。来るたびにもう死んでいてくれと願ったが、吊された痛みを和らげようとしてまだ動いているんだ。かすかにうめきながら。そう、人はどれほど命にしがみつくものなのか」

「無実の者のみがすみやかな死に値《あたい》する」ラドウィンターが言った。「ではシャードレイク殿、エドワード卿の食事の量を増やすことにします。ほかに何かありますか」

　わたしはブロデリックに目をやった。また天井を見つめている。しばしの沈黙が漂い、窓を叩く雨音だけが聞こえた。「いまはない。たぶんあすまた来る」

　ラドウィンターはふたたびわたしを独房から連れ出し、重い扉に施錠をした。両肩のこわばり具合から怒っていることはわかったが、さらに驚いたのは、こちらを振り向いたときの眼光の鋭さだった。顔は赤く、いまにも怒鳴りだしそうだ。この男が氷の下で炎をはぐくんでいるのがわかった。ある意味で、それは救いだった。

「あの穢らわしい卑劣漢の前で、わたしを扱《こ》きおろしましたね」怒気を含んだ低い声だ。

「食事の量を変えたいのなら、外に出るまで言うのを待ってくだされればいいのに」

　わたしは真っ向から目を合わせた。「わたしが責任を持って身の安全を図ることを本人に伝えたかったんだよ」

「前にも言いましたが、どういう手合いを相手にしているのか、あなたにはわかっていない。ご自分の甘さを悔やむことになりますよ」

「わたしにはわたしのやり方がある」そこで大きく息をついた。「きみの判断力は曇っているようだ。大主教のおっしゃる信仰への熱意ではなく、残虐さにひそむ喜びによって」凍りつくような視線を投げられたが、怒りがわたしを突き動かした。「だが、大主教の命令にかこつけて身勝手な真似はさせない。きみの行状は大主教の耳に届くことになる」

　驚いたことに、ラドウィンターは急に笑いだした。小ばかにしたような笑い声がじめついた回廊に反響した。

「大主教がご存じないとでも？　あのかたはわたしのことをよくわかっていらっしゃるし、異端者どもからイングランドを守るにはわたしのような者が必要だということもご承知ですよ」こちらへ一歩近づく。「そして、われらはみな公正な怒れる神のもとにあります。それをお忘れなきよう」

8

わたしたちは引き返し、大聖堂へと急いで歩いた。レンヌとの約束にずいぶん遅れている。

「おれが聖メアリーへ行って、マレヴラーにひとこと伝えたほうがいいな」バラクが言った。「あの小僧が壁の一点を見つめていたことをさ」

わたしはためらった。「いや、嘆願書のほうを手伝ってもらおう。あすの朝までに要点をまとめなくてはいけない。向こうをなるべく早く引きあげて、すぐに聖メアリーへ行こう。それに、どうせあの運の悪い少年は、もうたっぷり脅しつけられているだろう」

大聖堂に着いて委任状を見せ、わたしたちはふたたび門をくぐった。

ちょうどそのとき、群雲《むらくも》のあいだからひと筋の陽光が差し、大聖堂の大窓を色とりどりに照らした。

「なぜヨーク大聖堂にはまだステンドグラスがあるんだろう」バラクが言った。「修道院では偶像崇拝だとして全部取り壊されたのに」

「すべての教会から彩色ガラスをはずして簡素なガラス窓だけにせよと言い張る改革派もいる。だが、国王は修道院だけにかぎった。いまのところはな」

「それもそうだな」

「保守勢力との妥協策の一環だよ。政治に筋が通ることを期待してはいけない」

「筋が通らないな」

年配の家政婦が相も変わらぬ陰気な顔でレンヌ宅の戸口に迎え出た。老弁護士は蠟燭のともった広間で何やら読んでいた。中央の炉床では赤々と火が燃えている。書物が整えられ、緑と黄のタイル張りの床が輝いている様子から、きのうから掃除に力がはいっていたことがわかる。ハヤブサは火のそばの止まり木にじっとしていたが、首をひねってこちらを見るや、脚の鈴がちりんと鳴った。白薔薇の模様をあしらった上品な布が卓上に敷かれ、大きな書類の山が三つ載っている。レンヌは本を置いてゆっくりと立ちあがった。

「ブラザー・シャードレイク。それにバラク殿もようこそ」

「遅くなって申しわけありません」わたしは言った。「手紙は届きましたか」

「ええ。緊急事態が生じたとか」

わたしはガラス職人が荷車に落ちた話を、その後の顚末《てんまつ》を省《はぶ》いて繰り返した。レンヌは眉間《みけん》に皺を寄せて物思いに沈んだ。

「ピーター・オールドロイド。その男なら知っています。ガラス職人ギルドの法律業務に携わっていますからね。オールドロイドは一年間、ギルドの長をつとめていました。もの静かで実直な職人でしたよ。一九三八年の疫病で家族を亡くしています。残念だ」レンヌはしばし黙し、それから言った。「ちょうど本を読んでいたところです。トマス・モア卿の『リチヤード三世史』ですよ。まれに見る毒舌家ですな」

「たしかに、巷で言われているような温和な聖人ではありませんでした」

「だが、なかなかうまい言いまわしを使う。前世紀の薔薇戦争についてこう述べています。〝こうした出来事は王たちの遊戯、言うなれば舞台演技であり、役のほとんどは絞首台で演じられる〟」

「そうですね。血なまぐさい戦場でも演じられる」

「いかにも。まあ、すわってください。はじめる前に葡萄酒でもお飲みになるといい。朝から難儀をされたようですから」

「ありがとうございます」わたしは杯を手にして書物の山に目をさまよわせた。「実に珍しい蔵書をお持ちですね」

「そう、修道院の古い書物をたくさん持っていますよ。神学の本はない。北部評議会から目をつけられますからね。しかし、すぐれた歴史書と哲学書は残してあります。興味深いし、そのうえ美しい。ちょっとした古物愛好家ですよ。一生尽きない楽しみです」

「それは価値ある労苦です。修道院の悪弊は多々ありましたが、あまりにも多くの知識と美も火に投じられてしまいました。何百年も前に苦心して書かれた紙葉《しよう》が馬の体を拭くのに使われているのを見たことがありますよ」

レンヌはうなずいた。「われわれは同じ心根を持っているようですな。学問の徒かどうかはひと目でわかります。ここ三年のあいだに、ヨークの修道院図書室から大量の書物が放出されたのですよ。聖クレメント、ホーリー・トリニティ、そしてなんと言っても聖メアリー」頬がほころぶ。「春に国王付き古物研究家のジョン・リーランドがこの地を訪れましてね。最も興味を示したのがわが家の上階の図書室でした。少し妬《ねた》んでさえいたようだ」

「そのうち見せていただくかもしれません」

「いいですとも」レンヌは力強くうなずいた。「だが、きょうはつまらぬ書類に目を通さねばならない。国王への嘆願書に」悲しげな笑みを浮かべる。「どこでお仕事をなさっているのですか、ブラザー・シャードレイク」

「リンカーン法曹院です。さいわい、すぐ近くのチャンセリー・レーンに居を構えています」

「わたしはグレイ法曹院で学びました。はるか昔ですが」レンヌは微笑んだ。「ロンドンへ行ったのは一四八六年だった。現国王の父君が王位に就かれて一年も経っていないころです」

わたしは頭のなかですばやく計算した。五十五年前だから、いまは七十歳をゆうに超えている。「でも、ヨークにもどって開業なさったんですね」

「ええ、南の土地にはどうしても馴染めなくて」レンヌは少し思案して言った。「グレイ法曹院には甥《おい》がいましてね。先立った妻の妹の息子です。かの地へ行ってそのままとどまりました。あるいはご存じかもしれない」わたしをじっと見る。「マーティン・デイキンといいます。あなたと同世代ですが、少し年嵩《としかさ》でしょう。四十を過ぎたばかりです」

「いえ、存じあげませんね。ロンドンに法廷弁護士は何百人もいますから」

レンヌはばつの悪そうな顔をした。「身内同士でひどい諍《いさか》いを起こしましてね。それで連絡を絶ってしまった」ため息をつく。「死ぬ前にもう一度会いたいものですよ。いままではたったひとりの親戚《しんせき》です。あれの両親は三年前に疫病で他界したので」

「おおぜいの人が亡くなったらしいですね」

レンヌはかぶりを振った。「この五年間、ヨークは災難つづきです。一五三六年の反乱、それに一五三八年の疫病。一五三九年にぶり返し、去年また流行した。さいわい今年は免れましたが」苦々しい笑みをにじませる。「そうでなければ、国王はおいでにならないでしょうな。先遣隊の者たちが夏じゅう各所の病院をうろついて、患者がいないのをたしかめていました。今年は疫病の代わりに新しい謀反の疑いがある。災難つづきですよ」

「しかし、いまはよりよい未来を願いましょう。ロンドンの甥御さんには、喜んで伝言をお届けしますよ。お望みとあれば」

「ありがたい」レンヌはゆっくりとうなずいた。「考えてみます。息子がひとりいて、跡を継いで法律の道へ進むのをわたしは楽しみにしていたのですが、五歳で没しました。かわいそうに」火に見入り、それから肩をすくめて笑みを見せる。「年寄りの愚痴をどうか大目に見ていただきたい。わたしの代で家系が途絶えるので、重荷に感じる日もあります」

喉にこみあげるものを感じたのは、レンヌのことばで父を思い出したせいだった。わたしも一族で最後の人間だ。

「気づいたんですが」バラクが口をはさんだ。「市中の警備は万全のようですね。ブーザム門でスコットランド人が引き返すのを見ましたよ」

「そう、屈強な流れ者も市中から一掃されています。あすは物乞いが大聖堂からいなくなる。気の毒な連中だ。警備は厳重ですよ」レンヌは迷ったのちにこう言った。「ぜひ覚えておくといい。このあたりでは国王の人気がありません。郷紳たちのあいだでもそうです。いまは平身低頭しているが、一般の民衆よりはるかに反発は強い」

わたしは北部の教皇派に対するクランマーの痛烈なことばを思い出した。「宗教改革のせいで反乱が起こったんでしょうか」

「そうです」レンヌは手のなかのゴブレットを握りしめた。「あの反乱をよく覚えていますよ。国王の使者が小修道院を閉鎖して、その資産を査定していた。そのとき突然、ヨークシャーじゅうで民衆が蜂起したんです。野火《のび》のようでした」振り動かす大きな角張った手には、みごとなエメラルドの指輪が光っている。「民衆はロバート・アスクを主導者に立て、一週間もしないうちにアスクは五千人を率いてヨークに進み入りました。市議会と大聖堂の上層部は震えあがりましたよ。一触即発の粗野な農民の群れが軍隊となったんですからね。だから市はアスクに降伏し、教会側はアスクのために大聖堂で祝賀ミサを執りおこないました」窓へ顔を向ける。「練り歩いてミサへ向かう謀反人たちを、わたしはあそこから見たものです。剣と槍を持った何千人もの民衆を」

わたしは深くうなずいた。「そして、人々は宗教改革を覆《くつがえ》すことを国王が承諾すると信じたんですね」

「ロバート・アスクは弁護士にしては愚直すぎる男でした。とはいえ、もし国王が反逆者たちを罠にかけてアスクの軍隊を解散させなかったら、反乱は国土全体にひろがったでしょう」レンヌは真剣なまなざしをわたしに向けた。「北部ははるか昔から不満をかかえています。ふたつの薔薇（ランカスター家とヨーク家）のあいだで起こった前世紀の抗争以来ずっとですよ。北部の者たちはリチャード三世に忠義を立てていましたから、チューダー王家を快く思っていません。反乱は宗教だけの問題ではないということです。高い地代と十分の一税への不満を書き連ねた読み物が〝キャプテン・貧困《ポバティ》〟なる人物の名で書かれ、〝谷間の住人〟のあいだで読まれていました。そんなときに宗教が改変され――」大きな両の手をひろげる。「ついに我慢の限界を超えたのですよ」

「リチャード王？」バラクが尋ねた。「でも、王位を奪って正統な後継者を殺害したのに。ロンドン塔の王子たちを」

「王子たちを殺したのは現国王の父君だったと言う者もいる」レンヌはしばし間を置いた。「即位式のあとでリチャード王の行列がヨークを練り歩いたとき、わたしはまだ子供だった。あのときの街の様子は見ものでしたよ。道沿いの窓からはとっておきの敷物がずらりとさがり、馬上の王に花びらが降り注がれたものだ。いまはちがう。ヘンリー王が道を進みやすいように玄関前に砂利を敷くのさえ、街の者はいやがっている。市議会から命じられているのにそのざまです」

「しかし、ふたつの薔薇の諍いなど、いまの世とはなんの関係もない」わたしは言った。「チューダー家が王座に就いてから六十年近く経ちますから」

「どうでしょうか」レンヌは首をかしげた。「今年の春に陰謀が発覚して、ソールズベリー女伯とその子息がロンドン塔で処刑されたと聞きました」

わたしは年老いた女伯のむごたらしい死を思い出した。ロンドンでは夏じゅうその話で持ちきりだった。罪状なく監禁されたあげくに断頭台へ連れていかれ、経験の浅い若者に頭部と肩をでたらめに斬られたという。国王が召しかかえる死刑執行人は、ヨークで謀反人たちを片づけるのに忙しかったからだ。

「女伯はヨーク家最後の後継者でした」レンヌは静かに言った。「国王がいまだにプランタジネットの名を恐れているからこうなったのではないですかな（ランカスター・ヨーク両家はプランタジネット王家の分家にあたる）」

わたしは深くすわりなおした。「しかし、今年の謀反はまちがいなく宗教を主軸としたものでした。恩寵の巡礼のように」

「かつての忠誠心も底流にあるのですよ。国王は女伯と息子を殺すことで念には念を入れた」レンヌは眉を吊りあげた。「そして、孫である年若い子供たちはロンドン塔に消えたと言われている」

「それはだれにもわかりません」

「さらなるロンドン塔の王子たちです」

わたしはゆっくりとうなずいた。クランマーのことばがよみがえる。〝今回は、国王を暴君呼ばわりし、打倒せんとする者がおおぜいいる〟。

「なぜこのように厳重な警備態勢が敷かれているのか、よくわかりましたよ」わたしは言った。「それでも、チューダー家はイングランドに安全と保護をもたらしました。それはだれにも否定できません」

「たしかに」レンヌは椅子の背にもたれて深く息を吐いた。「それに、国王が北部まで足をお運びになるのは賢明なことだ。ただ、まわりの情勢を見くびるなということです」

わたしはレンヌを見て、どちら側に共感を寄せているのかと考えた。おそらく、世事を研究する多くの年配者と同様、あらゆる熱情の嵐を通り過ぎてきたのだろう。わたしは話題を変えた。

「わたしたちは金曜に国王陛下に謁見を賜るようですね。きのう聖メアリー修道院で、ウィリアム・マレヴラー卿から言われました。そのときに嘆願書をお渡ししなくてはなりません」

「ええ、こちらに通達が来ました。嘆願書をあす宮内府長官のもとへ届けなくてはなりません。九時に長官と面会し、謁見に備えてもろもろの指南を仰ぎます。嘆願書と要約書に目を通せるように、半時間早く届けろとのご要望でね。だから、わたしは聖メアリーへ早く行きますが、あなたがたとはそこで九時に会いましょう」

「じゅうぶんな準備をさせてもらえるといいのですが」

「だいじょうぶでしょう。市議会は万事滞りなく事が運ぶことを望んでいますから」レンヌは微笑し、首を左右に振った。「しかしまあ、この歳で国王に拝謁するとはね。不思議なこともあるものです」

「実を言うと、わたしはあまり気が進みません」

「ささやかな職務を果たすだけですよ。国王はわれわれのことなど気にも留めないでしょう。こちらはただお会いするだけです。そして、一マイルに及ぶ驚くべき馬車の列を見物すればいい。馬たちに与える干し草は、はるかカーライルからも運ばれているのですよ」

「隅々まで手が行き届いていますよ。ある娘を街へ向かわせて、王妃のために甘い菓子を用意することまでさせています」わたしはタマシン・リードボーンとの出会いに言い及んだ。

レンヌがバラクに片目をつぶってみせた。

「美しい娘かね」

「それはもう」

そのとき、あることが頭をよぎった。そう言えば、あの娘は新しいダブレットの生地を店で買う許可を従者に与えたと言っていたが、当の従者は空手でもどってきた。わたしはそのことを頭にとどめた。

「さて」レンヌが言った。「仕事に取りかからなくては。要約書は短いに越したことはありません。いまからはじめてひと息に終わらせましょう」

「そうですね。宮内府の不興を買いたくありませんから。ウィリアム・マレヴラー卿の不興もですが」

　レンヌは眉をひそめた。「マレヴラーはヨークシャーの旧家の出ですが、粗野な男です。恩寵の巡礼のあとで北部評議会に任命された多くの輩《やから》と変わりません。当時反乱に加わらなかった郷紳で、いまは改革派への忠誠を宣言していますが、真《しん》の信仰心など持たず、あるのは出世欲だけです。冷酷な野心家たちですよ。ところで、聖メアリーでの工事はどんな具合ですかな」

「度肝を抜かれましたよ。何百人もの大工や職人がいて、巨大な仮設宮を建てています。それはそうと、あの修道院はいつ廃されたんですか」

「二年前です。ソーントン院長はクロムウェルに書簡で修道院の存続を願い出ましたが、かなわぬ場合には土地と年金がほしいと言い添えましたよ。そんな人物でした」レンヌは蔑むように笑った。

「大修道院の院長というのは堕落して強欲なものです」

「そしていま、聖メアリーは国王のものとなり、院長の屋敷は〈王の館〉と呼ばれている」

レンヌは思案げに頬をなでた。「王妃ご懐妊の発表があるかもしれない」

「国王はきっとふたり目の王子を歓迎なさいます」

「王家の子孫です」レンヌは微笑んだ。「神に選ばれた者が時代を経ていく。王国の頭脳と魂。人と人をつなぎ留め、いっさいのものを守護する、階級という鎖の頂点」

「そして、その中ほどにわたしたち弁護士はぶらさがっているんですよ。上昇を望み、落下を恐れつつ」

たまるように」

「たしかに」レンヌは笑い、手を振って室内を示した。「火にいちばん近い台座にあるわたしの卓をご覧なさい。使用人たちが自分の食事のために卓を置くのは、火から遠い、一段さがった場所です。すべては現世の階級という大いなる鎖のひとつであり、この世は壮大なる劇場です。まあ、そうあるべきなのでしょう。さもないと大混乱に陥る」謀《はかりごと》をするかのように片目をつぶる。「マッジには火のそばにすわらせていますがね。老いた体が骨まであたたまるように」

その後の時間を使ってわたしたちは嘆願書に目を通し、休んだのはマッジの味の足りないスープを飲むときだけだった。優雅な飾り文字で書かれ、しっかりと封蠟を押された嘆願書もあれば、粗末な紙切れにたどたどしく記されたものもある。わたしとレンヌの口述をもとに、それぞれの訴えの論点をバラクが短くまとめた。レンヌの判断は速くて揺るぎなく、容赦なく小麦の実と籾殻《もみがら》をふるいにかけていく。ほとんどが下級官吏への些細な不平だった。わたしたちは息の合った作業をつづけ、薄暗い午後には何本かの蠟燭に火がともされた。物音と言えば、ハヤブサが身じろぎするときの鈴の音と、ときおり大聖堂から聞こえる鐘の響きだけだった。

午後も遅くになり、レンヌは苦心して書かれた文字の詰まった嘆願書をわたしに手渡した。「これは興味深い」と言う。

市の外にあるタウトンの教会区に住む農場主からのものだ。土地の用途を放牧から街で売る野菜作りに変えたところ、雇い人の耕すそばからつぎつぎ人骨が出てきたのだが、教会のお偉方は埋葬のためにそれを教会墓地まで運ぶよう命じたという。農場主は行き帰りの足代と日当を要求していた。

「タウトンか」わたしは言った。「あそこで戦いがありましたね」

「薔薇戦争の最も大きな戦いですな。一四六一年のことです。三万の死体が血まみれの牧草地に残った。そしていま、この農場主は埋葬のための遺骨運搬に対して代価を支払うよう法に訴えている。どう処すべきだと思いますか」

「明らかにこれはわたしたちの管轄外です。教会の問題ですから、大聖堂の参事司祭にまかせるべきでしょう」

「でも、教会が自分たちに不利な決定をくだしてその男に金を払うなんて、とても考えられない」バラクが口をはさんだ。「とにかく代理人を立てないと」

レンヌは嘆願書を取りもどし、さびしげに笑った。「だがブラザー・シャードレイクは正しい。教会法の規定では、これは国王への嘆願の範囲を越えている。教会の管轄権は、近ごろでは微妙な問題です。国王陛下としても、こんな小さな問題で騒ぎを起こすことはお望みではないでしょう。やはり、この農場主の件は参事司祭にまかせなくては」

「賛成です」わたしは言った。

レンヌはふたたび苦々しい笑みを浮かべた。「いまやだれもが策略に長けていなくてはならない。そして、法に限界があることも認めざるをえない。過度の期待は禁物なんだよ、バラク殿」

五時には、すべての嘆願書の要約作業が終わった。しだいに暗くなり、窓を叩く雨音が聞こえた。レンヌは要約書をひととおり読んだ。「そう、これで問題ないでしょう」

「よかった。では、これでおいとまします。〈王の館〉に用があるもので」

レンヌは窓の外を見やった。「外套をお貸ししましょう。雨がずいぶん激しくて、土砂降りだと言っていい。少し待っていてください」広間から立ち去る。わたしたちは火のそばへ行って待った。

「いい人だな」バラクが言った。

「ああ」わたしは両手をかざしてあたためた。「さびしいだろうな。老いた家政婦とあの鳥しかいない」そう言ってハヤブサへ顔を向けると、鳥は止まり木で眠っていた。レンヌが外套を持ってもどってきた。上等でしっかりしたものだが、わたしにはあまりにも大きく、裾が床に届きそうだった。あす返すと約束したあと、わたしたちは雨のなかを発ち、哀れなグリーン少年がオールドロイド宅の壁の隠し場について明かしたかどうかをたしかめることにした。

9

暗く閑散《かんさん》とした通りを歩くうちに、あらためて疲労を覚えた。薪の煙や湿った落ち葉など、秋のにおいがあたりに満ちている。

「じゃあ、国王とご対面というわけか」バラクが信じがたいと言いたげに首を横に振った。

「クロムウェルに仕えていたとき、きみにはその機会がなかったのか」

バラクは笑った。「まさか。おれみたいな者は近寄ることもできない」

「会ってみたいか」

「まあな」何やら考えているような笑みを浮かべる。「いつか子供たちに話してやってもいい」

わたしはバラクに目をやった。子供がいるなどという話は聞いたことがない。その日暮らしの風来坊《ふうらいぼう》にしか見えなかった。

「レンヌの甥を見つけてやれるかもしれないな」わたしは言った。「法曹院で訊いてまわってくれないか」

「ほうっておくのがいちばんだ。その甥ってのが会いたくないかもしれない」声はどことなくぎこちない。バラクがずいぶんいやな思いをして、再婚した母親と縁を切ったことを、わたしは思い出した。

「そうかもしれない。だが、やるだけやってみよう。たったひとりの子供に死なれるのは悲しいものだ」

「ああ」バラクはことばを切った。「レンヌは話が少し長いよな。国王や昔の戦争の話ばかりだし」

「出発の直前にガイから聞いた話を思い出すよ」

「あのムーア人はどうしてる」

「元気だ。わたしが国王の巡幸のことを話したら、ガイは故国グラナダの最後の王の話をしていた。ガイが子供のころ、グラナダはまだムーア人の王国で、スペインの支配を受けていなかった。最後の統治者が〝ちび王〟ボアブディルと呼ばれ――」

「ほかに正しい名前があるのに！」

「まあ、聞いてくれ。子供のころ、ガイは王が輿《こし》に乗ってグラナダを通るのを見たが、そのときはだれもが頭《こうべ》を垂れ、王に花を降り注いだという。レンヌが言っていた、リチャード王へのヨーク市民の対応と同じだ。しかし、ボアブディルは王国をスペインに奪われ、ムーア人の故郷へ逃げていくしかなかった」

「その後どうしたんだろう」

「ガイによると、アフリカで戦死したという噂だそうだ。つまり、だれも知らないんだよ。

王の力も栄光も消え去った」

ピーターゲートを歩いていくと、泣いたりわめいたりの騒ぎが耳にはいった。見渡したところ、ぼろをまとった四人の物乞いがこちらへ駆けてくる。頑丈な枝鞭を持った役人らしき身なりの男三人が肩を狙って叩こうとするのを、物乞いたちは手をあげて防いでいた。わたしたちの前を過ぎ、市を分断する川のほうへ逃げていく。「物乞いが街から一掃されている」わたしは言った。

バラクはみすぼらしい男たちが大きな石橋へと追い立てられるさまを見守った。「それにしても、街の外でどうやって生き延びろというんだ。木や藪《やぶ》から施しを受けろとでも？」

わたしたちはブーザム門の櫓の下をだまって歩いた。棹に刺した首や気味の悪い肉塊は取り除かれている。「物乞いもなし、謀反人の腐肉もなし」バラクがながめまわして言った。

「国王の前では見てくれが最高じゃないとな」

アスクの亡骸《なきがら》は城壁からおろされるだろうかとわたしは考えた。とはいえ、おそらく国王はあのような朽ち果てた陰鬱《いんうつ》な場所へは出向くまい。

雨が降って日が暮れたにもかかわらず、聖メアリー修道院では職人たちがまだ働いていた。鋸や槌の音が仮設宮から聞こえる。その横では巨大な天幕をいくつも設営中で、何人もが帆布の皺を伸ばしたりロープを引っ張ったりしていた。わたしは金襴の陣を描いた絵で見た壮大な天幕を思い浮かべた。中庭は泥だらけだった。こんな状況になってまで作業をつづけるのは見たことがない。排水に問題があるのはたしかで、泥にまみれた作業員の一団が二番目の仮設宮のまわりに溝を掘って長い水路へ通しながら、盛んに大声をあげたり悪態をついたりしている。館の入口では、役人たちが図面を見て論じ合っている。わたしたちはそのあいだをどうにか通り、ウィリアム・マレヴラー卿に会いたいと衛兵に告げた。

「ここにはいらっしゃいません」衛兵が言った。「巡幸のご一行をお迎えにいかれました。おそらくレコンフィールドまで」

「ここからどれくらい離れている」

「三十マイルです。緊急の呼び出しがありましてね。でも、明朝にはおもどりになるでしょう」

わたしは一考した。「王室検死官はここにいるのか。アーチボルト殿だ」

「いっしょに出発なさいました」

わたしは唇を嚙んだ。「けさ街でウィリアム卿に捕まって、尋問のために留め置かれている徒弟の少年がいる。女の使用人もいっしょかもしれない。そのふたりがどうなったか知らないか」

衛兵は怪訝《けげん》そうにわたしを見た。「なぜそんなことを?」

「その徒弟が連れていかれたとき、その場に居合わせてね。その件でウィリアム卿と話がある」

「その少年は監禁されていて、お帰りになるまで厳重に閉じこめておくようにとウィリアム卿からきつく言われています。女のほうは家へ帰されました。ウィリアム卿が女の取り調べを終えて、少年に取りかかろうとなさったそのとき、呼び出しがかかったんです」

「ウィリアム卿に伝言を届けられるか」

「この空模様では、速い伝令でもご一行のもとに着いてウィリアム卿を見つけるまで何時間もかかるでしょう。あす朝までお待ちになったほうがいいですよ。きっと朝一番に帰っていらっしゃいますから」

　わたしはしばし考えた。「わかった。待つとしよう。シャードレイクが例の少年の件で会いたがっていると伝えてもらえるだろうか。明朝また来る」

　こうなると、宿舎へもどるしかなかった。わたしたちは聖堂の横を歩いた。たとえ雨を避けられても、聖堂のなかを通って近道をする気にはなれない。ガラス職人の荷馬車が片づけられているのに気づいた。

「だから、おれがもどってマレヴラーに伝えればいいと言ったんだ」

「蒸し返してくれて感謝するよ」わたしはそっけなく言った。「厄介なことになりそうだ。なぜマレヴラーは一行のもとへ行ったんだろう。まさか今回の事件は枢密院の指示を仰ぐほどの大事だというのか」

「枢密院にはリチャード・リッチがいるな」

「思い出させないでくれ」わたしは深々とため息を漏らした。「まったく、こんなことにかかわるのはまっぴらだ！」腹立ちまぎれに、踏み板にある廃材のかけらを蹴飛ばしたが、そのとき、暗がりのなかで近づいてくる恰幅《かっぷく》のよい姿に気づいて赤面した。滑りやすい踏み板の上を注意深く歩くクレイクは、毛皮で裏打ちされて雨よけの覆いまでついた外套にくるまっていた。わたしの興奮に気づかぬふうを装って、微笑みかけてくる。

「いやな天気だな」クレイクは言った。

「ああ。ガラス職人の荷馬車が見あたらないが」

クレイクはうなずいた。「調べろと指示が出てる。さっぱりわけがわからんよ。ところで、だいじょうぶか。集会室に閉じこめられたと聞いたんだが」好奇心で目がいきいきとしている。

「つまらない事故だよ。けさは助けてくれてありがとう」

「そんなことはいい。ただ、ガラス職人が死んだせいで大騒ぎになったようだ。さっきウィリアム卿に呼び出されたよ。事の次第を逐一報告させられた。こいつは何かあるな」物々しい口ぶりで言う。

「そうだな」わたしは言った。「そんな気がする。ところで、きみはオールドロイドをどの程度知っていたんだ」

クレイクは鋭いまなざしを向けた。「たいして知らなかった」すばやく答える。「先週、仕事をはじめるときに、馬と荷馬車をひと晩じゅう置いておける場所はないかと尋ねてきたから、荷馬車を外に置いて馬は毎晩連れ帰るように言ってやった。よぶんな場所などないからな。その後、通りすがりに少しことばを交わすぐらいならあったさ。なかなか感じのいい男に見えたし、ヨークの人間と話してみたかった。街なかへ出かけたこともろくにないものでね」少し早口すぎる気がした。

「あの男は、昔ながらの流儀が失われていくのを惜しんでいるようだった」そう言ってわたしはクレイクをじっと見た。

「そうなのか。そういう話題になったことはなかったから。実は仕事があるもので、話してる暇があまりないんだ。ハービンジャー士爵がお見えになっていて、国王をお迎えする準備が整っているかどうかを視察なさる。いまから挨拶にうかがうんだ」雨よけの覆いから水滴をぬぐう。「さあ、もう行かなくては」

「そうか、またぜひ会おう。一杯飲み交わさないとな」

「もちろんだ」クレイクはそそくさと返事をした。踏み板からおりてわたしたちの横を通り抜け、ぬかるんだ草地を歩いていった。

「立ち去りたくてうずうずしてたな」バラクが言った。

雨のなかへ消えていく大きな人影をわたしは見守った。「たしかに。あの男は古い信仰を懐かしんでいる気がする。オールドロイドと考えが同じだったのかもしれない。単にそれだけならいいが」わたしたちはまた歩きだし、けさ通った扉の前を過ぎた。

「クレイクがオールドロイドの死にかかわったはずがない」バラクは言った。「聖堂であの扉のあく音が聞こえたとき、おれたちといっしょにいたんだから」

「それもそうだ。しかし、クレイクはずいぶん早い時分に出歩いていて、馬が中庭に駆けこんできた直後に現れたんだ。かかわったのがひとりではなかった可能性もある。ここの警備がどのくらいきびしいかわかっただろう、バラク。だれであれ、ガラス職人を殺害した犯人ははじめから聖メアリーにいた。ここの人間だ」

「だけど、ここには何百人といる」

「ああ」

わたしたちは宿舎へ向かった。牛と羊が囲いのなかでずぶ濡れになっていた。鶏は雨を避けようとして壁際に寄り集まっている。建物のなかでは、事務官の一団が勢いよく燃える火を囲んで立ち話をしながら、大きな革袋にはいった葡萄酒をまわし飲みしていた。一同から少し離れた場所で両手をあたためているのは、前に会った若い弁護士キンバーだ。

「こんばんは」わたしたちに挨拶をする。「雨に降られましたか」

「ええ、街に出ていたもので。あなたも仕事を終えたんですか」

「おかげさまで。ここにいる事務官たちといっしょに、持ちこまれたすべての食料の請求書を整理したんですがね」ひとりの若者を指さす。「午後になって、このバロウが豚五百頭とすべきところを五十頭と記入してしまいました。だから金庫役にロンドンへ送り返されそうなんです。あなたのところで会計担当の助手をひとりお入り用じゃありませんか」

バロウがキンバーをにらみつける。わたしは笑った。「いや、けっこうだよ」

「ついさっき、あなたを探している者がいましたよ」キンバーは振り向いて声をあげた。「おい、トム・カウフォールド、そこにいるかい」若いがすでに禿《は》げかけている丸顔の男が、近くの小部屋から顔をのぞかせる。「シャードレイク殿がいらっしゃったよ」キンバーはもったいぶって言った。

「ああ、そうですか」その事務官がやってきた。「あすの事前面談のことですが、国王陛下に拝謁する前に――」

「わたしの部屋へどうぞ」ほかの事務官たちが聞き耳を立てているのに気づいてわたしは言った。小部屋へ招き入れ、バラクがあとにつづく。

「それでは」カウフォールドは傲然とわたしを見た。「拝謁に関する事前面談があるので、九時にわたくしの上司の執務室までお越しください。庶務室のジェームズ・フィールティー卿です。レンヌ殿も嘆願書を持ってそちらにいらっしゃいますよ。国王陛下へ書類をお渡しするときの作法を、ジェームズ卿がひととおり指導してくださいます」

「実際にお渡しするのはだれですか」

「レンヌ殿です」それを聞いてわたしは安堵した。「ああ、それから、拝謁のときの服装で来ていただきたい」そう言って事務官は、わたしの不恰好で体に合わない外套に目をやった。

「承知しました」

「では、あすまた」事務官は一礼して立ち去った。

「着替えよう」わたしはバラクに言った。「それから夕食だ。あのリードボーンという娘が六時に大食堂できみに会いたいと言っていたな。もうすぐだぞ」

「わかった。あの若造たちに場所を訊くよ」バラクは部屋を出た。少しして、カウフォールドの挨拶が聞こえた。「あの背曲がり弁護士の助手だね」

　怒りが心を揺さぶる。がさつな田舎者だって声を落とすだろうに。

「だまれ、このくそ野郎」すぐさまバラクが言い返すのが聞こえた。一瞬の沈黙ののち、白々しい調子で会話がつづいた。わたしは濡れたタイツを替え、大きく息をついて部屋を出た。レンヌの大きな外套に包まれた自分の容姿がいまは気になっている。あの老人が長身でなければよかったのにと思った。事務官たちは散りぢりになっていて、バラクひとりが火のそばにいた。気まずそうな視線をわたしへ送る。無礼なことばを耳にしてわたしの機嫌がよいはずがないと知っているからだ。

「大食堂はどこだ」わたしはそっけなく尋ねた。

「古い修道院食堂を使っていると事務官から聞いたよ。館にいる上級官吏のほかは、みんなそこで食べるそうだ」

「では行こう」

　外では、おおぜいの人々が聖堂沿いに並ぶ建物のほうへ歩いていた。大きな扉があいている。湿ったおがくずだらけの大工の一団につづいて、わたしたちもそこへ向かった。アーチ道に立っているのはタマシンだった。はじめて会ったときと同じ高価そうな黄色のドレスに身を包み、目の色を引き立たせるフランス風の青い頭飾りをつけている。驚いたことに、ジェネット・マーリンもいっしょだった。かすかに眉をひそめているが、それがいつものご面相らしい。タマシンが膝を曲げて辞儀をしたのに対し、ジェネットは冷ややかにうなずいただけだった。タマシンはわたしたちに細長い紙を渡した。わたしの紙には自分の名前と〝弁護士、国王への嘆願書担当〟の文字、そして宮内府の印章が押されていた。

「ありがとう、ミス・リードボーン」バラクが言った。「これで隙間風の吹く天幕で待たされずにすむ」

「まったくだ。感謝します」わたしも言った。この娘の押しの強さは歓迎できないものの、わざわざ手間をとらせたのはたしかだ。あまり気は進まないが、愛想よくふるまおうと心に決めた。「腹が減りましたよ」わたしは言った。「あなたたちもでしょう。王妃に仕える人たちには、むろん専用の場所があるんでしょうね」

「いいえ、そんなことはありません」タマシンが言った。「わたしたちも共同の大食堂で食べなくちゃいけないんです」

「下々《しもじも》の者たちといっしょにね」とがった声でジェネットが言った。「さいわい、あしたには王妃さまの食堂ができあがるので、落ち着いて食事ができます」不機嫌な目つきでバラクを見る。「今夜はタマシンに同行しようと思いました。ひとりで食事をさせるべきではありませんから」

返すことばも思いつかなかったので、わたしは一礼して女たちを先に通した。広い階段をのぼると、天井蛇腹に美しい天使の彫刻が施されていた。盆と葡萄酒入りの革の水差しを持った給仕たちが階段を駆け足でのぼりおりしている。わたしたちは修道士たちが以前使っていた食堂へはいった。架台式の長卓がぎっしり並んでいて、給仕が通る隙間があまりない。ざっと見たところ、二百人ははいれるだろう。ほとんどの席が疲れた顔の職人や大工で埋まっている。少し遠くのほうで、あの事務官たちがまとまってすわっているのが見える。その隣の卓では女たちが数人で席を占めていた。そのなかのひとりがジェネット・マーリンに気づき、仲間をそっと突いた。女たちはジェネットを見て忍び笑いをした。ジェネットの顔が赤らむ。わたしはその胸中を察した。

黒い服を着た案内係が駆けてきた。証明書を渡すと、四人すわれる席へ案内された。あの事務官たちからいくらか離れているのはありがたかった。一同が腰かけるや、ジェネットが鼻に皺を寄せた。食卓のクロスとナプキンが汚れている。給仕がエールのはいった大ぶりの瓶を乱暴に置いてすぐに立ち去った。わたしはエールを全員についだ。

「ともあれ、この卓の食器は白鑞だわ」ジェネットが言った。あたりを見たところ、大工たちが木の椀《わん》で飲んでいるのがわかった。

「では、多少の礼儀は守られているわけですね」わたしは言った。別の給仕が濃厚なスープのはいった大鉢を持って現れる。あわてて置いたので、クロスに少しこぼれた。ジェネットがため息を漏らしたが、タマシンは声をあげて笑い、鉢を女主人のほうへまわした。

「辛抱しましょうよ、マーリンさま」タマシンがそう言うと、驚いたことに、ジェネットはやさしそうな笑みをちらりと浮かべた。

「どんないきさつで王妃にお仕えするようになったんだい」全員にスープが行き渡ったとこ

ろで、バラクがタマシンに尋ねた。

「母が王室でお針子として働いていて、そのあとを継いだの。それから二年間、こんどは王妃さま付きの菓子職人のもとで修業したのよ。砂糖菓子作りの経験を買われて、巡幸のお供としてお声がかかったわけ」タマシンが得意げにつづけた。「レディ・ロッチフォードやマーリンさまといっしょに先に来て、王妃さまのご一行をお迎えする準備をお手伝いしてるの。大好きなきれいな砂糖菓子を王妃さまが召しあがれるようにしなくてはね。マジパンとアーモンドの粒と生姜のはいった贅沢なお菓子なのよ」

わたしはジェネットのほうを向いた。「では、あなたのほうはレディ・ロッチフォードにお仕えになって長いんですか」

ジェネットは高慢そうな目つきでわたしを見た。「いいえ、わたしはレディ・アン・オブ・クレーヴズが王妃でいらっしゃったころ、レディ・エッジコームにお仕えしていました。レディ・ロッチフォードのもとへ参りましたのは去年の夏です」

「ご出身は北部ですか」

「ええ、リポンの生まれです。でも十六歳で宮廷に送られました」

「そして、ずっと巡幸のお供をしてきたんですね」

「はい」ジェネットはため息混じりに言った。「七月の寒さと雨で、何もかもが信じられないほど不潔でした。雨天つづきで、道という道がぬかるみに変わりましたわ。宮内府の役人たちは引き返すべきだと言いましたが、国王陛下と評議員たちは巡幸をつづけるとおっしゃって譲らなかったのです」

　わたしはうなずいた。「政治の面での意義深さを考えたら、中止はできますまい」

「そうですわね。天候が回復してから、陛下はハットフィールドとポンテフラクトに長逗留《ながとう》《りゅう》なさいました。理由はだれにもわかりません。その後ハルへお寄りになりましたが、わたしたちはヨークへ遣わされました。ここへ来て一週間近くになります」

「国王のヨークでの滞在期間はどのくらいでしょうか」

「三日と聞いていますが、決まって長引くようです」

「さぞかし気が揉めるでしょう」わたしはことばを切った。「どんな祝典になるかはご存じですか。着々と準備が進んでいますが」

　ジェネットは肩をすくめた。「いいえ。いろいろ噂はありますけれど」話題を変える。「あなたは法廷弁護士でいらっしゃるの？」

「はい。所属はリンカーン法曹院です」

「わたしの婚約者はグレイ法曹院の法廷弁護士です」

　レンヌの甥と同じだ、とわたしは思った。

「きっとお聞き及びでしょうけど」ジェネットがつづける。「謀反にかかわったと疑われてロンドン塔に入れられました。大きな噂になっています」

「聞きました」わたしはばつの悪い思いをしながら言った。

「お会いになったことがあるかもしれません。名前はバーナード・ロック」つねに固く結んでいると思われた口もとがかすかにゆるんだ。

「いいえ。残念ながら」グレイ法曹院の法廷弁護士を知っているかと尋ねられるのは、きょう二度目だ。

「同じリポンの出身で、幼馴染みでした」にわかに熱を帯びた目でわたしを見る。「逮捕されたのは恐ろしいまちがいです。あの人は自由の身になります。罪もない人たちがおおぜい逮捕されました。網が広く張られたのはやむをえないことでしたが、バーナードは無実を認められて釈放されるはずです」

「そう願いましょう」この件をあからさまに語るジェネットにわたしは驚いた。ジェネットの言うとおりならいいのだが、政治犯の疑いをかけられた者は何年も塔で惨《みじ》めな日々を送ることがある。

「ぜったいに希望を捨てません」ジェネットは断固として言い放った。

「すばらしい忠誠心です」

それを聞いたジェネットは、小ばかにした目でわたしを見た。「あの人にすべてを捧げていますから」

給仕が来て、大きな羊肉のパイを食卓に置いた。バラクがそれを切り分ける。ジェネット・マーリンが手を伸ばしてひと切れとったとき、ナイフを持つ手がかすかに震えているのにわたしは気づいた。無礼な態度をとられたものの、同情せずにはいられなかった。もし日ごろからこのような露骨な物言いをしているならば、ほかの王室仕えの女たちから疎んじられているのは想像に難くない。女は男よりはるかに残酷になれるものだ。

「北への旅路で王妃が体調を崩されたと聞きました」わたしは言った。「ご快復なさっているといいんですが」

またしてもジェネットは例の陰気な笑みを浮かべた。「夏風邪をお召しになっただけですわ。幼い少女のように大げさにつらさを訴えられました」

「大事に至らなくて何よりです」

「王妃さまはわたしがお仕えしているレディ・ロッチフォードをやきもきさせ、かわいそうな赤ちゃんと呼ばせたり、クッションを持ってこさせたりなさいます」ジェネットはうんざりした調子で言った。きのうレディ・ロッチフォードがジェネットにつっけんどんに話しかけていたのをわたしは思い出した。この女が激しい怒りをかかえている気がしてきた。だれかに似ているのだが、どうも思い出せない。

「王妃が懐妊なさったという噂が流れていますが」わたしは言った。

ジェネットは冷たくこちらを見据えた。「わたしは何も存じません。あれこれと穿鑿なさるかたね」

「これは失礼」わたしはぎこちなく言った。ジェネットが自分の皿へ顔を向けた。わたしと話をするのはもうたくさんだということだ。

葡萄酒で舌がなめらかになるにつれ、まわりの話し声がさっきより大きくなった。バラクはわたしの助手になったいきさつをかいつまんでタマシンに話していた。「去年までクロムウェル卿にお仕えしてたんだよ。シャードレイク殿も庇護《ひご》を受けていたが、卿が失脚なさったんで、おれを助手として雇ってくれた」

「クロムウェル卿の下で働いてたの?」タマシンが目をまるくした。「ご本人と知り合いだったのね」

「まあな」バラクは一瞬悲しげな顔をした。

「あなたがどうして修道士の集会室に閉じこめられる羽目になったのかを教えて」タマシンは微笑んだ。「ただの不注意じゃないわよね」

「不注意さ」バラクは苦笑いをした。「おれはただの間抜け、ばかな道化者だよ」

　タマシンは声をあげて笑った。「いろんな役を持ってる人ね」

「いっぱい持ってる」ふたりとも笑った。ジェネットがタマシンへきびしい視線を送った。だれに似ているのか、とわたしはまた考えた。首をひねるわたしの隣で、バラクとタマシンのやりとりはさらに戯《たわむ》れを増していく。とうとうジェネットが立ちあがった。

「タマシン、もう行きますよ。そろそろレディ・ロッチフォードがお食事を終えるころだから、何かご用があるかもしれません。それに、あなたひとりで歩いて帰るのはよくないし」

「館まで送りましょう」わたしは申し出た。

「ありがとうございます」ジェネットはすばやく言った。「でも、けっこうです。来なさい、タマシン」バラクとわたしが立って辞儀をするや、ふたりは去っていき、通りすがりの卓から羨望《せんぼう》の視線がひとつふたつとタマシンに浴びせられた。わたしたちはまた腰をおろした。

「きみたちふたりは馬が合うな」わたしはバラクに言った。

「ああ、いい娘だよ。タマシンの話では、国王の御前で披露する楽曲をあさって街の者たちが予行演習するらしい。いっしょに行こうって誘ったよ。都合がつけばだけど」

「差し迫った問題が起こらなければな」わたしはバラクをながめた。「きみがいちゃつく女はだいたいがあんなに出しゃばりなのか」冗談めかして言ったつもりのことばに棘が交じった。バラクは肩をすくめた。

「タマシンは出しゃばりかもしれない。でも、おれたちはみんな不安な立場にあるんだ。ささやかな喜びをつかめる場所でつかむのは悪いことかな」やや突っかかるような口調だった。

「タマシンが気に入らないのか」

「どこか抜け目がないように思う。陽気な娘だが」わたしは前日の出来事で妙に感じたことを口にしようかと思ったが、口をつぐんだ。

「ジェネット・マーリンは変わった女だな」バラクは言った。「歳はいくつだろう」

「三十歳ぐらいだ。きみと同年代だよ」

「いつも虫歯をなめてるみたいな顔をやめたら、いい女なんだが」

「ああ。婚約者がロンドン塔にいる。幼馴染みだそうだ」

「もし三十歳なら長い婚約だ」

「そうだな」

バラクは笑みを浮かべた。「なんなら、あすタマシンにそのことを訊いてみよう」

「実を言うと、わたしも興味がある。どうもきらわれているらしいから、理由を知りたくてね」

「あの女はだれでもきらいなんだと思う」

「そうかもな。さて、食べ終わったか。けさのことで話し合う機会をずっと待っていたんだ。集会室で言っていたな、クロムウェルに仕えていたときはこんな失態はけっして演じなかったと。この何週間か、そんなことを考えていたのか」

　バラクはためらったが、やがて静かに言った。「最近、自分でもよくわからなくてな」わたしがうなずいて先を促《うなが》すと、バラクは顔を赤らめてつづけた。「はじめてあんたに雇われたころは、なんだか新鮮でおもしろかった。でも、このごろ思うんだが……」

「つづけろ」

「もともとおれは荒っぽくて無作法な人間だから、法律の世界には向いてないんだ。法廷で記録をとったり執務室で弁護士連中と挨拶を交わしてたりすると、あいつら全員をもったいぶったくそ野郎と怒鳴りつけて、鼻をつねってやりたくなる。そんなことが何度あったことか」

「大人気《おとなげ》ないだけだ」

「いや、ちがうな。あんたと会う前のおれの暮らしを知ってるだろう。荒くれ者たちに囲まれたひどい毎日だった。そうした連中とつながってたおれを、クロムウェル卿は買ってくれた。でも、あの人はもういない。もし手に職もなくこの稼業をやめたら、たちまち路頭に迷って子供のころに逆もどりだ」バラクはため息をついて額を揉んだ。

「法律の仕事には退屈なこともあるだろう。だが、ジャック、十年先を見ろ。路上のぺてん師になって冬ごとに節々がこわばっていくのがいいか、リンカーン法曹院で職を得て落ち着くのがいいか」

バラクはわたしの目を見た。「迷ってるんだ。一方では、ここにいて身を固めたいと思ってる。だけど、もう一方では、けさみたいな刺激を楽しんでる」

「そうか」わたしは大きく息を吐いた。「きみを失うのはことばにならないほど残念だ。いてくれたおかげで執務室がとても活気づいたからな。だが、きみの人生だ。自分で決めるがいい」

バラクはさびしげに笑った。「この何週間か、おれは手に負えない助手だったろ」

「ああ、そうだった」

「すまない」バラクは唇を噛んだ。「ロンドンへもどる前に、どっちにするか決めるよ。約束する」

「話したくなったらいつでも相談に乗ろう」

「ありがとう」

わたしはまた深く息をついた。「もうひとつある。腹を決めたぞ。あすは朝早く起きて、拝謁の事前面談の前にもう一度例のガラス職人の家へ行こうと思う。伝令を送らなかったことをマレヴラーに咎められそうで、どうにも気になるんだ。あの部屋で調査隊が何か見つけたかを確認したい。見つけた様子なら、あまり心配せずにすむ」

「もし見つけてなかったら？」

「そのときはみずから探すしかあるまい」そう言いながらわたしは戦慄《せんりつ》を覚えていた。一方、バラクの目は期待で輝いていた。

10

食堂を出たとき、雨はやんでいた。いまはもう暗かったが、中庭での作業はつづいていた。巨大な天幕が仮設宮の横に三つ並び、男たちが家具類を運び入れている。装飾を施した椅子、木彫りの大きな食器棚。兵士数人がついている箱には、金の食器がおさまっているのだろう。そして、これらのすべてがロンドンから運ばれてきたものにちがいない。

宿舎にもどると、事務官たちが小さな架台式の卓を火のそばに出して、カード遊びに興じていた。キンバーと法服姿の若者数人も加わっている。巡幸が従者たちのあいだに奇妙なつかの間の平等をもたらしたことに、わたしは感慨を覚えた。いっしょにどうぞとキンバーから誘われたので、望むならそうするがいいとバラクには言ったが、わたしは部屋へもどるつもりだった。〝背曲がり弁護士の助手〟ということばにまだ心がうずいていた。バラクが参加すると言ったので、少し失望した。わたしは相棒を残して部屋へ行き、小さな裁縫道具でできるかぎり法服をつくろったあと、ベッドに横になった。

とはいえ、眠るにはまだ早く、カードで一喜一憂する叫びやうなり声を寝床で聞くうちに、つぎつぎに浮かぶ心配事で頭がいっぱいになった。マレヴラーが突然枢密院へ出頭したこと。

オールドロイドの家に隠匿物《いんとくぶつ》がありそうだと伝えそこなったこと。衝動に駆られて明朝早くあの家へ行くと決めたが、考えてみれば、それは災難を避けるいちばんの安全策だろう。壁に隠し場所があっても、すでに発見されていればなんの問題もなく、また、まだ気づかれていない場所をあとから見つけたとしても、こちらの手柄になるだけだ。マレヴラーが脅威であることを隠すつもりはない。あの男はかつてのわが庇護者クロムウェルに劣らず冷酷で残忍だが、教養では遠く及ばず、おそらくは野心やむき出しの権力欲ばかりで、それを超えた理念などひとかけらも持ち合わせていまい。獣にして無頼漢である、危険な男だ。

そして、ブロデリック。まともな食事をしてもロンドン塔の拷問吏を利するだけだ、と冷たく言い放ったのが思い出される。とはいえ、ブロデリックが何かの企みに加担していて、それが成功すればこの国が大惨事に陥ったということを忘れてはなるまい。それにしても、ブロデリックが知る秘密、クランマーすら恐れる秘密とはなんだろうか。しかし、知らないほうが安全だとみずからに言い聞かせた。

カードに熱中していた者たちも、ようやくひとりふたりと自室へ引きあげていった。隣の部屋にバラクがもどって、収納箱に小銭を投げこむ音が聞こえる。今夜は上首尾に終わったらしい。わたしは服を脱いでベッドにもぐりこんだが、脳裏をめぐる想念に眠りを妨げられた。あの奇妙で陰鬱なジェネット・マーリンのことを考える。世の中のすべてに対して猛々《たけだけ》しい不満をいだいているように見えた。そのときふと、だれに似ているのかがはっきりわかり、思わず息を呑んだ。

わたしの体の障碍は幼いころから目立っていた。集まって遊んだり森でウサギを狩ったりする近所の農家の少年たちには、まったく馴染めなかった。少年たちがわたしを仲間に入れることはけっしてなく、自分たちの勇猛さが損なわれるとでも思っていたようだ。そして、背曲がりは悪運をもたらすとされている。

何年かのあいだ、わたしの唯一の遊び友達は同い歳の少女だった。農場主の娘で、名はスザンヌといい、父の農場の隣に住んでいた。スザンヌの父親は男やもめで、体格のよい五人の息子をかかえた粗野で陽気な大男だった。スザンヌはただひとりの娘だったが、妻亡きあとの娘にどう接したらいいのか、父親にはわからないらしかった。ある日、スザンヌはわが家の庭先に現れた。わたしは庭の大きな水溜まりに紙の舟を浮かべているところだった。スザンヌはしばらくこちらを見ていたが、わたしは恥ずかしくて話しかけられなかった。

「何してるの」ついにスザンヌが尋ねた。

「舟で遊んでる」わたしは目をあげた。小さすぎて体に合わない汚れた服を着て、金髪は藁のように乱れている。立派な農場主ではなく、放浪者か何かの娘に見えた。

「あたしも遊びたい」少ししかめ面になった。あっちへ行けと言われるのを見越しているかのような顔つきだ。しかし、遊び友達がほしくてたまらなかったわたしは、女でもいいことにした。「いいよ」

「なんて名前なの」

「マシュー」

「あたしはスザンヌ。あんた何歳?」

「八歳」

「あたしも」

　スザンヌはわたしのそばに膝を突いて舟を指さした。「傾いてる。紙をちゃんと折らなかったね」

　そしてその後何年か、スザンヌはわたしの遊び友達になった。ずっとつづけてではなく、何か月も見かけないこともあった。わたしと遊んではいけないと父親から言われたのかもしれない。それでも、やがてはもどってきて、来なかった理由も告げずにわたしの孤独な遊びに加わった。納屋の隅でままごと遊びに付き合わされ、並んだぼろ人形にいっしょに水溜まりの水を飲ませたりしたものだ。生意気なときもあったが、仲間だと思っていたし、かわいそうな気もしていた。スザンヌが自分よりも孤独な身であることを、わたしは当時からわかっていたと思う。自分の家でも除け者にされていることを。

　わたしたちのあいだにあったものを友情と呼べるとしても、それは十三歳のときに突然終わった。そのころは、日曜日の教会で見かける以外、何か月もスザンヌに会っていなかった。教会でも、スザンヌの一家の信徒席はわが家の席とは反対側の列にあった。ある夏の日、礼拝が終わった帰り道で、数人の少年少女がわたしの前を歩いていた。少女たちは頭巾の紐を顎の下で結んで、たっぷりとした長さがある大人用のしゃれたドレスを身につけ、少年たちは小さいながらも正式なダブレットと帽子といういでたちだった。少女たちはギルバート・

ボールドウィンの隣を歩こうと互いに押しのけ合っていた。ギルバートは十四歳の顔立ちのいい少年で、男の子の遊びではいつもリーダーだった。そのあとからただひとり、ハシバミの小枝を持って道端の丈高い草を叩きながらついていくのがスザンヌだった。わたしはスザンヌに追いついた。

「やあ、スザンヌ」わたしは言った。

振り向いたスザンヌの顔は、怒りに赤くゆがんでいなければ愛らしかったかもしれない。着古したドレスの裾が裂け、髪はひどく乱れている。「あっちへ行って！」スザンヌは憤然と言った。

わたしはあとずさった。「なぜだよ、スザンヌ。ぼくが何をしたのさ」

スザンヌは向きなおって、こちらをまっすぐ見た。「何もかもあんたのせいだ」

「えっ――なんだよ、何が？」

「みんながいっしょに歩かせてくれない。あたしの服がにおうって。あたしが汚いって。物乞いより行儀が悪いって！　女の子っぽいことをしないで、あんたと遊んでばかりいたからだ。背曲がりの友達に色目を使えよって、ギリー・ボールドウィンに言われたんだからね」うわずった涙声になる。スザンヌは真っ赤な顔で口を大きくあけ、怒りをたぎらせていた。

わたしは小道の先に目をやった。少年少女の一団が立ち止まって、こちらの成り行きを見守っている。少年たちはきまり悪そうにしていたが、少女たちのなかから意地悪な笑い声がさざめいた。「スージーが恋人と口喧嘩！」ひとりが大声で言った。

スザンヌがそちらを向いた。「やめて」と叫ぶ。「そんなんじゃない。ちがうよ！　やめてったら！」笑い声がさらに大きくなるや、スザンヌは駆けだして畑へ飛びこみ、そのまま泣きわめきながら若い小麦の穂を憑《つ》かれたように小枝で叩きつづけた。わたしはしばらくあとを追ったが、やがて引き返した。みんながいなくなってから帰ればいい。からかわれないためには騒がずそっと立ち去るのがいちばんだということを、とうの昔に学んでいた。残酷な仕打ちをしたのはスザンヌなのに、孤独な立場にしたのはわたしではなく本人の家族だとわかっているのに、その後に姿を見かけたときはいつも――決まってひとりぼっちで、少しでもこちらに気づいたときは毒々しい目つきでにらんできたが――わたしはスザンヌの運命に対して責任の一端があるような気がしてならず、後ろめたさを覚えた。数年後にロンドンへ行ってそれきりになったが、聞いた話によると、スザンヌは一度も結婚しないまま何年かのちに熱烈な改革派となり、近隣の者たちを教皇派だとして糾弾《きゅうだん》したという。ジェネット・マーリンも、身分こそちがうが同じ雰囲気を持ち合わせていて、自分を不当に遇した世間への怒りにむしばまれていた。そして、ジェネットに対しても、わたしは相手を慰めたいという妙な衝動に駆られた。ため息をついて枕《まくら》に頭を載せ、心の働きの不可思議に思いをめぐらす。それから、ようやく眠りに落ちた。

六時に起きると決めていたバラクが、目覚めてすぐにわたしの部屋の扉をそっと叩いた。ゆうべの眠り方では気分がすっきりしなかったが、わたしは起きて、じめついた冷気のなかで服を着た。自分のではなく、レンヌの外套をまた身につけた。こうしておけば、事前面談で会ったときに忘れずに返せるだろう。まわりで眠っている者たちを起こさぬように、わたしたちは静かに抜け出した。外は夜が明けはじめたばかりで、あらゆるものが濃い影に包まれている。聖堂沿いの小道を歩いた。先日の朝、オールドロイドにはじめて会った聖堂だ。それから門へ向かう。若き守衛官のリーコンがきょうも勤務に就いていた。

「きょうもお早いですね」わたしに言う。

「ああ、街へ行かなくてはいけない。また夜番だったのか」

「はい、国王がお越しになるまでのあと二日間もです」リーコンはかぶりを振った。「きのうは妙な事件がありましたね。あのガラス職人のことですよ。あのあとウィリアム・マレヴラー卿から質問されましたよ」

この若者にもか、とわたしは思った。「そうだな。たしかに妙な事件だった。あの馬が霧のなかから飛び出してきたとき、一瞬わたしはなんなのかわからず——地獄の使いか何かと」

「事故だと言われてますよ。ご存じですか」

リーコンが疑っていることは鋭いまなざしからわかった。事故死にしてはマレヴラーがずいぶん手間をかけていると思っているのだろう。「そうらしいな」わたしは話題を変えた。「ロンドンからの道中では、ほかにも変わった出来事を見てきたんじゃないか」

「これほどのことは起こりませんでしたよ。ポンテフラクトからここまで、巡幸の列に沿って歩いたり馬で進んだり、それだけです。雨が降ればぬかるみで、そうでないときはひどい土ぼこりでした」リーコンは微笑んだ。「ハットフィールドの近くで大騒ぎがありましたけどね。王妃さまの侍女が連れてきたサルが脱走して、近くの村へ逃げこんだんです」

「ほう、それで？」

「哀れな村人たちはサルを悪魔だと思いこんだらしく、教会へすっ飛んでいって司祭を呼び、地獄へ送り返してくれと頼んだそうです。わたしは何人かといっしょに連れもどしにいかされました。サルは農家の納屋にいて、貯蔵してあった果物を好き放題食い散らかしてましたよ」

　バラクが声をあげて笑った。「そいつは見ものだったな」

「ええ。ご主人さまに着せられた小さなダブレット姿で、後ろから尻尾《しっぽ》を出してすわってましたよ。そこの村人は全員が教皇派でしたから、国王陛下の巡幸には悪魔の軍団がついていると思ったにちがいありません」そこでことばを切り、リーコンは首を左右に振った。「さて、それでは。仕事がありますから」

　わたしたちはその門を出てブーザム門へ向かった。「鋭いな、あの若者は」わたしは感想を述べた。

　バラクが鼻を鳴らした。「兵士は質問をすべきじゃない」

「質問せずにはいられない人間もいる」

　バラクは横目でわたしを見た。「それぐらいわかってるさ」

ブーザム門に着いた。開門の時刻にはまだ早かったので、門番がわたしたちを通すのを渋った。わたしは委任状を出そうとポケットを探ったが、部屋に置いてきたことに気づいてわが身を罵った。

「それがないとお通しできません」門番が断固として言う。

わたしはバラクをリーコンのもとへやって、だれか保証人をよこしてもらうように伝えさせた。数分経つと、バラクはケント出身らしい大柄な男をともなってもどり、その大男は門番に向かって、わたしたちを通すようにと居丈高に命じた。門番はぶつくさと不平を言いながら木の大門をあけ、わたしたちはそこを通り抜けた。

ストーンゲートまで歩くうちに朝日がのぼり、街は活気を取りもどした。軒下を進んでいくと、人々が窓をあけて昨夜の小便を通りへ捨てるのが見えた。店主たちがそれぞれの戸口に現れ、鎧戸が威勢のいい音で開く。

「けさはおとなしいじゃないか」わたしはバラクに言った。きのう話し合ったことについて考えていたのだろうか。

「あんたもな」

「あまり眠れなくてね」わたしはためらいながら言った。「ブロデリックのことを考えていた。ほかの何にも増して」

「へえ」

「わたしがあの男を安全かつ健康な状態でロンドンへ移送するよう指示を受けたことは知っ

てるな」

「看守がそれを邪魔してるのか」

「あの看守はブロデリックにあれこれいやがらせをするのが好きだが、それはやめさせられると思う。だが、問題はブロデリック自身だ。健康を保ったところで、拷問吏がよけい楽しむだけだなどと言っている」

「健康な人間の口を割らせるほうがむずかしいんだがな」

「何をされても話さないと言っている。あの男は拷問で死ぬだろう」

バラクは無表情な顔をわたしへ向けた。「たいていの者は最後には話すとクロムウェル卿が言っていた。そのとおりだった」

「わかっている。しかし、ブロデリックはたいていの人間とはちがう」

「ロンドン塔へ着くまでのあいだにいろいろあるだろう。本人が話す気になるかもしれないし、何か新情報がもたらされて、尋問する意味がなくなるかもしれない。だれにわかるものか。あんたの気づかいに感謝することもありうる」

わたしは首を横に振った。「それはないな。クランマーはブロデリックが重要人物だとはっきり言った。拷問はたしかにおこなわれ、口を割るにしてもすさまじい苦しみのあとだろう」

バラクはときどき見せる苛立たしげな顔でわたしをながめた。「はじめにそれを考えなかったのか」

「考えはしたが、そのときは父のことで頭がいっぱいだった。そして、父の地所のことも。この仕事で稼ぐしかない」わたしは重苦しく付け加えた。

「じゃあ、やるまでだ」

「わかっている」わたしは力をこめて言った。「ロンドンへ帰るのが楽しみだ」

「おれもだよ」

ピーターゲートを進んでいくと、何やら言い争う声が聞こえ、前方に人だかりが見えた。物乞いの頭領格の男ふたりが棒を持ち、ぼろをまとった五、六人の若者を急《せ》き立てている。近くまで来たとき、わたしは足を止めた。二日前にタマシン・リードボーンのかごを奪おうとした、鼻に大きないぼのある少年を見かけたからだ。あのときの相棒もいる。バラクも気づいたのが顔つきからわかった。わたしは急いで頭領格の男たちへ歩み寄った。

「少し尋ねたい。その者たちを市外へ連れていくのか」

「そうですよ、旦那」返事をしたのは年嵩のほうで、肉の落ちた口もとをこわばらせている。「国王がご滞在のあいだは、物乞いもスコットランド人も街にいられませんですから」

わたしは鼻にいぼのある少年を指さした。「この者と少し話をしたいのだが」

「こいつをご存じで？　盗みを働いたわけじゃありませんですよね」少年はわたしとバラクの顔を覚えているらしく、不安そうにこちらを見ている。

「ちがう。ただ、気になることがあって、この者に訊けばわかるかもしれないんだよ」わたしは手にした六ペンス硬貨を見せた。

男は強欲そうにそれを見た。「しばらくならこいつを貸してもかまいませんですよ。市はあたしらにあまり手当てを出さないんです。そうだろ、ラルフ」

「そうなんですよ」相棒が追随した。わたしは大きく息を吐いて、その男にも六ペンス硬貨を渡し、少年の襟首をつかまえるようにとバラクにうなずいた。少年は怯えていたが、わたしたちは道の端まで連れていき、様子を見ているふたりやほかの若者たちに聞こえない程度の距離をとった。

「二日前のことで尋ねたいことがある」わたしは少年の汚れた顔をじっと見た。ひどい悪臭がする。思ったよりもはるかに若く、せいぜい十三歳かそこらだろう。「話を聞くだけだ。咎め立てするわけじゃない。おまえの話が役に立つかもしれなくてね」財布からまた六ペンス硬貨を出す。

「どういうことだ」バラクが不思議そうに訊く。「こいつはタマシンの持ち物をひったくろうとしたのに」

「名前はなんという」わたしはバラクを無視して尋ねた。

「スティーヴン・ホークリフです、旦那」訛りがきついので聞きとりづらい。「あれは本気じゃねえ。かごをひったくるふりをしてくれって、あの人に頼まれたんだ」

「あの娘にか」

「そうだよ。市外へほうり出される前に少しでも稼いどこうと思って、友達のジョンと通りで物乞いをしてたんだ。そこへあの女の人が来て、ひったくりのふりをしてくれって言った。

付き添いの男がいて、そいつはいい顔をしなかったけど、店で何か買うふりでもしてこいって追っ払われてさ。本物のひったくりじゃねえよ、旦那」

バラクが少年を自分のほうへ乱暴に向きなおらせた。「ほんとうのことを言わないと、鍋に入れる香草より細かく刻んでやるぞ。なんであの娘がそんなことをするんだ」

「もうじき通りかかる男の人の気を引きたいんだって言ってた。ほんとなんだよ、旦那」急に涙声になる。「呼ばれるまで路地の入口で待ってろと言われたんだ。で、呼ばれたんで、おいらはあの人の持ち物をとろうと見せかけたけど、強くは引っ張らなかった。そこへ旦那が剣を持って飛び出してきた。それでこわくなって逃げたんだよ」

バラクは眉根を深く寄せた。少年がほんとうのことを話していると察したらしい。

「どこから来たんだ」わたしは尋ねた。

「ノーサラトンです。あっちには仕事がねえもんで、仲間のジョンとヨークまで来たけど、しまいには物乞いです」

「頭領はおまえたちをどこへ連れていくんだ」

「街道へ放されるんです。金曜までにヨークから十マイルは離れてなきゃなんねえ。体の弱い連中はマーチャント・テイラーズ・ホールに隠されるけど、歩ける者はみんな出てくことになってるんです。おいらたちが施しを受けていた修道院だって、ひとつも残ってねえし」

垢だらけの顔の少年は、藍色《あいいろ》の目を見開いてわたしを見た。わたしは大きく息を吐いてから、六ペンスをしまって一シリング硬貨を取り出し、自分の背が頭領ふたりに向いているのをたしかめた。「ほら。見られないようにな」

「ありがとう、旦那」少年はもごもご礼を言った。わたしは頭領へ手で合図をし、少年を返した。

「いったいタマシンは何をやってたんだ」一団が去ってからバラクが言った。顔に怒りの色がある。

「わからない。わたしも何か変だとは思っていたが、だまっていたんだ」わたしはバラクへ目を向けた。「だが、こうなったら本人に訊くしかあるまい。わたしと知り合うための策略とも考えられる」

バラクは驚いたようだった。「あんたと？　でも、タマシンはおれに気があるんだ」

「重要な囚人の保護に責任を負っているのはわたしだ。事の真相を突き止めなくてはいけないんだよ、バラク」

バラクはうなずいた。「ひとつ頼んでもいいかな。このことをあのジェネットに報告しないでほしいんだ。いまのところは。あんたからタマシンに直接質問して――」

「そのつもりだ。ジェネット自身、謀反の容疑者とつながりがあるからな」

「くそ。まさかそんなことを考えるなんて……」

「何をどう考えるべきかはわからない。だが、答を見つけなくてはいけないんだ。さあ、行くぞ。人目が多くなる前に、オールドロイドの家がどうなっているか見てこよう」わたしはポケットの鍵を探り、マレヴラーから返却を求められなかったことに感謝した。

ストーンゲートを歩いていると、店が開きはじめた。店主たちから冷たい一瞥を投げられ、通りの先まで視線が追ってくるのを感じる。家に衛兵が残っているかと思ったが、表にはだれもいなかった。窓の鎧戸がおろされ、扉は施錠されている。マレヴラーは家のなかで別の鍵を見つけたにちがいない。わたしは錠をあけた。

鎧戸が閉まっているので、室内はほの暗い。バラクが部屋を突っ切って、鎧戸を大きくあけた。そのとき、背後で取り乱した叫び声があがり、わたしたちははっと動きを止めた。明るいなかで見ると、部屋は混沌《こんとん》としていた。棚が壁から引き離され、大小の椅子も卓もひっくり返されている。それらの真ん中で、炉床の前の簡易ベッドにすわっていたのは、白いナイトキャップと寝間着を身につけた小太りの中年女だった。女はもう一度金切り声をあげ、垂木《たるき》を振動させた。

わたしはなだめる手ぶりをした。「どうか落ち着いて。危害を加えるつもりはありません。ここに人がいるとは思わなかった」しかし、女は恐怖で目を見開いたまま叫びつづけ、ついにバラクが進み出て女の顔を平手で叩いた。女は叫ぶのをやめて、頬へ手をやり、それからわっと泣きだした。

「まったく」バラクが言った。「これでは死人も起きる。危害は加えないと言ったじゃないか」

女はむせび泣くのをやめ、薄い毛布を首のあたりまで引きあげた。わたしは憐れみを覚えた。すわったまま途方に暮れ、頰に赤い跡が残っている。ベッド脇に服がたたんであるのに気づいた。「オールドロイド殿の家政婦かな」わたしは尋ねた。

「はい」女はおののきながら答えた。「カート・バイランドと言います。国王さまのご家来ですか」

「そうです。落ち着いてください。バラク、このご婦人が着替えられるように、少しのあいだ通路へ出よう」

わたしたちは廊下へ移った。何かがきしむ音が部屋から聞こえ、つづいて、家政婦が服を探しながらむせび泣いているのがわかった。「叩いたのは悪かったと思う」バラクが小声で言った。「隣近所に気づかれる前にだまらせるには、ああするしかなかった」

わたしはうなずいた。少し経って家政婦が扉をあけた。ひどく憔悴《しょうすい》した顔だ。「これ以上の迷惑はかけたくありません」わたしは言った。「ただ、二階であるものを探さなくてはならない」

家政婦はふたたびベッドに腰かけた。「きのうウィリアム卿に申しあげた以上のことは申しあげられませんよ。オールドロイドさまの身の上のことは何も存じませんから。神よ、あのおやさしき魂に安らぎを」十字を切ってから、混乱の跡をつらそうに見まわす。「あの人たちがこの家にした仕打ちを見てください。庭だって思いっきり掘り返したんですよ。そのうえ、かわいそうなポールが捕まって引き連れられていった。虫一匹殺せない子なのに。わけがわかりません」

「何も知らないのなら、あなたに害は及びませんよ」

家政婦は片方の手をあげたあと、力なくおろした。「全部片づけなくては。でも、だれのために？」投げやりな笑い声をあげる。「ひとりも残っていないのに」

わたしたちは家政婦をそこに残して二階へあがった。ふたつの寝室の扉はあいていて、どちらの部屋も一階と同じく掻き乱されている。オールドロイドの寝室へ足を踏み入れた。ベッドがひっくり返され、櫃は逆さまだ。衣服が部屋じゅうに散乱し、壁掛けは引き剝がされて山と積まれている。むき出しになった壁には、塗装を施した羽目板が並んでいた。

「何もなさそうだな」バラクが言った。「何を期待してたんだ。壁龕があるとでも？」

「かならず何かある」わたしはきのう少年が目を向けていたあたりへ歩み寄り、壁を叩いてみた。しっかりした硬い音で、壁はオールドロイド宅と隣家のあいだで建物を支えている。

バラクもいっしょになって腰を曲げ、羽目板を叩いた。

「おや、これはなんだ」バラクが言った。

わたしは隣でひざまずいた。バラクが床に近い羽目板をもう一度叩く。ほかとちがって、うつろな音だ。わたしはへりを指でさわった。根太《ねだ》のほうへひと筋の溝が切られていて、ちょうど爪をかけられるぐらいの幅がある。そっと引くと、細い溝で仕切られた羽目板がはずれて床に転がり、その奥がぽっかりと空いた。巧みに作られている。しかし考えてみると、オールドロイドは熟練した職人だった。

わたしたちは中をのぞきこんだ。十八インチ四方はありそうな広さだ。そして、ひとつの箱で場所はほとんどふさがっている。わたしはそれを手で引き出した。縦横一フィートはある、黒っぽい頑丈な木の箱だ。蓋には、狩りの女神ディアナが弓矢で雄鹿を狙う様子がみごとに描かれている。裕福な婦人が宝石を入れておきそうな箱だった。絵の色の褪《あ》せ具合が目を引いた。女神の衣類はもとより、箱全体の意匠も、一世紀を隔てた薔薇戦争よりも前に流行していたものだ。バラクが口笛を吹いた。

「あんたの言うとおりだ。手に入れたぞ」

「ずいぶん軽いな」わたしは言った。「だが、何かはいっているらしい」蓋をつかんだがびくともせず、見ると、しっかりした錠がかかっていた。箱を振っても音はしなかった。

「壊してあけよう」バラクが言った。

　わたしはためらった。「いや、だめだ。これはマレヴラーの前であけなくてはいけない」

そして箱を見つめた。

「あの徒弟はこれがここにあることを知ってたんだな。鍵穴から盗み見たのか、それともほかの手を使ったのか」

「聖メアリーで口を割らなかったにちがいない。割っていたら、ここが探されているはずだ。きのう捜索隊が見逃したのもうなずけるな。うまく隠されている」

「だけど、なぜしゃべらなかったんだろう。怯えてたじゃないか」

「マレヴラーは出かけたから尋問できなかったんだ。行こう。聖メアリーへ持っていくのは早いほどいい」

バラクは眉をひそめた。「あれはなんの騒ぎだ」立ちあがって窓辺へ行く。外から騒々しいざわめきが聞こえた。わたしもあとにつづいた。家政婦のバイランド夫人が外に立って、ひとりの女の肩にもたれて泣いている。そのまわりに別の女が三、四人と、身なりで店主とわかる男が五、六人いた。青い服を着た三人の徒弟も加わるのが見える。

「まずいな」わたしは息をついた。「あの家政婦が近所の者たちを巻きこんだ」

「裏から出よう」

わたしはレンヌの外套の下に箱をかかえこんで、その仰々しい折りひだにいまは感謝しつつ、バラクにつづいて階下をおりた。しかし、逃げ道はなかった。家政婦が扉をあけ放していたため、階段の下までおりるや、わたしたちはおおぜいの目にさらされた。ひとりの徒弟がこちらを指さして言った。「おい、来たぞ」

「さあ行こう」わたしは言った。「顔つきを変えるな」足を踏み出したが、委任状を持っていないことを思い出して心が沈んだ。「この騒ぎはどういうことだ」あえてきびしい口調で尋ねた。

革の前掛けをつけた工房の主人が前へ進み出た。手にはガラス職人ならではの傷跡があり、木の棒を持っている。「あんたらはだれだ。この家になんの用がある」憤然と言った。「仲間のピーター・オールドロイドが死に、国王の家来たちが好き放題に家を荒らしたり使用人に乱暴にふるまったりしている。かわいそうに、バイランド夫人は怯えて変になりそうだぞ」

「わたしは聖メアリー修道院から遣わされた弁護士だ。この家の様子を確認しにきただけだ」われながら苦しい言いわけだと思った。

「こそこそ歩きの背曲がりめ」ひとりの徒弟が声をあげ、賛同のざわめきが起こった。バラクが剣に手をかけたが、わたしは首を横に振った。もしこの一団が暴徒と化せば、わたしたちは窮地に陥りかねない。衛兵か警吏がいないかと通りを見まわしたが、まったく見あたらなかった。

　わたしは片手をあげた。「どうか聞いてくれ。この家が損害をこうむったことはほんとうに残念だ。わたしはこの件にはいっさい関与していない。罪もないその女性をこわがらせたのなら、すまなかった。しかし、オールドロイド殿の事件については捜査がおこなわれていて――」

「なんの捜査だ」ガラス職人が言った。「ピーターは善良な男だった。何も悪いことはしていない」

「これ以上は言えないんだ。さあ、通してくれ」

　ガラス職人は棒を握りしめた。「許可証はどこだ。見せてみろ、この悪党！　国王の家来なら持ってるはずだ！」

「泥棒かもしれねえ」だれかが叫ぶ。

　わたしは喧嘩腰の人々を見渡し、きのう会ったガラス職人ダイクの姿を探した。わたしが公の立場で調査していたことを、せめて証言ぐらいはしてくれるはずだ。しかし、ダイクはいなかった。

わたしは大きく息を吐いた。「通してもらおう」そっけなく言って一歩前へ踏み出す。ガラス職人もほかの者たちも、微動だにしなかった。いよいよ正真正銘の窮地だ。そのとき、人垣の後ろから飛んできた石が、外套の下で箱をかかえるわたしの腕をしたたかに打った。腕が引きつり、箱が音を立てて道へ落ちた。

「泥棒だ！」だれかが叫んだ。「こいつらは泥棒だ！」もうひとつ石が飛んでバラクの肩にあたる。そして、何人もが押し寄せてわたしたちを家の壁に押しつけた。ガラス職人が棒を振りあげる。わたしは一撃に身構えた。

11

「やめろ！」

猛々しい声が響いた。その太い声には聞き覚えがある。ガラス職人は棒をおろした。その向こうに長身のジャイルズ・レンヌの顔が見え、人垣を押しのけて歩いてくるのがわかった。「レンヌ殿！」わたしは声を張りあげた。「だれに会ってもこれほどうれしかったことはありません」

レンヌは歩を進め、わたしたちと群衆のあいだに割ってはいった。ふちに毛皮をあしらった法服と赤い羽根飾りの黒帽子という最高のいでたちだ。「いったい何事だ」ガラス職人に鋭く問いただす。「ピカリング、何をしている」

「こいつらがピーター・オールドロイドの家にいたんですよ、レンヌさん。背曲がりのほうは自分が弁護士だって言うんですが、こいつらはぜったいに泥棒ですよ」わたしの足もとにある絵つきの箱を指さす。「服の下にそれを隠してたんですからね」

レンヌは箱を見て怪訝そうに眉をひそめ、それからきびしい目をわたしに向けた。

「これは公務です」わたしは言った。顔が赤くなるのがわかる。

するとレンヌはしっかりと胸を張って一同に申し渡した。「ストーンゲートでわたしを知らぬ者はいまい。この人のことはわたしが保証する。国王陛下にお渡しする嘆願書をともに処理するために遣わされた弁護士だ。ここはわたしが預かろう！」

小さなざわめきがあがったものの、群衆から熱気は失せていた。国王の使いを襲撃するところだったとわかり、みな不安な顔を見せはじめている。石を投げた徒弟たちが小走りで逃げていく。バラクは肩をさすりながらその連中をにらみつけた。「くそ野郎」とつぶやく。

レンヌはピカリングの肩に手を置いた。「さあ、もういいだろう。ここはわたしにまかせなさい。仕事場へもどるんだ。客足が遠のいてしまうぞ」

「修道院が全滅してどんな客があるっていうんですか」ガラス職人が苦々しい目つきでわたしを見る。「ピーター・オールドロイドはうまく抜けたもんだ。神よ、オールドロイドに安らぎを」

「そうだな」

「ここにいるみんなは怒ってるんですよ、レンヌさん。仕事が半分に減ってたところで、ピーターが国王のために働いてるさなかに命を落とした。それなのに、お偉方は兵士を送りつけて家を荒らし、使用人をこわがらせるだけだ」ピカリングは、バイランド夫人が涙に濡れたやつれ顔で見ている先へ目をやった。「それに、のろまだが気立てのいいグリーンって若いのが、捕まって聖メアリーに閉じこめられてるんですよ」

「それは聞いている。事の次第を見きわめたくて、こうして来たのだよ。だが、今回のことでシャードレイク殿に非はない。さあ、通してくれ。その箱を拾いなさい、バラク殿」

ありがたいことに、人々は道をあけてわたしたちを通した。その光景に目をまるくしている少年のほうへ、レンヌは歩いていった。少年が手綱を握るロバの背には重い荷かごが載っている。中は嘆願書にちがいない。

「行くぞ、アダム」レンヌは言った。少年がロバの尻を叩いて歩ませる。人垣から離れると、少年は物問いたげな目を向けてきた。「落ち着いて待っていてえらかったぞ」レンヌは言った。わたしたちのほうを向く。「うちの厨房で働いている子です。〈王の館〉での準備の様子を見たいとせがまれましてね」

わたしはうなずいた。大人数の視線を背中に感じていたわたしは、教会を過ぎてストーンゲートの先で広場の向こうの市庁舎が見えたとき、ようやく安堵して吐息を漏らした。「心から感謝します、レンヌ殿」わたしは言った。「あなたが来てくださらなかったら、どうなっていたことか」

「そうですね」バラクは言った。「連中は石を投げはじめていました。ロンドンの群衆がよそ者にそんなことをしたらどうなるか、見たことがありますよ」

レンヌは深刻な顔でバラクを見た。「残念だが、あなたがたもまったく同じふうに見られています。きのうの出来事でストーンゲートでの反感は大いに高まりました。街じゅうの評判になっている。だから、けさ聖メアリーへ行く前にまわり道をして、様子を見にきたのですよ」

「非はマレヴラーにあります」わたしは言った。「そして、マレヴラーはヨークシャーの人間です」

「マレヴラーは北部評議会の一員だから、ヨークの者にとってはやはり国王側の人間なのですよ」レンヌはかぶりを振った。「あの男のやり方はあまりにも乱暴だ」

わたしはため息を漏らした。「これから会わなくてはなりません」

「それのことで?」レンヌはバラクがしっかりと胸にかかえた箱を顎で示した。「オールドロイドの家で見つけたのですか」

「ええ。実はそうです」

「どういうものか教えてもらえますか」

「われわれも知りません。ウィリアム卿のもとへこのまま持っていきます」

レンヌは鋭い視線をわたしに向けた。「かわいそうな徒弟が聖メアリーで何か話したのですか」

「それはなんとも申しあげられません。それに、箱の中身はわからないんです。錠がかかっていますから」

レンヌは箱に目をもどしたが、もう何も言わなかった。わたしたちは聖メアリーへと歩いていった。年齢の割に壮健に見えるのに、レンヌの歩みは遅かった。門では、若き守衛官のリーコンがまだ持ち場についていた。わたしはマレヴラーが帰還したかどうかを尋ねたが、そのときレンヌがリーコンをしげしげと見ているのに気づいた。

「まだです」リーコンが答えた。「とっくにおもどりになるころですがね。面会したいのに待ちぼうけを食っているかたがたがおおぜいいらっしゃいます。王妃さまの新しい秘書官のデラハム殿がご到着なさったんですが、大変な憤慨ぶりですよ」

守衛官のせまい門番小屋の卓上に置かれた小さな時計をレンヌが一瞥した。時計は九時二十分前を示している。

「フィールティー卿の執務室へ行かなくては」レンヌはわたしたちを促した。

「バラクとわたしにはまだ半時間ほど余裕があります。それに、マレヴラーがもどるまでのあいだ、この箱をぜったいに安全な場所に保管しなくてはなりません」わたしは一考ののち、バラクがかかえる箱を物珍しげに見守る守衛官のほうを向いた。「クレイク殿にはどこで会えるだろうか」

「〈王の館〉の執務室にいらっしゃるはずです」

「ありがとう」わたしはバラクとレンヌのほうを見た。「クレイクにこの箱の安全な保管場所を尋ねてから、着替えて事前面談に臨みます」

レンヌは振り返り、まだこちらを興味深げに見ているリーコン守衛官へ目をやった。「あの若者はわたしの父に似ている」悲しみを帯びた声で言う。「背丈もたくましい体つきも同じです。歳をとっても髪はあんなふうに黄色く縮れていました。思い出しますよ」そして前へ向きなおったが、はたと足を止め、はじめて見る中庭の光景に目を瞠った。アダム少年も仮設宮と三つの巨大な天幕を口をあけてながめている。赤い服の兵士に監視されながら、男たちが家具や調度に囲まれて絶え間なく動いている。天幕の入口からは、濃厚で鮮やかな色合いの巨大なタペストリーが掛かっているのが見えた。

「すごい」レンヌが言った。「こんなのは見たことがない」

「どういう計画なのか、まだ知らされていないのですよ。幹部は知っていても言いません」

レンヌは修道院の聖堂へ目を転じた。ガラスのない窓や扉付近の泥の足跡を悲しげに見る。

行商人がひとり、ロバの隊列を引いてはいっていった。「中の備品もすべて取り除かれたのでしょうね」レンヌは静かに言った。

「すっかり壊されています。いまは厩舎として使われていますよ」

「さびしいことだ」レンヌはつぶやいた。「昔は幾度となく足を運んだものです。さあ、もう館へ行ったほうがいい。クレイク殿もジェームズ・フィールティー卿もあちらにいらっしゃるでしょう。バラク殿、嘆願書を運んでもらえるかな。かなり重いのでね」

衛兵の許可をとって杭《くい》につないだロバから、バラクは重い荷かごをおろした。少年も中へはいりたそうだったがロバとともに残され、わたしたちは階段をのぼった。大きな中央広間へはいる。ここでも大工たちが仕上げ作業のさなかだった。広間の天井から床まで、見たこともないほど華麗なタペストリーが掛かっていて、織りこまれた金箔《きんぱく》が明るい色に混じってきらめくのが目にはいった。見あげると、天井も複雑な色とりどりの模様に塗られていた。

数人の役人が立ったまま熱心に論議をしていた。隅にレディ・ロッチフォードの姿も見え、ひげ面の若い男に小声で話しかけている。その男は袖に切れこみのある派手な色の絹のダブレットを着ていた。わたしとバラクが到着した日に、宿屋の戸口で街の人々をあざ笑っていた男だ。その男もレディ・ロッチフォードも、怒りで顔をこわばらせている。少し離れてジェネット・マーリンが立っていて、バラクが重い荷かごを背負ってきれいな色の箱をかかえるさまを不思議そうに見ていた。わたしと目を合わせ、かすかに顎を動かす。レディ・ロッチフォードと若い男がジェネットの様子に気づいてその視線を追った。レディ・ロッチフォードは高慢そうに目を上へ向けた。

「どうしたんだろう」わたしはつぶやいた。

「あんたの外套の後ろが真っ白なんだよ」バラクが言った。わたしが体をひねって背を見ると、オールドロイドの家の壁にもたれた部分が白い漆喰の粉で汚れていた。派手な服を着た若い男の高笑いが聞こえる。

「ああ、レンヌ殿、あなたの外套なのに」わたしはすまない思いで言った。

「かまいませんよ。こすり落とせばいい。さあ、行かなくては」

わたしたちはさらに進んだ。衛兵にクレイクの執務室の場所を尋ね、階段をふたつのぼった先にある、広間の奥の部屋だと教えられた。レンヌはジェームズ・フィールティー卿の執務室を探すと言い、わたしたちはあとでそこで会うことを約束した。わたしはレンヌに外套を返し、汚したことをもう一度詫びた。

最上階では大変な騒ぎになっていて、王家の仕着せを身につけた使用人たちが旅行鞄や箱を部屋から運び出していた。クレイクは床にイグサの敷かれた小さな執務室にいて、書類や書物が櫃に詰めこまれるさまを心配そうに見守っていた。「気をつけてくれ」口うるさく言う。「その書類をばらばらにするな」わたしたちがはいっていくと、驚いて目をあげた。「ブラザー・シャードレイク！」

「やあ、ブラザー・クレイク。内密に話せるだろうか」

クレイクは困惑げに眉をひそめたが、使用人たちに退室を命じた。使用人たちが櫃を持って出ていき、部屋から卓以外のものはなくなった。卓に載った本人愛用の携帯机に、分厚い書類が留められている。わたしは扉を閉めた。

「修道士の宿所へ移るところなんだ」クレイクが言う。「悪夢だよ」

「わかる。ところで、あるものが手にはいってね。死んだあのガラス職人のものだ」わたしはバラクがかかえる箱を示した。「ウィリアム卿がもどるまでのあいだ、安全に保管する必要がある。どこに置けばいいだろうか。わたしはすぐにジェームズ・フィールティー卿のところへ出向かなくてはいけないんだ」

クレイクは乏しい髪を手で梳《す》いた。「この館はいま、どこもかしこも大混乱だ。この部屋に置くのがいいと思う。部屋を出るときは施錠するように言われたが、六時までは鍵を返さなくていいんだ」

わたしは心もとない気分で室内を見まわした。「この部屋でだいじょうぶだろうか」

「扉はしっかりしてるな」バラクが言った。「それにここは三階だ」

クレイクはもう一度髪をなでつけ、それからふと詫びるかのような笑みを向けた。「ああ、シャードレイク、頼りにならないやつだと思うだろうな。だが、あれこれ手が離せなくて……」ポケットを探って、鍵をこちらに渡す。「さあ、これを。用がすんだら、わたしを見つけて返してくれればいい」

「そうしよう。忙しいときに助けてもらって、恩に着るよ」

「では、またあとで」クレイクは携帯机をとって肩に掛け、急ぎ足で部屋を出ていった。バラクが箱を卓上に置いた。

「軽いな」バラクは箱を揺すった。「中に何かある。布かな」試しにもう一度蓋を強く引っ張ったが、しっかりと閉まったままだった。

「中身がなんであれ、これで安心だ。行こう、着替えなくては」わたしは不安な思いでもう一度箱に目をやり、それから扉を施錠してふたりで立ち去った。


まもなくバラクとわたしはジェームズ・フィールルティー卿の執務室を見つけた。一階にある広々とした部屋だ。わたしたちはそれぞれ、いちばん上等の服を着ていた。わたしが身につけているのは、手持ちのなかで最高の法服とロンドンで買い求めた新しい帽子だった。値の張る帽子で、黒いビロードに小さな柘榴石《ざくろいし》があしらわれ、横に青い羽根がついている。大げさなので、自分の好みではなかった。羽根飾りの留め金が少しゆるんでいるせいで、羽根の先が視界から見え隠れして、飛びまわる虫のように感じられる。

ジェームズ卿は痩せた老人で、茶色のダブレットと刺繍襟《ししゆうえり》のシャツというでたちだった。

長く薄い白ひげの先端が胸のあたりで細くなっていた。大きな机の奥にすわり、眉間に皺を寄せて嘆願書を読んでいる。そのかたわらに、昨夜わたしを陰でそしったカウフォールド事務官が無表情で控えていた。わたしがにらみつけても態度を変えない。少し離れたところにレンヌが立っていた。

一分が経ち、ようやくジェームズ卿は顔をあげてくれた。「では、きみがその弁護士か」甲高い声で言う。「うん、その服装ならいいだろう。ただし、帽子の羽根をまっすぐにするように」自分の羽根ペンでバラクを指す。「そっちはだれだ」

「わたしの助手です」

ジェームズ卿は羽根ペンではじくようなしぐさをした。「その場に出ない者は不要だ。外へ」

バラクは険悪なまなざしを投げたが、部屋から出ていった。ジェームズ卿は嘆願書とその要約書へ目をもどした。レンヌとわたしをまったく無視したまま、さらにもう十分間じっくりと読む。これまでも傲岸不遜《ごうがんふそん》な役人に出会ったことはあるが、フィールティーにはどこか異なるところがある。わたしがレンヌを見やると、老弁護士は片目をつぶってみせた。

しばらくして背中が痛みだし、わたしは体の重心を別の足へ移した。「金曜日はそんなふうにふらりと動かんほうがいい」ジェームズ卿が目をあげもせずに言った。「国王陛下の御前では直立不動でいるように」無造作に要約書を脇へ置く。「まあ、こちらは問題なかろう」そして机から身を起こした。「では、注意して聞くように。金曜日の予定をこれから話す」

ジェームズ卿は順を追って説明した。当日の早朝に、わたしたちはヨークの代表団に同行してフルフォード・クロスまで出向く。代表団は国王へ恭順の意を表し、市からの献上品を進呈することになっている。一同が待っていると、巡幸の列が到着する。ヘンリー王が定めたとおり、国王が近づくときには全員がひざまずく。さまざまな儀式が執りおこなわれ、そのあいだ、市裁判官のタンカードとわたしはヨーク代表団の最前列で膝を突いて待つ。それから国王と王妃が前へ進み出て、タンカードが膝立ちのまま口上を申し述べる。そのあとで、レンヌとわたしが立ちあがって嘆願書を差し出す。

「嘆願書は近くにいる国王の雑用係へ渡すように。その者が国王へお渡しする。そのように公式に受理なさってから、国王は別の役人へそれをお預けになる。引きつづき業務をおこなえるように、書類はのちほど返却されることになっている」

「五月祭の飾り柱のごとく輪になってまわるのですね」微笑みながらレンヌが言った。ジェームズ卿をまったく恐れていないようだが、不快そうな顔でにらみ返された。

「国王陛下は慈悲深くも承認なさるのだぞ」ジェームズ卿が苛立った声で言う。「そこが肝心だ」

「承知しております、ジェームズ卿」レンヌは穏やかに言った。

「あとひとつある。国王陛下は何か挨拶のことばをおかけになるかもしれない。その節には、ほんのわずかのあいだなら、顔をあげて返答してかまわない。声をおかけくださったことに感謝するがよい。それから、国王さまではなく、陛下とお呼びするように。近ごろはそちらの尊称をお好みになる。わかったかな」

「大変な名誉です」レンヌはつぶやくように言った。

ジェームズ卿は不機嫌に鼻を鳴らした。「だが、お声がけがない場合は――」脅すように身を乗り出す。「そのときは、けっして陛下と目を合わせてはならん。頭《こうべ》を垂れたままでいるように。国王の御前に参列しても、平民の多くは実際にご尊顔を拝することなどまずないものだ。中には、卑《いや》しい好奇心からわざわざ危険を冒して上目遣いを使う者もいる。もし陛下がそれをご覧になったら――そう、陛下は辛辣なことばを口になさるし、それに、脚の痛みやほかの理由でご機嫌が麗しくないときには、ご自分を怒らせた者への痛烈な罰を思いつくのがお得意でもある」そう言って、こわばった笑みを向けた。

鎖に巻かれて吊されたアスクの骸骨が目に浮かび、わたしは言った。「金曜日には注意いたします、ジェームズ卿」

「そのほうがいい。これは遊戯ではない。この国の野蛮な教皇派の輩に向けて、国王の力と栄光を示すためのものだ」ジェームズ卿がそう言ってカウフォールドに合図すると、事務官は嘆願書を荷かごにもどしてわたしに手渡した。

「以上だ。金曜の朝八時に〈王の館〉の広間に出頭すること。それから弁護士よ、当日までにかならずひげを剃っておくように。理髪店は何軒かある」ジェームズ卿はペンを振って退室を指示した。

部屋を出たところにバラクが待っていた。わたしは頰をふくらませて大きく息を吐いた。

「いばりくさった老いぼれのくそ野郎だな」バラクが言う。

「終わってほっとしたが、正直なところ、金曜がますます憂鬱になったよ」わたしは深呼吸をした。「マレヴラーがもどったかどうか見にいこう。ブラザー・レンヌ、金曜の朝にお会いしましょう。嘆願書を預かっていただけますか」

「いいですとも。家へ持ち帰ります」

わたしはレンヌと握手を交わした。「けさのことを重ねて感謝しますよ。忌まわしい暴行、いや、もっとひどい惨事から救ってくださった」

「お役に立ててよかった。ウィリアム・マレヴラー卿のこと、幸運を祈りますよ」

「ありがとうございます。では金曜日に」

「金曜日に。大切な日に」レンヌは眉を吊りあげてみせ、それからきびすを返して立ち去った。


しかし、マレヴラーはまだもどっていなかった。わたしたちは館の広間でしばらく待った。そこにはずいぶん多くの者が、本人がもどりしだい対処を求める問題をかかえて集まっていた。レディ・ロッチフォードとジェネット・マーリンはまだそこにいて、ひげの若い男がレディ・ロッチフォードと熱心に話しこんでいる。

「あいつは一日じゅういるんだろうか」バラクが言った。

「あの箱を置きっぱなしにするのは気が進まないな」

「じゃあ、箱といっしょに待てばいいさ」バラクは言った。「あそこにいてもここにいても同じだろう」

わたしは考えた。「よし、そうしよう。マレヴラーが帰ってきたら窓から見える」バラクに目を向ける。「心配しすぎだと思わないでくれ」

「マレヴラーに関しては、そのぐらいがちょうどいいさ」

「そうだな」

バラクは身を寄せて言った。「それに中身を拝めるかもしれない」

わたしは咎めるようにバラクを見た。「錠がかかっているんだ。壊してあける気はない」

「壊すまでもないさ」バラクはにやりと笑った。「おれの錠前破りの腕を忘れてるな。あの程度は子供騙しだ」わたしが脱いで大事にかかえていた帽子に目を走らせる。「帽子の羽根を留めてあるそのピンをくれたら、簡単にあけて中を見ることができる。それからまた錠をかけりゃいい。だまっていればだれにもわからないさ」

わたしは迷った。バラクの目にあの熱っぽい輝きがよみがえっている。「そうかね」

わたしたちはクレイクの執務室へ歩を進めた。あの厄介な箱が消えているかもしれないという根拠のない不安で、鼓動が速くなった。廊下は静かで人気《ひとけ》がなく、役人たちの引っ越し作業はすっかり終わったらしい。わたしはその部屋の扉の錠をはずし、置いたとおりに卓上に箱があるのを見て安堵の吐息を漏らした。

ふたたび扉を施錠した。バラクが探るような目でわたしを見る。わたしのなかで、好奇心と、得体の知れない深みに落ちていく恐怖とが闘っている。だが、深みにはすでにはまっていて、バラクがすぐれた錠前破りであることも実際に見て知っていた。「やってくれ」わたしは唐突に言った。「ただし、くれぐれも注意して」自分の帽子からピンを抜いてバラクに渡した。

バラクは小さな錠のなかへピンを差し入れ、さまざまな方向にそっとひねっていく。わたしは狩りの女神ディアナを描いた箱の絵柄にもう一度目をやった。長い年月を経て細かいひびがはいっているものの、絵の出来栄えはすばらしく、かつてこの箱は非常に高価だったにちがいない。

「くそっ」突然バラクが言った。手にしているのはピンの半分だ。残り半分が折れて錠に刺さっていた。小さな銀色の金属が突き出しているのが見える。バラクはつまもうとしたが、長さが足りなかった。

「愚か者！」わたしは叫んだ。「口ほどではないな。ピンが埋まったなら、こじあけるしかあるまい。マレヴラーは手が加えられたと気づくだろう」

「くそ忌々しいピンが細すぎたんだ」

「言いわけをしてもどうにもならない」

「もとからこうなっていたと言うのはどうかな」

「あの男に嘘をつきたいとは思わない。きみはどうだ」

バラクの顔が曇る。「小さなやっとこがあればピンを抜きとれるはずだ。職人たちならかならず持ってるよ」

わたしはため息をついた。「そうか、ではなんとしても手に入れてこい。やはりこんなことをすべきではなかった」

こんどばかりはバラクも消沈しているらしい。「なるべく早くもどるさ」と言って扉へ向かう。鍵をまわして外へ出た。廊下の足音が遠のくのを聞いてから、わたしはまた深く息をつき、もどかしい思いで箱をながめた。折れたピンの端にそっとふれる。自分のいくらか細い指でならつまみ出せるかと思ったが、そんなはずもなかった。

そのとき、硬い音がかすかに聞こえた。箱に目を凝らす。さわったせいで中の部品が動いたのだろうか。ためらいながら蓋をつかんだ。あいている。おそるおそる蓋をあげて、完全に開いた。黴《かび》くさいにおいが鼻腔《びこう》を襲う。顔を近づけ、ゆっくりと慎重に中をのぞいた。

箱の半分が書類で埋まっていた。いちばん上の一枚をとって注意深くひろげたが、当惑のあまり目を瞠った。それは王家の系図で、装飾は施されているがインクでぞんざいに書かれたものだ。一世紀前のヨーク朝の世までさかのぼっているものの、子を残さずに没した傍系の者の名はない。わたしはじっくりと見つめ、ますますとまどった。ここにはなんの秘密もない——あまたの庁舎に飾られているたぐいの、よく知られた王家の系図だ。王家の略式系図をだれかが道楽で書いたとしても、いったいなぜ隠すのか。

もう一度箱の中を見た。系図の下には、中傷のことばが記された紙切れがあった。〝これは偉大なる魔術師マーリンの予言である〟という書き出しだ。〝アーサー王の時代に告げられた、ジョン以後の王たちにまつわる予言は……〟。そこには、ヤギやライオンやロバと称される君主たちのことが書かれていて、最後にこうあった。〝ヘンリー八世、そやつはモグラと呼ばれる。その無能さゆえに神から破門されるであろう。王国は三つに分かれ、子孫が受け継ぐことはない〟。

わたしはその書きつけを置いた。恩寵の巡礼のころにロンドンで広まった低俗な託宣のたぐいに似ている。このような文書を配ると死罪に処せられた。

そのつぎは紙ではなく羊皮紙の文書で、かなりの大きさがあり、幾重かにたたまれていた。わたしはそれをひろげた。驚いたことに、いちばん下に議会の印章があった。よくわからないが、これは議会制定法のひとつだ。〈王たる資格《テイトゥルス・レグルス》〉と書かれている。〝国王及びその子女の王位継承に関する法……〟とあるが、どの王だろう？　美しく刻まれた黒く太い文字を急いで目で追った。〝われらが君主リチャード三世は……〟とあった。あらためて眉をひそめた。このような法があるとは聞いたことがない。それをそっと脇へ置き、箱に目を向けた。残っているのは、安物の紙に記された何枚かの手書き文書らしい。上にあるものが最も大きい。わたしはそれをとって卓に置いた。

　これはわたくし、エドワード・ブレイボーンが死を予期してしたためる真実の告白である。大いなるわが罪が世に知れ渡ることも……

そのとき、何かがこめかみを打ち、わたしは衝撃で息が止まりそうになった。視界がぼやけたが、大きな赤いしずくがブレイボーンの告白書に落ちるのが見える。それが自分の血だと気づいたとき、こんどは首の後ろを強打された。脚が崩れ、わたしは広大な闇へ落ちていった。

12

目覚めてまず感じたのは、いつにないあたたかさだった。しばしそのぬくもりに身を委《ゆだ》ねながら、いかにヨークの寒さと湿気に慣らされていたかに気づいた。しかし、なぜヨークにいるのだろう？　そのあと、一気にすべてを思い出した。体を起こそうとしたが、うずくような痛みが首の後ろを貫いた。何者かの手がわたしをとらえ、ゆっくりともどおりに寝かせる。「気がついたぞ！」クレイクの大声が聞こえた。「ヒポクラス（当時強壮剤として使われた香辛料入りの葡萄酒）を持ってきてくれ。動いてはだめだ、シャードレイク。頭をひどく殴られたんだから」

わたしは目をあけた。イグサを敷いた床にクッションが集められ、自分はそこに横たわっていた。目の前にクレイクが立ち、肉厚の両手を気づかわしげに握りしめている。その後ろに広口瓶とグラスを持ったバラクが現れた。「これを飲んでくれ」クレイクが言う。「少しずつだ」

わたしはあたたかい葡萄酒を少し口にした。その芳香が力を呼びもどした。もう一度起きあがろうとしたが、首の後ろが痛むだけでなく、側頭部にもいやな感じがある。さわると手に血糊《ちのり》がついた。

「見かけほどひどい怪我じゃない」バラクが言った。「そっちはかすめただけだ」

わたしは朦朧《もうろう》としながら部屋を見まわして、どこか見覚えがあるように感じ、やがてここが〈王の館〉にあるマレヴラーの執務室だと気づいた。あたたかいのは金属の火鉢のせいだった。炭火によるもので、裕福な家ではよく使われる。赤い服の兵士が槍を持って扉のそばに立ち、わたしたちを見守っている。どうやら護衛がついたらしい。

「どれくらい気を失っていたんだ」わたしは訊いた。

「一時間以上だよ」バラクが答える。「心配したよ」たしかにクレイクに劣らないほどの憂い顔をしている。

「何があったか覚えてるか」クレイクが尋ねた。

「何かで殴られたんだ。錠前にさわったら箱があいて、中に文書がはいっていた。それを見ていたら――バラク、箱だ！　どこにある」

「箱ならちゃんとある」バラクが顎で示した卓上には箱が置かれ、蓋があいている。「空っぽだけどな」重い声で言う。

「文書だ」わたしは言った。「文書が詰まっていたんだ」

バラクの顔がこわばった。「まずいことになったぞ。おれがやっとこを持ってもどったのは、部屋を出て三十分後ぐらいだ。あんたは執務室の床に倒れていて、そこにこの人がかがみこんでいた」バラクが胡散くさそうにクレイクへ目を向けると、クレイクも険しい視線を返した。

「庶務室が鍵の返却を求めてきたんだよ」クレイクは言った。「きょうの夕方まで返さなくてもいいと言ってたのに、考えを変えてね」不快そうな目つきでバラクを見る。「なんなら問い合わせるがいい。きみたちを探していたが見つからなかった。そうしているうちにこの執務室に行き着いたんだ。角を曲がったところでだれかが裏階段をおりていく足音が聞こえたよ。ここの扉はあいていて、シャードレイク、きみが床に伸びていた。そこへこの男がはいってきたんだ」

わたしはおそるおそる自分の頭にさわった。殺されなかったのが不思議なほどだ。現にオールドロイドが殺されたことを思い出し、恐怖に身を貫かれた。わたしはクレイクに目を向けた。「きみが襲撃者を思いとどまらせたんだよ。おかげで命拾いしたのかもしれない。そいつが逃げていくとき、何か見聞きしただろうか」

「いや、足音だけだ」

わたしは深く息を吐いた。「では、取りもどしようがないのか」バラクを見る。錠前破りが失敗しなければ、こんなことにはならなかっただろう。考えを整理しようとつとめた。「襲ってきた人間は、クレイクの足音を聞いたとき、文書だけをつかんで逃げればよかった。箱のままでは隠しづらい」あれほど用心して守ろうとしたものへ目を向ける。「文書がない以上、箱にはなんの価値もない」

バラクはクレイクの前に割りこみ、わたしのグラスをもう一度満たした。「そうだな。文書ならだれでも服のなかに隠せる」まだ疑っている様子で、頭をクレイクのほうへわずかに傾ける。

わたしは衛兵を一瞥した。「わたしたちはなぜここに留め置かれているんだ」

「おれがあんたを見つけたすぐあとにウィリアム卿が帰ってきてな」バラクが言った。「全員ここにいろと命じたんだ。何か聞きこみに出かけたよ」顔が紅潮する。「箱をあけたことをウィリアム卿はかんかんに怒ってる。もともと空っぽだったらいいのにとおれは思ったよ。そいつはどんな文書なんだ」

「それが――さっぱり意味がわからなかった」

衛兵が動いた。「回復なさったことを報告しなくてはなりません」扉をあけて外にいる者に何やら言い、それからもとの位置について槍を握った。いっときが過ぎ、部屋の外から重い足音が響いた。気を引きしめると同時に扉が勢いよくあき、マレヴラーがはいってきた。

マレヴラーはまだ乗馬服姿で、重い長靴と乗馬用の外套には泥がはねていた。「目が覚めてるんだな」わたしを冷ややかに見つめ、ぞんざいに言う。「では、いったいどういうことなのかを説明してもらおう。もどってみたら、この〈王の館〉できみが襲われたというではないか。国王陛下のご到着まであと二日だというのに」怒りで声が高まるにつれ、ヨークシャー訛りも強くなる。外套を脱ぎ捨てると、黒いビロードの袖なし胴着と絹のシャツがあらわになった。太い金の飾り鎖が広い胸に輝いている。マレヴラーは両手を腰にあててわたしをにらみつけた。

わたしはどうにか身を起こした。「箱のなかにあったんです、ウィリアム卿。オールドロイドの家で箱を見つけました。そのなかにいくつか文書が――」

マレヴラーは目を大きく見開いて身を乗り出した。「なんだと？　おい、なんの文書だ。だれが見たと？」

「見たのはわたしだけです。襲われたときに持ち去られて――」

「手に入れたのにおめおめと盗まれたとはな。きみは――」そこで自制し、衛兵に顔を向けた。「外で待ってろ。内密の話だ。おまえもだ、クレイク。いや、待て。おまえがこの弁護士を見つけたのか」

「はい。ですから――」

「上階へ来たんだったな」わたしの頭がふたたび働きだした。「最上階まで。そして廊下に着いたとき、だれかが裏階段をおりていく足音を聞いた」

「そうなんだ」

「そして」マレヴラーが容赦なく割りこむ。「その直後、おまえが弁護士のほうにかがみこんでいるのをこのバラクが見かけた」

「そのとおりです」バラクが力をこめて言った。

クレイクは口を引き結んだ。「わかりました。わたしに嫌疑がかかっているんですね」

マレヴラーはバラクに顔を向けた。「発見後はクレイクといっしょにいたのか」

「はい、ウィリアム卿。いっしょに衛兵に知らせにいき――」

マレヴラーはクレイクのほうへ向きなおった。「つまり、もしおまえがこの弁護士の脳天をかち割る道具を持っていたとしたら、まだ身につけているはずだ。おまけにその文書とやらもなくなっている。法服を脱げ。服の下に肥えた図体以外のものがあるか見てみよう」

「何も隠してなどいません」クレイクは丈の長い法服を脱いだ。その下は太った腹でボタンがちぎれかけたダブレットだけだったので、わたしはほっとした。

マレヴラーは衛兵を呼び入れた。「この男を調べろ。タイツに何も隠していないかもたしかめるんだ」わたしへ顔を向ける。「その文書だが、どのくらいの量だった」

「箱は半分埋まっていました。分厚い束でした」

マレヴラーは衛兵にうなずいた。「それがあるかどうか見ろ」

衛兵はクレイクに近づいて、首から足まで叩いて調べた。クレイクは汗をかきはじめる。

衛兵はマレヴラーを見て首を横に振った。「何もありません」

マレヴラーの顔が失望でゆがんだ。バラクを顎で示す。「こいつも調べろ。念のためだ」

マレヴラーはバラクが同じ目に遭うのを見守り、それから底意地の悪そうな目でクレイクをながめた。「よし、行っていい。いまのところはな。だが、階段をのぼるおまえの足音を何者かが聞いて、ひそかに逃げおおせたなどということが、どうも信用できん。嫌疑はまだ晴れたわけではないぞ。おまえは昔から教皇派寄りだと言われているからな」

クレイクは恐怖に目を見開き、背を向けて部屋から出ていった。マレヴラーはバラクへ目を転じた。「おまえはここにいろ。クロムウェル卿の信が厚かったのだろう」

「よくご存じですね」バラクが静かに言った。

「そうだ。なんでも知っている」

　わたしは苦労して立ちあがった。バラクが手を貸して椅子にすわらせる。マレヴラーはわたしをしげしげと見た。「だいじょうぶか」

「はい。少しめまいがして、頭と首が痛みますが」

　マレヴラーは鼻を鳴らした。「もとからずいぶん妙な具合に首が載っているではないか」部屋を突っ切って机の端に腰かけ、長靴を履いた片足を前へ投げ出して腕を組んだ。黒く険しい目で探るようにわたしを見る。「きみが見たという文書の内容は?」

「目を通したのは上の四枚です。その下にもっとありましたが、見ていません。最初の一枚は王家の系図でした。手書きです」

「どこからはじまっていた。正確に頼む」

「エドワード四世の父、ヨーク公リチャードからです。それと、妻のセシリー・ネヴィル公爵夫人」

　マレヴラーが漏らした吐息は苦々しい笑い声に変じた。「ああ、そうだな。すべてはセシリー・ネヴィルからはじまる」その顔に張りつめた表情が浮かぶのにわたしは気づいた。

「その系図を書けそうか」

「はい。できると思います」

　マレヴラーはうなずいた。「ふむ。弁護士とは文書の記憶に長けているものだったな。それを巧みに使って凡俗の者を煙に巻く。きょうのうちにその系図を書いてくれ。ただし内密にだ。バラクに託してわたしのもとへ届けるように」

「わかりました」

「それから、ほかの文書は？」

「走り書きをした紙がありました。魔術師マーリンの時代の伝説と称して、現国王が神の怒りを買って王国から追われるという内容でした」わたしは躊躇《ちゅうちょ》した。「国王を無能なモグラ呼ばわりしていました」

マレヴラーは侮蔑の笑みを浮かべた。「モグラ伝説か。恩寵の巡礼のころ、その手のいかがわしいお告げが何百と出まわったものだ。どうやらこの箱の中身はくずばかりだったらしい。ほかには？」

「三番目は羊皮紙に書かれていました。議会制定法の正式な写しです。しかし、聞いたことのない法令でした。〈王たる資格《テイトウルス・レグルス》〉とありましたが」

マレヴラーはやにわに顔を突き出した。「なんだと？」いったんためらい、それから声を忍ばせて訊く。「読んだのか」

「いいえ。表題のページだけです。リチャード三世治下のものでした」

マレヴラーはしばしだまりこみ、黒いひげに沿って指を走らせた。「それは真正の議会制定法ではない」ようやく言う。「偽物だ」

「しかし印章が――」

「もう言うな、聞こえなかったのか！　それは偽造文書だ」マレヴラーは身を乗り出した。

「ランバート・シムネルの支持者どもが捏造したものだ。シムネルはロンドン塔の王子の名を騙《かた》って先代国王の地位を脅かした逆賊だ」

　心にもないことを言っているのは明らかだった。その法令が見つかったと聞いて、マレヴラーは心底動揺している。

「で、四番目の文書は？」マレヴラーは尋ねた。

「これもまた変わったものでした。古い書きつけです。告白の書だと明言してありました。書き手の名はエドワード・ブレイボーン。死を予期して書いたとのことです。自分の大いなる罪が世に知れ渡るかもしれないと」

　マレヴラーの息が一瞬止まったかに見えた。「そしてその大いなる罪については」静かに言う。「どんなものなのか書いてあったか」

「そのとき襲われたので、先は読んでいません」

「たしかか」ささやき声に近かった。わたしはマレヴラーをまっすぐ見た。

「はい」

　マレヴラーはしばし考えた。「古いと言ったな。日付はなかったのか」

「少なくとも冒頭にはありませんでした」わたしはためらいつつ言った。「ブレイボーンというのはオールドロイドが口にした名前です」

　マレヴラーはうなずいた。「ああ、たしかに。あのガラス職人は見かけどおりの男ではなかった。この春に陛下を王座から追い落とす陰謀に加担していたのだろう」険しい目でじっとわたしを見る。「読んだのは、誓っていま言ったことだけだな？　ブレイボーンの罪のなんたるかは知らないのだな？　考えてから答えるがいい。偽れば厳罰を免れないぞ」

「聖書に誓います」

マレヴラーは長々とわたしを見据え、それから目をそらした。いっとき、何か別のことに気をとられたようだった。そしてまたわたしたちをにらみつける。「ばか者め。箱に手をつけなければ、文書はこの手に届いたのに」大きなこぶしを握りしめた。「もういい。こんどはあの小僧だ」

「あの徒弟ですか」

「そうだ。バラクの話では、小僧がオールドロイドの寝室で壁の一点を見ているのにきみが気づき、そこで例の箱を見つけたそうじゃないか。きのうは尋問する暇がなかった。枢密院へ呼び出されたからな」衛兵に向かってうなずく。「ここへ連れてこい」

衛兵が立ち去った。マレヴラーは机の奥に腰をおろした。羽根ペンをとって何やらすばやく書きはじめ、ときどき手を止めては、わたしの見た文書について要点を確認した。わたしの言ったことを書きとめている。わたしはこっそりバラクを見やり、真実のみを話してよかったと安堵した。

「ウィリアム卿」わたしは思いきって言った。「どなた宛《あて》にお書きなのか、お尋ねしてもよろしいでしょうか」

「枢密院だ」マレヴラーは顔もあげずに無愛想に答えた。

扉を叩く音がした。先ほどの衛兵が別の衛兵の手を借りて、赤毛の徒弟を部屋へ引き連れてきた。痛々しいありさまで、頬も唇も、マレヴラーに殴られたところが腫れあがって血まみれだ。着ているのはシャツだけで、かろうじて尻を隠す後ろの長い裾には糞便の跡が筋となり、太い脚の後ろ側も同様に汚れていた。ひどい悪臭にわたしはたじろいだ。

「来る途中に自分で垂れ流したんです」衛兵が言った。

マレヴラーは声をあげて笑った。「ここでされるよりはましだ。放してやれ」放された徒弟は一瞬よろめいたのちにマレヴラーを見て、大きく見開いた目が顔から飛び出さんばかりになった。

「さあ、小僧」マレヴラーは言った。「話す気になったか」

「役人さま」少年は両手を揉み絞った。「ぼくは何もしてません。どうかお慈悲を」

「めそめそするな！」マレヴラーは大きなこぶしを振りあげた。「歯をもっと折られたいか」少年が息を呑み、震えながら口をつぐむ。「それでよし。きのうわたしが来る前に、この紳士がたがおまえと話をしたのを覚えているな」

グリーン少年は不安そうな視線をわたしたちへ送った。「はい」

「この弁護士は、おまえがオールドロイド親方の寝室で壁の一か所を見ているのに気づいたそうだ。そこできょう行って、壁の隠し穴を見つけた。そして」そう言って箱を指さす。

「穴のなかのあれも」

少年の視線が箱へと泳ぎ、恐怖で顔が青ざめた。

「知っていることを話せ」


「見覚えがあるんだな」マレヴラーは鋭く言った。「知っていることを話せ」

何度か嗚咽《おえつ》をこらえたのち、グリーンはようやく話した。「親方はときどきお客を招いて、寝室で内緒の話をなさってました。ぼくは知りたくなって、一度鍵穴から――その――のぞき見をしたんです。よくないことだって知ってたのに、悪魔にそそのかされて。みんなでベッドに腰かけて、書類をたくさん読んでました。壁に穴があって、箱も見えたんです。ひとりが言うのが聞こえました。これだけあればやっつけられるって。その、国王を……」

「国王と言ったのか」ためらいの口調をとらえてマレヴラーは訊いた。

「いいえ。そうじゃなくて――老いぼれモグラって」グリーンは恐怖で縮みあがったが、マレヴラーはただうなずいた。

「そのあとおっかなくなって、もう聞くのはよそうと思ったんで、引きあげました」

「いつのことだ」

「今年のはじめです。一月で雪が積もってました」

「国王に楯突くことばを聞いたのなら、北部評議会に注進するべきだったのだぞ」マレヴラーは凄みをきかせて言った。

「こわ――こわかったんです」

マレヴラーはしばらくグリーンを見ていたが、やがて静かに話しかけた。「さて、小僧、その男たちがだれだったのか教えてもらおうか。嘘をついたら、ヨークの監獄で親指締め具と拷問台のお楽しみが待っているぞ。いいな」

グリーンは真っ青になって震えだした。「し、知った顔じゃありません。去年の終わりごろから謀反が見つかった春ごろまで、何度も来ました。よその連中です。街の人なら見覚えがあるはずですから。いつも仕事が終わって暗くなってからやってきました」

「見かけはどんな感じだ」

「ひとりは背が高くて金髪で、上唇が裂けてました」

「歳のころは？」

「三十五ぐらいです。服はみすぼらしかったけど、声が紳士でした。そこが変だと思って、知りたくなったんです」

「そうか。もうひとりは？」

「そっちも紳士でした。だけど、南に住んでる人みたいに変なしゃべり方をしてました。あの人みたいにです」少年は震える指でわたしを指した。

「姿はどうだ」

「歳は同じぐらい、少し上かもしれません。髪は茶色で、瘦せた顔立ちでした。あの――すみません、旦那。これで全部なんです。知ってたらもっと話しますよ。ほんとうです」それからグリーンはしっかり膝を突き、哀願のていでマレヴラーに向かって両手を揉み合わせた。

「ああ、旦那、後生ですから監獄へ入れないでください。知ってることしか話せませんよ」

「いいだろう。もう帰るがいい。だが、このことをひとことでも漏らしたら、あっという間に手枷をはめてやるからな。わかったか」

「はい、ぼくは――」

「衛兵！」マレヴラーは呼んだ。兵士がふたりやってくる。「この泣き虫を外へつまみ出せ」

「洗って清潔な服を与えましょうか」

「無用だ」マレヴラーは大声で笑った。「そのまま道へほうり出せ。尻は丸出しで脚は糞まみれのままでな。その恰好で街じゅうを歩くがいい。そうすれば、よけいなことに首を突っこんではいけないとわかるだろう」

兵士たちは徒弟を外へ引っ張っていった。一分後、その姿が中庭に現れた。わたしたちは窓から様子をうかがった。少年がシャツを引っ張って体を隠しながら門へ向かって走り、それを見て人々が笑っている。その様子にマレヴラーは満面の笑みを浮かべ、それからわたしたちへ向きなおった。

「あの小僧には見張りをつける」マレヴラーは深く息をついた。「グリーンが言った金髪の男は服地屋のトマス・タッターシャルだ。六月に処刑されたから、吐かせるにはもう遅い。もうひとりがだれかは見当もつかん。謀反人どもは用心深かった。組織は小さく仕切られていて、だれもが二、三人の仲間の顔と計画のごく一部しか知らなかったのだよ。ところが、この文書の一件がいきなり持ちあがった」マレヴラーは急に憎々しげな目でわたしを見た。「文書を見つけたのに、その後失うとはな。きみが手を出さなければ、わたしはあの小僧から聞き出して箱を手に入れていたはずだ」

「申しわけありません、ウィリアム卿」

マレヴラーはまた窓の外へ目をやった。「オールドロイドを殺したのがだれであれ、そいつがきみを襲ったのだろう。クレイクが来なかったら、きみは殺されていた。襲ったのがクレイク自身なら話は別だがな。だが、クレイクのほかにだれが考えられる？」

「あの文書を欲していて、オールドロイドがおそらく渡さなかった者でしょう」わたしは躊躇した。「そして〈王の館〉に出入りできる者です。集会室の鍵をどこからか手に入れています」

マレヴラーは振り向き、はじめて侮蔑の混じらぬ目でわたしを見た。「なるほど、いいところを突いているな。まさにクレイクを指している」室内をゆっくりと歩きまわり、重い長靴の大きな足で床を踏みしめて音を鳴らす。「オールドロイドが死んだことをサフォーク公に報告してブレイボーンの名を出したら、とんでもない騒ぎになってな。わたしは枢密院から捜査を一任された。内密の捜査だ。ブレイボーンが何者かは知らんが、収監中のブロデリックとなんらかの関係があるのはたしかだ」

「ラドウィンターは何か知っているんですか」

「いや、枢密院とロンドンのクランマー大主教だけだ。オールドロイドがそんな名前を口にしなければよかったな、シャードレイク。やつはきみをスズメバチの巣に投げこんだ。きみのせいで文書が失われたことが枢密院に知れたら、大変な叱責《しっせき》を受けるかもしれない。覚悟するように」マレヴラーは首を左右に振り、顎を引きつらせて怒りと不満を噛みしめた。

「申しわけありません」わたしはもう一度詫びた。

「そんな詫びはくそ食らえだ。謝られてもどうにもならん」マレヴラーが近寄って見おろしてきたので、わたしは痛む首をどうにか曲げて目を合わせた。馬に長く乗っていた者ならではの強い体臭が鼻をつく。「あのガラス職人のことばをだれかに伝えたのか。国王と王妃のことや、ブレイボーンという名前について」

「いいえ」

マレヴラーは歩いていって箱を持ちあげ、大きな毛深い手でひっくり返した。「古いな。少なくとも百年は経っている。実に精巧に作られた高価なものだ。金庫にするには不似合いな代物《しろもの》だな」考えこむように眉間に皺を寄せる。「ここに箱が持ちこまれたことを知りえた者は？　だれに見られたんだ」

「おおぜいの者に中庭で見られたはずです。顔見知りの人間に限定しますと、まず鍵を貸してくれたクレイクは当然知っています。広間にいたレディ・ロッチフォードとその侍女のミス・マーリン。ふたりのそばにはひげ面の若い男がいて、わたしの外套についた漆喰を見て笑っていました」

マレヴラーはうなるように言った。「フランシス・デラハムという、キャサリン王妃の秘書官だろう。いけ好かない若造だ」

「それから、門にいたリーコンという若い守衛官。レンヌ殿もです。それと従者の少年」そこまで言ってわたしはためらった。ジェネット・マーリンの名を出してタマシンのことを思い起こしたからだ。

「どうした」マレヴラーが鋭く訊いた。「ほかにも何かあるのか」

　わたしはバラクを見て、それから大きく息をついた。「これはけさわかったことですが」もう一度バラクへ目を走らせる。「ご報告すべきでしょう。王妃にお仕えする者のひとり、ミス・リードボーンのことです」バラクが口を引き結んでいるのを横目に、わたしは例の仕組まれた強奪劇の話を伝えた。

「すぐにはっきりさせよう」マレヴラーはきっぱりと言い、扉をあけて衛兵に指示を出した。バラクが非難の目をわたしへ向ける。わたしと同じく、バラクも気を揉んでいるらしい。マレヴラーがグリーンに与えた仕打ちと同じものを、はたしてタマシンも受けるのだろうか、と。相手が女であることは、マレヴラーにとってなんの意味もなさないだろう。「いまは何事も隠してはいけない」わたしは小声でバラクに訴えた。「ぜったいにな。物騒なことになっているのがわからないのか」

　マレヴラーがもどってきた。「その女がここへ来る。そのマーリンという女もだ」わたしたちが張りつめた静けさのなかでしばらく待っていると、外で足音が聞こえて扉を叩く音があり、仕事着に前掛けという姿で怯えた様子のタマシンがふたりの衛兵に部屋へ押しこまれた。その後ろからジェネット・マーリンが現れた。ジェネットが強い嫌悪のまなざしをマレヴラーへ向けたので、わたしは驚いて目を瞠った。マレヴラーが嫌味な笑みを浮かべてその視線を受け止める。わたしのこめかみについた血糊をタマシンは恐ろしげに見つめた。

　マレヴラーはふたりへ近づいた。タマシンをちらりと見てから、年上の女のほうへ目を移す。「ミス・マーリンだな」

「そうです」ジェネットは冷ややかに答えた。「なぜわたしたちは連れてこられたのでしょうか。もうじきレディ・ロッチフォードが――」

「レディ・ロッチフォードなどほうっておけ」マレヴラーは青ざめたタマシンのほうを向き、腕を組んで前に立ちはだかった。「さて、ミス・リードボーン。わたしがだれかわかるか」

「はい」タマシンが息を呑む。「ウィリアム・マレヴラー卿です」

「ところで、おまえとミス・マーリンはレディ・ロッチフォードのお供でヨークに来て、王妃にご満足いただけるよう〈王の館〉を整えているのだったな。おまえは厨房女中か」

「菓子を作っております」タマシンは勇気を奮って言った。

「下働きか。ミス・マーリンの下にいるのだな」

「はい、そうです」ジェネット・マーリンが言った。「そして、わたしはレディ・ロッチフォードにお仕えしています」

「口を閉じていろ。おまえに訊いたのではない」タマシンへ向きなおる。「さて、ここにいる紳士がたが奇妙な話を持ってきた」バラクが苦悶もあらわにタマシンに目を注ぐそばで、マレヴラーは肩をそびやかし、背丈で威圧した。「このふたりは、自分たちと懇意《こんい》になるためにおまえが物を奪われるふりをしたと言っている。証拠もある。ところで、このシャードレイク殿は国の重要な問題にかかわっている。そう見えないかもしれないが、ほんとうだ。だから、おまえがなぜそんなふざけた真似をしたのか、そして、おまえの主人も加担しているのかどうか、話してもらいたい」

　タマシンはしばし黙していたが、ようやく落ち着きを取りもどしたようだった。呼吸は整い、頰に血の気がもどっている。

「わたしがお近づきになりたかったのは、シャードレイクさまではありません」はっきり申し述べる。「バラクさまです。バラクさまが市街を馬で通るのをお見かけして、そのお姿に見惚《みと》れました。そのあと、またいらっしゃるのを見て、足を止めていただこうと思ったのです。街には物乞いの子たちがいっぱいいて、一シリングあげればうまくやってくれるのを知っていましたから」真っ赤になった顔でバラクをちらりと見てから、マレヴラーへ視線をもどす。「一シリングぶんの価値はありましたわ」声に挑むような響きが混じった。

　マレヴラーがその顔を激しく平手打ちした。バラクが一歩前へ踏み出す。その腕を押さえたわたしは、突然動いたせいで頭にひどい痛みを覚えた。タマシンは手を頰にあてたが泣きはせず、ただ床を見て震えていた。

「わたしに向かってそういう口をきくな。このふてぶてしい女め」マレヴラーは吐き捨てるように言った。「では、それだけのことか――一計を案じたのは、この若造の見てくれが気に入ったからだと」

「誓ってそれだけです」

　マレヴラーはタマシンの顎をつかんで乱暴に顔をあげさせ、まっすぐに目を見た。

「強情で小生意気なじゃじゃ馬だな。ミス・マーリン、この娘の品行についてはレディ・ロッチフォードにしっかり報告するように。それでロンドンへ帰されることになっても自業自得だ。その話し方からして、どうせロンドンの生まれだろう」

「そうです」

「では、皿洗いたちのもとへ帰るがいい。それからミス・マーリン、婚約者がどんなひどい目に遭っているか、あちこちで泣きごとを言ってみなに笑われる暇があったら、自分の使用人にもっと目を光らせておくことだな」

ジェネットの顔が赤くなった。「それでわたしたちをここへお呼びになったのですか。わたしがタマシンを陰謀か何かに巻きこんだ不忠者だとお思いになって？」声が高くなる。

「哀れなバーナードと同じように、わたしも餌食《えじき》になさるのですね」

マレヴラーが大きく足を踏み出したが、ジェネットはひるまずに毅然《きぜん》と目を合わせた。その勇気にわたしは脱帽するしかなかった。

「おまえもひっぱたかれたいのか、しかつめ顔の役立たずめ。わたしが遠慮すると思うなよ」

「思っておりません」

「ふたりとも出ていけ。時間の無駄だ」マレヴラーが顔をそむけ、女たちは立ち去った。タマシンの顔は真っ赤だった。

マレヴラーはうんざりした顔でバラクを見た。「このざまだ。まったく、この巡幸で王家に仕える者たちがしでかすことと言ったら。ふたりそろって鞭打ちにしてもいいほどだ」わたしのほうを向く。「あの箱を持って広間にはいったところをミス・マーリンに見られたときみは言ったな。あの女を知っているのか」

「少し話したことがあります」わたしは言った。「ロンドン塔に婚約者がいるとか」

「あの女はその話しかしない。この地にくわしいとはいえ、あんな女が巡幸への随行を許されるべきではなかった。教皇派のバーナード・ロックの無実を執拗《しつよう》に言い立てているんだからな。あの女は子供のころからロックを追いかけまわしていた。ロックの妻が死んだあと、本人をまるめこんで結婚の申しこみをさせたのが三十歳のときだ。ところが、そのロックがロンドン塔へ引き立てられた」マレヴラーは大声で笑った。「まあいい。例の系図と同じものを書いてくれ。枢密院のお歴々の目にふれることになるのだから、くれぐれも慎重にな。わたしはレンヌを呼んで質問するとしよう」わたしが目を伏せたのを見咎めて尋ねる。「不満なのか」

「いえ――ただ、無害な老人に思えるので」

「無害？」またもや乾いた笑い声を立てる。「だれが無害でだれが有害かなど、こんなときにわかるものか」

　外では、巡幸の一行のために最後の仕上げがされていた。金地の大きな掛け布が天幕を幾重にも覆っている。大量の干し草を積んだ荷車が門から聖堂まで列をなしている。それらは、まもなくやってくる馬たちの敷き藁と食料となる。寒い。風が吹きすさび、空は灰色だ。わたしは深く息をつき、一瞬めまいを覚えた。バラクが腕をつかむ。

「だいじょうぶか」

「ああ」バラクを見た。「ミス・リードボーンのことはすまなかったな。だが、知っていることを話すしかなかった」

バラクは肩をすくめた。「もうすんだことさ」

「行こう、系図を書かなくては。マレヴラーは非情な男だな。レンヌ殿につらくあたらなければいいが」

「あのじいさんも自分の面倒ぐらい見られるだろう」

「そう願うばかりだ」

バラクは振り返って館を見やった。「たいして咎められずにすんだな」

「まだわからないぞ」わたしは言った。「マレヴラーがこの程度でよしとするとは思えない。マレヴラーが書いていた手紙を受けとる面々も同じだ」

13

宿舎では全員が仕事で出払っていた。建物には人気《ひとけ》がなく、炉火が小さくなっている。バラクが長椅子を持ってきて、小部屋へ押しこんだ。わたしの帽子も手にしているが、これはクレイクの執務室でわたしを見つけた折にとってきたのだろう。折れ残ったピンで羽根が不器用に留めてあった。

扉に錠をかけたあとで、わたしは大判の紙を背嚢《はいのう》から出してベッドにひろげ、バラクはわたしのためにガチョウの羽根ペンを鋭く削った。

「あの系図をほんとうに思い出せるのか」

「ああ」わたしは首が楽になるよう長椅子で姿勢を整えた。「まだ頭がぼんやりしているが、マレヴラーの皮肉な世辞はあたっている。弁護士は文書に記されたものを記憶するのが得意だ。さあ、どこまで思い出せるか」ペンをインク壺に浸した。バラクがタマシンのことで腹を立てていないようなので、気が楽だった。系図の樹形を書き表していくのを、バラクはおとなしく見守っている。現国王へおりていく線は太かった覚えがあるので、その個所はペンを強く押しつけて線を引いた。しばらくすると、見たものを簡単に記した図ができあがった。

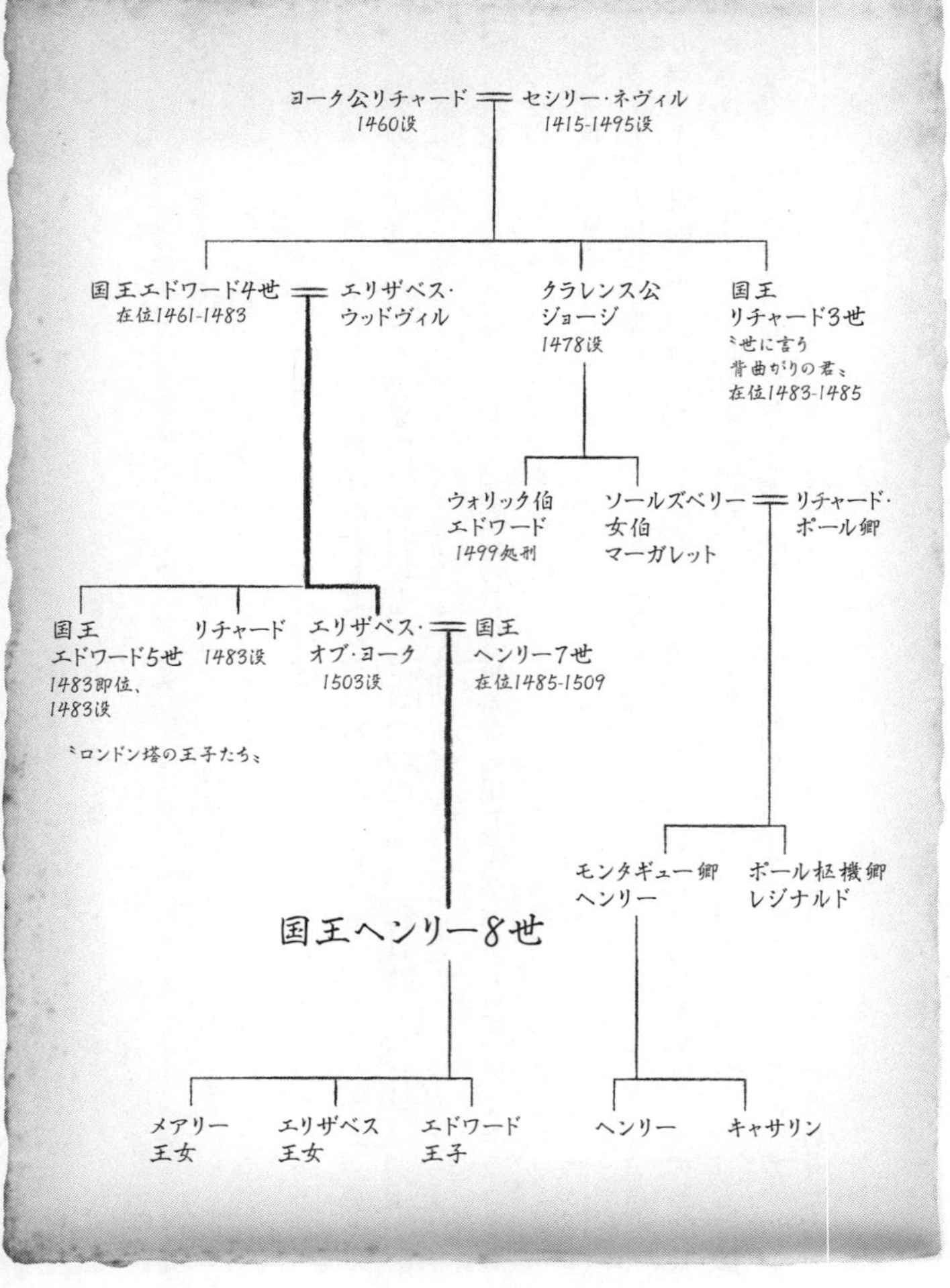
ヨーク公リチャード
1460没
セシリー・ネヴィル
1415-1495没
国王エドワード4世
在位1461-1483
エリザベス・
ウッドヴィル
クラレンス公
ジョージ
1478没
国王
リチャード3世
〝世に言う
背曲がりの君〟
在位1483-1485
ウォリック伯
エドワード
1499処刑
ソールズベリー
女伯
マーガレット
リチャード・
ポール卿
国王
エドワード5世
1483即位、
1483没
リチャード
1483没
エリザベス・
オブ・ヨーク
1503没
国王
ヘンリー7世
在位1485-1509
〝ロンドン塔の王子たち〟
モンタギュー卿
ヘンリー
ポール枢機卿
レジナルド
国王ヘンリー8世
メアリー
王女
エリザベス
王女
エドワード
王子
ヘンリー
キャサリン

「クロムウェル卿に仕えていたころ、こういう系図はホワイトホール宮殿のあたりで山ほど見かけたけれど」バラクが言った。「どこかちがうな」

「そうだ。書かれていない子供が何人もいる。たとえばリチャード三世の早世した息子だ」

「それに現国王の姉妹ふたりも」

「そうだな」わたしは眉をひそめた。「どんな系図にもそれぞれ主張がある。いつの世も、血統を通じてだれかの肩書きの正統性を証明することが系図の目的だ。もともとチューダー家の王位継承権は弱かった。だからこそ、婚姻によって継承権を強めたことを誇示する系図が庁舎のいたるところに掲げられている」

　バラクは系図をよく観察した。「エドワード四世から現国王までは太線になっている」わたしを見る。「じゃあ、この系図は現国王の継承権を強めてるんだな」

「ところが、ここにはたいてい省かれるクラレンス公の一族もはいっている。ほら、娘のソールズベリー女伯マーガレットとその息子モンタギュー卿がいるだろう。この前、わたしとレンヌが話題にした人物だ。どちらも今年処刑された。それにモンタギューの年若い息子と娘。この子供たちはロンドン塔で消えた」わたしは顎をさすった。「こんな形で国王の王位継承権を示すのには、何かほかの理由があるのだろうか」

「メアリー王女とエリザベス王女は太線でつながってないな」

「ほかの系図でも太線にはなっていなかった。そもそも、どちらにも王位継承権はないからな。国王がキャサリン・オブ・アラゴンやアン・ブーリンとの結婚を無効にしたとき、その娘たちは庶子とされた。ジェーン・シーモアの息子のエドワード王子が国王のただひとりの世継ぎだ」

「キャサリン王妃が身ごもっているという噂がほんとうでなければな」

「それはそうだ。その子供は継承順位の二位を占め、チューダー王朝はより安泰となるだろう。だが、ほんとうにご懐妊なのだろうか」バラクへ顔を向けたわたしは、引きつる首に顔をしかめた。建物にだれもいないとはいえ、声をひそめて言う。「去年のアン・オブ・クレーヴズとの離婚は、性交渉がないことが理由だった。王妃があまりにも冷淡だからその気が起こらない、と国王はおっしゃったそうだ。しかし、婚姻無効の裁定のことがリンカーン法曹院で話題にのぼったとき、一部の者は、国王が――いまもたびたびお加減が悪いようだが――不能になられたのではないかとひそかに取り沙汰したものだ。若くて美しいキャサリン・ハワードと結婚して、股間の柔らかいものに刺激を与えてもらいたいのだろう、と」

「酒場でも同じ噂が流れてるよ。たしかにひそひそ声で」

「ご懐妊かどうかは、国王のご到着のときにはっきりするんじゃないかな。ひょっとしたら、あの仮設宮で発表されるのかもしれない」わたしは系図へ目をもどした。「いずれにせよ、これは正統そのものの系図だ」

バラクは図のいちばん上にある名前を指さした。「ヨーク公リチャードってだれだい。薔薇戦争中の王位をめぐる争いって、実はよくわからないんだ」

「すべての発端は、一三九九年の暴君リチャード二世の廃位だ。その王に子がなかったので、親族のなかで継承権争いが起こった。やがて戦争となり、その後一四六一年にランカスター家のヘンリー六世が廃位させられ、対抗するヨーク家が王位をとってエドワード四世を立てた。エドワードの父であるヨーク公リチャードが王位に就くはずだったが、前年に戦死していたからだ」

バラクは指で線をたどった。「そして、そのエドワード四世は現国王の祖父というわけだ」「そうだ。国王の母君エリザベス・オブ・ヨークの父上にあたる。国王は祖父によく似ていると言われている」

「国王の父ヘンリー七世の継承権はどうなんだろう」

「継承権は弱いが、エドワード四世の娘と結婚することで、王の血統とつながった。ヘンリー王の立場を盤石《ばんじやく》にしているのはその事実だ」

バラクの指が図の上のほうへもどっていく。「エドワード四世の没後、その息子がエドワード五世として、一時期だけ王位に就いたんだな？　でも、エドワード四世の弟リチャードに王座を奪われ、自分の弟とともに殺された」

「そのとおり。ロンドン塔の王子たちだ」わたしは深く息を吐いた。「そこでおもしろいことが書いてある。リチャード三世の呼称だ。〝世に言う背曲がりの君〟という」バラクがばつの悪そうな顔をし、わたしは苦々しく微笑んだ。「いいんだ、遠まわしな言い方はやめよう。リチャード三世は亀背《きはい》だったと言われている。とはいえ、それはチューダー王家が作りあげた嘘だという説もある。亀背は不吉とされているし、外見は内面の堕落の表れとされるものだからな。〝世に言う〟と書かれているところを見ると、書き手はリチャード王にまつわる話を信じていないんだな。いずれにせよ、リチャード三世の王位強奪は国じゅうの者を怒らせ、それゆえ現国王の父君が反旗をひるがえしたときはおおぜいが味方した。その後、エリザベス・オブ・ヨークと結婚することで、世継ぎの地位を万全なものにした」

「エドワード四世のもうひとりの弟、クラレンス公ジョージは、兄のエドワードより先に死んでるな」

「反逆罪で処刑された。クラレンス公も王位を狙っていたんだ」

「まったく、なんて一族だ。この三人の母親はセシリー・ネヴィル。マレヴラーが言ってたな。すべてはセシリー・ネヴィルからはじまるって」

「ああ。そして言い方が苦々しかった」わたしは眉をひそめた。「なぜかな。たしかにここに書かれた全員はセシリー・ネヴィルの子孫だが、同時にヨーク公リチャードの子孫でもあり、由緒ある血統だ」

バラクはしばし考えて言った。「今年の春、謀反人たちが国王を倒していたら、正当な後継者は幼いエドワード王子だろうな」

「ああ、だが子供の王だ。そういうときは貴族のあいだでかならず争いが起こる。だから、もし謀反人たちが新たな国王を立てることができたら、ソールズベリーのマーガレットを選んだだろう」

「へえ」

「謀反人たちが王を立てるとしたら、何にもまして大事な条件がある。一族全員が自分たちと同じ教皇派であること。モンタギュー卿の弟レジナルド・ポールはローマの枢機卿だ」

「なんと」

「そして、王家の血統が国王に与えるものは王位継承権だけでなく、教皇に代わる教会の首長の地位だ。クランマーが言ったように、国王の考えが変わるとしたら、それは神が国王を通じて語り、信仰に関する方針を作ったり破ったりする権利を与えたからだ」

「国王を通じて神が語る」バラクはかぶりを振った。「いつもながら、おれには教皇を通じて神が語るのと同じぐらいばかげた考えに聞こえるよ。とはいえ、おかげで国王は強大な力を持つわけだ」

バラクが自分の信条をここまであからさまに語ったのははじめてだった。わたしはゆっくりとうなずいた。「たしかにそうだな。しかし、そんなことを言ったら反逆罪だぞ」

「みんなそう思ってる」

「そうかもな。だが、もういい、わたしたちは危険水域に迷いこんでいる」わたしは系図に注意深く砂をかけて乾かした。「さあ、これをマレヴラーへ届けてくれ。かならず本人に直接手渡すんだ」

バラクはためらった。「念のために複製を作ったほうがよくないか」

「いや、災いのもとはもうたくさんだ。それに、複製ならすでにある」わたしは傷ついた頭を叩いた。「ここにな」

バラクが立ち去り、わたしはベッドに横になった。すぐに眠りに落ち、ずいぶん経ってから、バラクに肩を揺すられてようやく目覚めた。

「何時だ」わたしは尋ねた。

「もうじき五時だよ。午後じゅう寝てたんだな」いつになく陽気に見える。

わたしは体を起こした。頭はさっきよりすっきりしたが、鋭い首の痛みに顔をしかめた。

「マレヴラーに系図を渡したか」

「ああ、お礼にうなり声を頂戴《ちょうだい》したよ」そこでバラクは一瞬ためらった。「そのあと、タマシンを見つけにいった」

「なんだって？」

「衛兵に心づけをやって、連れてきてもらったんだ。親戚からの知らせがあると言って」強いまなざしでまっすぐにわたしを見る。「タマシンのしたことをあんたがマレヴラーに報告したのはやむをえないが、おれが決めたことじゃないって伝えたかったんだ」

「なるほど」

「タマシンはすぐにわかってくれた。そして、騙した自分に非があると言ってた。それでも後悔はしてないってさ。肝がすわってるよ」

わたしは鼻を鳴らした。「身のほどをわきまえた女が好みだとよく言っていたではないか」

「横柄な女は好きじゃない。だけど、タマシンはそういうのとはちがう。それに――」バラクは微笑んだ。「あんな娘はほんとうにはじめてだよ」

「気の強い女は男を支配しがちだ」

「やめてくれ」バラクはむきになって言った。「実はそう思ってないんだろう。自分の考えを持った女はすばらしいって、あんただってさんざん言ってたじゃないか。レディ・オナーのこととか」

「レディ・オナー・ブライアンストンのことはあまり思い出させないでくれ」昨年のお粗末な恋の結末を思い出し、思わず苦い口調になった。「それに、考えなしの軽はずみと自由な精神を取りちがえてはいけない」

「とにかく、あすの夕方は約束どおりタマシンと歌を聞きにいくよ」

「賢明とは言えないな。タマシンのしたことをマレヴラーは快く思っていない」

「政治に影響でもしないかぎり、男と女の戯れに口を出すようなやつじゃないさ」バラクはふたたび険しい目でこちらを見た。「あんたが不承知なのか」

「わたしが承知するしないの問題ではない」わたしは弁解がましく言った。まだあの娘を疑ってはいたが、妬んでいることにも気づいていた。愛らしい娘を首ったけにするバラクではなく、わたしの数少ない心腹の友を惹きつけるタマシンをだ。話題を変え、レンヌを見なかったかと尋ねた。

「マレヴラーを訪ねたとき、中庭で見かけたよ。ずいぶん離れてたけどね。あの人は門のほうへ行くところだったから、こっちには気づかなかった」

「だいじょうぶそうだったか」

「ああ。歩いて門に向かっていた。ちらりと笑顔が見えた気がする」

「よかった。マレヴラーに呼びつけられて、きびしく尋問されたのかと思ったよ」

「自分の面倒ぐらい見られる人だと言ったろう」

「そうだったな」わたしは立ちあがった。「さて、散歩でもしてこよう。少し外の空気を吸いたい」

「連れがほしいんじゃないか」

わたしは微笑んだ。「そうだな」


外では風が吹き荒れ、大気に雨のにおいが感じられた。「このあたりはもうすっかり秋だな」わたしは言った。先刻より気分がすっきりしたが、頭が冴《さ》えると同時に警戒心が湧き起こった。行き交う人々へ目をやり、ここにいるだれか、このなかのひとりが自分を襲撃したのだと考える。また襲ってくるだろうか。バラクがそばにいるのが心強かった。

わたしたちは動物を閉じこめてある一画の前を通った。ふたつの大きな金属の檻《おり》が片側に並んでいる。それぞれの檻には茶色の巨大な熊がうずくまり、不安と怒りをたたえた小さな赤い目でじっと外を見ていた。

「国王の前で披露される余興には熊いじめもはいってる」バラクは言った。「たぶんあんたは近寄らないだろうけどな」かすかに笑って言う。こういうものをいやがるわたしを変わり者だと思っているらしい。

「ああ」わたしはそっけなく答えた。

「さっきおれが中庭にいたとき、闘鶏用の雄鶏《おんどり》が山ほど運びこまれてたよ。兵士や職人たちの娯楽用だ。ヨーク市民と乱闘になるかもしれないから、街なかでの闘鶏は禁止されてるんだ。いまは集会室に置かれてるらしい」

わたしはかぶりを振った。「いたるところで世の中がひっくり返っているな」

わたしたちは聖堂の横を通って中庭へ向かった。梯子の上の男たちが、旗を仮設宮に取りつけているところだった。チューダー朝の色に染めた緑と白の三角旗や、白地に赤十字のイングランドの旗、そして驚いたことに、青地に白い斜め十字の旗もある。わたしは指さした。

「見ろ！　スコットランドの旗じゃないか。ジェームズ王もここへ来るにちがいない。すべてこのためだったんだ」

バラクは口笛を吹いた。「国王同士の会見か」

「ヘンリー王はヨークだけでなく、スコットランドとも交渉にいらっしゃったわけだな。狙いは講和条約だ」わたしはまた首を振った。「ジェームズ王がフランスとの同盟を破棄するというのは考えにくい。イングランドの侵略を阻《はば》むものはそれだけなんだから」

「国王はジェームズに、講和条件を呑むか侵略を受けるかのどちらかを選ばせるんじゃないかな」

「もしそういうことだけなら、キャサリン王妃のご懐妊はないのかもしれない」

作業が終わって人の減った中庭をわたしは見まわした。男たちが余った資材を荷車に積みこむ一方、〈王の館〉の近くでは、国王が——国王たちが——長衣を泥で汚さないように、さらなる敷石が地面に敷かれているところだった。わたしは身震いし、また疲れを覚えた。

「さあ、聖堂を通ってもどるか。馬たちの様子を見ていこう」

修道院の聖堂は、まだ作業中の男たちでいっぱいだった。木で仕切った馬房がいまや身廊沿いに何列も並び、男たちは飼い葉の梱《こり》を積みあげたり馬房に藁を敷いたりしていた。梱が落とされて藁がひろがる音が堂内に響き渡る。聖堂を進んでいくと、別の音も聞こえてきた。集会所から発せられる、けたたましい鳴き声だ。闘鶏用の雄鶏にちがいないが、鳥たちは聖像をどう受け止めるのだろう。バラクがまちがえたように、本物の人間だと思うのだろうか。わたしはあたりを見まわした。偉大なるアーチが弧を描いているが、これは聖堂の亡骸だ。ボズワースの戦いのあとでリチャード三世の遺体が冒瀆《ぼうとく》と辱《はずかし》めを受けたと言われるが、それと変わらぬ亡骸にすぎない。不意にめまいに襲われ、身廊の中ほどに放置された作業台へ近寄った。「少し休まなくては」わたしは言った。

バラクは隣にすわった。しばし互いに黙していたが、やがてわたしは首の痛みに顔をしかめてバラクのほうを向いた。

「無事でいられるかどうか不安だ」わたしは言った。

「クレイクが邪魔しなかったら殺されてたってことか」

「ほんとうにクレイクが邪魔をしたのかどうかもわからない」

「つまり、あいつが犯人だと？」

「ちがう。もしそうなら、棍棒であれなんであれ、ほかの武器が体の検査で見つかったはずだ。それにあの忌まわしい文書もな。そういうことじゃない。クレイクが廊下に着いたとき、犯人はすでに部屋を出ていたにちがいないんだ。考えてみろ。あれは長い廊下で、クレイクが反対側の端に着いただけで犯人はその足音を聞きつけたと思う。クレイクに見られずに部屋を出て、反対側の階段を駆けおりることなどできたはずがない。それに、クレイクは走る足音ではなく、おりる足音を聞いたと言っていた」

「じゃあ、犯人はあんたがもう死んだと思ったわけか」

「殺すつもりはなく、気絶させただけとも考えられる。ちょうどわたしがブレイボーンの告白書を取り出したときに部屋へはいってきて、読まれまいとして襲ったのかもしれない」

「そんなに大事なものなら、用心のために殺すに決まってる」

わたしは深く息をついた。「そうだな、やはり死んだと思ったんだろう。もしそうなら、不注意もいいところだ。わたしが生きているのを知ったら、もう一度殺そうとするかもしれない」

「でも、もう手遅れだ。見たものをあんたが全部マレヴラーに伝えたからな」

「犯人がそのことを知らない可能性もある」

「じゃあ、おれたちふたりで用心するしかない」バラクが言った。

「ふたりと言ってくれてありがたいよ。あの文書は何を意味するんだろうか。ありきたりに見える系図。モグラ伝説について書いた紙。マレヴラーが偽物だと言う議会制定法。ブレイボーンという人物の告白書。その名には権力者たちを震えあがらせる効果があるらしい。ほかにもかなりの枚数の文書があって、何かの声明文のようだった。そして、盗んだのはだれなのか。文書を国王側に渡すまいとする謀反人だろうか。しかしそれなら、なぜオールドロイドは渡さなかったのか——だからこそ殺されたとも言えるが」

「知るものか。ああ、もう帰りたいな」

「わたしもだ」ガラスのないアーチ窓から吹きこむ冷たい風にわたしは身を震わせた。窓の外を見ると、灰色の空が暗くなりはじめたところだった。オールドロイドがあそこのガラスを取り除いたのだろう。あの男の家や仕事はどうなるのだろうか。跡継ぎを残さずに死んだ者がここにもいた。

「何を考えてるんだ」バラクが尋ねた。

「ここに来てからというもの、家系のことが頭を駆けめぐっている。国王と跡継ぎの家系、尽きていくレンヌやオールドロイドの家系。そしてわたしの家系もおそらく尽きる」わたしはさびしく微笑んだ。「きみの父方のユダヤ人の家系をさかのぼれば、アブラハムへと行き着くんだろうな」

バラクは肩をすくめた。「そして、おれたちはみな最初の罪人《つみびと》アダムへと行き着く。おれも親父のひとり息子さ。つなげたい気持ちはある」陰気な笑みを浮かべる。「ユダヤ人の知られざる家系をな」わたしに目を向けて言う。「あんただってまだ結婚できるじゃないか。

まだ四十前だろう」

「来年で四十になる。世間では老齢のはじまりとされる歳だ」

「国王より十歳も若いじゃないか」

わたしは吐息を漏らした。「去年はレディ・オナーの件があったが――」そこで話題を変えた。「で、タマシンとはよりをもどしたのか」

「うん」バラクは笑みを浮かべたあと、まじめな顔でわたしを見た。「タマシンは悟られまいとしてたが、マレヴラーの前に引き出されてこわかったと思う。ジェネットからきつく叱られたけど、レディ・ロッチフォードには報告しないと約束してくれたそうだ」

わたしはうなずいた。「ジェネット自身の保身にもなる。あの娘をきちんと監督できなかったために、レディ・ロッチフォードから咎められるかもしれないからな。ジェネット・マーリンは変わった女だな。年若いタマシンは自分の主人をどう思っているのか」

「妙なことに、ふだんはやさしいご主人さまと思ってるらしい。ヨークへのお供の役にタマシンを抜擢したのはジェネットなんだ。タマシンはほかのご婦人がたにばかにされている主人を気の毒に思ってるみたいだな。やさしい心の持ち主なんだよ」

「まあ、女にはそういう高潔なところがあるものだ」わたしは首をまた揉んだ。「やれやれ、疲れたよ。きょうは監獄へ行かなくてはいけないが、いまからまたヨークの夜道を歩いていく気にはなれない」

「そりゃあそうだ。殴り倒されたあとなんだから。今夜は休んだほうがいい」

「行くのはあすにして、ついでにレンヌのところにも寄ろう。あの老人がだんだん好きになってきたよ」少し沈黙したあと、わたしは言った。「あの人はたったひとりだ。そのせいか、父を思い出すんだよ。一年間訪ねもせずに死なれたから気が咎めてね」

きょう一日の出来事が、いつになく打ち解《と》けた空気を生んだらしかった。藁の立てる音や闘鶏の鳴き声が背後で響き、穢された巨大な聖堂にこだまする。「ときどき親父の夢を見るんだ」バラクが言った。「がきのころ、親父はいつもおれを抱きしめたがったが、おれは身をよじって逃げたものだ。仕事でついたにおいに我慢できなくてな。汚物溜めを空にする仕事さ。親父が両手をひろげてやってくる夢をよく見るけれど、そのにおいに気づいたとたん、どうしても耐えられずにあとずさってしまう。そのあと、そのにおいを鼻に感じたまま目が覚めるんだ。あの徒弟がマレヴラーの前へ連れ出されたとき、そのことを思ったよ」指で胸にふれる。父親の形見の古いメズーザがそこにさがっているのをわたしは知っている。「罰を与えるためにそんな夢が送りこまれるのかもな」バラクは静かに話を締めくくった。「罪を思い出させるために」

「慰めてくれるのかと思ったら逆だな」

「まあな」バラクは立ちあがった。「この陰気くさい場所のせいだ」

「あの少年はどうなるんだろう」

「グリーンかい」

「マレヴラーもひどい仕打ちをしたものだ。尻を丸出しにして街へほうり出すとは」

バラクは声を押し殺して笑った。「笑ってすまない。だけど、滑稽《こっけい》ななながめだったな。たぶんヨーク市民の同情を集めると思う。あいつは別の居場所を見つけるさ。さあ、休むまえに夕めしにありつこう」

「そうだな」わたしも立ちあがり、ふたりで奥の扉へ歩いていった。

バラクはわたしへ顔を向けた。「文書を奪われる原因を作ってしまって、すまないと思ってるよ。口で言えないほど」

わたしはバラクの肩を叩いた。「おいおい、その話はもう終わりだ。言ってもしかたのないことだよ」

わたしたちは馬を見にいき、世話が行き届いていると言って馬番の少年を褒《ほ》めたあと、食堂へ行って穏やかに過ごした。歩くときは警戒を怠らず、暗い物陰に目を凝らした。食堂は昨夜より混雑して騒々しかった。仕事を終えた大工たちは意気盛んだった。今夜街へ出ることが許されていたら、ばか騒ぎが起こるだろうし、おまけに鼻も血まみれになるかもしれない。また疲れを覚えたわたしは、不満もなくベッドにもどった。バラクは街へ行くと言う。

「いろいろ見てくるよ」

「冒険はするなよ」

「わかってる。それはタマシンのためにあすまでとっておくよ。あすは六時に起こせばいいかな」

「ああ」わたしは言った。バラクがひとりで出かけると、わたしは深い眠りに落ち、ありがたいことに夢も見なかった。睡眠を妨げられたのは、弁護士や事務官が夜遅くもどってベッドにはいるときだけだった。ところが、翌朝わたしを起こしたのはバラクではなく、手でわたしを強く揺さぶる兵士だった。まだあたりが暗く、兵士はランプを持っている。わたしはじっと見返した。若いリーコン守衛官だ。真剣な顔をしている。心臓が恐怖で跳ねあがり、一瞬、マレヴラーがわたしを拘禁することにしたのかと思った。

「何事だ」

「あなたをヨーク城までお連れするために参りました。すぐに来てください」リーコンは言った。「囚人のブロデリックが毒を盛られたんです」

14

暗く静かなヨークの街を進んでいったのは、まだ朝の五時のことだった。リーコンに起こされたときはバラクも目を覚ましていたので、わたしはいっしょに来るように言った。城で何が待ち受けているのであれ、別の人間の目で見てもらいたかった。足音を聞きつけた街の警吏たちがわたしたちにランプをかざしたが、リーコンの赤い制服を見て引きあげていく。冷たい突風が吹きつけ、わたしは身震いして外套の襟を掻き合わせた。

「だれが知らせてきたんだ」わたしは若い守衛官に訊いた。

「城の衛兵隊長がよこした使いの者です。例の囚人が毒を盛られて死にそうだから、あなたにすぐに来てもらいたいとのことでした。市街を通らなくてはいけないので、わたし自身も行くのがいちばんだと考えたしだいです。そうしないと、警吏たちに止められますから」

「ありがとう」リーコンの若々しい顔が心配そうに曇っているのがランプの明かりでわかる。

「面倒をかけてしまったな」

「きのうウィリアム卿に呼ばれて、あなたがあの箱を持って聖メアリー修道院へいらっしゃった様子をくわしく尋ねられました。ずいぶん念入りに質問されましたよ」リーコンはわたしの顔の痣《あざ》を見て、一瞬ためらった。「あなたが襲われたと聞きました。聖メアリーの警備にあたる者はふだんの三倍は注意せよと言われています。国王があすお着きになりますから」

城の塔が丘にそびえ、明るくなりはじめたばかりの空に輪郭を浮かびあがらせている。わたしたちは赤々と松明《たいまつ》が燃えている跳ね橋のほうへ急いだ。相手は待ちかねていたらしく、すぐに中へ通された。わたしはリーコンに礼を言い、聖メアリーへもどるように言った。跳ね橋を渡って帰っていく姿をバラクが見守った。

「行く先々で厄介事を引き寄せると思われたろうな」

わたしたちは城郭内を横切って衛兵所へ急いだ。扉があいていて、明かりが外へ漏れていた。前回も会ったいかつい男が気づかわしげに戸口に立っている。

「上へご案内します」男はすぐに言った。

「何があったんだ」

「小一時間前にラドウィンター殿が衛兵所へいらっしゃって、囚人の具合が悪いとおっしゃいました。毒を盛られたらしいということで、あなたと医師を呼ぶように言われました。医師はいま上へ行ったところです」

それでラドウィンターはわたしを呼んだのか。ブロデリックが死んだ場合、自分の立場を守って責任を分け合う魂胆だろう。わたしは唇を引き結び、バラクとともに衛兵を追って、じめついた螺旋階段をのぼった。ブロデリックの独房の扉があいている。室内は床に置かれたランプに照らされ、大柄な男がベッドへかがみこんでいた。毛皮でふちどりをした黒い長衣にきつめの帽子というでたちだ。嘔吐物《おうとぶつ》のすえたにおいがあたりに満ちている。その様子を、ラドウィンターがもうひとつのランプを高くかざして見ていた。わたしたちがはいっていくなり、振り向いた。ひげの黒さに比して顔が青白い。あわてて身づくろいをしたのか、ふだんの小粋《こいき》な姿からはほど遠く、目に不安と怒りが宿っている。バラクを見据えたが、揺るぎない目で見返された。「その男は?」ラドウィンターは鋭く言った。

「わたしの助手のバラクだ。大主教から委託されて、さまざまな内情に通じている。エドワード卿はどんな具合なのか」

答えたのは医師のほうで、立ちあがってわたしへ向きなおった。歳は五十代で、帽子からのぞく髪に白いものが交じっている。幅広の顔に知性が感じられるのは歓迎すべきことだった。「毒を盛られたのはまちがいありません。ラドウィンター殿の話では、一時間ほど前、この囚人がベッドから激しく落ちる音を下の居室で聞いたそうです」

「二日前にこの囚人を診たかたですか」

「そうです」医師は一礼した。「ロップ・レーンのジブソン医師です」

わたしは体を曲げ、奥のブロデリックを見た。囚人は藁の寝床に横たわり、長い鎖が体をゆるく横切っている。ひげは嘔吐物で濡れ、顔は幽霊のように白かった。

「助かるでしょうか」

「そう願いたいですね。何を口にしたにせよ、すべて吐き出したようです」医師は半分中身のはいった床の手桶に目をやった。空のカップと木の椀も床に置いてあった。「これに食べ物がはいっていたんですか」

「ええ」ラドウィンターが言った。「ゆうべ遅くに夕食をとりました」

ジブソン医師は眉をひそめた。「それならもっと早く吐くはずだ。ただし、毒によって効き方はちがうんだが」悪臭を放つ手桶を専門家の目でのぞきこむ。

「きっと食べ物にはいっていたんでしょう」ラドウィンターは言った。「ほかの方法は考えられない。わたしはずっと自分の部屋にいたし、ブロデリックの独房はいつもどおり錠がかかっていた。わたしに聞かれずには、ネズミ一匹、部屋の前を通ることはできなかったはずだ。それに、城郭の端のこのあたりには、一日じゅう怪しい者はいなかったと衛兵たちが言っています」

ジブソン医師はうなずいた。「食べ物にちがいない」

「スープは共用の鍋からのものです」ラドウィンターは言った。「衛兵の宿舎からわたしが自分で取ってくるんですよ。面倒ですが、食べ物のなかに書きつけなどが隠されていた場合も、確実に防げますからね」きびしい表情を浮かべ、わたしのほうを向く。「先生のことばを聞いて考えに確信が持てました。すでに答は出ている。衛兵たちの料理人です。聖メアリーで修道士たちの賄《まかな》いをしていた男で、どことなく胡散くさいやつですよ。衛兵所に閉じこめてあります」

医師はわたしたちを交互に見たあと、真剣な面持ちで言った。「申しあげておきますが、この囚人は危険を脱したわけではありません。毒はまだいくらか体内に残っています。もともとずいぶん弱っていたのは、手荒な扱いを受け――」嫌悪に顔をゆがめる。「そのうえ、わずかしか食事しか与えられず、このようにひどい場所に閉じこめられたせいでしょう」そう言って独房を見まわした。わたしは鉄格子の窓から外をながめ、夜が明けたのを見てとった。空が明るんでいくのに対して、城は灰色のままだ。何か白いものが動いたが、それは風にひるがえるアスクの骸骨で、風はいっそう大きなうなりをあげて塔へ吹きつけた。

「場所を変えればエドワード卿の具合もよくなるでしょう」ジブソン医師は言った。「どこか快適な場所に移せば」

「あまりにも危険な男です」ラドウィンターは言いきった。「監禁して鎖でつながなくてはいけない」

医師はわたしに目を向けた。わたしはためらいつつこう言った。「たしかに監禁する必要はあります。ただ、毛布をもっと与えるべきだし、小さな火鉢でも置いて部屋をあたためてやらなくては」

医師はうなずいた。「それでよくなるでしょう」

「はい、仰せのとおりに」ラドウィンターは同意した。敵意をこめた横目でわたしを見る。囚人の食環境の貧弱さをジブソンに指摘されたことが気に食わないのだろう。

ブロデリックがかすかに動き、わたしはこの男の意識がもどっていることに気づいた。どれほどのあいだ聞いていたのだろう。ブロデリックはわたしを見て苦々しい笑みを浮かべた。

「まだわたしの身辺を気づかっているのかい、弁護士殿」しゃがれ声で言う。「迂闊者《うかつもの》がいたものだ。わたしの苦痛を終わらせようとしたのだろうが」深々とため息を漏らした。わたしはその目をのぞきこんだ。炎は消え、見てとれたのは極度の消耗だけだった。

「どんな手が使われたかわかるか、ブロデリック」

「毒を盛ったのは国王だ」そう言ってブロデリックは苦しげに息をついた。

「しゃべるんだ」ラドウィンターが脅しつけるように言う。

「おい、ラドウィンター殿」わたしは言った。「話し合う必要があるな。ジブソン先生、またあとで来てくださいますか」

「ええ、もちろん。午後に来ます」医師は微笑んで言った。思うに、国王がらみの仕事だから、ずいぶんな報酬に与《あずか》れるのだろう。

わたしたちは独房をあとにし、ラドウィンターが注意深く施錠した。「わたしの部屋で待っていてください」無愛想に言う。「ジブソン先生を見送ってから、下の扉にも錠をかけますから」

バラクとわたしは階段をおりて看守の部屋へ行った。ベッドから急いで投げ出された衣類が床に散らかっているものの、ほかは以前と同じく整然としている。わたしは痛みはじめた首を揉んだ。

「じゃあ、あれがラドウィンターか」バラクは言った。「見た目は腕利きの尋問官だな」椅子の上に開いたままの『キリスト者の服従』を手にとる。「安っぽい本を読むやつでもある」

「自分が神の使いだとうぬぼれているんだろう」

「近ごろそういう連中はざらにいる。たいした威圧感はないな。さっきは少しばかり怯えてるようだった」

「そのうちきみの頭のなかをこそこそ探ろうとするから、覚悟するがいい。だが、たしかにそうだな。ラドウィンターは動揺している」わたしはじっとしていられず、部屋のなかを行きつもどりつした。「徹底した警戒態勢が敷かれていたのはブロデリックの救出計画を阻むためだ。殺害計画までは予想していなかった。これはオールドロイドが死んだことやあの一連の文書と関係があるんだろうか。ブロデリックとブレイボーンという名にはなんらかのつながりがある、とマレヴラーは言っていたが」

「ラドウィンターに忠告したほうがいいんじゃないか」

「いや、マレヴラーにまかせればいい。どうせ報告が行くだろう」

階段をのぼってくる軽い足音が聞こえ、わたしたちは口をつぐんだ。ラドウィンターがはいってきた。扉を閉めて、バラクをしげしげと見る。それからわたしに向かって作り笑いを浮かべ、小さな白い歯を見せた。「わたしと会うときには護衛が必要だとお考えに？」ラドウィンターは尋ねた。

こんなときにもわたしにあてこすりを言うのか。「ラドウィンター殿」わたしは言った。「駆け引きを楽しむ暇はない。事態は深刻だ」

「毛布と火鉢を運ぶよう指示しました」ラドウィンターはぞんざいに言った。「わたしの監視下であの男を死なせはしませんよ」そして怒りもあらわに言い足す。「死なれてたまるか、ぜったいに！」わたしへ向きなおる。「いっしょに来てください。例の料理人を尋問します」

「だけど、やったのが料理人なら、食事に毒を盛ったあとで姿を消したはずだ」そう言ったのはバラクだった。「嫌疑がかけられるとわかっていながら、のんびり居すわったりしないだろう」

ラドウィンターはとげとげしい視線をバラクへ投げ、それからわたしのほうを見た。「使用人に勝手な口出しを許すのですか」

「バラクの言うことは理にかなっている」わたしは淡々と言った。

「ほう」ラドウィンターはわたしの顔の痣へ目を移した。「そういう辛辣な言い草でほかのだれかを怒らせてきたんですね」

「もう一度言うが、駆け引きをしている暇はない。その容疑者に会いにいこう」

「いいでしょう」鍵束を握りしめる。「なんとしても吐かせます」ラドウィンターは腹立たしげに手を振って、わたしたちを部屋から出した。


衛兵所では、その料理人がふたりの兵士にはさまれて椅子にすわっていた。腕のいい料理人の例に漏れず太り肉《じし》で、頭は禿げて卵のようにまるい。だが、顔や怯えた目に鋭さが宿っている。たしかに、この男にはどことなく胡散くさいところがあった。ラドウィンターは料理人へ近づき、その顔をじっと見て残忍な笑みを浮かべた。部屋には火鉢があり、炭に火搔き棒を突っこんである。ラドウィンターはすばやく振り返り、火掻き棒を取り出して掲げ持った。料理人はぎくりと動き、強烈に輝く棒の先端を見せられて息を呑んだ。火掻き棒は真っ赤に熱せられていて、わたしのいる場所からもその熱はかすかに感じとれた。兵士たちは落ち着かない様子で顔を見合わせている。何か考えこむように、ラドウインターはあいている手で小さな整ったひげをなで、それから料理人に静かに尋ねた。「名前は？」

「デ、デイヴィッド・ユーヒルです」

ラドウィンターはうなずいた。「聖メアリー修道院に雇われていたんだったな」

ユーヒルの目は火掻き棒へと泳ぎ、恐怖で大きく見開かれた。「はい」

「答えるときはわたしを見ろ。働いていた期間は？」

「十年以上です。厨房では三番手でした」

「修道院の下っ端か。呑気《のんき》な暮らしと楽な仕事。カトリックの巣窟《そうくつ》がなくなって路頭に迷ったときは動転しただろう」

「ここで雇っていただきました」

「そして、こんどはその立場を利用して男に毒を盛った。国王のご意向で生かしておくべき男にだ。自分の料理に毒を盛って人を殺そうとした料理人がどんな罰を受けるか知っているか。国王の命により、生きたまま煮え湯に浸かるんだぞ」ユーヒルがふたたび息を呑む。いまや汗をかいている。ラドウィンターは重々しくうなずき、冷酷な目で料理人をひたと見据えた。「苦しい死に方なのは請け合ってもいい。見たことはないがな。いまのところは」

「でも――でも、おれは何もしてない」ユーヒルは突然取り乱した。ことばが一気に飛び出し、目は食い入るように火掻き棒を見つめている。「おれはただ、街で買い求めた材料を使って、いつもどおり衛兵たちにネギのスープをこしらえただけです。囚人のぶんも同じ鍋のもので、厨房に最後のひとすくいがまだ残ってますよ。あそこに毒がはいってたら、全員やられたはずだ」兵士のほうを向く。「ジャイルズ、ピーター、そうだと言ってくれよ」

兵士たちはうなずいた。「ほんとうです」ひとりが言った。ラドウィンターはその男に険しい顔を向けた。

「見たことしか言えません」兵士が言う。「ユーヒルが囚人の食べ物に手を出す機会はありませんでした」

「それに、椀とカップを運んだのはあんたですよ、旦那」ユーヒルが言った。「ビールだって、ご覧になったとおり、同じ樽《たる》からついだものなんだ」

「囚人の椀とカップを洗うのはだれだ」わたしは尋ねた。

「わたしです」ラドウィンターは黒いひげをなで、それからゆっくりと料理人の鼻先へ火掻き棒をおろした。肌にふれそうになったら止めよう、とわたしは心に決めた。ユーヒルは椅子の上で身をよじり、恐怖のあまり弱々しい泣き声を漏らしはじめる。ラドウィンターがつづけて言った。

「どんな手を使ったかはまだわからないがな、料理人。だが、ほかの者にできたはずがないんだ。わたしが泥を吐かせてやるから心配するな。修道院あがりの使用人どものことはお見通しだ。おまえたちはそこにはびこる教皇派の考えに染まり、ほうり出されてからは国王陛下を恨むようになった。隙あらば復讐《ふくしゅう》しようという魂胆だろう。ロラード塔のわたしのもとへ修道院の下っ端どもたちが送られてきたことがあった。おおかたはおまえと同じ太った軟弱者だ。少し痛めつければへし折れる」

「だけど、おれは修道士がきらいだった！」ユーヒルが突然叫んだ。ラドウィンターは鼻から六インチのところで火掻き棒を止めた。

「なんだと？」

「きらいだったんだよ。おれが麻袋の上で寝てるのに、あいつらはぬくぬくといい暮らしをしやがって。あいつらの儀式が間抜けな連中から金を巻きあげるためでしかないのは、ずっと知ってたよ。おれはクロムウェル卿の密偵だったんだ」

ラドウィンターの目が険しくなった。「なんとばかげたことを」

料理人は顔をそむけて懸命に熱から逃れようとした。「ほんとうだ！」と叫ぶ。「神に誓ってほんとうなんだ。一五三五年にクロムウェル卿配下の監督官が来て、使用人全員に尋問をした。そのとき、おれの酒癖の悪さに目をつけたんだ。そりゃあ、だれだって街で飲むことはあるけどな。監督官たちは、ちょっとした噂をクロムウェル卿の執務室へ伝え届けてくれないかと言い、修道院が閉鎖されたときにはいい仕事を紹介すると約束した。そして、その約束を守ってこの城の仕事へ就かせてくれたんだよ。おれはイングランドじゅうのだれにも負けないほど国王に忠実な人間だ！」

ラドウィンターはユーヒルを観察し、ゆっくりと首を左右に振った。「あまりにもお粗末な作り話だな、料理人。おまえの顔を見れば、ずる賢い卑劣漢《ひれつかん》だとすぐわかる。だが、わたしの囚人に毒を盛ったんだから、しっかり真実を聞き出さないとな。わたしの部屋まで来てもらおうか。そこでまた話のつづきをしよう——あそこにも火鉢はある」火掻き棒を炭火のなかへ押しもどす。「連れてこい」兵士に命じた。わたしの顔から非難の色を読みとって言う。「シャードレイク殿、どうぞお引きとりを」

ユーヒルは無我夢中で椅子の肘掛けをつかんだ。兵士たちは顔を見合わせている。そのとき、驚いたことに、バラクが進み出て料理人に話しかけた。「おれは以前クロムウェル卿の下で働いていた」と言う。「一五三六年に修道院の密偵と仕事をして、その手の仕組みを覚えたんだ」

料理人の顔に浮かんだ安堵の色は、真実を語っていたことの証だった。「それなら助けてくださいよ！」

「手紙を送ることになっていたはずだ。文字は書けるのか」

「弟が書けました。何を書くかを伝えれば」

「手紙の宛先は？」

「ウェストミンスターにある、宗務長官執務室所属のバイウォーター殿の事務所です」勢いこんで言う。「ウェルズ殿気付で」

バラクはわたしたちのほうへ振り向いた。「話はほんとうだ。この男はたしかにクロムウエル卿のもとで働いていた」

「変節したかもしれない」ラドウィンターが言った。

　バラクは肩をすくめた。「それはそうだが、ひどく怯えているようだな」

「それに証拠がない」わたしは加勢した。「さらに言えば、ラドウィンター殿、きみにはこの男を拷問する法的権限がない。厳重な監視はしてもいいが、傷つけてはならないんだ。わたしからウィリアム・マレヴラー卿に報告するが、この男がブロデリックに毒を盛ったと見なす根拠はない」

「はじめから毒は食べ物にはいってなかったんじゃないか」バラクが言った。

「そうだな。ほかの可能性を考えてみてはどうだろう、ラドウィンター殿。わたしもそうする。ウィリアム卿に会ったらすぐにもどるよ」


　外では風がますます吹き荒れていた。横殴りの雨が顔を叩き、城郭内の落ち葉が渦となって舞う。ラドウィンターがあとを追ってきて、憤怒《ふんぬ》の形相でわたしの腕をつかんだ。

「どうか取り調べの邪魔をしないでいただきたい！　あなたの任務はあの囚人の安全を図ることだけだ！」

「きみにはいかなる取り調べもおこなう権限はない！　これはウィリアム卿にまかせるべきだ」

　ラドウィンターはわたしの腕をさらに強く握り、怒りで目をぎらつかせた。

バラクがラドウィンターの肩に手を置いた。「そのぐらいにしておけ」静かに言う。

ラドウィンターは力を抜き、それから笑いながら腕を放した。「言ったとおりですね。あなたは護衛なしではこわくてわたしと向き合えない」わたしの助手を見る。「バラク、それがきさまの名か。ユダヤ人の名だな。旧約聖書にある」

バラクは微笑んだ。「やっぱり安っぽい本を読んでるんだな」

ラドウィンターは塔を指さした。「あそこを見ろ。アスクが吊されている場所を。昔は木の塔が建っていたという。数百年前のある夜、ユダヤ人に血の一滴まで搾《しぼ》りとられたヨーク市民が、そいつらをあそこへ追い立てて、生きたまま焼いたらしい。いかさまを働く異教徒にふさわしい末路だな」そう言うと、ラドウィンターはきびすを返して歩き去った。バラクの顔は蒼白で、こんどはわたしがその腕をつかんで制する番だった。

「くそ野郎！」

「まったくだ。あの男は深みにはまって、ひどく不安になっている。この件に取り組むには力不足で、人を監視して責め苛む手立てしか知らない。自制心が壊れはじめているんだ」わたしはかぶりを振った。「無理もないかもしれない。しかし、いったいどうやって毒を盛ることができたのか。ラドウィンターが何もかもに目を光らせているのに」わたしは深々と息を吐いた。「行こう、これはマレヴラーの領分だ」

15

今回はマレヴラーとの面会がすみやかに実現した。書類の散らばる机の奥に坐したマレヴラーは、大きな黒い頭を反《そ》り返らせていた。

「やれやれ」マレヴラーは陰気に言った。「きみたちが持ちこむのは厄介事ばかりだ。まさかブロデリックが死にそうだと言うんじゃなかろうな」

わたしは城での一部始終を話しはじめた。机には赤い封蠟《ふうろう》の大きな塊があったが、マレヴラーは毛深く太い指でそれを転がし、硬い表面をものともせず握りつぶした。わたしが話し終えると、マレヴラーはもう一方の手をひげの端にやり、見えない鋏《はさみ》で整えるかのように指を動かした。「ラドウィンターの言ったことがほんとうなら、いったいどうやってブロデリックを手にかけることができたんだ。医師は毒だと断じているのか」

「そう信じているようでした。いくつか検査をしてからまた往診に来ます」

「検査だと！」マレヴラーの顔が苛立ちにゆがんだ。「きのうだれかがラドウィンターの監視をくぐり抜けたのではないのか？　あの男が部屋で眠りこけていたということは？」

「そうは思えません、ウィリアム卿。あの男は自分のつとめに全身全霊を捧げています」

マレヴラーは鼻を鳴らした。「会ったとき、わたしもそう思った」

「それに、犯人はまず衛兵所の前を通らなくてはなりませんでした。それから錠のかかった扉をふたつあけ、さらに毒を投与する時間も必要です」

マレヴラーはバラクへ目を向けた。「料理人がクロムウェル卿の密偵だったという話は、事実だと言いきれるのか」

「何人かの名前を確認できました」

マレヴラーは封蠟を見つめ、ひねりつぶせば真実が出てくると言わんばかりに握りしめた。「では、どうやったというんだ」問いつめるような視線をわたしへ向ける。「どうだ、弁護士。きみは謎解き屋だろう」

「わたしにもわかりません。しかし、ラドウィンターに気づかれずにあの独房へたどり着くのは不可能でした」

「では、ラドウィンター本人を疑わねばなるまい」マレヴラーはそう言って唇を引き結んだ。

わたしはためらった。「ラドウィンターの肩を持つわけではありませんが、あの男がクランマー大主教と改革に忠実であるのはたしかです。謀反人を手助けするような真似をするはずがありません」

マレヴラーは眉をひそめ、長い黄ばんだ爪を嚙んだ。「ブロデリックとラドウィンターを聖メアリーへ連れてこよう。わたしの目の届くところに置く。グリーンのいた独房にブロデリックを入れ、二十四時間監視をつける。警備の担当は若いリーコンにしよう。あれはなかなか有能だ。ブロデリック自身は事のいきさつについて何も言わなかったのか」

「はい。知っていても話さないと思います。国王が毒を盛ったとか、わけのわからないことを言っています。毒を盛られる羽目に陥ったのは、当局がいずれ自分を待ち受けているせいだということでしょう。ロンドンで」

マレヴラーは眼光鋭くわたしを見たあと、また鼻を鳴らした。「上等だな。さしあたり、料理人のほうはブロデリックのいた独房へ入れて、仕事を得たいきさつを確認しよう。それから、ラドウィンターについては大主教へ書面で報告する」もう一度わたしを見る。「紛失した文書の件はラドウィンターに言わなかっただろうな」

「はい」

「ほかのだれにも？」

「ひとことも言っていません。ご命令どおりに」

マレヴラーはうなるように言った。「この件は枢密院へ報告しなくてはいけない。巡幸はレコンフィールドを発ったから、ここから向こうまで長くはかからないだろう。指示を仰がなくては」椅子の背にもたれて窓の外を見やり、弾力のある蠟を押したり握ったりしていたが、やがて苛立たしげに机上へ投げつけた。蠟の塊が書類のあいだに音を立てて落ちる。

「いったい何がどうなっているんだ」荒々しい声で言う。「まるで空気の精でも相手にしているようだ。相手は聖メアリー修道院の界隈《かいわい》やヨーク城にまで気ままに出没し、錠のかかった扉を意のままにすり抜けて人殺しをする。しかし、あすには国王がここにいらっしゃるのだよ。それに、スコットランド王のご訪問もある。スコットランド王のご到着の日程はだれも知らないようだが、天幕と仮設宮がなんのためにあるかは、もはや明々白々だ」わたしを見て言う。「警備を増強した。何か問題があることは国王のお耳にはいるはずだ。さぞかしお怒りになるだろう」

「集会室で見かけた人影は、まちがいなく生身の人間でした。城でブロデリックに手が及んだいきさつはわかりませんが、ここで起こった出来事を考えれば、犯人は〈王の館〉も含めてこの敷地内に自由に出入りできる人間でしょう。よそ者が許可なく聖メアリーの敷地内にはいることはありえません。われわれが相手にしているのは、建物や敷地を歩きまわっても当然だと思われている人間、そこにいても目立たない人間です」

「では、国王に危険が迫っているということか」

「ただ、仮に何者かが国王を害するつもりで館に身をひそめていたとしても、聖メアリーでの襲撃や殺人によってまもなく正体が露呈するのではないでしょうか」

マレヴラーはうなずくと、黒いひげをあらためてなで、低い笑い声を漏らした。「少しは知恵がまわるな、弁護士。それは認めよう。とはいえ、例の文書を紛失したせいで、お偉方のあいだできみの評判は地に落ちるだろう。やがてはその影響がきみ自身に及ぶかもしれない」冷ややかに笑う。「あるいはロンドンへ帰りたいと思っているのか」

「はい」わたしは答えた。

「きみを殴り倒したのがだれであれ、おそらくもう一度試みるだろう。気の毒だが、上からの指示がないかぎり、ここにとどまってもらおう。これまでどおりブロデリックを担当してくれ」雨が窓に吹きつけ、マレヴラーは不機嫌そうに外を見た。「こんなときにお越しになるのを国王はお望みにならないだろう。国王も王妃も輿《こし》でいらっしゃる。となると、すべてにわたって進行が遅れる。エラートン！」そう叫んで事務官を呼び――はっとするほど大声だった――馬の用意をさせるように命じた。「きみたちは」こちらに向かって言う。「衛兵を集めてブロデリックを護送するようリーコンに伝えてくれ。荷馬車を持っていき、中で動けないようにして覆いをかけるんだ。市街でやつの姿を見られたくない。きみたちもいっしょに行って、囚人が監獄におさまるのを見届けてくれ。こちらへ護送されたことは、できるかぎりだれにも感づかれるな」

わたしたちは部屋を出て階段をおり、グレート・ホールへ行った。鮮やかなタペストリー、彩色された天井、金の皿が輝く長卓。それらに囲まれて掃除人たちが働いていた。刷毛《はけ》と平鉢を持って削りかすやほこりを払い、一点の疵《きず》もないことをたしかめている。クレイクが壁際に立って携帯机の分厚い書類をめくっているのが見えた。聖メアリーの敷地を歩きまわってもだれの注意も引かない人間がいるとすればこの男だ。わたしはそう考えずにはいられなかった。それに、修道院の聖堂にせよ、ほかのどの場所にせよ、だれよりもたやすく鍵を手に入れられる者だと言えるだろう。

「やあ、ごきげんよう」わたしは声をかけた。「準備は万端だろうか」

「ああ、シャードレイク、それにバラク殿も」こちらを見る目つきが少しぎこちないように思えた。「なんとまあ、ずいぶん大きな痣になってしまったな」

「ああ、痛むのは首のほうなんだが」

「気の毒に。犯人はわかったのか」

「それがまだでね。仕事の進み具合はどうかな」

クレイクはため息をついた。「悪夢そのものだよ。きょうじゅうに仕上げるべきすべてのことを、朝の三時からやっている。王妃の秘書官のデラハム殿がおっしゃるには、ご本人はヨークで最高級の宿をこれまで割りあてられていたらしいんだが」そう言って、携帯机から書類を抜きとって掲げる。「今回はそうじゃないことがわかってね。大騒ぎになりかねない」

「デラハム？　派手な服を着た、若いのっぽのめかし屋か。きのう見かけたよ」

「ただの乱暴者なんだが、王妃が昔ホーシャムにいらっしゃったころからの仲間でね。王妃自身が秘書官としてあの男をお選びになったらしい。なんでも王妃さまのお望みどおりだ」

「非難めいて聞こえるが」

クレイクは肩をすくめた。「キャサリン王妃は軽はずみな女性だよ。言わせてもらえば、責任ある高い地位に就かされたにしては、あまりにも若くて愚かだ。気立てはいいが、服と宝石以外のことにはまったく関心がない。それでも国王は夢中になっていらっしゃるが」

「王妃に会ったことはあるのか」わたしは尋ねた。

「いや。見かけただけだ」

「宗教面での保守派が国王と現王妃の結婚に大いに期待したらしいが、いまは失望していると聞いた」

クレイクはうなずいた。「キャサリン妃はジェーン・シーモアとちがって、いかに昔のほうがよかったかと国王の耳もとでささやいたりしない。少なくとも、そういう噂だ」そこで話を終えたのは、言いすぎたと判断したからかもしれない。

「あいつを信用してるのか」広間を歩きながらバラクが尋ねた。

「いまここで信用できる人間はいない気がする」

扉の近くで、雨を含んだ突風がわたしたちを襲った。中庭は地獄と化している。三つある天幕のひとつがすでに吹き飛ばされた。金箔を施したおびただしい数の豪奢《ごうしゃ》な覆いが風にあおられ、中のダマスク織のカーテンや敷物もいまや自然の猛威にさらされている。職人たちが必死で天幕を立てなおそうとするそばで、王室おかかえの設計者ルーカス・ホーレンバウトらしき若い男がその様子を見て何やら叫び、ひとりの男がとてつもなく高価なタペストリーを踏んで泥の足跡を残すや、地団太を踏んでいた。

わたしたちは兵士用の宿舎でリーコン守衛官を見つけた。この若い男が兵士たちを掻き集めて荷馬車を調達する手際のよさに、わたしはあらためて感じ入った。リーコンが指揮を執っているあいだ、バラクとふたりで門番小屋で待っていると、作業員たちが天幕から調度類を集めて清めようと運んでいくのが見えた。

「マレヴラーには油断できないな」バラクが言った。「おれたちをきらってる。冷酷無情のうえに、強い後ろ楯がある。都合の悪いことはなるべくおれたちのせいにするような手合いだ」

「ああ、そのとおりだ」リーコン守衛官がもどってきたので、わたしは口をつぐんだ。リーコンは雨で額に張りついた金髪を手で掻きあげた。「すべて取りそろえました。バラク殿は荷馬車のほうを手伝ってくださいますか。倉庫のあたりのぬかるみがひどいんです」

バラクはうなずいた。リーコンに場所を教えられて、雨のなかを機嫌よく出ていく。わたしはリーコンに微笑みかけた。「ウィリアム卿の指揮下にいるせいで、わたしたちはずっといっしょらしいな。きみはブロデリックの監視係になるわけだし」

「門番の仕事とはちがいますね」

「出身はケントのどこだ」わたしは話のついでに尋ねた。

「ウォルサムです。でも、一族はそこから少し離れたリーコンの出でして」

「それでリーコンなのか。かつて疫病が大流行したあと、多くの人々が新しい土地へ移ったが、故郷の地名からとった名を継いだ、と何かの本で読んだことがある」

「そういうことです」

「ケントのことなら少しは知っている。数年前、アシュフォード近辺の土地の境界にまつわるこみ入った争議にかかわったことがある。それぞれの譲渡証書に相反する内容の地図が添えられ、土地所有権の細かな事項がその地域ではひどく混乱していた」

リーコンはかぶりを振った。「弁護士さんが扱う仕事はどうにもわけがわかりません。残念ながら、わたしも似た目に遭いましたよ」

「そうだったのか」わたしは興味をいだいてリーコンを見た。

「はい。助言だけでもしていただけるとありがたいのですが」リーコンはおずおずと言った。

「できればそうしよう」

「両親の農場のことで揉めてるんです。わたしの家族は先祖代々の土地を所有していますが、それは百年以上前に近くの修道院から贈与された土地です。ところが、修道院が解散してからというもの、新しい地主が来て、自分の土地だと言い張るんです。修道院からの贈与権に何やら欠陥があると言って」

わたしはいたわるようにうなずいた。「修道院解散以来、そうした申し立てが数多くある。小さな修道院ほど書類に不備があるものだ。しかし、そんなに昔から土地を使っていたのなら――いや、証書を見ずに助言はできないがね」

「地主は広大な修道院の土地を安く手に入れたんだから、それで満足しそうなものですが」

「土地に餓える者はけっして満足などしない。ご両親は法律に関する相談を受けたのか」

「そんな余裕はありません。叔父が手を貸しています。叔父は字を読めますが、両親は読めないんです。こんな遠くに配属されては気が休まりませんよ」

「そうだろうな。ご両親をどうにか助けたい気持ちはわかるよ」父がわたしに相談もできないまま農場を法外な抵当に入れたことを思い起こし、唇を嚙んだ。「うまくまとまるといいが」そのとき、あることに気づき、はっと息を吞んだ。

「何か名案でも？」リーコンは勢いこんで訊いた。

「いや」わたしはあわてて答えた。「首が少し痛んでね、それだけだよ」だが、そうではない。名前と地名、そして、ケントでの出来事を話題にしたことで、以前かかわっていたある地区の名前を思い出したのだ。ブレイボーン。もしかしたら、それが人名のブレイボーンに変わったのかもしれない。


用意された二頭立ての小型の荷馬車には高い囲み板がつけられ、大きな布で覆われていた。バラクとわたしとリーコンは、槍を持って人混みを押し分ける六名の兵士とともに、荷馬車の横を歩いた。悪天候にもかかわらず、大いなる巡幸の到着を目前にして、街はかつてないほど混雑していた。

ラドウィンターにマレヴラーの計画を告げると、反駁《はんばく》されると思いきや、看守は目に敵意をちらつかせたものの、そっけなくうなずいた。リーコンの指示で、ラドウィンターはブロデリックを壁につないでいた長い鎖を解いたが、手枷はそのままにした。囚人はうめき声をあげて目を覚ました。まだ衰弱しているようだった。兜《かぶと》をつけた兵士たちに見おろされているのに気づき、目に恐怖の火花が散るのがわかる。

「きみは聖メアリー修道院へ移されることになった」わたしは静かに言った。「身の安全のためにだ」囚人は苦い笑みを見せたが、何も言わなかった。

階段をおりて荷馬車のもとへ行くまで、ブロデリックの脚はひどく震え、足どりがおぼつかなかった。数ヤード以上の距離を久しく歩いていないのだろう。ブロデリックはいっとき小柄なことにわたしは驚いた。わたしより背が低い。外へ出ると、ブロデリックはいっとき歩みを止めて風雨に身構えた。空を見あげ、くすんだ灰色の雲がさまざまな形で疾走していくのをながめる。肺腑《はいふ》いっぱいに息を吸い、そのせいであわや失神しかけた。

「気をつけろ」わたしは言い、兵士が囚人の腕をしっかり持った。風に揺れる友ロバート・アスクの骸骨をブロデリックは一瞬見つめ、そのあと、またわたしにゆがんだ笑みを向けた。

「だれが毒を盛った」わたしは小声で尋ねた。「知っているのか」

ブロデリックは弱々しい笑い声を立てた。「国王ヘンリーがやった」

わたしはため息を漏らした。「荷馬車に乗せろ。このままだと瘧《おこり》にかかってしまう」ひどく青ざめて半ば意識のないブロデリックを、兵士たちが荷台へ引きあげ、そっと横たえた。だれが思いついたか、クッションがいくつか置かれている。荷馬車からリンゴのにおいがした。冷酷なつとめのさなかに、奇妙にも暮らしの気配が漂う。兵士たちが囚人を覆い隠し、わたしたちは来た道をもどった。表向きには、兵士たちが貴重な品を修道院へ送り届けているようにしか見えない。わたしは雨に打たれた群衆をながめながら、ここにブロデリックがいるとわかったとして、どれほどの人数が助けに飛んでくるのかと考えていた。

16

バラクとともにヨークの大通りのひとつ、フォスゲートを進んだ。あすの夜に国王の前で音楽会が開かれるが、その公開予行演習を見にいく人々で、通りはごった返していた。夜になって風も雨もやんでいたが、地面はぬかるんで落ち葉や小枝が散らばり、戸口の濡れた踏み段や店先が月明かりを受けて輝いている。これほど陽気な人々を見るのはヨークへ来てからはじめてだ。みな浮かれた顔でマーチャント・アドベンチャラーズ・ホールへ向かっている。

宿舎でひとり不安に駆られながら、事務官たちの不快なことばを耳にしつづけるよりも、バラクとともに予行演習を見物するほうがいいと思い、わたしは出歩くことに決めていた。バラクは一張羅の緑のダブレットを着て、レース模様の襟をのぞかせている。バラクもわたしも、一週間近く伸びっぱなしだったひげを剃り落としてさっぱりしていた。きょうの午後、巡幸に随行している理髪師たちが、聖メアリー修道院へやってきたおかげだ。いっせいにひげ剃りがおこなわれ、紳士は全員、国王の前に出ても恥ずかしくないように身なりを整えた。わたしはいちばん上等の外衣を着ていたが、帽子は古いものをかぶっていた。新しい帽子に羽根飾りをうまくつけなおせなかったので、また今夜はずれては困るからだ。あすは国王の御前で帽子を脱がなくてはならない。そう思うと、胃が奇妙にねじれる感覚に襲われた。

わたしたちはヨーク大聖堂の前を通りかかった。内側から煌々《こうこう》と照らされ、夜空を背景にして、巨大なステンドグラスの窓が色鮮やかな光を放っている。

「あれを見ろ」わたしはバラクに言った。

バラクはちらりと目をやった。「ああ。国王を迎える準備は万端だな」

ふたりの徒弟が歓声をあげ、こちらに泥をはねながら水溜まりのなかを駆けていったので、わたしはとっさに外衣の裾をよけた。

バラクは冷ややかな笑みを浮かべた。「ゆうべ居酒屋で聞いたんだが、汚物の処理について最近出された命令のせいで、問題が起こってるそうだ。川に何も捨ててはいけないことになったらしい――国王が来るから、心地よいにおいの川にしておきたいんだろう。そのせいで、まともな汚物溜めを持たない住民は、排泄物を裏庭に置くしかなく、天まで届くような悪臭に耐える一方で、家の正面は飾り立てるように言われてるんだとさ」

「それでは不満の声があがるだろう」

バラクはうなずいた。「ヨーク市民のほとんどは、そもそもヘンリー王の巡幸を歓迎してないさ」

「ゆうべは厄介なことに首を突っこまなかっただろうな」

「ああ。ずっと大工たちといっしょにいた。大半がロンドンから来た連中だけど、中にはヨーク出身の職人もいてね。賃金がいいんで、国王陛下には好意的だった。南部の人間が歓迎されない酒場には近づかなかったよ」バラクはわたしを見た。「だけど、興味深いものを目にした」

「なんだ」

「貧民街を抜けて、大工の連中がここはやめとけと言う居酒屋の前をいくつか通ってな。そのとき、意外な人物がみすぼらしい店の扉をくぐるところを見たんだ」

「だれだ」

「クレイクだよ。黒っぽい外套を着て帽子をかぶってたけど、月明かりのおかげであのまるっこい顔がわかった。どことなく妙で、こわばった表情だったな」

「向こうはきみに気づいたのか」

「いや、気づいてないはずだ」

「クレイクか」わたしは思案した。「いかがわしい居酒屋へ行くような男ではないのに。何をしていたんだろう」

「本人に訊いたほうがいいな」

わたしはうなずき、ふたりでマーチャント・アドベンチャラーズ・ホールのある広場へと進んだ。それは古くて堂々とした、幅の広い三階建ての建物だった。その前の玉石敷きの場所はすでに人で混み合っていた。建物の前面に設置された舞台には幕がかかり、松明がそのまわりを明るく照らしている。人混みのなかに、外衣を着た何かのギルドの職人が何人かずつ集まっているのが見える。豪華な衣装を身にまとい、従僕を従えた男たちも多くいた。衛兵の先発隊だ。広場には仕着せを着たヨークの警吏がずらりと並び、建物の入口には少人数の兵士の一団もいた。松明の明かりを受けて鎧の胸当てが輝いている。マレヴラーが警備の強化について話していたことをわたしは思い出した。

きまじめな顔つきをした法服姿の若い男が近づいてきて、辞儀をした。「ブラザー・シャードレイク」

「ブラザー・タンカード」二日前、市庁舎で会った裁判官だ。「準備はいかがですか」

「なんとか整ったと思います。長いあいだお待ちしておりましたが、国王陛下があす、ほんとうにここへお越しになると思うと信じられませんよ」タンカードはぎこちなく笑った。「それに、このわたしが直接おことばを申し述べることもです。ジェームズ・フィールティー卿は嘆願書の内容に満足なさっているようですね」

「ええ」

「正直なところ、少し緊張しています」

「だれもがそうでしょう」

「国王にお目にかかれるのはこの上ない喜びです。お若いころは、キリスト教国のなかで最も輝かしい王子であられたと聞きました。長身でたくましく、実に端整な顔立ちをなさっていたとか」

「三十年以上前のことです」

タンカードはわたしの顔をしげしげと見た。「ひどい痣ですね」

「ええ」わたしは帽子を整えた。「あすはこれをうまく隠して、見えないようにしなくては」

タンカードの目に好奇の色が浮かんだ。「オールドロイド殿の件に関する調査は進んでいますか」

「調査はウィリアム・マレヴラー卿がみずからなさるそうです」

そのときだれかに呼ばれ、タンカードは立ち去った。わたしはバラクのほうを向いた。首を伸ばして人混みを見まわしている。

「彼女はどこだ」バラクがぼそりと言った。

「ミス・リードボーンか？　あそこにいる」わたしは少し離れた廷臣の一団を指さした。レディ・ロッチフォードが顔を上気させながら、仲間の貴婦人たちに話をしている。いつものように、その表情はどこか気ぜわしく、興奮しすぎているように見える。ジェネット・マーリンが数歩離れたところに立ち、その隣にタマシンがいた。ジェネットは冷たい目で舞台を見つめているが、タマシンは熱心にあたりをながめている。

そのとき、わたしは息を呑んだ。レディ・ロッチフォードのそばに、小柄で身なりがよく、豪華な毛皮の外衣を着た目鼻立ちの整った男が立っていて、王妃の若き秘書官デラハムに話しかけていた。増収裁判所長官のリチャード・リッチ卿だ。去年、敵として対立した相手であり、わたしが大法官裁判所で戦っているビールナップの後ろ楯となった人物でもある。ヨークでリッチと出くわすかもしれないと思ってはいたものの、いざその姿を目にすると身がすくんだ。

　バラクもリッチに気づいていた。「あのくそ野郎」とつぶやく。

「できれば顔を合わせたくないな」

「じゃあ、おれひとりでタマシンのところに行ってもいいか。リッチはおれみたいな平民は覚えていないだろうから」

「わかった」

「掏摸《すり》に気をつけろよ」バラクは言い、人混みを掻き分けてタマシンのもとへ向かった。わたしはひとり残され、急に心細くなった。そう、掏摸に注意だ。そして暗殺者にも。

　楽団の面々がサックバットやリュートを持って建物の入口に現れた。聖歌隊の衣装を身につけた男に導かれ、少年たちがしゃべりながら舞台にあがる。少年たちの姿が幕の後ろに消えた。

「息子のオズワルドよ！」わたしの背後にいた女が興奮した声をあげた。わたしは姿勢を変えた。首がふたたび痛みはじめ、どこかにすわりたかった。さっき頭に浮かんだことに思いをめぐらす。ブレイボーンという人名と、ケントの地名。マレヴラーに伝えるべきだろうか。ブレイボーンの名とケントのあいだに何かのつながりがあるとしたら、マレヴラーはおそらく知っているはずだ。ヨークはすでにケント人の兵士だらけだし、あすになればさらに何百人もやってくる。しかし、わたしがその名前にまだ引っかかっていることを知ったら、マレヴラーは喜ばないのではないかという気がした。

「ブラザー・シャードレイク」すぐそばから低い声が聞こえたので、わたしは驚いて振り返ったが、すぐに微笑んだ。

「ブラザー・レンヌ。ご機嫌いかがですか」

老弁護士は帽子と分厚い外套をつけて、杖にしっかり寄りかかっていた。

「今夜は少し節々《ふしぶし》がこわばりましてね。しかし、あなたこそだいじょうぶですか。きのう、わたしと別れたあとに襲われて、オールドロイドの家で見つけた小箱を盗まれたとマレヴラーから聞きました」

「だいじょうぶです。ちょっと気を失っただけですから」

「その痣はそのときできたんですか。痛そうですね」

「たいしたことはありません。それより、あなたがウィリアム卿から尋問されたそうで、心配でした」

レンヌは苦笑した。「いえ、マレヴラーがわたしを脅すことはありません。訊かれたことに答えて帰っただけですよ」

「ウィリアム卿はオールドロイドの若い徒弟にひどいことをしました」

「マッジから聞きました。もうヨークじゅうに知れ渡っています。もっとも、ガラス職人のギルドがグリーンに新しい職場を探していますが」

「それはよかった」

「ウィリアム卿がまだ旧家の庶子のひとりにすぎなかったころ、北部の反乱の余波のなかで人を押しのけて強引に道を切り拓《ひら》き、権力を手に入れたのを覚えています。野心に満ちた人物だ。庶子という負い目があると、人は往々にしてそうなるものですね」

「ウィリアム卿は非嫡出子なのですか」

「そう言われています。由緒あるマレヴラー家の正統な流れにはあたらないらしい。四十年前、マーガレット・チューダー王女が現スコットランド王の父上に輿入れなさるとき、ウィリアム卿のご両親も随行なさいました。そこで卿の母上は戯れの恋をしたという噂です」

「ほんとうですか」

「ウィリアム・マレヴラーはおのれの力を証明することに執念を燃やしている。しかし、いつか度を超して失敗するときが来るでしょう。緻密《ちみつ》さに欠けていますから」レンヌはあいたほうの手を軽く振って話題を変えた。大きなエメラルドの指輪が松明の明かりをとらえて輝く。「外に出て予行演習を見物しようかと思いましてね。マッジに声をかけたのですが、異端だとことわられました」

「ただの音楽会なのに」

「ええ、でも楽団と聖史劇の道具を使うでしょう。それが不満のようです。宗教に関しては、マッジもヨークの伝統主義者でしてね」レンヌが穏やかに微笑むと、顔に深く刻まれた皺が舞台の明かりのなかで際立った。

　幕があがりはじめた。美しく設《しつら》えられた舞台が現れるにつれ、群衆の興奮した声がささやき声に転じていく。背景幕は木々に囲まれた草原を模したもので、山々の向こうに真っ青な空と明るい虹が描かれている。紙で作った雲が、見えない針金で天井から吊されて揺れている。楽団が少年聖歌隊のまわりに半円をなして集まった。「市の聖歌隊です」レンヌが言い、さびしげな笑みを浮かべた。「わたしは子供のころからヨークの聖史劇が大好きでした。しかし、改革派のあいだには、これもまた迷信深い儀式として禁止すべきだという声がある」

「そうですね」わたしは言った。「悲しいことです」

「聖書の、そして救世主の物語を文字の読めない人々に伝えるのに、これよりよい方法があるでしょうか」レンヌがそう言うのを聞き、わたしはいまやほとんど失ってしまったかつての自分の姿を見た気がした。堅い信念を持っていたころの自分を。

楽団の面々が楽器の音を調整しはじめた。人々のささやき声がやみ、レディ・ロッチフォードの甲高い声がやにわに耳に飛びこんだ。「ほんとうよ！　アン・オブ・クレーヴズは無垢《むく》そのもので、ただの接吻が――」わたしも群衆もそちらを向いた。レディ・ロッチフォードは顔を真っ赤にして唇を噛んでいる。なんと口が軽くて愚かなのか。バラクがタマシンと楽しげに話しているのが見えた。それから、リチャード・リッチ卿の目がこちらに注がれていることに気づいた。考えにふけっているような目だ。音楽がはじまり、わたしは視線をそらした。

楽団が陽気な調べを巧みに奏でている。そして聖歌隊が歌いはじめた。

ヨークへようこそ、偉大なる国王陛下

美しき草原と木深き山がお迎えします
どうぞ正義と慈悲をもたらし
われらの忌むべき罪を赦《ゆる》し
そして闇と雨を払い去る光を
この地にふたたび繁栄を

針金の動きに合わせて紙の雲が分かれると、まばゆい黄色の太陽が現れ、虹が高くあがっていった。

「あすの本番のとき、また土砂降りにならないといいのだが」レンヌが小声で言った。

つぎつぎと歌がつづいた。どの歌もヨークシャーの忠誠を誓って、過去の罪を悔い、正義と繁栄をもたらす国王の来臨を讃《たた》えるものだ。わたしは群衆の顔を見まわした。ほとんどが夢中で舞台に見入っているが、そうでない者もいる。中でも、大柄な〝谷間の住人〟たちは、腕を組んで口もとに皮肉めいた笑みを浮かべている。三十分後、休憩で幕がおり、パイ売りたちが現れた。パイが並んだ盆を見て、わたしはクレイクの携帯机を思い出した。顔をあげると、レンヌがこちらをじっと見ている。

「ブラザー・シャードレイク、国王がいつまで滞在なさる予定かご存じかな。スコットランド王もヨークにお越しになると発表がありましたが、まだスコットランドを発ったという話をだれも聞いていないもので」

らえますか」

「もちろんです」

「実は、巡幸の一行が帰るとき、いっしょにロンドンへ行きたいと考えています。法曹学院を訪ねて、甥のマーティン・デイキンを探すために」

思いも寄らないことばに、わたしはレンヌの目をまっすぐ見た。「まず手紙を書いたほうがいいのではありませんか。身内の諍いがあったのであれば」

レンヌは激しく首を横に振った。「いいえ。たぶんこれが最後の機会になるでしょう。本来なら、もうロンドンへひとり旅をするような年齢ではありません。これまでずっと、ヨークの人々のために尽くしてきました。まだ権力者ではなかったころのわが友マレヴラーも含めてね。随行すればそれなりにお役に立てるはずです」

「だとしても、骨肉の争いがあったとなれば……」

「いや！　なんとしても甥に会わなくては」

驚いたことに、いつもは穏やかなレンヌの口調が急に熱を帯びた。突然、レンヌは顔を苦しげにゆがめて身震いした。わたしは腕をとった。「レンヌ殿！　だいじょうぶですか」

レンヌは真剣な表情でこちらを見たかと思うと、不意にわたしの手をつかんだ。「ほら。

腹をさわってください。そう、脇のほうです」わたしは意外な申し出にとまどいながらも、導かれるままレンヌの下腹に手をあてた。何やら異質なものが感じられる。小さな硬いしこりだ。レンヌが手を放した。

「そう、腫瘍《しゅよう》です。一週間ごとに大きくなっていて、近ごろは痛みも感じます。父にもこれと同じものができましたが、一年のうちに、よくある症状に苦しみながら衰弱して亡くなりました」

「医者に――」

レンヌはもどかしげに手をひと振りした。「何人もの医者に診てもらいました。みな何もわからず、何もできません。しかし、わたしは父の病状の変わり方を覚えています。来年の春の聖史劇を見物することはできないでしょう」

わたしは動転してレンヌを見た。「ブラザー・レンヌ、お気の毒に」

「このことを知っているのはマッジだけです。ただ……」レンヌは深いため息を漏らし、それからいつもの冷静な口調で話しはじめた。「ロンドンへのひとり旅がむずかしいと考える理由が、これでわかってもらえたでしょう。巡幸の一行とともにまずハルへ行き、それから快適な乗合馬車か船でロンドンへ向かうのが楽です。そしてあなたがそばにいて、万が一倒れても助けてくださるなら、心強いことこの上ない」懇願するようにわたしを見る。「無理なお願いであることは承知していますが、あなたなら力になってくださる気がしました」

「ブラザー・レンヌ」わたしは心をこめて言った。「わたしにできることなら何でもします」

「そしてロンドンに着いたら、グレイ法曹院へ付き添っていただけるとありがたい。ロンドンへはもう五十年行っていませんし、以前とは比べ物にならない大都会になっていると聞きます。こんなことをお願いするのは心苦しいのですが――」レンヌはさびしげに微笑んだ。「わたしにも人に助けを求めざるをえないときが来たようです」

「わかりました。ほんとうにお気の毒です」

「どうかやめてください！」レンヌは声を荒らげた。「同情は無用です。わたしは大半の人よりもはるかに長く生きてきました。とはいえ、末期《まつご》が迫りくるのは見えないほうがいいに決まっていますがね。もう一度マーティンに会って、仲直りがしたい。それだけが心残りです」

「わかりました」

前方の舞台で合唱が最高潮に達していたが、わたしの耳には聞こえていなかった。歌声がまた小さくなると、レンヌが嘆息して言った。「父はホルダーネス近郊の農民でした。わたしに大きな期待をかけていて、法律の世界に進ませようとがむしゃらに働いたものです」

「わたしの父も農民でした。住まいはリッチフィールドです。ヨークに来る直前に埋葬しました。わたしは――年老いた父をほとんど顧みなかった」

「あなたが孝行息子ではなかったというのは信じがたい」

「看取《みと》ることもできませんでした」

まるで自分の心の奥深くをのぞいているかのように、レンヌの目が一瞬焦点を失ったが、すぐに固い決意のみなぎった表情に変わった。「息子が死んだあと、わたしたち夫婦には子供ができませんでした。そのころのわたしは、いっしょに暮らすのにけっして愉快な相手ではなかったと思います。妻の家族と不仲になったのは、おそらくそれが原因でしょう。マーティンと和解したいのです。いまとなっては、たったひとりの身内ですから」

わたしはレンヌの腕をとった。「きっと見つかりますよ。バラクならロンドンじゅうのだれでも見つけ出せます」

レンヌは微笑んだ。「あなたが農民の息子だとは知らなかった。だからこれほど気が合うのかもしれません」ぎこちない口調で言う。

「そうかもしれませんね」

「面倒なことに巻きこんで申しわけない」

「わたしなどに打ち明けてくださって恐縮です」

「ありがとう。これからはジャイルズと呼んでもらいたい。友として」

「マシューです」わたしは言った。手を差し出すと、レンヌがつかんだ。その握力は驚くほど強く、実は死なないのかもしれない、何かのまちがいかもしれない、とすら思った。レンヌはわたしの腕を軽く叩き、幕がふたたびあいた舞台に目をもどした。貴婦人の化粧といでたちをした少年が、物悲しい声で愛の歌を詠唱しはじめた。

聖メアリー修道院へはひとりで歩いてもどることにした。レンヌの話を聞いたあとでは、たとえどんな危険が待っていようとも、だれかといっしょにいる気分になれなかった。気の毒なレンヌの身内の諍いについて考えた。きっと深刻なものだったにちがいない。先立った彼の妻は、そのことをどう思っていたのだろうか。

「聖歌隊はうまかったな」その声にさっと振り返ると、バラクがすぐそばにいた。上機嫌な様子で、タマシンと並んで歩いている。タマシンがバラクを見あげ、愛らしい顔を赤く染めるのがわかった。美しい娘のつねとして、ほしいものを手に入れたというわけだ。ジェネット・マーリンがタマシンの向こう側を歩きながら、すっぱいチーズをかじったような顔をしているが、茶色の巻き毛が額で揺れるさまが妙に子供じみてもいる。やはり、ジェネットを見ていると、子供のころの友スザンヌが思い出された。

「ああ、なかなかうまかった」わたしは言った。

タマシンがにっこりした。「国王もきっとお喜びになるでしょう。スコットランド王を歓迎して、聖メアリー修道院でも今夜と同じ音楽会がたぶん開かれます。でも、それがスコットランド王のための催しだとわかって残念です。てっきり王妃がご懐妊なさっていて、その発表と、もしかすると戴冠式もあるんじゃないかと思ってたものですから。王妃はとってもおきれいなんですよ」

「そうなんですか」

「ええ、ほんとに。何度かお姿を見かけたことがあります。もちろん、ことばを交わしたことはありませんけど」タマシンはわたしの機嫌をとろうとしていた。

バラクがわたしの顔を見て、こちらの気分を察したのか、タマシンの腕をそっと突いた。

「行こう。四人で並んで歩いては通行の邪魔だ」タマシンを促して前を歩きはじめたので、わたしはジェネットとふたりになった。ジェネットはわたしに笑いかけたが、その表情にあたたかみはまったくなかった。

「ミス・マーリン」わたしは尋ねた。「音楽会を楽しみましたか」

「いいえ、あまり」ジェネットは言い、大きな濃褐色の目でわたしをまっすぐ見た。「お話があります」タマシンとバラクの背中に向かってうなずく。「あなたの助手がまだミス・リードボーンに付きまとっていて困りますわ。ヨークにいるあいだは、わたしがあの子を監督する責任を負っています。しかも、あんなふうにウィリアム卿から問いただされたあとですよ」

「問題の原因を作ったのはミス・リードボーンであって、バラクではありません」

「男性ですから、主導権はあなたの助手にあります」

「ミス・リードボーンはじゅうぶんに自立した女性に見えますよ。ミス・マーリン、あなたも本人をご存じですから、おわかりでしょう。服装もすばらしい」わたしはタマシンの小ぎれいな緑のドレスを見やった。

ジェネットの表情がますますきびしくなった。「あのふたりが交際することには賛成できません。それにあなたの助手は、わたしの目には好色漢に映りますわ。タマシンはまだ若く、天涯孤独の身の上です。母親は亡くなりました。わたしが面倒を見なくてはなりません」こちらの目を見据える。「宮殿に働き口を得ようという下心で近づいてくる者たちからタマシンを守るのは、わたしの義務です。あの服ですが、後見人だったおばあさまがささやかな財産を遺してくれたそうですよ。あの娘は金づかいが荒いのではなく、ただきれいな恰好がしたいだけです」

「あなたはバラクのことを誤解している」わたしは憤然と言った。

「そうでしょうか。宮殿で働くのは大出世でしょう。報酬が図抜けていますもの」ジェネットはまた虫歯が痛むようなきびしい顔をした。

「バラクにはそんな考えは毛頭ないでしょう。わたしからじゅうぶんな給金を得ていますから」

「宮廷にまつわる人々の強欲を、わたしはうんざりするほど見ています」

「そうでしょうね。しかし、バラクもわたしも、宮廷とはなんの関係もありません。こちらはロンドンの弁護士です」

ジェネットはわたしに鋭い一瞥をくれた。「でも宮廷にお知り合いがいるでしょう。あす、国王の御前にお出になると聞きました」

「嘆願書をお渡しすることになっています」そんなことを思い出したくなかった。

「それに、ウィリアム・マレヴラー卿から直接指示を受けて、任務にあたっていらっしゃるとか」

わたしは眉をひそめた。「どこでその話を?」

ジェネットは肩をすくめた。「廷臣の世界はせまいですから」

「法的な案件です」わたしはそっけなく言った。「それがバラクとミス・リードボーンの件に何か関係があるとでも？」前を歩くバラクがタマシンに身を寄せて何かを言うと、タマシンが声をあげて笑った。ジェネットはそのさまを見ていたが、またしてもわたしに視線を据えた。顔には憎しみにも似た表情が浮かんでいる。わたしは二十年以上前に引きもどされた。あの田舎道に立っていたスザンヌ――ジェネット・マーリンの表情は、あのときのスザンヌと同じ理不尽な激しい怒りをたたえている。

「あなただって、出世して大金を稼ぐことに人生を捧げてきたのでしょうよ」ジェネットは悪意に満ちた口調で言った。「この主人にしてこの使用人あり、ですわ」

「よくもそんなことを！」わたしはかっとして声を荒らげた。わたしたちはほとんど立ち止まっていて、人々がぶつかりながら通り過ぎていった。ジェネットはわたしの顔を正面から見た。

「あなたもご自分の野心をかなえる道具として、改革を利用なさったはずです。マレヴラーと同じように」

「冗談じゃない。よく知りもしない相手のことを、どうしてそこまで悪《あ》しざまに言えるんですか。わたしの人生について、あなたが何をどうわかっているというのか」

ジェネットはひるんだ様子もなく、わたしの目をまっすぐ見つづけた。「タマシンとあの助手が、あなたの過去について話すのを耳にしたことがあります。かつて熱心な改革論者であったことや、クロムウェル卿の支援を受けていたことなどを。だけど、いまのあなたに情熱など残っていないことは、ひと目でわかります。多くの人たちと同じく、自分の財産を守ることにしか関心がないのでしょう」

通り過ぎるヨークの市民がこちらを振り返って見ている。そのなかのひとりが叫んだ。

「口うるさい女房なんかひっぱたいちまいな、旦那」

「わたしのかわいそうなバーナードがなぜロンドン塔に囚われているかご存じ？」ジェネットはかまわずつづけた。「ロンドンの人たちは、謀反と教皇支持のかどであの人を有罪にしたがってるの。そうすれば土地が手にはいるからよ！　バーナードの土地が目当てなのよ！」その声はほとんど理性を失っていた。

「心中をお察しします」わたしは感情をこめずに言った。「しかし、そのことはわたしとなんの関係もありません。どうか、わたしの心境や過去がわかっていると決めつけないでもらいたい。そんな無礼は看過できません。あなたの不満のはけ口になるつもりはない！」それだけ言うと、わたしはジェネットをその場に残し、前を向いて歩きだした。

三十分後、聖メアリー修道院に着いた。天幕がもとどおりに張られ、作業員が蠟燭で照らしながらていねいに泥を払っている。わたしは〈王の館〉にはいった。いまやすっかり静まり返り、あとは国王を迎えるばかりだ。行き来する数人の召使いや廷臣はみな神妙な顔つきで、あすに備えて予行演習をしているらしい。衛兵に案内されてマレヴラーの執務室へ行った。まだ仕事の途中で、黒いひげに覆われた大きな顔が蠟燭の光を浴びて青白く見えた。不機嫌そうに顔をあげる。

「こんどは何だ」

「ひとつ気づいたことがありまして」

「ほう」

わたしは、以前アシュフォードで仕事をしたこと、ブレイボーンという名に心あたりがあることを話した。「もうご存じかとも思いました。衛兵にはケント人がたくさんいますから」

マレヴラーはうなるように言った。「つまり、ケント出身の人物ということか。なるほど、それなら辻褄《つじつま》が合う。興味深いな」唇をゆがめて冷笑を漂わせる。「だが、役に立たない情報だ。エドワード・ブレイボーンは、きみやわたしが生まれるずっと前に死んでいるんだよ。きょうの午後、枢密院と話をしてきてな。ブレイボーンという人物について、あれこれ聞いたよ」険しい目でこちらを見た。「機密事項だ」

「そういうことなら、お邪魔いたしました」

「枢密院の代表者があす、きみと会いたいそうだ。きみが何をどこまで知っているかを調べ、口をつぐむよう念押しし、愚かなおこないを戒《いまし》めるためだ」マレヴラーは自信を取りもどしたようだった。すべての責任がわたしにあると枢密院を納得させたのだろう。

「ブロデリックの監督はまだきみの仕事だ。寝る前に様子を見にいくように。少なくとも一日に一度は訪ねて、健康状態を確認してくれ。独房に行くときは、衛兵を付き添わせるといい」

「かしこまりました、ウィリアム卿」

「それから、ラドウィンターと話をして、これ以上の失態は許さないと言っておいた」マレヴラーは手のひと振りでさがるように命じ、残忍な愉悦の浮かんだ目でわたしを見た。

衛兵に導かれ、聖堂を取り囲む旧修道院の建物の奥へと進んでいった。かつてこの場所では、聖メアリーの修道士たちが暮らしていた。いまはほとんどの部屋から家具が取り払われて何もないが、あす訪れる客人のためにベッドが置かれた部屋もいくつかある。迷路のような建物の中央にあるせまい石敷きの通路を歩き、突きあたりで衛兵が立ち止まった。頑丈そうな扉についた格子窓から蠟燭の光が漏れている。先ほど城へ同行したリーコン守衛官の部下ふたりが、扉の前で見張りについていた。

「ブロデリックはどうしている」わたしは尋ねた。

「静かに横になっています。さっきまた医者が来ましたが、快方に向かっているそうです」

「それはよかった。ラドウィンターは？」

「囚人といっしょです。おはいりになりますか」

わたしはうなずいた。衛兵が扉をあける。ブロデリックは毛布の上で眠っていた。ラドウィンターがそばの床にうずくまり、悪意と怒りに満ちた目で囚人の寝顔を見ている。わたしが中にはいると顔を向け、すばやく立ちあがった。その柔軟さをわたしは妬ましく思った。

「よくなっているそうだな」わたしは小声で言った。

「眠っています。わたしもいっしょに寝るよう言われています。尿瓶《しびん》までいっしょのものを使え、と。これがウィリアム卿流のわたしへの罰というわけです」

「何か話したのか」

「いや。さっき意識があったときに、何があったのか訊いてみましたが、王に毒を盛られたとかいう戯言《たわごと》を繰り返すばかりでした。わたしが自由にさえできれば、真実を聞き出して、ひれ伏させてやるのに」

「そんなに簡単なら、ロンドンへ連れていくまでもないだろう」

ラドウィンターは例の冷たく光る目でわたしを見た。「どんな相手であれ、恐怖を与えてひれ伏させる手立てはあるんですよ、シャードレイク殿。問題はそれを見つけることだけだ」


わたしは宿舎へ引き返した。何人かの事務官がまたカードゲームに興じている。そっけなく会釈して、バラクの寝室の扉を叩いた。

「だれだ」

「わたしだ。話がある」自室へもどり、急に強い疲労を覚えてベッドに腰をおろした。バラクがはいってきた。機嫌がよさそうだ。

「帰っていたのか」わたしは言った。「ミス・リードボーンと人気《ひとけ》のない場所へでも行ったのかと思っていた」

「ジェネットに見張られていては無理だよ。あんたがいなくなったあと、あの女は不機嫌そのものの顔をしてたな。急にどこへ消えたんだよ」

「きみたちが戯れているあいだに、囚人の様子を見てきた」

「それで？」

「ラドウィンターが地獄の産婆並みの形相で見張っていたよ。それから、ジェネット・マーリンのことだが、きみが廷臣の職にありつきたくてタマシンに近づいたと思っている」

バラクは笑った。「よくもまあ、そんなことを。あの女はタマシンを失うことを恐れてるんだ」

「なぜジェネットはあそこまでこだわるのか」わたしは言った。「気の合う仲間には見えないが」

「タマシンにそのことを訊いたよ。ジェネットはタマシンの明るいところが気に入ってるんだと。つらいことを忘れさせてくれるそうだ。ロンドン塔にいる婚約者のことを」バラクはもどかしそうに肩をすくめた。「女心なんてわかってたまるか」

「途中までいっしょに歩いてきたが、ジェネットはわたしが心底きらいなようだ。出世と金のためなら手段を選ばない人間だと思っている。取りつく島もなく、頭はだいじょうぶかと心配になるほどだった」

「レディ・ロッチフォードのこともタマシンに訊いてみた」バラクは言った。「宮廷の女はみな、彼女のことを恐れてるらしい。棘のある噂話が何より好きなんだと。クロムウェル卿から金を握らされて、侍女として仕えた王妃たちにまつわる噂をつぎつぎ報告してたという。ジェーン・シーモアも、アン・オブ・クレーヴズも」

「そしてキャサリン・ハワードか」

「キャサリン王妃とは親しくなってるようだが、タマシンが言うには、王妃はロッチフォードを何ひとつ信用すべきじゃないそうだ。ジェネットもあの女をきらってるらしい。倫理観のかけらもないという理由で」

「宮廷に倫理観のある人間などいるものか。お高く留まったわれらがマーリン女史はずいぶん幼稚だな」わたしは嘆息した。「ところで、あすわたしが巡幸の一行を出迎えるとき、きみはどうするつもりだ。またタマシンと会うのか」

「タマシンは王妃を迎える準備で忙しい。街に出かけて、一行がやってくるところでも見物しようかな」バラクはわたしを見た。「さっき王妃の話をしてるとき、タマシンはあんたに冷たくされたと感じたらしい」

「芝居を打ったことが忘れられなくてね。それより、悪い知らせがある」わたしはジャイルズ・レンヌが病を患《わずら》っていること、甥を探すのを手伝ってもらいたいと言っていることを話した。

「哀れなじいさんだ」バラクは体を震わせた。「つらい話だな」

「ロンドンへもどったら、きみが力を貸すとも言っておいた」

「ああ、わかった。早くもどりたいもんだ」

「わたしもだよ」わたしはいったん間を置いた。「さっきジェネットと話をしたとき、タマシンのことを天涯孤独の身の上だと言っていた。母親が死んだとは言ったが、父親のことは口にしなかった。祖母からささやかな財産を受け継いだらしい」

「タマシンは父親がだれなのかを知らない。母親はそのことについて、いっさい口を閉ざしていたそうだ。でも、宮廷関係者なのはまちがいないだろう。王妃のお針子としての世界しか知らなかったんだから。タマシンは薄々感じていることがあるが、確信はないらしい」

「というと？」

バラクは言いにくそうにした。「若い娘の空想だよ」

わたしは微笑んだ。「自分が貴族の娘だという空想か？」バラクが肩をすくめるのを見て、図星だとわかった。「ロンドンに帰ってもタマシンと会うつもりか」つとめてさりげなく尋ねた。

「たぶん」

会うにちがいない、とわたしは胸の内でつぶやいた。バラクはあの娘に本気で恋をしている。これまでの奔放《ほんぽう》な人生のなかで、おそらくはじめての経験だろう。となると、バラクはこの先もずっとわたしのもとで働くかもしれない。

「タマシンは王妃を見たことがあるそうだ」

「ああ、本人から聞いた」

「少女と言ったほうがいいらしい。古い友人のデラハムを秘書官に取り立て、そのデラハムが巡幸に随行してレディ・ロッチフォードにあれこれ指示をしはじめたことで、問題が起こってるとか。レディ・ロッチフォードはひどくおかんむりだとタマシンが言ってたな」

わたしは肩をすくめた。廷臣のあいだの噂話には興味がない。

バラクはしばらくだまっていたが、やがて真剣な口調で言った。「クレイクのことがずっと気になってる。ゆうべ、いったい何をしてたのか」

わたしはゆっくりとうなずいた。「ああ。聖メアリーのなかを自由に行き来できる人物がいるとしたら、だれよりもまずクレイクだ。オールドロイドが死んだときもそうだった。クレイクの立場なら、鍵を手に入れるのは造作ないことだろう。集会室の鍵も」

「だけど、クレイクを調べても何も見つからなかったじゃないか」

「共犯者がいたとしたら？　オールドロイドに話を持ちかけたものの、文書を渡すのを拒まれて殺したのかもしれない。そんなとき、わたしが文書を持って〈王の館〉にいた」

「そして共犯者があんたを殴って逃げ、クレイクはその場にとどまった。でも、文書の少なくとも一部を見られたことを知っていながら、なぜ生かしておいたのか」

「わからない」わたしは重い口調で言った。「それに、なんとなくクレイクが陰謀にからんでいるとは思えないんだ。危険な仕事に手を染める度胸が、あの男にあるとは信じられない。このことはブロデリックの件と関係があるんだろうか。ブロデリックを毒殺しようとしたのも同じ犯人なのか」

「どういうことだ。どちらも同じ側、つまり陰謀者のしわざだと？」

「ひょっとしたら、ブロデリック本人が毒を所望したのかもしれないな」わたしはゆっくり言った。「いまは意味不明なことを口走っているが、命を絶つ手段さえあれば、永遠に口を閉ざすことができる。だがどんな手を使った？」わたしはしばし眉をひそめた。「あの文書には陰謀者たちにとって何か重要なことが書かれていたんだろう。枢密院が出てきたとなると、まずまちがいない。陰謀にかかわる者たちが文書を探し、口封じのためにブロデリックを殺そうとしているわけだ」

「陰謀者が犯人だとしたら、なぜオールドロイドはおとなしく文書を渡さなかったのか」

「おそらく、相手の正体がわからなかったんだろう。むごい殺され方だった。それなのに、偶然か故意かはともかく、わたしの命は奪わなかった。故意であったことを願うよ」わたしは深々と息を吸った。「あす、枢密院から事情を尋ねられることになった。国王を出迎えたあとだと思う。気が重いな」

「ロンドンに追い返されるかもしれない」バラクは言った。

わたしは苦笑した。「そうだといいんだが。この際、面目を失ったってかまわないさ。もう今回のことにはかかわりたくない。ブロデリックの件にわたしを巻きこんだクランマーを恨むよ」両腕を頭上に伸ばす。「ああ、バラク」熱のこもった声で言った。「あすが早く終わればいいのに」

17

雄鶏が時を作る声で目が覚めた。一羽や二羽ではなく、何十羽もの鶏が耳障りな声で鳴いている。わたしはしばし困惑したが、すぐに修道院聖堂の闘鶏だと気づいた。宿舎のそこかしこの部屋から、人々が咳や舌打ちとともに鶏を罵る声が聞こえてくる。

雲ひとつない青空に太陽がのぼり、窓をあけると、ヨークへ来てからはじめてあたたかい風を感じた。歌で約束したとおり、国王が雨を払った。迷信深い者はそう言うだろう。わたしは巨大な聖堂を見あげ、朝霧に包まれていない尖塔を目にするのもまたはじめてだと思った。動かぬ大きな指のように空を示している。

わたしは最も上等な外衣を着て毛皮の装飾を整え、白い職帽の上から、新しいピンをつけた新しい帽子をかぶった。注意深く角度を調節し、左に傾けて顔の痣を隠してから寝室を出た。

あちらこちらで事務官が服をなでつけ、鋼《はがね》の鏡をのぞいていた。いつものように軽口を叩く者はひとりもいない。みな考え事にふけり、真剣な顔をして、与えられた役割を果たすべく心の準備を整えている。赤いダブレットを着たバラクが自室の扉に寄りかかり、冷笑を浮かべて事務官たちをながめていた。

「何をしている」わたしは尋ねた。

「あの連中をながめてるよ。あんたを待ってたんだ。いっしょに食堂で朝めしはどうだ。何か口に入れてたほうがいい。昼食がいつになるか、わからないだろうから」

「ああ、そうしよう」わたしはバラクの気づかいをうれしく思った。「見た目におかしなところはないかな」

「しゃれた恰好だ。あんたらしくもない。でも痣はうまく隠れている」

食堂に行ってみると、同じように食べられるうちに食べておこうと考えている事務官や下級官吏で混雑していた。職人たちはようやく仕事が終わり、全員がまだ寝ているようだ。ここにも緊張が漂い、話し声はほとんどしない。馬丁のひとりが冷肉の載った皿を床に落として激しい音を立て、みながぎくりとして振り返った。「しまった！」馬丁は叫んだ。「上衣が脂《あぶら》まみれだ！」

バラクがにやりとした。「いっぱいいっぱいになってる者もいるな」

「じゃあこれで」わたしは小声で言った。「あまり街を歩きまわって疲れないようにな」食堂の階段で別れるとき、皮肉をこめて付け加えた。バラクがふざけて敬礼をする。わたしはそれに背を向け、〈王の館〉へと切れ目なくつづく、身なりを整えた人々の列に加わった。まるで船に乗りこんで、はるか遠くの未知の海辺へと出港するかのような気分だった。

中庭では、天幕に織りこまれた金箔の筋や、兵士の磨かれた鎧の胸当てに朝日が反射していた。兵士たちは兜に輝く羽根飾りをつけ、仮設宮の前で槍を掲げている。スコットランドとイングランドの細長い三角旗が、あたたかいそよ風に揺れている。馬丁が聖堂から馬を連れてきて鞍をつけ、縄につないで主人を待たせている。それぞれの首に番号が割り振ってある。わたしはジェネシスの姿を探したが、見つからなかった。

〈王の館〉のそばでは、色鮮やかなダブレットや上着や外衣を身につけた何十人もの男たちが、いくつかに分かれて立ち話をしていた。ときおりぎこちない笑い声があがる。わたしは館へ足を踏み入れた。

中にはいると、不動の姿勢をとった兵士がグレート・ホールの壁に沿って並んでいた。ふたつある階段では、使用人たちが大きなベッドの部品を国王と王妃の私室となる部屋へ運ぼうと奮闘している。豪華な装飾の施された巨大なベッドの頭板を、王妃の部屋に通じるせまい階段からふたりの男が引きあげようとしていて、レディ・ロッチフォードと王妃の秘書官のデラハムがそこへうるさく小言を浴びせていた。レディ・ロッチフォードはユリ形の紋章をあしらった赤い紋織のドレスを着て、腰に宝石飾りのにおい玉をさげ、赤い顔に白の顔料を厚く塗っている。

「ねえ、乱暴よ！」興奮して叫ぶ。「角が欠けるじゃないの！　デラハムさま、あとは見ていてくださるかしら。わたしも準備があるから」

「わたしは秘書官であって、執事じゃありませんよ」デラハムはうなるように言った。じっくり見ても、わたしはデラハムから好印象を受けなかった。ビーバーの毛皮で裏打ちされた短い上着と、大きな金の股袋をつけた姿はなかなか壮観だが、整った細い顔はずる賢そうに見えた。

「それなら王妃の侍従を呼んでちょうだい！」レディ・ロッチフォードは顔を後ろへ向けてきびしい声で言いながら、わたしの横を通り過ぎた。わたしはもう一方の階段へ目をやった。男たちが、見たこともないほど巨大なマットレスと格闘している。幅が広くて厚みもあり、下敷きになったら窒息するのではないかと思うほどだ。

そのとき、脇腹を強く突かれるのを感じた。驚いて振り返ると、ジェームズ・フィールティー卿がいた。肩がふくらんで幅広の毛皮の装飾がついた上質な紋織の外衣に全身を包み、渋面を作ってこちらを見ている。その隣で、わたしと同じ黒の外衣を着たタンカード裁判官が落ち着きなくボタンをいじっていた。肩から掛けた金縁の背嚢には、読みあげる原稿がはいっているにちがいない。フィールティーの部下のカウフォールドが、赤い紐で縛って封蠟を施した嘆願書をかかえていた。

「何をぐずぐずしている」フィールティーは険しい口調で言った。「早く集まれ！　ブラザー・レンヌはどこだ」

「まだ見かけておりません」

「とにかく外に出ろ。馬のところへ行くんだ。ブラザー・タンカード、ボタンをいじりまわすのをやめないと、はずれてしまうぞ。それからきみの雇い主についてだが、信じられない話を聞いたよ。自分たちが何をしているのか、わかっているのかね」

「市議のみなさんは、市境を越えるまではどうしても服を着替えないとおっしゃいまして」

フィールティーは鼻を鳴らし、つかつかと扉に歩み寄った。そのあとを追いながら、わたしは同情のまなざしをタンカードに向けた。踏み段をおりるとき、フィールティーの顔がかすかに赤らんだ。ジャイルズ・レンヌが踏み段の下にいて、少し離れたところで馬丁が三頭の馬の手綱を握っている。そのうち一頭はジェネシスで、わたしを見てうれしそうにいなないた。

「おはよう、マシュー」レンヌが陽気に言った。きょうのレンヌを見て、病を患っていると思う者はだれもいないだろう。とっておきの外衣を着た姿はたくましく、宝石をあしらった旧式の山形帽が個性を醸《かも》し出している。

長く細いひげをそよ風で揺らしながら、フィールティーは嘆願書をレンヌの大きな馬の鞍《あん》嚢《のう》に入れることに不平を言った。準備が整って全員が馬に乗ると、フィールティーは門を指した。「市の代表団が外にいる。衛兵が合図したら、いっしょにフルフォードへ向かうんだ」しばしこちらの顔をながめまわす。「わたしの言ったことを忘れないように。恥をかかせないでくれ」わたしたちは少数の廷臣が通り過ぎて、門をくぐるのを待った。そのなかにレディ・ロッチフォードとリッチの姿があった。そのあとを進もうとしたとき、だれかが「がんばって、シャードレイクさま！」と叫んだ。振り返ると、タマシン・リードボーンが踏み段の上からこちらを見ていた。着ているのはこの前と別の高価そうなドレスで、きょうは青とオレンジ色だ。わたしはそちらへ向けてさっと手をあげた。祖母の遺産はあとどのくらい残っているのだろうか。

ブーザム門を出ると、馬に乗った正装の男たちで混み合っていた。二百人近くいるにちがいない。最前列に市長がいて、身につけた外衣に負けないほど赤い顔をしている。わたしたちは集団のそばで馬を止めて待った。通りの少し先に、騎乗した兵士が三十人ほどいるのが見える。馬も豪華な衣装をつけていた。

わたしはレンヌに目をやった。あたりを見まわすその顔には、隠しきれない興奮がにじみ出ている。「すごい人数ですね」わたしは言った。「どういう人たちかな」

「市議とギルドの役員だよ。それにエインスティの名士もね。まもなく出発だろう」

「市議が服を着替えることがなぜ問題なんですか」わたしはタンカードに尋ねた。

「五年前の反乱に加わったことを恥じていると示すため、国王に謁見するときは、地味で質素な服を着るように言われているんです。でも市民に見られたら笑われるので、ヨークを出るまではぜったいに着替えないと言って譲りませんでした。ジェームズ卿は、外で服を着替えたりしたら、混乱が起こると心配なさっています。市長は市議会とジェームズ卿のあいだで板ばさみになっていますよ」

何かが目の前にちらつき、わたしは帽子の羽根飾りがまたとれかかっていることに気づいた。いったんはずして、繊細な羽根を折らないよう気をつけながら、ピンを留めなおそうと試みる。そのとき衛兵隊長が「さあ、出発！」と叫び、みなが動きだしたので、わたしはあわててピンをつけた。ブーザム門をくぐって進む市議の列につづく。兵士たちが騒々しい音を立てながらついてきた。

馬で街を進んだが、ヨークの住民の姿はなかった。だが、窓という窓に顔が並び、通り過ぎるわたしたちを見ていた。夜のうちに通りに砂や灰が撒《ま》かれたので、馬の蹄の音が鈍っている。行列が通ると、熊手を持った男たちがすばやく現れて道を均《なら》した。いくつかの通りには白い薔薇の花綱《はなづな》が渡されている。窓に掛けられた派手な色合いの絨毯《じゅうたん》や布も見かけたが、あまり多くはなかった。レンヌから聞いた話では、かつてヨークの人々はリチャード三世のために街をこの上なく色鮮やかに飾ったという。わたしはそれを思い出し、レンヌのほうを向いた。

「オールドロイド殿の不審死に関する調査は進んでいるかね」レンヌが訊いた。

「いまは王室検死官が調べています」

「腕利きの職人だったのに、荷車へ落ちるとは腑《ふ》に落ちない。梯子から突き落とされたと言い張る者もいるが、そんなことがあるだろうか」

「わかりません」わたしは躊躇しつつ答えた。

「聖メアリーではおかしな事件がつづいているからな。マレヴラーはさぞ気を揉んでいるだろう」

「ええ」

「きみもまだ調査に？」

「いえ、もうかかわっていません」

行列はつぎの門へ向かっていた。花綱で飾られたフルフォード門だ。花綱を取り払ったあと、人の頭や体の一部をまた釘で打ちつけるのだろうか。

門の向こうにも民家が散在していたが、数分も進むと平坦な開けた郊外に出た。緑の牧草地と耕された茶色い畑のところどころに、昨夜の雨で水溜まりができている。道はきれいに整備され、穴も埋めてあった。

少し先の通りの脇にたくさんの荷車が置かれ、使用人たちと五、六人の兵士が番をしていた。ここで市議たちが馬をおりた。気まずい沈黙のなか、みな華美な服を脱ぎ、荷車から取り出した黒褐色の長い外衣を着はじめる。市長が赤い顔をしかめて上着を脱ぎ、筋肉のついた白い腕を質素な外衣の袖に通すのを見るのは、妙な気分だった。脱ぎ捨てられた服を、そして帽子を、使用人たちが荷車に載った箱へていねいに詰めていく。市議たちは無帽のまま行くらしい。わたしは畑に目をやった。遠くで農夫が何頭かの雄牛を引いて、今年初の冬耕をしているのが見える。不意に父のことが思い出された。

衛兵隊長が慎重な手つきで袋から携帯時計を取り出した。「出発！」とふたたび号令をかける。市議たちが馬に乗った。少し進むと、道のそばに大きな白い石の十字架があった。柵が取り壊されて空き地が造られ、両側の牧草地から行き来ができる。隊長が馬をおりて十字架の台座に立った。よく通る大きな声で、全員に馬からおりて二十列に並ぶように命じる。

市議たちが先頭で、レンヌやわたしのような関係者は片側に集まり、その他の人々は後ろについた。レンヌが背嚢から嘆願書を取り出して、わたしに手渡した。

「国王がお着きになるまで預かってくれないか。それからわたしに渡すように」わたしはうなずいて嘆願書をしっかり胸に抱き、もう少し軽ければよかったのに、と思った。タンカードが不安で眉をひくつかせながら、金のふちどりのある背嚢を肩にかけて市議の列に加わった。馬丁が馬を集めて牧草地へ連れていく。衛兵隊長が全体を見まわして確認し、列の前に立ってフルフォード・ロードに目をやった。「ここで待つんだな」レンヌが静かに言った。わたしはまたこわばってきた筋肉をほぐそうと首を伸ばしたが、鋭い痛みが走って顔をゆがめた。

大群衆は無言でたたずみ、前方の道を見つめていた。最初のうちは、道の両側に並んだ木から葉が落ちるかすかな音しかしなかった。馬たちは牧草地の奥へと進められたが、その近くに茶色い布の掛かった低く細長い木造の建築物があった。なんの目的で建てられたものだろうか。使用人の一群が、布の後ろに見える長い木の厚板をいくつも動かしていた。それぞれの厚板には、一定の広い間隔をあけて、人頭の大きさのまるい穴がくりぬかれている。それを見てわたしは、おびただしい数のさらし台を目に浮かべた。横を見るとレンヌが肩をすくめた。わたしは重い嘆願書をかかえなおした。

いまや蒸し暑く、人々の汗のにおいがしはじめた。わたしは哀れな羽根飾りがまだしっかりついているかをたしかめようと帽子に手をやり、日差しの下で帽子もかぶらずに立っている市議たちを気の毒に思った。市長が禿げた頭に手をあてた。

まだ何も見えないうちから、雷鳴のような音が聞こえてきた。巡幸の一団だ。とどろきが増すにつれ、無数の蹄の音だとわかった。やがて、遠方のゆるやかな傾斜の上に異様な茶色の影が現れた。広い道幅を埋めつくす大きな塊が、ゆっくりとこちらへ向かってくる。動きは途切れることなくつづき、終わるふうもない。地響きと蹄の音があたりを埋めつくし、鳥が驚いて木から飛び去る。高い囲み板をつけた何百台もの荷馬車と、それを引くたくましい荷馬がおぼろげに見えた。その脇を固めるようにして、騎乗した赤い軍服姿の兵士が二列に並んで進んでいる。前方のまばゆい色の塊が徐々に形をとり、豪華な衣装に身を包んだ人々と、それに負けないほど豪華に装った馬が見えてきた。わたしは目を凝らして国王の姿を探したが、そのとき唐突にトランペットの音が鳴り響いて、みなをはっとさせた。巡幸の一団が、われわれの四分の一マイル先で動きを止めた。蹄の音がやみ、波のように高低する人々の話し声がそれを埋め合わせる。ときおり命令をくだす大きな声がする。兵士の視線を感じながら、わたしたちは静かにそのときを待った。周囲の緊張が頂点に達しているのが感じられる。レンヌでさえ神経を張りつめているようで、青い瞳が好奇心で輝いていた。わたしを見て微笑む。「さて」小声で言った。「いよいよだ」

レディ・ロッチフォードやリッチら廷臣がヨーク側の一団から離れて、巡幸一行へ近づき、前方に並んだ色鮮やかな衣装の群れのなかへ消えていく。数秒の静けさののち、ついにはじまった。わたしたちと同行してきた兵士たちが前へ進み出て、ヨークの一団と巡幸一行のあいだの道の両側に列を作った。前方のきらびやかな衣装の集団から人影が離れ、ゆっくりと歩いてこちらに近づいてくる。まず現れたのは五、六人の礼式官だ。国王のユリとライオンの紋章で飾られた赤い長衣を着て、兵士のそばに立ち、鮮やかな三角旗の垂れた長いトランペットを高く掲げる。つづいて、チューダー朝の緑と白の模様の上着をつけた馬丁がふたり、二頭の馬を引いて歩いてきた。われわれの正面から少し横にそれたところで止まる。馬の背中には、豪華な刺繡が施された、地面まで届きそうな長い布が掛けられていた。黒いビロードの馬具についた金の縁飾りや房が、日の光を浴びて輝いている。一頭は灰色の雌馬で、それもかなり大柄だったが、もう一頭はとてつもなく大きかった。国王夫妻の馬だ、とわたしは思った。

こうして先発隊がひとり、ふたりと近づいてくるにつれ、ヨーク側の緊張感が最高潮に達した。わたしは襟が汗で湿るのを感じた。金の柄つきの大きな剣を携えた年配の侍従がやってきて、剣を上に向けて立った。緋色《ひいろ》と金の衣装を身につけた貴族や貴婦人が後ろにつづく。そのなかにひときわ大柄で、胸郭のがっしりした男がいた。幅広の顔に、マレヴラーのものに似た茶色い鋤状の顎ひげを生やしている。顔立ちから察するに、今回の巡幸を計画したサフォーク公ことチャールズ・ブランドンにちがいない。枢密院の一員なので、オールドロイドやブレイボーンの件、そしてわたしが文書をなくした件も知っているはずだ。わたしは急に身震いした。国王も知っているのだろうか。

こんどは黄色と緑の長衣と帽子をつけた、雑用係の少年の一団が近づいた。いまやすべての廷臣がわたしたちの目の前にいる。鮮やかな色合いの衣装に身を包み、帽子も服も宝石で輝いているが、どの顔も無表情だった。奇妙なことだが、どれほど強い緊張もそう長くはつづかないもので、わたしはいつしか、さっき見た農夫のことをまた考えていた。父も何百回となく、ああして鋤で土を耕していたのだろう。こうして国王に拝謁しようとしているわたしを見たら、父は誇りに思ってくれただろうか。

わたしの思考は急に現実に引きもどされた。音ではなく、新たに訪れた静けさのせいだ。低いささやき声や身じろぎの音がやむ。礼式官がトランペットを高々とあげ、いっせいに長い調べを吹いた。それと同時に後ろから衣擦れの音が聞こえ、ヨークの市議たちがひざまずいた。タンカード市裁判官が前へ進み出て膝を突く。レンヌとわたしも帽子を脱いでそれにならった。膝にあたる草が湿気を含んでいる。

そして、ふたつの人影が前に出てきた。大柄な男と、その隣に立つ全身銀色ずくめの小柄な娘が、ほんの一瞬目にはいる。わたしは深々と頭を垂れた。突然訪れた完全な静寂のなか、国王夫妻の足音が近づいてくる。何かがきしむかすかな音が聞こえ、わたしは国王が太い胴まわりを隠すためにコルセットをつけているという噂を思い出した。

国王夫妻はわたしたちから六フィートほど離れたところで足を止めた。こちらは膝立ちで頭をさげていたので、色とりどりの小さな宝石が複雑に縫いこまれた王妃のドレスの裾と、国王の白い長靴下、爪先が四角くて金の留め金がついた白い靴しか見えなかった。国王の脚は雄牛のようにたくましかった。こちらへ歩いてくるとき、灰が撒かれた地面に宝石で飾られた杖を強く押しつけているのがわかった。わたしはひざまずいたまま、心臓が激しく打つのを感じながら、嘆願書を強く掻きいだいた。帽子が書類に押されてつぶれた。

「ヨークの民よ、そなたらの声を聞こう」巨大な人影が発した声は妙に甲高く、耳障りとさえ言えるほどだった。横を見ると、タンカード市裁判官が膝を突いて羊皮紙の長い巻き物をひろげていた。それから顔をあげて国王と目を合わせ、長い息を震えつつ吸う。口を開いたが、しばらく何もことばが出てこなかった。沈黙の瞬間の恐ろしさがひろがる。やがて、落ち着きを取りもどしたタンカードは、法律家らしい朗々とした声で上奏文を読みはじめた。

「比類なき力を持った勝利者であられる君主よ――」

完全にへりくだった長い奏上だった。

「われら卑しき民は、嘆かわしく、かつ不実にも、かつて反乱という最も唾棄《だき》すべき罪を犯して国王陛下にそむきましたが、ここに信念と真実のことばをもって、心臓の血の最後の一滴まで陛下を愛し、畏怖することをお誓いし……」

わたしは顔をあげなかったが、長いあいだ嘆願書をかかえてひざまずいていたせいで、首だけでなく、こんどは背中にまで痛みを感じていた。横目でレンヌを見る。レンヌは大きな頭を地面すれすれまでさげていて、表情をうかがうことはできない。タンカードがついに奏上を締めくくった。

「恭順の証として、ここにいるすべての者より、この上奏文を国王陛下へ献上いたします」

タンカードは深々と一礼すると、近づいてきた雑用係に大きな羊皮紙を手渡した。

つぎに市長が前へ進み出た。手に持ったふたつの華美な金杯は、先日市庁舎で目にしたものだ。市長はひざまずき、へりくだったことばを述べてヨークからの贈り物を献上した。豚のように大汗をかいている。緊張のあまり口調がたどたどしく、すべてを聞きとることはできなかった。わたしは一瞬、また別のことを考えていた。そのときレンヌが耳もとで鋭くささやいた。「さあ！　わたしたちの番だ」胃がねじれる感覚を覚えながら、わたしは立ちあがり、頭をさげたままレンヌのあとにつづいた。かつてトマス・クロムウェルを友とし、リチャード・リッチやノーフォーク公と対決したこのわたしが、こうして骨が融けたようになっているとは情けないことだ。とはいえ、これから会おうとしているのは、官吏でも貴族でもない。神が地上に選びたもうた王であり、神の教会を率いて、三百万人の魂を守護し、その栄光において人間を超えた存在なのだ。その刹那《せつな》、わたしはすっかりそう信じていた。

レンヌとわたしはタンカードのそばで立ち止まった。ひざまずいた人々のなかにあって、自分がひどく無防備に感じられる。いまや国王はすぐ目の前にいる。目を伏せていても、上着の厚い毛皮が風を受けてかすかに揺れるさまや、金の台座にはめこまれた大きなルビーがダブレットにいくつも縫いつけられているのが見える。左のふくらはぎが右よりも太い。白い長靴下の下に包帯が十字に巻かれているのがわかった。薄黄色の染みが浮かんでいる。そのとき一陣の風が吹き、悪臭が鼻を突いた。詰まった下水溝を思わせる膿のにおいだ。

レンヌが明瞭《めいりょう》な声で話しはじめた。「畏敬すべき国王陛下、ヨーク市民を代表して、どうぞ正義の嘆願をお聞きくださいますよう、伏してお願い申しあげます」

「聞こう」国王が言った。レンヌがこちらを向き、わたしは頭を垂れたまま嘆願書を渡した。その拍子に帽子が落ちた。地面にあたって、羽根飾りがはずれる。わたしは拾いあげはせず、内心で悪態をつきながらそれを見おろしていた。ふたつにまとめた嘆願書をレンヌが雑用係に託し、雑用係がそれを国王の手に渡した。その手は優美で白く、長い指の一本一本に宝石のついた指輪をはめている。官吏が近づく足音が聞こえ、国王は嘆願書をその男に渡した。

それから笑い声をあげた。

「驚いたな」レンヌに向かって甲高い声で言う。「見栄えのよい老体だ。北部の男はみな、そなたのように背が高いのか」わたしはかすかに顔をあげ、レンヌをちらりと見たが、国王の顔は見なかった。レンヌは落ち着き払った様子で、国王に微笑みかけている。「陛下ほどではございません。ほかのだれが陛下ほど天に近づけましょうか」

国王はあたりに響き渡る声で、ふたたび愉快そうに笑った。「みな聞くがよい」大声で言う。「この老体を見れば、北部がいかにすぐれた者たちを生み出しているかがよくわかる。それに引き換え、帽子を落とした隣の弁護士のなんと惨めなことか！　この者は南部人だ。横に並ぶと、背のまるまったみすぼらしい蜘蛛《くも》にしか見えぬ！」

ヨーク側の人々がへつらうようにどっと笑い、わたしは顔をあげた。国王にことばをかけられたのだから、そうせざるをえない。国王はずいぶんな長身で、わたしはその顔を見るのに視線を高くあげなくてはならなかった。おびただしい数の宝石がちりばめられた帽子の下から、灰赤色のひげでふちどられた二重顎の赤い顔がのぞいている。威厳を漂わせる鷲鼻《わしばな》に、引き結んだ小さな唇。ラドウィンターによく似たくぼんだ小さな目が、こちらにまっすぐ向けられている。青く冷たい光をたたえた残忍な目だ。わたしが何者であるかも、文書を失ったことも知っていて、あらかじめ目をつけていたのだ。国王はかすかにうなずき、小ぶりの口に微笑を浮かべると、こちらに背中を向け、杖に大きく寄りかかりながら馬のほうへ足を引きずっていった。そのとき、キャサリン王妃がこちらを見ているのに気づいた。ふっくらした顔で、美しいというよりも愛らしいという形容がふさわしい。ほんの少し顔をしかめてはいるが、その表情はどこか悲しげで、国王の残酷さを詫びているようにも見えた。王妃は急に向きを変え、自分の馬のほうへ歩いていった。背後でヨークの人々がいっせいに立ちあがる気配がする。

わたしは上体をかがめて帽子と羽根飾りを拾いあげた。しばらくのあいだ、動揺と痛みで頭が真っ白になり、その場を動けなかった。またしても胃がねじれる感覚に襲われた。あたりを見まわしてレンヌの姿を探したが、すでに立ち去っていて、その長軀《ちょうく》がヨークの群衆のなかへ消えていくのが見えた。多くのヨーク人がこちらを見てにやついたり笑い声をあげたりしている。タンカードはまだそばにいて、困惑顔で立ちすくんでいた。わたしはその腕をつかんで小声で言った。

「ブラザー・タンカード。いますぐ手洗いに行きたい。どこですか」

タンカードは大きな板の立った牧草地のほうを指さした。「あの後ろです」さっきの穴のあいた厚板は、このために必要だったのか。「しかし、急いでください」タンカードは付け加えた。「市議の半分がすでに向かっています」そのことばどおり、茶色い外衣を着た人々が集団から離れて、おぼつかない足どりで牧草地を横切っていくのが見えた。わたしが駆け足でそのあとを追うと、後ろからまた大きな笑い声が追ってきた。耳が火照《ほて》るのを感じた。前方で足をもつれさせ、苦悶のうめき声をあげた市議を見て、間に合わなかった者が少なくともひとりいたことがわかった。

ヨークの一行に交じって馬で帰路に就いた。わたしたちの行列の前を王室関係者と兵士が進み、後ろから膨大な数の巡幸随行者の一団が地響きのような音を立ててついてくる。ヨブ記に出てくる巨獣ビヒモスが背後に迫っている気分だ。わたしは国王のことばに打ちのめされていた。人々がおもしろがって横目で見てくるのを気にせずにいるのはむずかしかった。

フルフォード門をくぐってヨークへもどった。こんどは通りに人々があふれ、兵士が監視している。国王が馬で通り過ぎるとき、前方から歓声があがるのが聞こえた。耳障りな声だった。バラクとタマシンの姿を探したが、どこにも見あたらなかった。つぎにおこなわれるのは、一五三六年の反乱にみずから加担したものの、政治的な理由から処刑を免れた者たちを国王が接見する儀式だそうだ。大聖堂の前で、反逆者らが腹這《ば》いになって国王に近づき、それから国王がミサをあげて正式な儀式は終了するらしい。

わたしはとにかくその場を離れたかった。兵士の目をかいくぐって脇道へはいり、聖メアリー修道院へ向かった。国王がわたしを嘲笑した話は、リンカーン法曹院にも届くにちがいない。弁護士の噂話は月にまで届くものだ。きょうの出来事は一生わたしに付きまとうだろう。ひとりで歩けばどんな危険が待っているかわからなかったが、そんなことはもうどうでもよかった。


わたしは聖堂の馬丁にジェネシスを託し、挨拶代わりに軽く叩いてやることもせず、急いで立ち去った。レンヌに見捨てられたことを思って顔が曇った。わたしのそばにとどまって、何か慰めのことばをかけてくれてもよかったのではないか。苦々しい思いをいだいたまま宿舎にもどる気になれず、ぼんやりと立ち止まった。苦悩に呑みこまれてしまいそうだった。わたしはブロデリックの様子を見にいくことにした。いまの気分には牢獄がぴったりだ。

衛兵の敬礼に短い会釈で応えた。ラドウィンターが独房の扉の前で椅子に腰かけ、神に選ばれた国王を賛美する『キリスト者の服従』を読んでいる。相変わらず身ぎれいで、落ち着き払っている。髪と小さな顎ひげを理髪師に整えさせたらしい。

「国王のお出迎えはどうでした」ラドウィンターが訊いた。わたしは身震いした。残酷な光を宿した目がヘンリー王にそっくりだ。こちらを鋭く見据えるこの卑劣漢は、わたしの動揺に気づいているのではないか。

「つつがなく終わった」わたしはそっけなく言った。

「帽子の羽根飾りがゆがんでいます」

わたしは帽子を脱いで握りつぶした。ラドウィンターは興味津々の顔で見ている。「何か問題でも？」

「いや、すべて順調だった」

「国王のご機嫌はどうでしたか」

「麗しかったよ。ブロデリックは？」

「寝ています。少し前に食事をとりました。国王おかかえの料理人が国王専用の厨房で調理する一部始終をわたしは監視していました。そして本人がブロデリックのところへ運び、食べるところまで見届けた」

「会わせてくれ」

「いいでしょう」ラドウィンターは立ちあがって革帯から鍵をとった。ふたたび好奇の目でわたしを見る。

「国王におことばをかけられたんですか」

「ひとことだけだ」

「光栄の至りですね」

「ああ」

ラドウィンターは笑みを浮かべた。「痣について何か言われましたか」

「いや。言われなかった」わたしは怒りが湧きあがるのを感じた。

「じゃあ、なんだろう」ラドウィンターは口もとをゆるめた。「どうやら図星だったようですね。そうか、背中のことだな？　宮廷道化師のウィル・サマーズは背曲がりだが、陛下はそのたぐいがおきらいらしい。迷信深いかただと言われています。たぶん、あなたをひと目見ただけで――」

わたしはラドウィンターに飛びかかった。こんなことをするのは学生のとき以来はじめてだ。喉もとを押さえてラドウィンターを石壁に叩きつける。だが相手はわたしよりも力が強く、手を伸ばしてわたしの腕を払うや、反対側の壁に突き飛ばした。兵士が何人か駆け寄ってきたが、ラドウィンターは片手をあげた。

「だいじょうぶだ」穏やかに言う。「シャードレイク殿はご機嫌が麗しくないらしいが、問題はない。さしあたって上に報告する必要はないぞ」兵士たちが疑わしげにこちらを見る。わたしは石壁に寄りかかって、肩で息をしていた。ラドウィンターはほくそ笑んでこちらをながめている。

「宮殿内で暴力沙汰を起こしたときの罰を知っていますか？　右腕を切り落とされます。国王の特別命令でね。では、重要な囚人の身柄に責任を持つ者が、よりによって看守を襲ったら？」ラドウィンターはかぶりを振り、勝ち誇った目でこちらを見た。「わたしがその気になれば、あなたは一巻の終わりだ」静かに言った。「どうかそれをお忘れなく。兵士たちがすべてを目撃している」声をあげて笑う。「あなたの弱点は自分への憎しみだ。醜《みにく》くもがく哀れな背曲がりである自分への」

「そしておまえは死神だ」わたしは荒々しく言った。「太陽のもとで生きとし生ける善良なるものの敵だよ」

ラドウィンターはまた陽気に笑った。わたしのなかから急に怒りが消えた。この男を相手にしてもしかたがない。頭のおかしい暴れ犬に怒るのも同然だ。「中に入れてくれ」わたしは言った。

ラドウィンターは扉をあけ、わざとらしく辞儀をした。じめついた独房にはいったときは、心底安堵した。ブロデリックが粗末な寝台に横たわって、こちらを見ている。全身が汚れていて、まだ嘔吐物のにおいがする。わたしはあとで体を洗うよう命じることにした。ブロデリックの目には好奇の色が浮かんでいる。わたしとラドウィンターのやりとりを全部聞いていたのだろう。

「様子を見にきた」わたしは淡々と言った。

ブロデリックはわたしを見て、細い腕で差し招いた。「こっちへ来てかがんでくれ。話がある。外には聞こえないさ。あんたが死神と呼ぶあの男にはな。あいつが聞いたら怒るはずだ」

わたしはためらったが、言われたとおり注意深くひざまずいた。膝が抗議するように痛む。ブロデリックはわたしがまだ握りしめていた帽子を見た。

「国王にひどい仕打ちを受けたのか」小声で言った。

わたしは返事をしなかった。

「そう、やつは残酷な人間だ。ラドウィンターと同じで、快楽のために容赦なく人を打ちのめす。哀れなロバート・アスクのたどった運命がその証拠だ」

「わたしは国王に刃向かうようなことは何も言っていない」

「ヘンリー王はモグラだ」

「あの古い伝説はもういい」わたしはうんざりして言った。

「伝説じゃない」ブロデリックはきっぱり言った。「予言だよ。恩寵の巡礼のとき、みなそれがわかっていた。魔術師マーリンはモグラの出現を予言した。子孫もろとも、王の座を追われる暴君だとな。ヘンリー王の子供はだれも王位を継承しない」わたしはブロデリックをじっと見た。死の間際、オールドロイドもよく似たことを言っていた。

ブロデリックは手を伸ばし、強い力でいきなりわたしの腕をつかむと、小声だが激しい口調で言った。「片目のアスクという虫けらが現れて、そのもとに騎士道精神を持つ者が集い、雛鳥《ひなどり》が去勢鳥を滅ぼす」燃えるような目でわたしを見る。「国王を見ただろう。地上におけるキリストの代理人、われわれの正当な統治者を名乗るあの男を。あれこそモグラではないか」

「放してくれ」

「アスクが現れることは予言されていた。ロバートには片目しかなかった。一方を事故で失ったんだ」

「だが打倒されたのはアスクで、国王ではなかった」

「アスクが蒔《ま》いた種はいずれ花を咲かせる。モグラは失脚する」

わたしは腕を振りほどいた。「ばかげている」

「予言は本物だ」ブロデリックは言った。いまやその声は穏やかで確信に満ちていた。「ヘンリー王はかならず権力の座から転落する。そう遠くない未来だが、たぶんおれの命があるうちじゃあるまい」

わたしはブロデリックの目を見た。「戯言とはいえ、そのことばは反逆罪にあたるぞ」

ブロデリックはため息をついた。「もう帰れ。おれはただ——あんたなら国王の真実を見抜いたんじゃないかと思っただけだ」

わたしは痛みに耐えて立ちあがった。ラドウィンターが顔をしかめて格子越しにのぞいているのが見え、いくらか溜飲《りゅういん》がさがった。

ラドウィンターが扉をあけて鋭く尋ねた。「あの男は何を言ったんですか。ふたりでこそこそ何を？」

「たいしたことではない」わたしは答えた。帽子に視線を落とす。くしゃくしゃにまるまって、羽根飾りが壊れ、小さな柘榴石がとれかかっている。わたしは向きを変えて歩きだした。兵士たちの視線が追ってくるのを背中に感じる。わたしが看守に暴力を振るったとリーコンに報告するにちがいない。

宿舎に着いて自室へはいると、帽子を床に投げつけて、原形をとどめなくなるまで蹴りつづけた。それからベッドにどさりと腰をおろした。

しばらくだまって坐していた。トマス・クロムウェルが着々と出世の階段をのぼっているあいだ、自分も栄光のささやかな一片に与っていたことに思いをめぐらす。かつての友は、その光の源《みなもと》である玉座にすわる人にかぎりなく近づいていた。教会の長であり、法と正義の源泉たる国王陛下。その人に謁見することは、イングランド人にとって最高の栄誉だ。わたしはきょう、その夢を果たした。そしてその瞬間、自分が実際は何者であるかを思い知らされた。地を這う虫のように価値のない人間である、と。また怒りが湧き起こった。あのようなひどい辱めを受けるいわれはない。もしかするとブロデリックの言うとおり、ヘンリー八世はほんとうにモグラで、その恐怖の統治は――この何年か、そんな傾向が強まるのをこの目で見てきたが――いずれ覆されるのかもしれない。おそらく、覆されるべきなのだろう、とわたしは思った。

18

　あまりの惨めさに半ば呆然とし、長いあいだベッドに横たわっていると、やがて足音や話し声が聞こえ、巡幸関連の仕事を終えた事務官や弁護士があわただしくもどってきた。興奮覚めやらぬ様子で、暖炉を囲んで早口でしゃべっている。

「懺悔服《ざんげふく》姿の太った老商人が玉石の上を這いずるのを見たか？　いまにも目玉が飛び出すんじゃないかと思ったよ」国王の前にひれ伏す元反逆者を大聖堂で目撃したらしい。

「ああ。石で擦りむかないように、腹を持ちあげていたな」

「あれを見て、ぼくが何を思い出したかわかるかい。復活祭の十字架の儀式で這ってたじいさんだよ」

「おい、レイフ、口に気をつけたほうがいいぞ。十字架に匍匐《ほふく》で近づくのは、いまでは禁止――」

「そんなことを――」

　わたしは横になったまま、そうした雑談を聞くともなしに聞いていた。外へ出てみなと顔を合わせたくなかった。そのとき、聞き慣れた声がした。カウフォールドだ。

「フルフォードで国王が背曲がりの弁護士になんとおっしゃったか聞いたか」

「ああ、ヨークの事務官から聞いた」初日の夜、わたしに挨拶をしたキンバーという若い弁護士が答えた。「ヨークの年老いた弁護士の隣にいると、背のまるまったみすぼらしい蜘蛛にしか見えない、とおっしゃったそうだ。官吏の話だと、シャードレイクは顔面蒼白になったらしい。すがるような目を王妃に向けてから、ふらふらと立ち去ったと聞いた」

「むごい話だな」だれかが言った。

「どこがむごいんだ」カウフォールドが言った。「フィールティーも王室の関係者も、南部の恥である背曲がりを国王陛下の御前に出すなんて、軽はずみじゃないか。わたしの母も以前、背の曲がった物乞いにさわられたことがあって、それから不運つづき――」

もう我慢できなかった。わたしは起きあがり、寝室の扉をあけて外へ出た。暖炉を囲んで立っている人々がいっせいに口をつぐんだ。わたしはカウフォールドを見た。「母上が背曲がりにさわられたのはいつだ？」はっきりと尋ねた。「それから不運つづきだというなら、おまえを身ごもる前のことだろうな。生まれてきたおまえの顔を見て、豚と交わったのかと青くなったにちがいない」

何人かがぎこちなく笑った。カウフォールドはわたしをにらみつけている。わたしのほうが立場が上でなかったら、きっと飛びかかってきただろう。わたしは身をひるがえし、だまりこくった人々を残して立ち去った。外に出たところで手のひらに痛みを感じた。あまりに強くこぶしを握っていたせいで、爪が食いこんで皮膚が切れそうになっていたことに気づいた。

怒りにまかせて感情を爆発させた自分を呪《のろ》った。こんなことをしても、事態は悪くなるだけだ。カウフォールドは激怒し、これから事あるごとにわたしの陰口を言うだろう。最初はラドウィンターに対して自制できず、こんどはこれだ。冷静さを取りもどさなくてはならない。わたしは木の下に立って深呼吸をしながら、顔の黒い羊の群れがまた新たに空の檻へ入れられるのをながめていた。さっきまでここにいた羊たちは、きょう着いた何千人もの食料と化したのだろう。

仕事着姿の大柄ないかつい男が現れた。太い棒と血のしたたる袋を持って熊の檻へ近づいていく。それまで身をまるめて寝ていた巨大な毛深い生き物が、起きあがって空気のにおいを嗅《か》いでいる。男が袋を地面に置いて肉の塊を取り出し、安全な距離を保ったまま鉄格子越しに投げ入れた。熊たちは黄色い牙《きば》をのぞかせながら、長い鼻面で肉を拾って食らった。ひと切れの肉が檻の手前に落ち、一頭の熊が格子から前脚を出して長い灰色の爪でそれをとろうとする。男は大声をあげ、持っていた棒で熊の前脚を叩いた。熊が吠えて前脚を鉄格子の向こうへ引っこめると、男は棒で肉をはじいて檻のなかへ入れた。「さがってろ、熊さんよ！」そう叫ぶ男を、熊は小さな赤い目でにらんでいた。

わたしは聖堂の横を通って広い中庭へ向かった。午後の遅い時間だが、ありがたいことにまだあたたかい。急いで出てきたせいで、わたしは外衣も上着も身につけていなかった。あたりには美しい秋の午後の光景がひろがっていた。すべてが穏やかで、色彩にあふれ、かすかに靄がかかっている。その美しさゆえに、かえってわが心の惨めさが際立った。

中庭では人々が立ち働いていた。〈王の館〉の外におおぜいの兵士がいるのを見て、国王夫妻がいるのではないかと思った。使用人たちが急ぎ足で往来している。彫刻の施された大きな椅子を仮設宮へ運んでいた男に、危うくぶつかりそうになった。わたしは邪魔にならない場所へ逃れて壁にもたれかかり、あわただしく行き来する人々を観察した。

気どった大きな笑い声が響いた。少人数の廷臣の一行がやってくる。そのなかに、黄色い絹のドレスに着替えたレディ・ロッチフォードの姿があった。隣にジェネット・マーリンがいて、垂れ耳の小型犬を抱いて歩いている。ほかにもわたしが知らない貴婦人が何人かいた。みな豪華なドレスを着て、白く塗った顔や首が日差しの下で蠟のように見える。裾のひろがったスカートで敷石をこする音を立てながら、こちらへ向かってくる。

貴婦人たちは若い男の一団と冗談を言い合っていた。そのなかに王妃の秘書官のフランシス・デラハムがいる。不機嫌な顔をしているのは、女性陣の関心が、もっぱら運動選手のような若い男に向けられているからだろう。彫りの深い顔立ちと茶色い巻き毛を持つその若者は、袖に黄色い切れこみがはいった紫のダブレットと金色の股袋をつけていた。顔を動かすと、耳飾りの宝石が日差しを受けて光った。人あたりはいいが、好色そうな顔をしている。

「愛犬をお抱きになってはいかがです、レディ・ロッチフォード。ミス・マーリンが暑そうですよ。お顔が赤くなっている」若者がからかうような笑みをジェネットに向けた。ジェネットの顔はほんとうに上気していた。険しい目で若者を見る。

「そうですわね、カルペパーさま」レディ・ロッチフォードが言った。「ジェネット、その子をこちらへ」

　ジェネットが犬を渡すと、犬はレディ・ロッチフォードの胸でもがいた。「犬をこうして抱くのは、弱った胃に効くわね。そうでしょう？」

「ご婦人の胃を癒やすのなら、わたしがもっといい方法を知っています」カルペパーが言い、一行が忍び笑いを漏らした。驚いたことに、レディ・ロッチフォードは娘のような媚《こ》びた表情でカルペパーを見た。「まったく、困ったかたね」笑いながら言う。

「すばらしい淑女をお慰めするのに、何も恥ずかしいことなどありませんよ」カルペパーは犬をなでながら言った。犬がうなってふたたびもがくと、レディ・ロッチフォードの首に塗られた白い顔料が黄褐色の毛にまだらについた。一行はいまやわたしのすぐ前に来ていた。わたしは顔をそむけようとしたが、ジェネットと目が合った。ジェネットは怪訝そうにこちらを見る。一行はそのまま通り過ぎ、わたしはその後ろ姿を目で追った。レディ・ロッチフォードにジェネット・マーリン、そして不機嫌な顔をした若き秘書官デラハム。わたしが襲われた日、この三人はわたしが箱を持って〈王の館〉へはいるところを見ていた。

　わたしは壁際を離れ、宿舎へ向かってゆるやかに歩きだした。バラクはどこにいるのか、と思った。タマシンといっしょにちがいない。宿舎にはいろうとしたそのとき、わたしの名を呼ぶ声がした。振り返ると、クレイクがやってくるのが目にはいった。

「ブラザー・シャードレイク」微笑んで言う。「調子はどうだ」

なんの屈託もなかった。フルフォードでの出来事を聞いていないのだろうか。おそらく聞いていまい。「元気だ」わたしは言った。「そっちは？」

クレイクは深く息をついた。「宿についての苦情が絶えなくてね。みんな、ヨークじゅうの宿のベッドから、わたしが魔法でシラミを消せるものだと思っているらしい」

「何千もの連中がいたからな」わたしは言った。「いったいどこに泊まったんだ」

「一分だけ時間がある」クレイクは言った。「どこにいるか見せようか」

わたしは眉をあげた。「全員の宿を？　一分で？」

クレイクは笑みを浮かべた。「使用人と運搬人の全員ならだいじょうぶだ。二千人以上になる」

「頼むよ。気晴らしがしたい」

「わたしもだ。もう悪夢としか——いや、行こう」

意外なことに、クレイクが導いた先は聖堂だった。騒々しい建物のなかへ足を踏み入れる。馬房はほぼ乗用馬で埋まっていた。馬丁が山のような干し草をかかえてきて、それを馬がむさぼり食い、体を洗わせている。馬糞の強烈なにおいが鼻を突く。付属礼拝堂のいくつかが鍛冶場《かじば》になっていた。ひとつかふたつの炉にはすでに火が熾《おこ》され、長旅で傷んだ蹄鉄《ていてつ》を蹄鉄工が猛然と修理している。巡幸に使われた馬は五千頭ほどだろう。蹄鉄は二万あるということか。

クレイクにならって外衣の裾を持ちあげ、藁や馬糞の散らばった身廊を進んだ。尖塔の真下、身廊の中ほどの扉の前でクレイクは立ち止まった。歩哨《ほしょう》に立っているふたりの兵士がクレイクに敬礼した。

「だれか上に？」クレイクが尋ねた。

「いいえ、いまはだれもいません」

クレイクはわたしのほうを向いた。「行こう。階段をのぼってもだいじょうぶか」

「ああ、たぶん」わたしは一瞬ためらった。自分を襲ったかもしれない人物に、ひとりでついていくのは賢明なことだろうか。いや、かまうものか。あの忌々しい宿舎で縮こまっているのはご免だ。

わたしたちは扉を抜けて、長く曲がりくねった階段をあがっていった。かなりの高さをのぼり、ふたりとも息を切らしたころ、クレイクがつぎの扉をあけた。そこは以前鐘楼《しょうろう》だった場所で、鐘そのものはとうの昔にはずして融かされていた。かつて鐘を取り囲んでいた手すり越しに身廊が見おろせる。はるか下で、ほかの蹄鉄工の炉が赤々と燃え、柱状の壁を背景に不気味な雰囲気を醸していた。四年前、スカーンシアの鐘楼で死闘を演じたことが不意に思い出された。あのときはもう少しで命を落とすところだった。恐怖がよみがえっていたとき、クレイクに腕をさわられて跳びあがりそうになった。

「高いところが苦手なのか？　わたしも得意じゃない。でも、この光景は一見の価値がある」クレイクは窓のほうを示した。「下を見てみろ」

クレイクと並んで窓の外をながめ、わたしは目をまるくした。修道院の背後の敷地が小枝の柵でいくつかに仕切られ、広大な野営地を形作っていた。兵士用の円錐形《えんすいけい》の天幕が、広い草地を囲むように何百も張られている。大釜《おおがま》と巨大な肉焼き器が焚《た》き火《び》の上にかけられ、遅い午後の空に向かって煙が立ちのぼっているのがわかる。隣の空き地には無数の荷馬車が並び、兵士がそばで見張っている。その先では、数えきれないほど多くの運搬用の馬が、柵で囲われたいくつもの空き地で草を食んでいる。手前の空き地で、作業員たちが便所用の穴を掘っているのが見えた。ヨークに住む全員ではないかと思うほどの人々が、天幕の前でぼんやり腰をおろしたり、さいころ遊びや球蹴りに興じたりしている。即席の会場で闘鶏がおこなわれていて、笑い声と歓声があがった。

「すごいな」わたしは言った。

「巡幸の一団の野営地だよ。鐘楼から監視するのはわたしが思いついたことだが、こうすれば官吏や軍の指揮者がいつでも状況を把握できる。だが、わたしの担当が廷臣と紳士階級の宿だけでほんとうによかった。全部だったらたまらないよ」

「たいしたものだ」わたしは静かに言った。「これほどの巡幸を取り仕切るなんて。恐ろしくもある」

クレイクがゆっくりうなずくと、まるみのある顔に刻まれた皺が日差しのなかで浮かびあがった。「むろん王室は、はるか昔から巡幸をおこなってきた。そしてこれは軍の行事でもある。しかし、これだけの短期間で準備を完了させるとはね。とんでもない労力が必要だった。それにお金も」クレイクは眉をあげた。「どれくらいかかったか、見当もつかないだろうが」

　わたしは果てしなくつづく荷車の列をながめた。「けさ運びこまれてきたものを見て驚いたよ」

「ああ。まず天幕だ。ここへ来る途中の田舎では、枢密顧問官でさえ天幕で寝ざるをえなかったからな。それに、食料や飼料、枢密院の議事録から、国王が狩りにお出かけになるときの猟犬まで、とにかくものすごい荷物だよ」クレイクはおごそかな顔でわたしを見た。「そして予備の武器もだ。万が一、北部で揉め事が起こって、運搬人や御者が臨時の兵士に変わる場合に備えてね」

　わたしはほかから少し離れたところにある、いくつかの華やかな色合いの天幕を指さした。男たちの不ぞろいな列ができている。「あれはなんだ」

　クレイクは顔を赤らめて咳払いした。「あれは――つまり――用を足しているんだ」

「用を足す？」

「中に女がいる」

「ああ、なるほど」

「貴婦人と王妃の親族を除くと、巡幸に随行しているのは独身の男ばかりだ。道中の村で面倒を起こされては困るからな。だから、やむをえず――」クレイクは肩をすくめた。「まあ、好ましいものではないがね。売春婦のほとんどはロンドンで選ばれ、入念な検査を受けている。国じゅうに梅毒をひろげるわけにはいかないからな。いまごろどんなありさまか想像できるだろう」

「そうだな。男の欲望はどうにもならない」

「そういうわけだ。しかし、王室の使用人のような無法者との付き合いには、どうも慣れなくてね。あの連中はやりたい放題だ。村人を侮辱し、酒に酔い、そのへんの原っぱで好きに糞便を撒き散らす。兵士がいなかったら、荷車からなんでも盗んでいただろう。それに、あの無礼な態度ときたら――くさい息を廷臣に吹きかけ、平気で人前で股を掻く」クレイクはかぶりを振った。「改革はごくふつうの人々を傲慢《ごうまん》にしたよ」わたしに向きなおる。目に鋭さがもどっていた。「だが、たぶんきみの考えはちがうんだろう。改革を支持していると聞いた」

「昔のことだ」わたしは言った。「いまはだれの支持者でもない」

クレイクはため息をついた。「アン・ブーリンのせいで国がめちゃくちゃになる前の、学生だったころのことを覚えてるか。平和な時代で、リンカーン法曹院では穏やかに四季が移り変わっていたよ。未来は過去と同じくらいたしかなものだった」

「昔を振り返るときは、薔薇色の眼鏡をかけるものだ」

クレイクは首を縦に振った。「そうかもしれない。それでも、いまよりはいい時代だった。わたしが最初に宮殿の仕事をするようになったころは、まだ昔ながらの貴族が仕切っていた。それがいまでは――あの平民たち、新しい連中だ。クロムウェルが消えても、まだまだだいくらでもいる」

「ああ」わたしはうなずいた。「リチャード・リッチを見かけたよ」

その名を聞いて、クレイクは異様なまでの反応を示した。さっと身を引き、恐怖と怒りの入り混じった表情でこちらを見る。「リッチを知ってるのか」

「訴訟で敵対関係にある。ロンドンで担当している案件で、相手方の弁護士を支援していてね」

「陰険な男だよ」クレイクは熱を帯びた口調で言った。

「そのとおりだ」わたしは言い、つぎのことばを待ったが、クレイクは話題を変えた。

「そう言えば、きみを館で襲った犯人について、何かわかったのか」

「いや」わたしは鋭くクレイクを見た。「だが、きっと見つかる」

「知らないかもしれないが、その件があってから警備が大幅に強化された。それに、オールドロイドは自然死ではない、と言う者もいる。なんらかの理由で殺害されたと」

「そうなのか」

「ああ。警備担当者はずいぶん気にしている。使用人のふりをして巡幸の一団にまぎれこみ、食べ物やあれこれを盗む者がいないか、ずっと目を光らせているよ。今夜は全員の書類を徹底的に調べて、許可なく野営地にいる者が見つかったら、ただ追い出すのではなく尋問をおこなうらしい」クレイクはわたしを見た。「いったい何が起こってるんだ」

探りを入れているのだろうか、とわたしは思った。とはいえ、ほんとうに困惑しているようにも見える。「わからないよ、クレイク」

「きみが危ない目に遭ったのを見つけた日、マレヴラーに調べられて恐ろしい思いをしたよ」

「しかし、恐れる理由がないじゃないか。マレヴラーはきみを解放した。それとも、また尋問を受けたのか」

「いや。ただ――わたしはオールドロイドとよくことばを交わしていたんだ。たぶん、聖メアリーにいるほかのだれよりも」クレイクは大きく息を吐いた。「宿の手配のため、巡幸一行に先立ってここへ来ることになったとき、ヨーク人がどんな様子なのか、正直なところわたしは少し不安だった。野蛮な反逆者だという噂を聞いていたからね。たしかに住民はひどく警戒心が強く、よそよそしかった。でも、オールドロイドは気さくに話をしてくれたんだ。親切な男だったよ。それだけのことだ」ひとつ大きく息を吸う。「しかし、深読みする者がいるかもしれない。シャードレイク、きみにもわかるだろうが、ここにいるだれもが、そう、ヨーク人も南部人も含めてひとり残らずだれもが、華やかな外見の下で薄氷を踏む思いをしている。不安にもなるよ」

何かを隠している、とわたしは思った。なんとなく感じられる。さびれた界隈の居酒屋にクレイクがはいっていくのを見たとバラクが言っていたことを思い出した。

「ここに来たばかりのころは、さぞ心細かったろう」

「ああ。オールドロイドが話し相手になってくれたよ」

「すべてが片づいたら、ひと安心だな。ロンドンの家族のもとへ帰れるよ。子供が七人いるんだったな」

「そうなんだ。神のご加護で、みな元気に暮らしている。それに子供たちの母親も。妻のジェーンだ」意外にもクレイクは顔を曇らせた。「妻はわたしが巡幸に随行することに反対してな」落ち着かない様子で外衣のボタンをいじる。「当初の予定よりも長引いているし、いつヨークを発つのか、だれにもわからない。帰ったら、さんざん小言を言われるよ。四か月も留め置かれたんだから」不安げに笑った。満ち足りた家庭生活だとばかり思っていたが、まちがっていたのかもしれない。居酒屋へ行ったことについて、直接尋ねようかと思った。しかし、それでは警戒させてしまう。あとでバラクとともに店を訪ねることにした。

「さて」わたしは言った。「暗くなってきたな。足もとが見えるうちに帰ろう。野営の様子を見せてくれてありがとう、クレイク。あとで行ってみるよ」

「お安いご用だ」クレイクはまた笑みを浮かべ、先に立って階段をおりていった。


わたしは聖堂の端へ向かって歩いた。聖オラフ教会と呼ばれる建物の脇の通用門を、人々がひっきりなしに出入りしている。わたしと同じように、巨大な野営地を見物しにいくのだろう。人混みのなかへ出ていくのは気が進まなかった。フルフォードへ同行した者もいるにちがいない。少し離れたところに大きなムラサキブナの木があり、その下の芝生に濃い紫の葉が散り積もっていた。幹にもたせかけるように長椅子が置かれているのが見え、わたしは近づいて腰をおろした。日が傾きかけ、そこは薄暗かった。門を出入りする人々をながめながら、木の葉が落ちてかさつく音に耳を傾けた。

思考はまたフルフォードでの出来事に引きもどされた。午後じゅうずっと、犬がおのれの嘔吐物のもとへもどるように、そのことばかり考えていた。自分はほんとうに顔面蒼白だったのか、すがるような目を王妃に向けていたのか。あの若い娘にとって、脚のにおう粗野な老人と結婚するのは、どういう気持ちになるものだろうか。国王の目を思い浮かべる。ラドウィンターと同じ残忍な目だった。あれがイングランドの王、われらが魂の守護者として神がみずから選びたもうた人物だと、クランマー大主教が信じる人物なのだ。だれもがみな子供のころから、国王はふつうの人間ではないと教えられ、最近では神に近い存在と見なすようになっている。わたしはそれを本気にしたことはないが、よもや国王という衣の下に肉体的、道徳的な醜さが隠れているとも思っていなかった。国王の真の姿はほかの者にも見えているにちがいない。それとも、うわべの豪華さと権力に目がくらみ、見えていないのだろうか。レンヌがあの謁見をどう感じたかが気になった。わたしとはちがって優秀な人物だと国王から称された、あのレンヌが。なぜあのときあの場にとどまって、慰めのことばをかけてくれなかったのか、という思いがまた頭をもたげた。気まずい雰囲気をきらって、すぐに立ち去るような人物だとは思ってもみなかったのに。

「ここにいたのか。よかった」

顔をあげると、バラクが立っていた。

「ああ、そうだ。頭のなかが危険思想でいっぱいだったかもしれない」

「ひとりで外にいてだいじょうぶなのか」

「もう、どうでもいいという気分だ。フルフォードで何があったかを聞いたか」

「ああ。さっき宿舎にもどったら、カウフォールドがいて、おもしろおかしく話していた」

「さっき、気のきいたことばをふたつ三つかけてやった。やめておけばよかったよ」

「その口に蓋をしないと、壁に頭を打ちつけて焼きリンゴみたいに柔らかくしてやる、と言っておいた。もうだまるはずだ」

わたしは微笑んだ。「恩に着るよ」バラクが不安げな顔をしているのに気づいた。「何かあったのか」

「ああ。この妙ちきりんな場所で、ずっとあんたを探しまわってたんだ。マレヴラーがおれたちに会いたいだと。〈王の館〉で」

「そうか」わたしは憂鬱な物思いから引きもどされ、われに返った。

「枢密院から人が来てる。なくなった文書のことについて、話がしたいそうだ。いますぐに」

19

バラクとわたしはふたたびマレヴラーの机の近くに立っていた。ふたりの衛兵が入口からここまでわたしたちを案内した。館のなかでは、豪華な服を着た使用人や官吏が礼儀正しく静かに歩いていた。国王夫妻が上階の私室にいるのだろう。けさ国王の巨大なマットレスを階段から運びあげようとしていた男たちのことを思い出した。

マレヴラーは赤い絹のダブレットを着て、首に飾り鎖をかけた姿で、机の向こうにすわっていた。机のすぐ前へ来るよう合図し、椅子に腰をおろしたままバラクとわたしをじっと見る。

「さて、弁護士。きみに事情を聞くため、枢密院から人が来ると伝えたと思うが」部屋の外で足音が聞こえ、マレヴラーが邪悪な笑みを浮かべた。「どなたがお見えになったか、興味があるだろう」

わたしは返事をしなかった。扉を居丈高に叩く音がして、マレヴラーがさっと立ちあがった。深々と辞儀をする一瞬前、その大柄で横柄な男の顔が、媚びへつらう廷臣の顔に変わった。ビーバーの毛皮で裏打ちされた濃緑の外衣に身を包んだ人物がはいってくる。リチャード・リッチ卿だ。

「リチャード卿。大変光栄です。どうぞわたくしの椅子にお掛けください」

「ありがとう、ウィリアム卿」リッチはよどみなく答えて椅子に腰をおろした。マレヴラーがうやうやしく横に立つ。リッチはわたしを見て、青白い顔に辛辣な笑みを浮かべた。

「わが法曹の同志、シャードレイク殿。先晩、ヨークの街でおまえを見かけた。シャードレイク殿とは知り合いなのだよ、ウィリアム卿」

「この男は頭痛の種です」マレヴラーは言った。

「よくわかるよ」リッチは冷たい灰色の目で、わたしの顔をなめまわすように見た。「昨年、シャードレイク殿とは何度か——顔を合わせる機会があり、大法官裁判所で決着がついていない案件がまだひとつ残っている」

「そうでしたか」

「ところでウィリアム卿、国王陛下がブラザー・シャードレイクにお声をかけられたことをご存じか。というより、話題になさったことを」

「ちょっとした出来事があったそうですね」

「法律事務官たちのあいだでは、その話で持ちきりだ。ブラザー・シャードレイクはヨークの嘆願者の不平不満を国王にお伝えする役に任命され、きょうフルフォード・クロスで、ヨーク人の弁護士と——」

「レンヌですね」

「それがあの男の名前か。ブラザー・シャードレイクとそのレンヌという弁護士が、国王の御前に出たのは見ものだった。レンヌは長身で背筋がまっすぐ伸びた老人で、遠くから見ると、誇り高き恩給受給者と背の曲がった老妻が並んでいるかのようだった」リッチは笑った。「国王陛下は北部がすぐれた者たちを輩出しているとおっしゃった。一部の南部生まれの人間よりもすぐれている、と」

マレヴラーはわたしを見、それから微笑を漂わせた。「陛下は時宜《じぎ》を得た軽口の大切さを心得ていらっしゃる。ヨーク人には受けたでしょう」

「ああ、そのとおり。みな大笑いしていた」

マレヴラーは陰湿な笑みを浮かべた。「シャードレイク殿、北部の人々を国王の意志に従わせるのに、きみも少しは役に立ったようだな」

わたしは懸命に抑えた声で言った。「それなら、お役に立ててうれしく思います」

マレヴラーは笑い声をあげた。「よい返事だ。そう思いませんか、リチャード卿」

リッチは鼻を鳴らした。「この男の性格からすると、底意のこめられた返事だと思うが」指先を合わせて尖塔の形を作り、身を乗り出した。「それはさておき、喫緊《きっきん》の問題がある。シャードレイク、おまえは秘蔵の文書を手に入れた――おまえが思うよりもはるかに重要な文書を。そして、それを盗まれたという。ウィリアム卿から事情は聞いたが、自分の口から直接説明してもらいたい」

「わかりました、リチャード卿」

わたしはオールドロイドの家に行ったこと、壁の秘密の羽目板とそこで文書を発見したこと、そして襲われたことについて話した。バラクが小箱をあけようとしたときの話をすると、リッチは露骨に顔をしかめた。

「おまえたちに箱をあける権利などない。ウィリアム卿がもどるまで、そのままにしておくべきだった」

「申しわけありません、リチャード卿」

「申しわけありません」バラクが言った。

リッチはまた鼻を鳴らし、バラクに目を向けた。「おまえはクロムウェル卿が生きていたころと同じように、まだ好き勝手にふるまえると思ってるようだな。しかし卿はもういない。ふたりそろって迷惑千万な愚か者だ」眉をひそめ、しばし考える。「おまえたちが〈王の館〉に箱を持ちこむところを見たのはだれだ」

「ここへ来たとき、レディ・ロッチフォードとその部下のミス・ジェネット・マーリン、それに王妃の秘書官のデラハム殿がいました。三人はわたしのほうを見ました。上着が汚れていたもので」

リッチの目が見開かれた。「なぜその人たちと知り合いなのかね」

「知り合いというわけではありません、リチャード卿。ただ――その……」わたしはバラクを見た。

「このバラクという男と、ミス・マーリンの下で働いている女中が戯れの恋をしまして」マレヴラーが言った。

「ほかに見たのは？」リッチが鋭く訊いた。

「箱を執務室に置かせてくれたクレイク殿だけです。あとは、もどる途中で会ったレンヌ殿と、門にいた守衛官と」

「その三人全員から話を聞きました」マレヴラーが言った。「それから女中にも。ほかにオールドロイドの徒弟も尋問しましたが、これといったことは聞き出せませんでした」

「こちらの知らぬ者も多く見ているはずです」わたしは言った。

リッチは思案した。「レディ・ロッチフォードには箱のことを尋ねたのか」

「いいえ。ジェネット・マーリンには尋ねましたが。さすがに王妃の侍女を煩わせるのはためらわれました」

リッチはうなずいた。「そうだな、きみの立場ではレディ・ロッチフォードやデラハムに尋問をするわけにはいくまい。だが王妃の侍従なら、ふたりから慎重に話を聞くことができるだろう。それから、ミス・マーリンだが、婚約者がロンドン塔にいる。春のグレイ法曹院がらみの陰謀との関係が疑われている人物だ」

「ミス・マーリンについては、身辺調査をおこなって、巡幸に随行させて問題ないと認められたのですが」マレヴラーが言った。

「レディ・ロッチフォードとデラハムからも話を聞けるように手配する。きみはそのマーリンという女をもう一度尋問してくれ。何かわかるかもしれない」リッチはこちらを向き、長い指でまずわたしを、つぎにバラクを指した。「好奇心は胸にしまっておくことだ、ブラザー・シャードレイク。おまえはすでに知りすぎた。枢密院のなかには、おまえをロンドンへ追い返すべきだと言う者もいるが、わたしは自分の目の届くところに置くほうがいいと考えた。それに、大主教から命じられたブロデリックの件もある。おまえがよくやっているという意味ではないぞ。何者かがあの囚人を毒殺しようとしたと聞いた」

「はい、リチャード卿」

「だれがやったか、本人は言わないんだな？」

「ええ。ただ、思うに……」

「なんだ」

「ブロデリック本人も加担しているのではないかと。みずから死を望んでいますから」

リッチはマレヴラーを見た。「そんなことがありうるのか」

「かもしれません。ブロデリックは常人とはちがいます。ヨーク城でたっぷりかわいがられても、まったく口を割りませんでした。拷問官は、これ以上つづけたら死ぬのではないかと思ったそうです」

「ヨーク城ではどんな道具を使っているのか」

「拷問台、火掻き棒。ふつうのものです。しかし拷問官の腕はよくありません」

「ブロデリックが何を隠しているのにせよ、ヨークの連中は信用できない。だからこそ国王はブロデリックをロンドン塔へ連れてくるようお命じになった。あそこなら腕のよい本物の拷問官がいる」リッチはかぶりを振った。「だが時間は過ぎていく」

「数日中に船に乗せられるとよいのですが」マレヴラーは言った。

「順風であることを願おう。陸路で連れていくこともできるが、安全とは言えないし、雨と巡幸一行の通行によって、道はまだ荒れている」リッチはわたしのほうを見た。「囚人の健康状態は？」

「毒のせいでまだ衰弱しています」わたしはためらいつつもつづけた。「さっき面会してきました。モグラの伝説について話していましたよ。どうやら信じているようです」

リッチはマレヴラーに視線を移した。「その伝説に関する文書が箱にはいっていた」

「北部の反乱のとき、反逆者たちがよりどころにしていた伝説です。ブロデリックが言いそうな戯言ですよ」

リッチはわたしに鋭い一瞥をくれた。「なぜブロデリックはモグラの伝説をおまえに話したのか。おまえがそんなものを信じるとは思っていなかっただろうに。そうだろう？」

「わたしとラドウィンターのやりとりを盗み聞きしたようです」わたしはひとつ深々と息を吸った。「ラドウィンターは国王がわたしをお笑いになったことについてしつこく聞き出そうとしました。ブロデリックがそれを耳にして、モグラがどうのと話しはじめたというしだいです。しかし、わたし自身は国王に逆らうようなことは申していません」

リッチは椅子の背にもたれ、わたしを横目で見た。「それが得策だろう。煮えたぎった湯にぶちこまれたくなければな。すでにおまえの枢密院での覚えはよくない。わたしから忠告させてもらえば、その曲がった体に従って頭を低くしておくのが賢明だ」

「はい、リチャード卿」

「目立つ真似をするな。これからはそれがおまえにとっての最善の道だ」リッチはゆっくりと慎重に言い、死体のように生気のない灰色の目でわたしを見据えた。体を前に乗り出す。「ビールナップへの訴えを取りさげるようロンドン市議会に勧告すれば、おまえの評判も少しはあがると思うが」

　わたしはリッチの目を見た。おそらく、わたしを尋問するとみずから名乗りをあげたのだろう。圧力をかけるよい機会だと思ったにちがいない。わたしは返事をしなかった。リッチはかすかにうなずいた。

「いずれにせよ、このままつづけてもおまえに勝ち目はない。わたしはいい判事を見つけた。その判事が今回の裁判を担当する」

「どなたですか」

「裁判になるとはまだ正式には決まっていない。おまえがつづける気なら、いずれはっきりするだろう。悪いことは言わないから、いまのうちに訴えを取りさげて、無駄な金を使わないよう市議会に勧めたほうがいい」

　リッチの言いなりになることだけは、ぜったいにご免だった。バラクが心配そうにこちらを見ている。リッチもそれに気づいた。「おまえからも、分別をわきまえるように主人に言ったらどうだ」鋭い口調で言う。「そうしないと、この先どうなるかわからないぞ。さて、話は以上だ。さがってよろしい」

マレヴラーがリッチに身を寄せ、静かだが熱のこもった口調で話しはじめた。「ひとつよろしいでしょうか、リチャード卿。アスク一族の地所のことです。もしも金額が折り合えば——」

「その話はあとだ」リッチは渋面を作り、わたしに目を向けた。「さがれと言っただろう。マーリンという女を呼んでくれ」手をひと振りしたので、バラクとわたしは部屋を出た。廊下で衛兵がひとり待っていて、わたしたちを階下へ案内した。

「あのふたりは汚職に手を染めている」わたしはバラクにささやいた。

外は暗くなりかけていた。

「くそっ」バラクは言った。「くそっ、くそっ、くそっ」

「それ以上のことばは見つからないな」わたしは苦々しく言った。

「ビールナップの案件はどうするつもりだ」

「リッチが判事の買収に成功したとは思えない。もしそうなら、名前を言っていたはずだ。わたしを脅そうとしただけだろう」

「脅す?」バラクは足を止めた。その顔には怒りと、これまで見たことのない不安げな表情が浮かんでいた。「脅す?」同じことばを繰り返す。「やつがその気になれば、あんたにどれだけの圧力をかけられるか、わかってるのか? あんたは枢密院の不興を買ってるんだぞ。

あの男が本気になったら、あんたはどうなると思う？」

「わたしにはクランマーがついている」

「ほう、クランマーはここにいるのか。大主教の法衣は、このあたりでは見かけないがな。それにクランマーには、リッチを敵にまわすような真似はできない。リッチの後ろには枢密院がいるんだからな」

「クランマーは――」

「あんたのような下っ端のために危険を冒すわけがない。おれのためにもだ。また厄介事に巻きこまれたな――あの忌々しい箱をあけようとしたのは、たしかにおれだよ」

「わたしは圧力や脅しに屈して裁判をおりるような人間ではない」

「勝ち目は少ないと自分で言ってたじゃないか」

「脅しには屈しない！」わたしはいつの間にか叫んでいた。

「片意地だな」バラクは言った。「片意地と自尊心。それが命とりになるぞ――あんたとおれの」さらに何か言おうとして口を開きかけたが、また閉じて歩き去った。

わたしは額に手をあてた。「くそっ！」通りかかった官吏が怪訝な目でこちらを見た。わたしはそれに背を向け、聖堂の脇を歩いてムラサキブナの前の長椅子まで行った。ひろがった枝の下でどさりと腰をおろす。おおぜいがまだ野営地につづく門を出入りしている。いまや空気が冷たくなっていて、わたしは体を震わせた。

バラクが感情を爆発させたことには驚いた。はじめて会った一年前も、たしかに挑戦的で、どれほど高位の相手にも平気で不遜《ふそん》な態度をとっていた。とはいえ、あのころのバラクはクロムウェル卿の庇護のもとにあり、リッチが嬉々《きき》として指摘したとおり、クロムウェルはもうこの世にいない。本人も言ったように、いまのバラクは少なくとも心のどこかで平穏な生活を望んでいる。しかし、わたしのことを意固地で無謀だと責めるとは思わなかった。わたしは怒りに駆られて心のなかで自己弁護をはじめた。誠実な弁護士ならだれでもそうであるように、わたしはただ依頼人を守ろうとしているにすぎない。しばしば腐敗する法の世界にあって、高潔さはわたしの徽章《きしょう》であり、おのれの存在意義でもある。嘲笑を浮かべたあの廷臣たちによって、それすらも奪われるというのか。

だが、しばらく木の下にすわっているうちに、少しずつ冷静になってきた。高潔であるという評判に自分がしがみついていることがわかった。この長い一日、あまりにひどい侮辱を受け、自分に残されたものはそれしかないという気になっていたからだ。そしてわたしには、分別も忘れてリッチに抵抗することにバラクを巻きこむ権利はない。とはいえ、もしも勝つ可能性があるなら、依頼人を見捨てることもできない。バラクにもそれはわかっていよう。

そのとき、足音が近づくのが聞こえ、わたしはぎくりとした。自分がまだ危険にさらされていることを思い出した。暗い人影が芝生を横切って、こちらに向かってくる。それが女だとわかり、わたしは安堵した。木の下に敷かれた落ち葉の絨毯へ相手が足を踏み出したとき、ドレスが衣擦れの音を立てた。近くに来ると、それがタマシンだとわかってわたしは驚いた。黄色いドレスに上等の銀の首飾りをつけている。

「ミス・リードボーン？」

タマシンは辞儀をし、ぎこちなくわたしの前に立った。いつもの快活さはすっかり消え、不安そうな顔をしている。

「あの、少しお話ししてもいいでしょうか」ためらいながら言う。「こちらにいらっしゃるのが見えたので」

「どんな話だろう」

「大事なお話です。わたしにとっては」

「聞こう」わたしが長椅子を示すと、タマシンはすぐ隣に腰をおろした。しばらく口を開かず、何を言おうか迷っているようだった。わたしはその顔を観察した。頬骨が高く、唇はふっくらして、意志の強そうな顎をしている。たしかにとても美しい娘だ。それに若い。わたしの目から見ると、まだほんの子供にすぎない。

「マーリンさまがウィリアム卿から呼ばれて、事情を聞かれています」ようやく言った。

「ああ。バラクとわたしも、ついさっきまで卿の部屋に呼ばれていたよ。リチャード・リッチ卿もいっしょだった」

「マーリンさまは怒っていらっしゃるようでした。ウィリアム卿を毛ぎらいなさっているんです」

「そのようだな。水曜にきみたちが尋問を受けているとき、そばで見ていてわかった」

自分の打った芝居のことを思い出したらしく、タマシンは赤面した。

「わたしたちにかまわないでもらいたかった」わたしは言った。「わたしはある極秘の案件にかかわっている」

「ええ」

「バラクとちょっとした言い争いをした。きみはもう知っているかもしれないがね。無作法な男だよ、ジャック殿は」

「あの人は心配していました」

「たいがい心配するのはわたしのほうなんだが」わたしは口ごもった。「だが今回はバラクの言うことが正しいのかもしれない」タマシンに目をやり、任務のことをバラクはどこまで話しただろうか、と思った。タマシン自身のためにも、知っていることは少ないほうがよい。

「バラクはいまどこに？」

「野営地を見にいきました。あの、シャードレイクさまにずっと申しあげたいことがあって……」タマシンはまた言いよどんだ。

「何かな」わたしは先を促した。こうしてわたしに会いにくるのは、この娘にとって勇気のいることだったはずだ。バラクの頑固な中年の雇い主。タマシンはわたしのことをそう思っているだろう。

「ヨークにいらっしゃった日、騙したりして申しわけありません」

わたしはうなずいた。「愚かなふるまいだった。女のすることではない。マレヴラーが怒ったのも無理はない。それでも、きみを殴ったのはひどいと思う」

タマシンは首を左右に振った。「それは別に気にしていません」こちらの顔をじっと見る。「わたしの生い立ちは変わっています。自分で生きる道を拓かなくてはいけなかったんです。母は宮廷の使用人でした」

「ああ、バラクから聞いた」

「王妃の従者たちの服を仕立てていました。キャサリン・オブ・アラゴンのときも、アン・ブーリンのときも」

「そうだったのか」

「はい。そして七年前にロンドンで、黒死病のために逝《い》きました」

「それは気の毒に」わたしは静かに言った。「あのときはおおぜいが命を落とした。わたしも大切な人を亡くしたよ」

「わたしはまだ十二歳で、頼る相手は祖母しかいませんでした。いえ、年老いた病弱の祖母が頼る相手はわたししかいなかった、と言ったほうがいいかもしれません」

「なるほど」

「父親がだれかはわかりません。でも、高貴な身分のかたじゃないかと思うんです」タマシンは誇らしげにほんの少し背筋を伸ばした。「父は有能な人だったと母から聞きました」

「そうか」

「はい。上級廷臣かもしれません」

あるいは仕立屋か。わたしは同情を覚えた。タマシンの母親は、娘を元気づけ、出生を恥じる気持ちを慰めるために、おそらく作り話を聞かせたのだろう。

「疑っていらっしゃるんですね。でも、わたしはそう信じています。自分に誇りを持っていますし、心ない人たちがわたしの出生についてあれこれ言うことは気にしません」

「賛成だ。心ない者たちの言うことに耳を貸す必要はない」しかし、それが国王だったらどうだろうか。

「黒死病で使用人が足りなくなっているから、母の後釜として宮廷で雇ってもらったらいい、と祖母が言ったんです」タマシンはつづけた。「わたしはそのとおりにしました。宮内府の人たちに、自分は腕のいいお針子だと言ってね。縫い物のことなんて何も知らないのに」

「きみは嘘の天才らしい」

タマシンは顔をしかめた。「がんばって働きました。母の同僚だった人たちから教わって、昼も夜も裁縫を勉強し、一人前のお針子になったんです。貧しい人間は、自分でどうにかするしかありません。祖母も食べさせなくてはいけなかったけれど、王妃のお針子はお給料がいいですから。それに外の世界からも守ってもらえます」

「ああ。わかるよ」

「そうやって自分の力で生きていくことを学びました」

「バラクもそうだ」

「あの日、街であの人を見たとき、ものすごく心が揺さぶられました。そんなこと、いままでなかったのに。それでどうしても——知り合うきっかけを作りたくて」

わたしはしぶしぶ微笑んだ。「きみは実に賢い。それに大胆だ」相手をまっすぐ見る。「それでこんどは魚を釣りあげようというのか」

タマシンの顔は真剣そのものだった。「ジャックとわたしは心からの友になりつつありま す。どうぞ邪魔をしないでいただけませんか。こんなことをお願いするなんて、失礼きわまりないんですけど」

わたしはタマシンの顔を、長いあいだしげしげとながめた。「きみは並みの女性とはちがうよ、ミス・リードボーン。ただの浮《うわ》ついた娘かと思っていたが、それはまちがいだったらしい」

「あの人は、さっきあなたに言ったことを後悔しています」

「バラクは以前、大胆不敵だった。しかし最近は心のどこかで、落ち着きたいと思っているようだ。それでもまだ、そうしたくないと思う部分も残っている」

「落ち着いてくれることを願っています」タマシンは言った。「いまのまま、あなたのもとで、ご恩に報いる仕事をすることを」

わたしは苦笑いした。「そういうことか、ミス・リードボーン。つまりきみはわたしと手を組みにきたわけか」

「シャードレイクさまとわたしの望みは同じです。ジャックはあなたを心から尊敬していま す。人生の苦しみをご存じで、恵まれない人に寄り添い、貧しい者が何を必要としているかを理解なさっているかただと言っていました」

ちがいない。

「バラクがほんとうにそんなことを？」わたしは心を動かされた。タマシンの思惑どおりに

「ええ、ほんとうです。それにジャックは、書類が盗まれたのは自分の責任だと思っています。だれよりも自分に腹を立てているのではないでしょうか。あまりつらくあたらないようお願いします」

わたしは大きく息を吸った。「考えておこう」

「わたしからのお願いはそれだけです」

「きみはバラクを大切に思っている。たぶんバラクのほうもそうだろう」

「このうんざりする巡幸が終わったら、ロンドンでまた会いたいと思っています。でも、それはあの人しだいですけど」

わたしはうなずいた。「ところで、お針子だったきみが、どうしてジェネット・マーリンやレディ・ロッチフォードの下で働くようになったんだ」

「ジェーン・シーモアが亡くなったあと、王妃専属の使用人はばらばらになりました。わたしは王妃の菓子職人だったコーンウォリスさんの助手になったんです。そこでいろんな砂糖菓子の作り方を教わりました」

「その人とも仲よくなったんだな」

「とてもやさしい年配の女性でした」

「きみにはいい友達を作る才能があるらしい。だが、さっききみも言ったとおり、恵まれな

い境遇にある者は自分で道を切り拓くしかない」

「去年、国王がキャサリン王妃と結婚なさったとき、砂糖菓子が大好きな王妃のためにお作りすることになって、マーリンさまの下に置かれました。マーリンさまは親切にしてくださいます」

「ずいぶん変わった人だが」

「わたしには親切です。ほかの女性からは変な目で見られていますけど」

タマシンは生まれつき心根がやさしい娘だ、とわたしは思った。そうにちがいない。「レディ・ロッチフォードは？」わたしは尋ねた。「どんな人だろう」

「直接かかわることはほとんどありません。でもみんな、あのかたのことを恐れています。危険なところがあるかたらしくて」

「そうなのか」

「ええ、たぶん。あちこちで噂話を仕入れては、いちばんまずい相手にそれを吹きこむことが何よりもお好きで」タマシンは眉をひそめた。「愚かな女性ではないと思います。でも、なさっていることは愚かです」

「それに危険でもある」

「ええ。いつもそうです。それでも王妃のことは慕っていらっしゃって、おふたりは親しいお友達です」

「きょう王妃にお目にかかったよ」

タマシンは口ごもった。「フルフォードで?」

「ああ、フルフォードで。何があったか、ジャックから聞いただろう」

タマシンは目を伏せた。「ひどいお話です」

「きみの言うとおり、早くヨークから帰りたいものだ」

タマシンは立ちあがった。「そろそろ失礼します。マーリンさまがどうなさってるか、見にいかなくては」

「きみがこうしてわたしに会いにきたことを、バラクは知っているのか」

「いえ。わたしひとりで考えたことです」

「タマシン、きみがすっかり気に入ってしまったよ。たぶんこうやって、たくさんの人に好かれてきたんだろうな。宿舎まで送ろうか」

タマシンは微笑んだ。「ありがとうございます。でもけっこうです。さっき申したとおり、自分の面倒を見るのには慣れていますから」

「では、おやすみ」

タマシンは辞儀をしてきびすを返すと、自信に満ちた足どりで歩きだし、人混みのなかへ消えた。わたしはその後ろ姿を見送った。タマシンのことを誤解していたが、なかなか気骨のある娘ではないか。バラクは理想の相手と出会ったのかもしれない。

20

わたしのもとへ来て身の上を打ち明けるというタマシンの勇気に接し、自分が恥ずかしくなった。なんと言っても、この数日間、あの娘に親切にしていたとは言いがたい。わたしは長椅子から立ちあがった。寒くなってきたので、通りの向こうにある野営地へ行ってバラクを探すことにした。聖オラフ教会のそばの塀の通用門を通り抜けて、小道を横切り、兵士が番をしている小枝の柵の出入口に向かう。書類を見せ、許可を得て進んだ。そのとたん、薪の煙や風呂にはいっていない人間の体、そして排泄物のにおいが強烈に鼻を刺激した。野営地に足を踏み入れると、人や馬に踏まれて草地はすでにぬかるみに変わっていた。そのとき、だれかが近くで角笛を吹いた。男たちが木の椀とマグカップを手に持って、それぞれの最寄りの焚き火に近づいていく。夕食には遅い時間なので、みな空腹にちがいない。

わたしはその場にたたずんで、おおぜいが焚き火を囲むのをながめていた。地面にあいた長方形の穴に薪がくべられて大きな炎があがり、その上の高さ六フィート、長さ十二フィートほどの巨大な焼き器に雄牛がまるごと一頭突き刺され、回転しながら焼かれている。新しい薪を持って火に駆け寄る下働きもいれば、汗を流す料理人の指示に従って大きな取っ手をまわす者もいる。焼き器は実に複雑な構造をしていた。牛の下では小ぶりの鉄串に刺した鶏が焼かれている。下働きが忙しく動きまわり、焼けた鶏を火からおろして、大きな皿の上ですばやく切り分けている。その頭に牛からしたたり落ちた脂がかかる。革のエプロンをつけて、熱い脂から守るため顔を布で覆った下働きの少年たちは、腹を空かせた人々が出す皿に、驚くほど手際よく焼けた肉を載せている。男たちは冗談を言い合ったりやじを飛ばしたりしているが、行儀は悪くない。みな疲れた顔をしているのは、夜明けに出発して、出迎えの儀式のあいだフルフォードで待たされ、それからここへ来て野営地を設営したからだろう。

年端もいかぬ少年たちが、炎と熱い脂のあいだを走りまわるのを見て、わたしはクレイクの言ったことが誤りだとしみじみ思った。巡幸を取り仕切ることはたしかに大変だろうが、作業をする者を見くだすのは筋ちがいだ。御者や料理人や運搬人など、ここにいる男たちが秩序を守り、すぐれた技能を発揮しなければ、何もなしとげられなかったにちがいない。

咳払いが聞こえて振り返ると、バラクがすぐそばにいた。「ああ、ここにいたのか」わたしはぶっきらぼうに言った。「なかなかの光景だな」バラクもわたしもしばらく何も言わず、男たちが火のそばにかがみこんで夕食をむさぼるのをながめていた。

「遠くの空き地に、でかいサフォーク種の馬が何百頭もいたよ」バラクが言った。「あんなにたくさんの馬を見たのははじめてだ」

「わたしもさっき見た。クレイクが鐘楼に案内してくれてね。官吏がそこから野営地を監視するそうだ。ここの連中が問題を起こした場合に備えて」

バラクはにやりとした。「そうなったら悪夢だな」

「ああ、まさに悪夢だ」わたしは笑い声をあげた。

「さっきはかっとしてすまなかったな。マレヴラーとリッチのくそ野郎どもの顔を見たら、ついいらいらしちまった」

「きみの言ったことはもっともだ。しかしわたしは、勝つ可能性がほんのわずかでもあるなら、今回の裁判をあきらめたくない。わかってくれるか」

「ああ、わかる」バラクはしばらく黙したのち、話題を変えた。「フルフォードへ行ったという事務官と、さっき話をした」

わたしはバラクを鋭く見た。「それで？」

「レンヌ殿は国王に謁見した直後に体調を崩したらしい」

「なんだと？」

「市議たちのなかで倒れ、荷車に乗せられてヨークへもどったそうだ」

「だから姿を消したのか。わたしを見捨てたのかと思っていた。で、具合は？」

「家に帰ったということしかわからない。医者を呼ばなかったということは、たいして深刻じゃないんだろう」

「あす訪ねよう。ところで国王がヨークに着いたとき、きみとタマシンも見ていたのか」

「ああ。とてつもなくでかい男だな。隣にいる王妃が豆粒みたいに見えたよ。ネズミとライオンが並んでるみたいだった。国王は笑みを浮かべて陽気に手を振ってたけど、集まった連中のなかには敵意を顔に浮かべた者もいて、兵士が一列になって国王と群衆のあいだに立ってたよ」

「ああ」調理用の焚き火はいまや燃えさかっていた。汗だくになりながら焼き器の取っ手をまわしている四人の男は、よくあの熱さに耐えられるものだ、とわたしは思った。「行こう。このままだとあの牛並みに焼けそうだ」

バラクとともに野営地を歩きまわった。すっかり暗くなっていたが、そこかしこで調理の火が燃え、天幕の前にランプが置かれていたおかげで、明かりはじゅうぶんだった。冷たい風が吹いて、顔のまわりに煙を運んできたため、わたしたちは咳きこんだ。

「正直に言おう」わたしは言った。「きょうの午後、ラドウィンターとつかみ合いをやってしまった」

「つかみ合い？　あんたが？」バラクは疑わしげにわたしを見た。

わたしは一部始終を話して聞かせた。バラクは口笛を吹いた。「あいつがヨークのユダヤ人を侮辱するのを聞いたとき、おれも飛びかかりたかったよ。やつは人を挑発する方法を心得てる」鋭い目でわたしを見る。「あんたに自制心を失わせることが向こうの狙いだったんだろうか」

「まちがいない。わたしを脅す材料にするつもりだろう。それはそうと、スコットランド王がいつ到着するのか、事務官たちは何も言ってなかったか」

「ああ。野営地にいる何人かと話をした。雨が降らず、食べるものにさえ困らなければ、何日かここにいてもいっこうにかまわないそうだ。ポンテフラクトでは、滞在がひどく長引いたせいで備蓄が底を突き、食料を制限されたらしい」

「いまは収穫の時期だ。このあたりの農家は巡幸のおかげで懐《ふところ》が潤《うるお》うだろう」

「強制買いあげよりも高い金額で買いとられてると聞いた。ヨーク人の支持を得る作戦のひとつだな」

わたしは人のほうへ目をやった。あたりを行き交う者や、器を持って天幕の前にすわる者、つぎつぎと熾される火で肉が焼けるのを待つ者などがいる。

「みんな疲れてる」バラクが言った。「もう三か月近く野営をつづけているそうだ」わたしはうなずき、庶民とたやすく打ち解けられるバラクをうらやましく思った。

わたしたちは闘鶏がおこなわれている場所に着いた。男たちが歓声をあげるなか、焚き火の脇の空いた場所に囲われた二羽の黒い雄鶏が、羽を血で光らせながら、爪につけられた鋭い鉤《かぎ》で互いを切りつけている。

「あなたの鶏がまた負けそうです」上品な声がゆっくりと言った。「とことん勝負をするのも悪くないが、闘鶏でわたしに勝つことはできませんよ、デラハム殿」近くを見ると、端整だがにやけた顔立ちの若者の姿が目にはいった。レディ・ロッチフォードがカルペパーと呼んでいた廷臣だ。男の廷臣数人が群衆の前列に並んでいて、ほかの見物人は敬意を表し、あいだをあけて立っている。カルペパーの顔は炎に赤く照らされていた。隣にいる秘書官のデラハムも同じで、赤い顔に陰気な笑みを浮かべている。

「そうかね」デラハムは言った。「きみの鶏にも賭《か》けているんだよ。二マークを」

カルペパーは当惑顔をした。「でも、それは……」考えこむカルペパーの目の前で、デラハムは声をあげて笑った。女を惹きつける魅力はあるが、若きカルペパーはあまり賢明ではないらしい。

そのときデラハムがわたしに気づいた。眉をひそめ、居丈高な態度で近づいてくる。「おい、おまえ！」きびしい声で言った。「弁護士のシャードレイクだな？」

「そうです」

「何日か前、おまえが美しい小箱とやらを〈王の館〉に持ちこむところをわたしが見たんじゃないかといって、ウィリアム・マレヴラー卿から尋問を受けたぞ。なぜ告げ口などするんだ、この吐き気のする悪党め」

「告げ口などしていません」わたしは淡々と言った。「箱を持っているところを見た全員から話を聞くことを、ウィリアム卿がお望みになりました。わたしはあなたとレディ・ロッチフォードがこちらを見ていたのを思い出したまでです。上着が漆喰で汚れていましたから」

「その箱がなぜそんなに重要なんだ」デラハムは言った。「マレヴラーは盗まれたということ以外は何も言わなかったが」

わたしは落ち着かずに周囲を見まわした。デラハムの怒鳴り声に、何人かがこちらを振り返っている。デラハムが箱の話をこのように広めているのを知ったら、マレヴラーは激怒するにちがいない。

「中の書類がなくなったんです」わたしは静かに言った。「ウィリアム卿が調査なさっています」

「ごちゃごちゃ言うな、このナメクジ野郎」デラハムは顔を上気させた。「わたしがだれなのか知っているのか」

「王妃の秘書官のデラハム殿です」

「わかってるなら敬意を払え」デラハムは眉根を寄せ、それから残忍な笑みを浮かべた。「おまえは国王に笑われた背曲がりの弁護士だな？」

「はい」わたしはうんざりして言った。リッチやマレヴラーと同じく、デラハムもこちらより身分が上なので、だまって耐えるしかない。

「街じゅうの噂になってるぞ」デラハムは笑い声をあげて立ち去った。

バラクがわたしの腕をとり、その場から連れ出した。「寄生虫どもめ」バラクは言った。「タマシンはカルペパーに言い寄られたそうだ。好みの外見の女を片っ端から口説《くど》くらしい。国王の従者だから、好き勝手にふるまっている」

「面《つら》の皮がワニぐらい厚くないと、参ってしまいそうだ」

「あと二日の辛抱だな。あす、大がかりな熊いじめの見せ物がある。ヨークじゅうの名士が招待されてるし、野営地の連中も見物に押しかけるはずだ。あすの夜はその話題で持ちきりになる」

わたしはうなずいた。「タマシンを連れていくのか」

「タマシンは熊いじめが好きじゃなくてな。ここにも胃が弱い女がいたわけだ」

わたしは微笑んだ。「ロンドンに帰ってもタマシンと会うつもりなのか。それとも、これもただのお遊びか」

「あんたはタマシンが好きじゃないんだろう?」

「少しきびしい目で見すぎていたかもしれない。いずれにせよ、きみの問題だ」

「ああ」バラクは言った。「どうなるかな」謎めいた笑みを漂わせる。「そんなに先のことは考えられない。はるか昔からここにいるような気がしてな」

「わたしもだ。さて、歩いたら腹が減った。食堂に行けば夕食にありつけるかな」

「たぶん」

わたしたちは聖メアリー修道院へもどることにした。若きリーコンが兵士の一団とともに天幕のそばにいるのが見えた。リーコンが会釈をし、わたしもうなずき返した。そのとき別の人物の姿が目にはいった。腕組みをして人混みの端に立ち、二匹の大きなマスチフ犬が血まみれで闘うのを見ながら歓声をあげている。一方の犬がもう片方の腹を引き裂いて、はらわたと血が噴き出すと、その男は満足そうにうなずいた。

「ラドウィンターだ」わたしは言った。「行こう。あの男の顔は見たくない」だが、卑劣漢のラドウィンターはこちらに気づいていた。バラクとともに暗闇へ消えるわたしを見つめ、あざけるような笑みを送ってきた。

「こんなところで何をしてるんだ」バラクは言った。「ブロデリックの監視をしているはずじゃないのか」

「マレヴラーが気晴らしの時間を与えたにちがいない。腹の立つ男だ。気をつけろ、足もとがぬかるんでいる」

　わたしたちは天幕の並んだ場所を過ぎ、木立に向かって下り坂になっている野営地の端に来ていた。月光を浴びてきらめくウーズ川が向こうに見える。向きを変えて歩きはじめた。

「あすの土曜は」わたしは言った。「一日休みをとっていい。わたしはレンヌ殿を見舞ってくる。嘆願者の聴聞会を開くのにどんな準備が必要かも聞いておきたい。あの人の体調が思わしくなければ、わたしひとりでやるしかないからな」

「熊いじめは午前だ。でも事務官たちが鷹狩りをするらしいんで、おれもいっしょに行こうかと思ってる」バラクはそこで言いよどんだ。「タマシンも行くかもしれない」

「いいじゃないか。新鮮な空気を吸ってこい。あの古い詩はなんと言っていたか。王にはシロハヤブサ……」

「貴婦人にはコチョウゲンボウ」バラクは陽気につづけた。

「自営農民にはオオタカ、司祭にはハイタカ――」

「下男にはチョウゲンボウ。だれかおれにチョウゲンボウを貸してくれないかな」バラクは笑った。

「タマシンから父親の話を聞いたよ」わたしは言った。

「なんだと?」バラクは驚いた顔をした。「いつ会ったんだ」

「たまたま顔を合わせてね。少し話をした。どうやらわたしはあの娘に冷たくしすぎていたようだ」

「わかってくれてうれしいよ」

「父親は有能な人物だと信じているようだな」

「娘を慰めるための母親の作り話だろう。だれにとっても、庶子であることは引け目だからな」

「同じように思ったよ」わたしはマレヴラーのことを思い出した。あの男も同じ引け目を感じている。だがマレヴラーの場合は、冷酷非道にふるまうことで、その思いと折り合いをつけようとしている。

バラクはかぶりを振った。「タミーはいろんな面で現実的だ。でも父親については、思いこみが頭にこびりついてる」ため息をつく。「女には心を慰めてくれるものが必要だが、タマシンはあまり信心深くない。宮廷で駆け引きや強欲を目にして、宗教に対する考えが変わったようだ」

「それについてはきみも似た者同士だろう。わたしもそうだ」

バラクはうなずいた。「王室関係者に知り合いがいるんで、手紙を書こうかと思ったんだよ。昔、クロムウェル卿に仕えてたとき、そいつのためにひと肌脱いだことがあってね。父親のいない子が生まれたら、かならずなんらかの噂が付きまとうものだからな」

「真実は知らないほうがいいんじゃないか」

「もし父親の仕事が、厨房から野良犬を追い出すみたいなことだったら、タマシン本人にはだまってるつもりだ」

「そのほうがいい」

話し声が聞こえてきた。野営地のはずれで暗かったが、少し先に焚き火があり、おおぜいがそのまわりを囲んでいるのが見えた。地面に穴が掘られていて、薪束がたくさんはいっている。何人かの下働きが、荷車からおろした巨大な焼き器の部品を組み立てようと奮闘していた。鋭くとがった中央の串の部分を、装置の真ん中に差しこもうとしている。

「まだ取っ手をつけるなよ、ダニー」エプロンをつけた太り肉の料理人が叫んだ。

「わかったよ、父さん」反対側の端から少年の高い声が聞こえた。あまりにも長い串なので、少年の影しか見えなかった。

「雄牛はどこだ」

「オーエンが見にいってる」

「大声を出すな。まだ肉が串に刺さってもいないうちに、近くの天幕にいる連中から食べ物をよこせとせっつかれたくないからな。そこにいるのはだれだ」こちらの足音に、料理人は鋭い声で訊いたが、わたしの外衣を見て帽子をとった。「ああ、すみません。準備ができるまでだれも近づけたくなかったもので」

「通りかかっただけだ」わたしは装置の端から離れた。反対側の端で、下働きの少年たちがとがった串を前後に動かして調節している。「ずいぶん大きな装置だ」わたしは言った。「雄牛を一頭、まるごと焼くのか」

「はい、鶏と鴨《かも》をその下で焼きます。何しろ百人ぶんの食事ですから」

「ロンドンを発ってから、毎晩これをやっているのか」フルフォードでの出来事を知らず、興味もない者と話をするのは気が楽だった。

「ええ。これより悪い条件のときもね。七月には地面が泥の海だったこともありました。ある日など、雨で火が消えてしまい、暴動が起こりそうになって——兵士を呼ぶ羽目になりましたよ」料理人は首を振った。「もう二度と、ハンプトン・コート宮殿の厨房が寒くてたまらないなどと愚痴をこぼし——」

装置の反対側にいる下働きの少年の叫び声がし、料理人はそこでことばを切った。突然、何かがきしむ音が聞こえた。バラクがわたしをつかんで地面に押し倒す。

「いったい何事——」わたしは叫びながら、荒い草地に倒れこんだ。そして恐怖で目を見開いた。先ほど焼き器の中央に差しこまれた巨大な鉄串が、頭から三フィート上で揺れている。バラクに押されなかったら、いまごろわたしは串刺しになっていただろう。バラクと料理人が装置の反対側へ走っていく。すると、料理人の叫ぶ声が聞こえた。「人殺しだ!」

わたしは立ちあがり、首の痛みに顔をしかめたが、それから走りだした。バラクと料理人が、地面に横たわる小さな人影の上に身をかがめている。「だれかがこの子の頭を殴った」バラクがわたしに向かって大声で言った。「そしてあの串をあんたのほうへ押した。殺そうとしたんだ！」

「ダニー！」料理人が泣き叫んだ。「ダニー！」

「その少年は」わたしは小声で言った。「いったい……」

「見てみろ」

料理人は地面にかがみこみ、少年の頭を膝に載せていた。その小さな影が動いているのを見て、わたしは安堵した。

「注意しろ」バラクが言った。「頭をよく見るんだ」

料理人は怒った顔でバラクを見た。「そんなことぐらいわかってる。自分の息子なんだぞ！」

「かわいそうに」わたしは上体をかがめた。「傷はどこだ」

「頭の後ろに血がついてる」料理人が言った。わたしは注意深く少年の頭にふれた。「頭皮が傷ついただけだろう。だれかに後頭部を殴られたんだ」

少年がうめき声をあげた。「父さん！　よく見えないよ」まだ十二歳かそこらの子供だ。わたしは残忍な犯人に対し、急に強い怒りを覚えた。

「動かさないで」わたしは言った。「視力がもどるかどうか、少し様子を見よう」

料理人はわたしをじっと見た。「犯人はあなたを殺そうとした」

「さっきより見えるようになったよ、父さん」少年は起きあがろうとしたが、またうめき声をあげて横になった。「くらくらする」

「聞いてくれ」わたしは言った。「きみの息子は脳震盪《のうしんとう》を起こしている。このまま毛布を掛けて寝かせておくといい。あすになっても治らなかったら、わたしを訪ねてくれれば、医者に診せる費用を出そう。名前は？」

「グッドリッチです」

「シャードレイクだ。弁護士の宿舎にいる」

「わかりました」料理人は恐怖に満ちた目をまず鉄串へ、それからその奥の暗闇へ向けた。

「もし犯人がもどってきたら？」

「そっちはまかせろ」バラクはにこりともしないで言った。焚き火に駆け寄って、木の棒に火をつける。わたしも暗闇へ進むバラクのあとを追ったが、何も見つからなかった。力強く流れる川と、背後でまたたく野営地の明かりしか見えない。バラクが振り返った。

「野営地へもどったにちがいない。くそっ」

「そうだな」わたしは静かに言った。「さあ、わたしたちも帰ろう」料理人がまだ息子のそばにかがんでいる場所へもどった。男たちが死んだ雄牛を載せた荷車を引き、こちらへやってくるのが見える。わたしは料理人の腕にふれた。「覚えてくれ、わたしの名前はシャードレイクだ。ご子息の様子を知らせてもらいたい」

「上に報告しなくては」

「わたしが引き受ける。忘れないでくれ。弁護士の宿舎にわたしを訪ねてくるんだ」

わたしたちはその場を歩き去り、明かりのある比較的安全な場所へもどって、群衆の顔を見まわした。食事を終えて天幕のそばにすわり、楽器を演奏している者たちがいて、ショームやバグパイプの音が流れている。

「つまり」わたしは小声で言った。「わたしはまた危険にさらされているということか。きょうは気持ちが取り乱していたせいで、注意を怠っていた」

「なぜいままで襲ってこなかったんだろうな」

「たぶん今回がはじめて訪れた好機だったんだろう。犯人はわたしたちが野営地にはいるのを見ていたわけだ」

「館の連中だけでも数百人いるぞ。あの忌々しい文書がなんだったのか、なぜそんなに重要なのかをマレヴラーから聞き出せたら、犯人探しの手がかりになるのにな」

「あいつが教えるものか。今夜のことは報告するつもりだが、たとえマレヴラーにその気があったとしても、わたしを守ることはできまい。これだけ人が多くては無理だ」

「あいつはくそ野郎だ」

「しかもリッチと不正を企んでいる。そう、あの連中に援助を期待しても無駄だ。わたしが死んだら、リッチは喜ぶにちがいない」

　バラクは口笛を吹いた。「あんた、まさか……」

「さあ、どうかな。ひとつはっきりしているのは、さっきわたしを殺そうとしたのがだれであれ、きっとまた狙ってくるということだ」

「ロンドンに帰してくれと頼んだらどうだ。身の危険が迫ってるんだから」

「あのふたりは、わたしをここにとどめたがっている。それに、ロンドンへ帰ったとしても、犯人があとを追ってきたらどうにもなるまい？　法曹院にも陰謀を企む者がいると言われている」わたしは、また人の群れに目をやった。暗殺者の影に怯えるのは今回が人生ではじめてではないが、これほどの無力感にとらわれたことはない。わたしはバラクを見た。「ありがとう、ジャック」静かに言う。「きみはわたしの命を救ってくれた。すばやい反応だったな」

「金属がきしむ音がしたんで振り返ったら、串が動いてたんだ。それにしても、間一髪だったな」

わたしはしばし黙し、それからひとつ大きく息を吸った。「決めたよ。何者かに命を狙われていることがはっきりした以上、なんとしても正体を突き止める。もう我慢の限界だ。猟の獲物のようにやられるつもりはない。それにほかの人たちの命も危ないんだ。敵は子供の頭を殴ることも厭わない人間だ」バラクに目を向ける。「たぶんきみの命も危ない。それでも手を貸してもらえるだろうか。こんなことを頼めた義理ではないことはわかっている。タマシンのことで、不愉快な思いをさせたんだから」

バラクはうなずいた。「どこまでも付き合うよ。だまって獲物にされるよりも、こっちから行動を起こすほうがいい」手を差し出してきたので、わたしはそれをとった。「この前と同じようにな」バラクは言った。

21

土曜日の明け方は冷えこんで小雨が降り、灰色の霧が聖メアリー修道院の尖塔を覆い隠していた。前日の夜、マレヴラーに面会を申し出たが、多忙を理由にことわられた。バラクもわたしもほとんど眠れず、早朝に起きて外へ出た。わたしは扉に鍵をかけた。最初に〈王の館〉で襲われて以来、部屋の鍵はかならずかけるようにしている。

少し先にある大きな鉄の檻のなかで、二頭の熊が眠っているのが見えた。あの二頭はきょう、国王の気晴らしで巨大なマスチフ犬と戦わされる。わたしたちはまた〈王の館〉へ向かった。歩きながら、木々の葉がほとんど落ちたのに気づいた。ここでも秋が深まりつつある。枝から枝へとリスが走りまわり、その赤い毛がちらちら動くのがおぼろげに視界に映る。外壁のあたりで兵士が銃と剣を持って巡回していた。王室関係者の居住区で、武器の携帯を許されているのは兵士だけだ。王室の官吏は、武器を持った者がいないかと、つねに目を光らせている。聖メアリーでの事件のあとは特にそうだ。バラクとわたしは夜遅くまで話し合い、剣で刺される心配はまずないという結論に達した。だれであれ、襲撃者は周囲の目に留まることを恐れているはずだからだ。野営地の暗闇にひそんでいた何者かがわたしたちに気づき、距離を置いて尾《つ》けてきて、人目につかずに襲う機会を待ちつづけ、いざ訪れたときに迷わず実行したにちがいない。

「いっしょに行かなくてほんとうにいいのか」バラクが尋ねた。

「ああ――マレヴラーと話をしたあと、レンヌを訪ね、それから宿舎にもどる。人の多いところにいれば、昼間は安全だろう。きみは狩りを楽しんでくるといい」

「恩に着るよ。事務官のひとりがオオタカを貸してくれるそうだ。まだ訓練をはじめたばかりで、目を縫ったのもほんの二週間ほど前だそうだが、いないよりはましだろう」

「気をつけろよ」

バラクが歩き去り、わたしは敷地を横切って館へ向かった。建物の前の踏み段を兵士の一団が護衛している。国王が眠っている上階の部屋を見あげた。窓が閉まっている。昨夜は王妃をベッドに連れていったのだろうか、とふと思った。国王の太い脚から漂っていたにおいを思い出し、わたしはぞっとした。

入館を許され、またマレヴラーの執務室へ案内された。マレヴラーはすでに起床して書類仕事に取り組んでいた。疲れた顔をし、険しい目の下に隈《くま》を作っている。勤勉であることだけは認めねばなるまい。

「きょうはなんだ」マレヴラーはうなるように言い、恐ろしい目でわたしをにらんだ。「また顔を見せるとは驚きだな」

「ゆうべまた襲撃を受けました。報告したほうがよいかと思いまして」

マレヴラーは興味をそそられたようだった。わたしの説明に熱心に耳を傾けている。眉をひそめて思案顔をし、こちらに鋭い視線を向けた。

「事故ではないと言いきれるのか？　使用人は猫のように狡猾《こうかつ》だ。その下働きは襲われてなどいなくて、自分の不注意を隠すために嘘をついたのかもしれない。その可能性は考えたのか」

「少年の頭は血まみれでした。それに、子供の力であの鉄串をわたしに向かって押せるとは思えません」わたしは頭上で揺れる串のとがった先端を思い出した。

マレヴラーはしばらくだまっていた。ふたたび口を開いたとき、その声は静かだった。

「われわれはあの文書を盗んだのがだれであれ、すでに逃亡したと考えていた。陰謀者は高地一帯やスコットランドに散りぢりに逃げ、一部はロンドンにもひそんでいる。それが道理にかなったことだろう。ところが、巡幸の一団から急に去った者がいるとの報告はない。犯人は共犯者に文書を渡し、またここへもどったのかもしれないな。箱の中身を目にした唯一の人物であるきみを始末するためにだ。少なくとも犯人はそう信じている」マレヴラーは顔をしかめた。「きみが文書の内容を胸にしまって、わたしに話していないと思っているんじゃないか」

「そうかもしれません」

「この件は枢密院に報告する」

わたしはためらいつつ言った。「いますぐここを離れて、ロンドンへ帰らせていただくわけにはいきませんか」

マレヴラーは冷たい笑みを浮かべた。「いや。それはだめだ、シャードレイク。きみには囮《おとり》になってもらいたい。殺人犯をおびき出すための」

「殺されるかもしれません」

マレヴラーは肩をすくめた。「なら気をつけることだ。そもそも箱の文書をなくしたのはきみの責任なのだから、これはその償《つぐな》いだ。そう、ヨークを離れることは許さない」笑顔でじっとわたしを見ながら、太く毛深い指でひげの先端をなでた。黒い毛に黄色い爪が目立つ。

「仰せのとおりに、ウィリアム卿」わたしは弁護士らしく淡々と言った。「これからレンヌ殿を訪ねてきます。体調を崩したと聞きました。嘆願請願者の聴聞会に出席するのがむずかしいようなら、準備を進めなくてはいけませんから」

マレヴラーは不機嫌な声で言った。「だからわたしは、あの歳では無理だと言ったんだ。レンヌが聴聞会に出られないようであれば、すぐに知らせるように。代わりの者を探すしかない。きみにまかせるわけにはいかないからな。もっと貫禄《かんろく》があって、評判の高い地元の人物が必要だ」またしても笑みをこちらへ向けた。

わたしは一礼して部屋を出た。階段をおりながら考えた。要は、自分の身は自分で守るしかないというわけだ。〈王の館〉に武器を持ちこむことは禁じられているが、これからは短剣を腰につけよう。

霧に包まれたピーターゲートを大聖堂へ向かって進むと、市の仕着せ姿の作業員が砂や灰をもとどおりに道へもどしていた。国王がまた街へやってきて、別の儀式や催しが開かれるのだ。わたしは通りに並んだ小さな家々に目をやり、巡幸一行の滞在中は汚物を道や川に捨ててはならないという命令について、また思いをめぐらせた。いまごろ、それぞれの裏庭に汚物の山ができているのだろう。国王の来臨の象徴だ。表はきらびやかで美しく、裏は糞便にまみれている。

大聖堂の敷地へはいり、レンヌの家の扉を叩いた。年配の女中が出てきた。心労のあまり疲れきった顔をしている。「おはよう、マッジ」わたしは言った。「レンヌ殿の具合は？　体調を崩されたと聞いた」

マッジはため息を漏らした。「きょうはお仕事は無理ですよ。ベッドでおやすみになっています。お医者さまがいっしょです」

「見舞いに来ただけだ」

マッジはためらった。「中へどうぞ。お会いになるかどうか、尋ねてきます」

わたしは階上の部屋に通された。暖炉の火は消えていた。ハヤブサが止まり木で頭を翼にうずめている。それを見て、タマシンを連れて狩りに出かけたバラクのことを思い出した。わたしは修道院にひとりでいる気になれず、レンヌの家にいれば安全だと考えたのだった。

積み重なった本の山の数々をながめているとき、あることが頭にひらめいた。どこかにケントの地図があれば、ブレイボーンの村の位置を確認できる。それで何がわかるかはともかく、ひとつの手がかりではあるし、真相を突き止めたい思いはいや増している。フルフォード・クロスでの出来事での屈辱と怒りを吹き飛ばしたい。

マッジがもどり、レンヌが会うと言っていると告げた。マッジに案内され、小ぶりだが設備の整った寝室に足を踏み入れた。レンヌは上質な羽毛のベッドに寝ていた。その変わりようを見て、わたしは衝撃を受けた。がっしりした四角い顔からは血の気が失われ、きのうより肉がそげ落ちているようだ。驚いたことに、レンヌのそばで話をしているのはジブソン医師だった。わたしを見て微笑む。

「シャードレイク殿、おはようございます」

レンヌが手を差し出した。「ジブソン医師から、きみたちは知り合いだと聞いたよ。職業の性質上、どこで知り合ったかは教えてくれないがね。まさかきみも病気というわけじゃあるまい？」

わたしはレンヌの手をとり、何はともあれ、その声がいつもどおり力強く澄んでいることに安堵した。握力も強いままだ。「いや」わたしは言った。「でも、あなたのほうは……」

「ああ、大変だったが、いまは快復に向かっているよ。月曜日には仕事にもどれると思う。ヨーク城で一回目の嘆願を聞かなくてはな」

「では、わたしはこれで」ジブソン医師が言った。「マッジに粉薬の作り方を教えておきます」

医師が出ていった。「椅子をこっちへ、マシュー」レンヌが言った。わたしは椅子をベッドのそばへ持っていった。レンヌは真剣なまなざしでわたしを見て、深く息をついた。「国王のきのうのおことばで、きみがどれだけ傷ついたことか。わたしも悪い冗談の引き合いに出されて、つらい気持ちだった」

「物笑いの種にされることはよくあります。ただ、国王から言われたのも、あれだけの大群衆の前で笑われたのも、はじめての経験でした。それより、あなたはだいじょうぶですか。

あのあとすぐ具合が悪くなったと聞きました」

「そうなんだ。あんなにひどい発作はこれまでになかった。直前まで落ち着いていたんだが、国王がわたしの目をのぞきこみ、おことばを述べられると――」レンヌは口をつぐみ、はた目にもわかるほど震えた。

「どうなったんですか」

「愚かな年寄りだと思うだろうな」

「そんなことはありません」

「不意に恐怖を感じた。それ以外に言いようがない。一瞬、そこがどこで、自分がだれかもわからなくなった。国王が立ち去ったころには、わたしは倒れる寸前で、よろよろと人混みのほうへ歩いていった。さいわい、地元の知り合いがいて、哀れな姿をだれにも見られないようにヨークへ連れ帰ってくれた」レンヌはベッドの脇のマグカップに手を伸ばし、中身をひと口飲んだ。ミルク酒の強いにおいがする。レンヌはかぶりを振った。「国王の目を見たとき、全身から力が抜けていく気がした」

「冷酷な目でした」

レンヌはやにわに笑いだしたが、声には恐怖がにじんでいた。「あの目を見て、動乱の時代の古い伝説を思い出したよ」

「国王がモグラだという伝説ですか」

「そう」レンヌは眉をあげた。「知っているのか」

「聞いたことがあります」

レンヌはまたかぶりを振った。「あんなばかげた迷信を口にするのは危険だ。たぶん仕事の疲れと緊張が限度を超したんだろう。それにしても――そう、わたしは国王の実像について考えることがよくあった。これでやっとわかった」もう一度振る。「それに王妃のことも。あまりにも若い」

「気の毒になりました」

「魅力豊かな人だ。しかし王妃の風格はない」

「ハワード家の出身ですが」

「ハワード家か。本人たちが言うほど古い家柄ではない」レンヌは嘆息した。「われわれは権力の虚飾に目がくらみ、神が王室に力を与えたもうたと教わってきたせいで、まともな思考ができないのかもしれない。だから真実を目にしたとき、衝撃を受けるのだろう」

「真実ですか。醜くて卑しい」

レンヌはわたしを見た。「それでも社会秩序の頂点として、王室は必要だ。王室がなければ、すべてが崩壊して大混乱に陥る」

「すでにヨークで陥ったではありませんか。五年前に加えて、今年の春にも、もう少しでそうなるところだった」

「たしかにヨークの人々の恨みは根深い。ところで、国王を出迎えたときの民衆の様子はどうだったのだろう」

「バラクが言うには、歓声と怒声が入り混じっていたそうです」

「リチャード三世のときとは大ちがいだ」

「背曲がりのリチャードか」わたしは小声で言った。「思い出すな……」

「何を？」

「まだ幼いころ、応接間で遊んでいたときのことです。父とその友人たちが卓を囲んで話をしていた。だれかが、リチャード三世の治世に起こった出来事を話題にしました。わたしがそこにいることを忘れて、背曲がりのリチャードの時代、と言ったんです。父がわたしのほうを見ました。あのとき、父の顔に浮かんでいた表情が忘れられません。憐れみ。そして失望」

「きみもつらかったろうな」レンヌはやさしく言った。

わたしは肩をすくめた。「ええ、まあ」

レンヌは深く息をついた。「ともあれ、それは事実ではない。以前も言ったとおり、わたしは実際にリチャード王の姿を見た。背筋はまっすぐ伸びていたよ。いかめしい顔つきだが、残忍ではなかった」枕にもたれかかった。「わたしが子供だったころのことだ。遠い昔だよ」こちらの顔を見る。「マシュー、わたしはあとしばらく元気に過ごしたかった。しかし今回の痛みの発作と体力の消耗は想像以上だ。父と同じ経過をたどるとしたら、元気な時間よりも痛みに苦しむ時間のほうが長くなるだろう。ロンドンへいっしょに行けば、わたしは足手まといになるかもしれない」

「心配は無用です。バラクとわたしができるかぎり手伝いますよ」

「親切にありがとう」レンヌはわたしを見た。その目が涙で濡れているのがわかったが、気づかれたくないのか、すぐに視線をそらした。

わたしは父の涙を一度も見たことがなかった。母が死んだときでさえそうだった。部屋にしばし沈黙がおりた。わたしは軽い口調で言った。「見舞いのほかに、きょうはちょっとしたお願いがあって来ました」

「いいとも。なんなりと言ってくれ」

「イングランド南部の地図で調べたいことがあります。ロンドンでかかえている案件に関することでしてね。蔵書のなかに地図はありますか」

レンヌの目が好奇心で輝いた。「ああ、もちろん。大半が古い修道院時代のものだが、いくらでも見てもらってかまわない。ほとんどが北部の地図だが、南部のものもひとつかふたつあったはずだ。前から蔵書を見せたいと思っていたのだよ。奥のふた部屋にあるから、マッジに鍵を借りるといい。地図や見取り図は一番目の部屋に置いてある。南側の棚の三段目だ。申しわけないが、わたしはこのままベッドにいさせてもらう」

「ええ、どうぞ」レンヌが疲れているのを見てとり、わたしは立ちあがった。「あすまた、ご様子をうかがいます。まだ体調がよくないようなら、マレヴラーに相談して、聴聞会はほかの人にお願いすることにしますよ。マレヴラーはわたしを仲裁役にはしたくないようなので」

レンヌは笑みを浮かべ、首を力強く横に振った。「あすには治る」一瞬ためらったのち言う。「国王の言ったことを深刻に受け止めないほうがいいぞ、マシュー。あれは政治的駆け引きの一部だ。個人的な侮辱ではない」

「わたしをだしにして、ヨーク人の機嫌をとろうとした。それはわかっています。ただ、わたしが何より不快だったのは、国王が楽しげにそうなさっていたことです」

レンヌは真剣なまなざしをわたしに向けた。「政治はきびしく残酷なものだ」

「わかります」

わたしはレンヌと別れて階段をおりた。玄関広間でジブソン医師がマッジに話をしていた。

「レンヌ殿から、図書室で調べ物をする許可をいただいたんだが」わたしは言った。

マッジはしばし躊躇してから答えた。「鍵をとってきます」

マッジがいなくなり、わたしはジブソン医師とふたりきりになった。「レンヌ殿の病状は？」

ジブソンは首を振った。「消耗性の疾患です」

「父上も同じ病を患って亡くなったと聞きました。何か打つ手はないのですか」

「ありません。あの残酷な腫瘍は人間の体を徐々にむしばみます。奇跡を祈るほかない」

「もし奇跡が起こらなかったら？　余命はどれくらいですか」

「むずかしい質問です。胃に腫瘍が認められ、まだそれほど大きくないですが、これから成長するでしょう。長くて数か月といったところでしょうか。ロンドンへ出向くつもりだと聞きました。無謀だと言わざるをえません」

「そうですね。しかし、ご本人にとっては大切なことです。わたしが面倒を見ると約束しました」

「たやすくはありませんよ」

「なんとかやってみます」わたしはそこでことばを切った。「あれからブロデリックに会いましたか」

「ええ。毒薬の影響は抜けました。ひどい扱いを受けていますが、若くて頑健ですからね」

わたしはうなずき、ジブソン医師があいまいな言い方しかしないのに苛立ちを覚えた。マッジが鍵を持ってもどったので、わたしはジブソンに別れの挨拶をした。マッジのあとからふたたび階段をのぼり、レンヌの部屋の向こうにある通路へと進んだ。

「旦那さまはあまりここへ人をお入れになりません」マッジは言い、疑わしげな目でわたしを見た。「本や書類を乱さないでくださいね。いつもきちんと整理していらっしゃるんですから」

「約束するよ」

　マッジは頑丈な扉の錠をあけ、ほこりとネズミのにおいのする部屋へわたしを案内した。広い部屋で、もとは主寝室だったのだろう。壁の半分が取り払われ、奥の部屋とひとつづきになっている。どちらの部屋の壁にも天井までの高さの本棚が並び、書物や書類、羊皮紙の巻き物、重ねた原稿がぎっしり詰まっている。わたしは驚嘆しつつ室内を見まわした。

「これほどたくさんあるとは思わなかった。本だけで何百冊もあるだろう」

「ええ。旦那さまが五十年近くかけてお集めになったものです」マッジは蔵書に目をやり、主人の仕事は自分の理解を超えているとでも言いたげに首を振った。

「目録はあるかな」

「いいえ、すべて頭のなかにはいっているそうです」

　羅針盤《らしんばん》の針が描かれた小さな絵が壁に掛かっていた。レンヌが言っていたとおり、南側の棚の三段目に巻き物が隙間なく並んでいる。

「じゃあ、わたしはこれで」マッジが言った。「お医者さまに指示された粉薬を作って、旦那さまを楽にしてあげないと」

「レンヌ殿は痛みに苦しんでいるのか」

「しじゅうですよ」

「顔に出さずにいるな」

「ええ、そうなんです」マッジは辞儀をして出ていった。

わたしはひとり残され、その場で書棚を見まわした。地図の棚に近づくと、驚嘆の念が強まった。レンヌが救い出した収集物は驚くべき魅力を具えている。わたしはヨークシャーの海岸地帯と田園地帯を描いた古《いにしえ》の地図をほどいた。巡礼地と奇跡の起こった場所の挿絵が、修道院の筆記者によって描かれている。ほかの州の地図もあり、そのなかに大きなケントの地図が見つかった。おそらく二百年ほど前のものだろう。正確な地図ではないが、多くの地名が記されている。

大聖堂に臨む窓のそばに机があった。わたしは椅子に腰をおろして地図を調べた。アシュフォードが見つかり、さらにその南西にブレイボーンの地名があるのがわかった。西には、若き守衛官の一族の出身地リーコンがある。わたしは顎をなでた。つまり、ブレイボーンという名の男が、前世紀のある時期にケントからやってきて、国王に関する告白文をヨークに残したということか。だが、これだけの情報で何がわかるだろう。心のどこかで、地図からさらなる手がかりが得られることを期待していたが、見つかったのは地名だけだった——本道からはずれた村の名だ。

地図をもとの場所へもどしたあと、書棚の列に沿って歩きながら、書物や文書の多様さと古さに感心した。伝記や歴史書、薬物や園芸や装飾美術に関する本が並んでいる。英語、ラテン語、ノルマンフランス語で書かれた本もある。法律書が見あたらないことに気づいたが、もうひとつの部屋へ足を踏み入れると、書棚は法律関係の本で埋めつくされていた。ブラクトンなどの古典、古い判例集や年鑑や議会制定法集などだ。そのなかに、リンカーン法曹院の図書館にはない日付のものが含まれているのを見て、わたしは興奮を覚えた。あの図書館に置かれている訴訟事件の記録には、欠落がたくさんあるのだ。

年鑑を何冊か抜きとり、机へもどった。まちがいなく、見たことのない判例集だ。わたしは時間を忘れて読みふけった。子供のころから、いやなことがあると、いつも本の世界に逃げていた。レンヌの蔵書に夢中になっているうちに、身も心も落ち着いて楽になった。やがてわれに返り、これらの判例集の写しを手に入れるためなら、法曹院はかなりの対価を支払うだろうと思うところには、すでに数時間が過ぎていた。わたしはいくぶん気まずい思いで、階段をおりて厨房へ行った。マッジは椅子で裁縫をしている。わたしは咳払いをした。

「申しわけない、マッジ。つい本に夢中になってしまった」

マッジがわたしにはじめて微笑んだ。驚くほどやさしい笑顔だ。「旦那さまの蔵書に興味を持ってくれるかたがいらっしゃるのは、うれしいことです。そんな人、ほとんどいないんですよ。いまは過去や古い慣習は忘れるべきだと言う人ばかりですから」

「すばらしい図書室だった」

「旦那さまはおやすみになっています」マッジは窓の外を見た。霧のあいだからまだ雨が落ちている。「小雨がやみませんね。何か召しあがりますか」

「ああ、ありがとう」わたしは腹が減っていることに気づいた。

「よかったら図書室へお持ちしますよ。それと蠟燭も」

わたしは頼むことにした。「そうだな。もう少しお邪魔させてもらうことにする。助かるよ」

　わたしは上階の部屋へもどった。まもなくマッジが、パンとビール、味は薄いが腹を満たすにはじゅうぶんなスープ、それに大きな蜜蠟燭を持ってきて机に置いた。わたしは食事をしながら室内を見まわした。禁欲的なまでに質素な部屋だ。机以外の家具はなく、床板はむき出しで、イグサすら敷かれていない。レンヌはここでどれほどの年月、ひとりで仕事をしていたのだろう。部屋の主がいなくなったら、これらの蔵書はどうなるのか。

　ふとあることが頭にひらめき、わたしは議会制定法の本が並んだ書棚に近づいた。望みの薄い賭けだが、珍しい年鑑が何冊か見つかったのだから、貴重な法令集もあるかもしれない。棚をじっと観察し、前世紀の最後三分の一の期間の法令が収録された本を見つけた。茶色い革表紙の大きな本で、大聖堂の紋章が表についている。わたしはそれを机に持っていった。外が暗くなりはじめたので、蠟燭の光がありがたかった。

　厚い羊皮紙のページを開いた。そして一四八四年の法令のなかに、それを見つけた。オールドロイドの小箱で見たのと同じ法令、同じ見出しだ。〈王たる資格《ティトゥルス・レグルス》〉。〝国王及びその子女の王位継承に関する法……〟とある。心臓が激しく打ちはじめた。装丁を調べ、最後の余白に押された議会の印章をじっくり見て、前後の法令と比較した。これはまさしく正本で、半世紀前に綴《と》じられたものだ。偽造ではない。マレヴラーは嘘をついている。だがこれまで、この法令について耳にしたことは一度もない。どこかの時点で議会の記録から消され、ひっそり闇に葬られたにちがいない。

わたしは全文に目を通した。五ページと短かった。リチャード三世に宛てた形をとっていて、貴族も平民もなぜリチャードが王位に就くことを望むのか、その理由が述べられている。イングランドの堕落を嘆く仰々しい文章がつづいたのち、国王エドワード四世の結婚のことが書いてあった。おぼろげながら、わたしも知っていた話だ。現国王の祖父エドワード四世は、平民であるエリザベス・ウッドヴィルと結婚したが、そのときすでに別の女性と婚約していたとされている。それについてはこう書かれていた。

エリナー・バトラーとの真の婚約ゆえ……生前の先述エドワード王と先述エリザベスは、罪深く、かつ破廉恥《はれんち》にも、不義の関係にあり……よって、前述エドワード王の子孫はすべて非嫡出子であり、いかなる相続の権利も有さない。

また、第二王位継承者のクラレンス公及びその子孫が反逆罪で相続権を剝奪《はくだつ》されたため、第三継承者のグロスター公が王位を継ぐべきとしている。グロスター公とはすなわち、リチャード三世だ。

故ヨーク公リチャードのまぎれもない実子かつ相続人として……この国に生を受けた。出自《しゅつじ》及び血統のたしかさを示す何よりの証拠である。

わたしは椅子にもたれかかった。マレヴラーがこれを隠しておきたかったのも無理はない。あの家系図をふたたび頭に思い浮かべた。ヘンリー八世の王位の正当性は、母親がエドワード四世の娘であることによる。もし母親が非嫡出子であれば、ヘンリー八世に国王の資格はない。そしてその場合は、クラレンス公ジョージの子孫こそが正当な王位継承者であることになる。ソールズベリー女伯マーガレットとその息子がロンドン塔で惨殺されたのも、それで説明がつく。わたしは急に立ちあがり、落ち着かずに部屋のなかを歩きまわった。

だがわたしは法律家の癖で考えた。エドワード王の婚約の話は以前も聞いたことがあり、秘密にされているわけではない。それに結婚の約束はあてにならず、証明するのがむずかしい。婚約を破棄したいと考えた男が、正式にその相手と夫婦になる前に、別の女と結婚を約束していると嘘をつくこともあるだろう。望まぬ結婚から逃れるため、女に金を払って婚約者のふりをさせる男もいるという。また、エドワード王もエリザベス・ウッドヴィル王妃もエリナー・バトラーも、半世紀前にこの世を去っているので、いまとなっては何も証明しようがない――婚約証書でもあれば別だが、そんなものは存在しない。もしそうした決定的な証拠があれば、〈王たる資格〉に書かれているはずだ。そう、この法令は、リチャードが王位を継承したあと、それを正当化する根拠になりそうなものを掻き集めただけのようにも読める。これが可決されたのは、リチャードが王位に就いてからすでに一年がたった一四八四年のことだ。〈王たる資格〉がいま公になっても、いくらか騒ぎにはなるかもしれないが、深刻な危機を引き起こすことはない。

わたしはもう一度、注意深く全文を読んだ。ある一節が引っかかった。リチャード王を〝故ヨーク公リチャードのまぎれもない実子かつ相続人〟としている個所だ。リチャード王を非嫡出子だと言った者でもいたのだろうか。セシリー・ネヴィルと別の男性のあいだに生まれた子だとでも？　家系図のことを話したときの、マレヴラーの奇妙なことばを思い出した。マレヴラーは「ああ、そうだな。すべてはセシリー・ネヴィルからはじまる」と言っていた。しかしそれもまた、意味をなさないことだ。もしリチャード三世が非嫡出子なら、チューダー家がその事実を伏せるはずがない——王位簒奪《さんだつ》を正当化する理由として、屋根から大声で知らせたにちがいない。

さらにもう一度読んでみたが、その一節の真意を示す手がかりは得られなかった。椅子にすわったまま大聖堂をながめていると、その美しい窓が夕陽に照らされて色鮮やかに輝くさまが見えた。わたしはほんとうに一日じゅうここにいたのだろうか。

本を書棚にもどして部屋の扉を閉め、マッジのもとへ行った。マッジは階上の部屋で、細かく切った肉の餌をハヤブサに与えていた。

「長居してすまなかったな。あっという間に時間が過ぎてしまった」

マッジは皿を置き、エプロンで手を拭いた。

「親切にしてくれてありがとう、マッジ」

「旦那さまはまだおやすみです」マッジは唐突に言った。「ほんとうにロンドンへ行かれるのなら、どうか——お世話をしてくださいますか」

「父親だと思ってそうするよ」

「具合はどうなんでしょう。医者は何も話してくれません。わたしのことをただの愚かな使用人だと思ってるんです」

「あまりいいとは言えない」

マッジはうなずいた。「ええ、旦那さまも快復することはないとおっしゃってます。お別れしたくありません。亡くなった奥さまと同じで、とても親切にしてくださいましたから。奥さまの魂の安らかならんことを」そう言って十字を切った。「旦那さまはすばらしいかたです。奥さまのご家族と諍いがあったころは、ご機嫌がよくないこともありましたけれど、いまは甥のマーティンさまを探して、仲直りしようとなさってます」

「わたしも力を貸すつもりだよ」

「政治的な立場がちがうというだけの理由で、喧嘩になったんですものね。マーティンさまと絶縁なさったのはまちがいでした。いまはおわかりのはずです」

「そういう事情だったのか」

マッジは唇を噛んだ。「ご存じじゃなかったんですか？　旦那さまがお話しになったと思ってました」

「だまっていると約束するよ、マッジ。そして神のご加護を受けて、レンヌ殿を無事にここへ連れ帰る」

マッジはうなずいた。目にいっぱい涙をためているが、わたしの前で泣くのは自尊心が許さないらしい。わたしはマッジに見送られ、レンヌの家をあとにした。

雨はやんでいたが、外は身を切る冷たい風が吹いていた。レンヌが薔薇戦争に関するトマス・モアのことばを引用した夜を思い出した。〝こうした出来事は王たちの遊戯、言うなれば舞台演技であり、役のほとんどは絞首台で演じられる〟。わたしはまた身震いし、聖メアリー修道院へ向かった。道の真ん中を歩くように気をつけて、戸口に人影がないかと絶えず目を配り、手は上着の下の短剣にかけていた。これから先、ずっとこんなふうに過ごさなくてはいけない。

聖メアリー修道院は静かだった。威圧感のある巨大な聖堂の横を通り過ぎ、宿舎をめざした。陽気な声が中から聞こえ、わたしは扉の前で立ち止まった。法律事務官らとまた顔を合わせなくてはならない。わたしは扉を押しあけた。何人かが暖炉の前にすわってカードゲームに興じ、中央広間は熱気と煙でむっとしていた。全員が振り返った。好奇心もあらわにこちらを見ているが、壁に頭を打ちつけるとバラクに脅されたカウフォールドだけは、あわてて目をそらした。

「こんばんは」わたしは言った。「バラクはいるかな」

「出かけてますよ」キンバーが言った。

「愛らしい女中といっしょに」だれかが言い、何人かが笑った。わたしはうなずき、自室へ向かった。そのあいだずっと、事務官らの視線を背中に感じていたが、部屋に着いて扉を閉めると、安堵の息をつき、鍵をかけてベッドに横になった。

しばらくすると、事務官らが宿舎を出て、夕食のために食堂へ歩いて行く音が聞こえた。わたしも空腹を覚えていたが、あの視線に耐えられそうもなく、正直なところ、ひとりで食堂まで歩いていくのも不安だった。目を閉じると、すぐに眠りに落ちた。

起きたときはすっかり夜が更けていた。事務官たちはとうにもどって眠っているらしく、いびきや寝言が聞こえてくる。わたしは部屋を出て広間へ行った。暖炉の火は弱かったが、まだ燃えていた。

少し外を歩いて頭をすっきりさせることにした。この時間ならもうだれもいまい。扉をきしませて人を起こさぬように、そっとあけて外へ出た。雲が去って月が出ている。あたりを注意深く見まわし、戸口に隠れている者がいないか確認してから、建物の角を曲がって門へ向かった。そこを抜けると、川へ通じる道に出る。

物音が聞こえ、わたしは驚いて短剣に手をかけた。人影がふたつ、門のそばにうずくまっている。「だれだ！」わたしは叫んだ。

バラクとタマシンが手をつないで出てきた。わたしはほっとして笑い声をあげた。壁にもたれて接吻でもしていたのだろう。そのとき、ふたりの顔が見えた。タマシンは恐怖に目を見開き、バラクは動揺のあまりこわばった顔をしている。

「どうしたんだ。いったい何があった」

「頼むから静かにしてくれ」バラクがわたしの腕をつかみ、暗がりへ引っ張っていった。

「見られたら大変だ」非難めいた口調で言う。

「どういうことだ。いったい――」

　バラクはひとつ大きく息を吸った。「おれたちはずっといっしょにいた」そうささやいた。

「タマシンはこんな時間まで出歩いちゃいけないのに」

「たいして深刻な問題ではあるまい。そんな――」

「見てしまったんです」タマシンが言った。「見てはいけないものを」

「オールドロイドの残したことばの意味がわかったんだよ」バラクは息をついた。「〝ヘンリーとキャサリン・ハワードの子は正当な王位後継者ではない。あの女は知っている〟。オールドロイドは知ってたんだ。どうしてかはわからないが、とにかく知っていた」

「何を知っていたと？　聞いてくれ、きょうレンヌの家であるものを見つけた。議会制定法の写しで――」

「そんなものはどうだっていい！」バラクは大きくかぶりを振り、苛立ちで目を見開いた。

「オールドロイドが言ってたことは、あの古い文書とはなんの関係もない。いまここで起こってることだ。そしておれたち三人は、とてつもなくでかい糞に足を突っこんじまったんだよ」

22

わたしはことばを発することもできず、ふたりの顔をまじまじと見た。バラクが門の外へ顔を出して、宿舎の前の暗闇を見つめている。

「だれかいる？」タマシンが小声で尋ねた。

「いや。ちくしょう、あいつはどこへ消えたんだ！」

「だれのことだ」わたしは訊いた。

バラクはわたしに向きなおった。「どこか話のできる場所へ行こう」

「食堂なら二十四時間あいてる」タマシンが言った。「兵士が休憩をとれるように」

「兵士の連中が？」バラクは胡散くさそうに言った。

「ええ、でもこの時間なら、ほとんどだれもいないと思う。静かな卓があるはずよ」

「いま何時だろう」わたしはまったく見当がつかなかった。

「もうすぐ二時になる」バラクはタマシンに向かってうなずいた。「わかった、食堂へ行こう」

「いったい何事なんだ」いまやわたしもふたりに劣らず不安を覚えていた。

タマシンがわたしを見た。「もし話したら、シャードレイクさまも危険にさらされることになる」

「この人はとっくに危険にさらされてる。行こう」バラクは門の陰から出て、食堂に向かって速足で歩きだした。タマシンとわたしはあとにつづいた。

食堂の扉はあけ放たれ、広い室内は卓に置かれた蠟燭の火で薄明るかった。入口近くの卓で、静かに喉を潤している兵士の一団がいるだけだ。鎧の胸当てと羽根飾りのついた兜を脱ぎ、椅子にどっかり腰をおろして飲んでいる。長時間持ち場に立ったあとで、くたびれているらしい。バラクが食堂の奥の隅にある卓へ向かった。「エールでも飲もう」大きな樽の横にすわった退屈顔の使用人のもとへ歩いていく。タマシンとわたしは椅子に腰かけた。タマシンは下を向いて額に手をあて、金色の長い髪を搔き乱している。その手がかすかに震えていることにわたしは気づいた。何かがこの娘を心の底から怯えさせている。

バラクが帰ってきて、マグカップを三つ卓に置き、タマシンの隣にすわった。そこからなら入口がよく見える。身を乗り出して深呼吸をし、静かに切り出した。

「あんたも知ってのとおり、熊いじめの余興がおこなわれているあいだ、おれたちは鷹狩りに出かけた。おれとタマシン、それから法律事務官たちで」

「ああ」

タマシンは軽く首を振った。「とっても楽しい一日だった。いまとなっては信じられない」

「狩りを楽しんだあと、雨がひどくなってきたんで村へ行った。夜までそこにいたよ。それから宿舎へもどったんだが、あんたがぐっすり眠ってるのがわかり、起こす気になれなくてね。ここに来て食事をした。それから——」

「ジャック」タマシンがわたしに目を向け、顔を赤らめた。

「シャードレイク殿にはすべてを話す必要があるんだ、タミー。事務官のひとりが修道院の部屋の鍵を持っててね。暖炉のある執務室だ。ふたりでそこへ——」

「わかった」わたしは言った。「その先は言わなくていい。でも、何をそんなに怯えているんだ」

「一時間前にその部屋を出た。タマシンはとっくに館にもどってなきゃいけない時間だったが、寝室があるのは使用人用の区画なんだよ。そこでおれたちは、どうやったらこっそり館にもどれるかを考えた。入口という入口には兵士が歩哨に立ってるし、見つかったら冷やかされるにちがいない。すると、まわりにだれもいない出入口が目についた。王妃の部屋側にある厨房のそばだよ。鍵がかかってるかどうかをたしかめようと思い、館の脇にあるその扉に近づいた。そのとき、あいつらを見たんだ」

「あいつらとは？」

バラクは食堂内を見まわしてから、タマシンに視線を据えた。なかなか勇気が出ないようだったが、やがて口を開いた。「あのへらへらしたトマス・カルペパーを覚えてるだろう。デラハムといっしょに闘鶏をしていたやつだ」

「ああ、国王の従者のひとりだと言ったな」

「そう、従者だよ。それがあの男の立場だ」バラクはぎこちなく笑った。「やつが扉のすぐ内側に立ってたんだ。そして王妃に別れの挨拶をしてた」

「王妃に？」

「ああ、キャサリン王妃その人さ。おれはわからなかったが、タミーはひと目でわかったそうだ」

タマシンがうなずいた。「まちがいなく王妃でした。そしてレディ・ロッチフォードがそばに立っていたんです」

わたしは驚愕してふたりを見つめた。「自分たちが何を言っているか、わかっているのか」

「ああ、わかってるさ」バラクはまた引きつった笑い声をあげた。「夜中の一時過ぎに王妃が宮廷一の放蕩者《ほうとうもの》を私室から送り出すところをこの目で見た、と言ってるんだよ」

「まさか」わたしは〈王の館〉での最初の朝、レディ・ロッチフォードがクレイクに、火災の際に王妃が避難する出入口と鍵についてしつこく問いただしていたことを思い出した。

「何より困ったのは」タマシンが重苦しい声で言った。「こちらの姿を見られたことです」

「なんだと！」

「カルペパーが最初に気づいた」バラクが言った。「振り返っておれたちに気づき、凍りついてたよ。それからレディ・ロッチフォードが顔を出しておれたちを見た。怒ってるみたいだったな。そして怯えてもいた。それから王妃を内側に引き入れて、扉を勢いよく閉めた。王妃はびっくりしたような小さな悲鳴をあげてたよ。カルペパーはどうしていいかわからず、間抜け面でその場に立ちつくしてた。それから帽子をひょいと脱ぎ、向きを変えて歩き去った」また奇妙なかすれ声で笑う。「帽子を脱いでみせたんだぞ」

わたしは口の渇きを覚え、マグカップに手を伸ばしてエールを一気に飲んだ。しばし考え、タマシンのほうを見た。「王妃の服装は？」

タマシンはわたしの言わんとしていることがわかっていた。「きちんとしていらっしゃいました。上等の黄色いドレスをお召しでしたよ。お化粧もなさっていましたし、首飾りと耳飾りもついていました」

「情事にふけっていた証拠はないというわけか。むしろ逆に、しっかりした恰好で化粧もしていたのなら、それが反証になりうる」

バラクは首を振った。「関係ないさ。カルペパーは夜中の一時に王妃の私室にいた。それだけでも首を刎ねられるじゅうぶんな理由になる」

「そして王妃自身も。だがその前にもうひとりいる。レディ・ロッチフォードだ。なぜそんなことに手を貸して、わざわざ自分の命を危険にさらすんだろうか」

「わかりません」タマシンが弱々しく言った。「一部の人がおっしゃるように、あのかたは少しおかしなところがあるのかもしれません」

わたしは眉をひそめた。「カルペパーはほんとうに館を出ていくところだったのか？　何かの理由があって訪ねてきたんじゃないのか。扉を叩く音がしたので、王妃とレディ・ロッチフォードが出てきたのかもしれない」

バラクは苛立たしげに首を振った。「夜中の一時にだれかが厨房の扉を叩いたら、王妃と侍女がみずから階段をおりて応対するとでも？」

「ありえないな。たしかに無理がある」

「貴婦人たちのあいだで、ある噂がささやかれています」タマシンが言った。「国王と結婚なさる前、王妃はカルペパーさまと恋仲だったとか。そしてもっと若かったころ、秘書官のデラハムさまともお付き合いをなさってたそうです。デラハムさまとカルペパーさまは仲がよくありません。でも、まさか王妃が――」

「どうかしてる」バラクは言い、こぶしを握りしめた。

「信じられない」わたしは言った。「もし王妃が懐妊を発表したら、父親はカルペパーかもしれないということか」唇を噛み、息を荒くついた。「オールドロイドの言っていたこととみごとに辻褄が合う。〝ヘンリーとキャサリン・ハワードの子は正当な王位後継者ではない。あの女は知っている〟。あの女とは王妃のことだったんだ」

「そのとおり」バラクは言った。「これは何か月も前からつづいてたのかもしれない。北部の陰謀者が、何かの拍子にそのことを耳にしたとしたら？」バラクは呆然として首を振った。「カルペパーはあの老いぼれの若妻にちょっかいを出すほど、いかれているのか」

わたしはゆっくりうなずいた。「仮に王妃の懐妊の発表があり、一方でこのことが明るみに出たら、国王はどれだけ打撃を受けることか。われわれがあの小箱を館に持ちこんだときのことを思い出してくれ――そう、レディ・ロッチフォードとデラハムが見ていたんだ。今夜きみたちが目撃したことは、その事実に新たな光を投げかける」

「あんたが見た告白文は、おれたちと同じように、王妃が愛人といっしょにいるところを目撃しただれかが書いたものかもしれない」バラクが言った。

「ちがう」わたしは首を横に振って顔をしかめた。「ブレイボーンの告白文は何十年も前に書かれている。それに『王たる資格』は一四八四年のものだ」

「ほかにも文書があったが、目を通せなかったと言ってただろう」

わたしはゆっくりとうなずいた。「ああ。そうだ」

「王妃とカルペパーのことが書いてあったんじゃないか」

「あの」タマシンが言った。「その『王たる資格』やらブレイボーンとやらは、なんなのですか」

わたしはタマシンを見た。ふたりの話に衝撃を受けるあまり、何も考えずに小箱の中身のことを口にしてしまうとは。ただでさえ危険にさらされているタマシンを、ますます悪い立場に追いやってしまった。いまやわたしたち三人の身に危機が迫っている。こうなったら協力して乗りきるしかない。わたしはひとつ大きく息を吸った。

「ジャックとわたしは文書のはいった箱を見つけたが、のちに中の書類を奪われた。ガラス職人のオールドロイドの家にあった箱だ」

「知っています。ジェネットさまとわたしが尋問されたときのことですね」

「オールドロイドはその箱のせいで殺された。そして、犯人は中身を見たわたしの命も狙っている。わたしが目にしたのはほんの一部にすぎないが、相手はそれを知らない」わたしはタマシンに、〈王の館〉と野営地で襲われたこと、ブレイボーンの告白文と『王たる資格』のこと、そしてレンヌの図書室で写しを見つけたことを話した。タマシンは目をまるくした。

「ああ、まったく」小声で言った。「いったい何に巻きこまれたの?」

「きみが見たこともないほどでかい糞の塊さ」バラクがぞんざいに言った。

食堂の反対側で音が聞こえ、わたしは振り返った。兵士らが疲れた様子で立ちあがって出口へ向かい、食堂にはわたしたちと使用人ひとりだけになった。使用人は卓に突っ伏して眠っていた。わたしはバラクとタマシンに視線をもどした。不安な顔をしているせいか、ふたりとも実際の年齢より上に見える。

「さて、どうする」バラクが尋ねた。「マレヴラーに報告するのか」

「報告はまだだ」わたしは言った。「いまのところはきみたちの証言しかない。向こうは否定するだろう。そうなったら、きみたちは窮地に立たされる。取り返しのつかない事態になるかもしれない」

バラクは身を乗り出した。「小箱の文書が王妃とカルペパーのことに関係があるなら、あんたが襲撃された事件の背後にいるのはレディ・ロッチフォードじゃないのか。これからますます手を尽くすだろう」

「いいえ」タマシンが静かに言った。「王妃はぜったいに殺人にかかわったりしない。それは断言してもいい。親切でやさしい女性だもの——いえ、少女ね。とても純粋なところがいくつもあるかたよ」

「毒蛇の巣のような宮殿の住人だぞ」バラクが言った。

「だけど、とにかく王妃はそんな人じゃない。素朴で何も知らない少女だって、みんな言ってる。どうしていいかわからなくて、途方に暮れていらっしゃるのよ。そうじゃなきゃ、あんなに分別のないことをなさるはずがない」

「でも、レディ・ロッチフォードなら何でもやりそうだ」バラクが言った。「これまでのことを考えればわかる」

「しかし、レディ・ロッチフォードが裏で糸を引いているとは思えないんだ」わたしは考えながら言った。「入念な計画を立てられる人物には見えなくてね」さらに思案する。「タマシン、レディ・ロッチフォードは今後どうすると思うだろうか。きみとジャックが目撃したことについて」

「どうするかは王妃が決めるに決まってるさ」バラクが言った。

タマシンは首を横に振った。「王妃はレディ・ロッチフォードの助言に従うんじゃないかしら」わたしに目を向ける。「わたしがレディ・ロッチフォードだったら、目撃者を脅してだまらせるか、買収するかね」

わたしはうなずいた。「きみの言うとおりだと思う。向こうがきみたちに接触してくるかどうか、少し様子を見よう。相手の出方を見てから、どうするか決めればいい。もし向こうが接触してこなくて、さらに何か起こったら、マレヴラーに報告しよう。月曜日に。それまでは安全な場所にとどまろう」

「いますぐ報告したほうがいいと思うけどな」バラクが言った。

「だめだ。証拠がない。しかも、きみもわたしもすでに問題に巻きこまれている。万が一この話が国王の耳にはいり、あとから誤解だとわかったら、どうなると思う？　刎ねられるのはわれわれの首だろう」

わたしはタマシンのほうを向いた。「館まで送ろう。この時間でも兵士は中へ入れてくれるかな」

「ええ。夜中にこっそり抜け出す若い娘は、わたしひとりではありませんから」

わたしは苦笑した。「宮廷の風紀ときたら」バラクに目をやった。まだ警戒の表情を浮かべている。そのときわれわれの背後に何かを見たらしく、目を大きく見開いて唇を引き結んだ。

「手遅れだ」バラクは言った。

わたしはさっと後ろを振り返った。また別の兵士の一団がはいってきた。先頭にリーコン守衛官がいる。リーコンは部下を残し、槍をしっかり握ってこちらへ歩いてきた。わたしたち三人をとまどい顔で見る。

「どうしたんです？　窓からほうり出された犬みたいにびっくりした顔をして」

「なんでもない、ただ――」

「ずいぶん遅い夕食ですね」

「話をしていたんだ。そろそろ寝なくては」

「ちょっとお伝えしたいことがあります。ふたりきりで」リーコンはうなずいた。わたしは立ちあがって、あとからついていった。部下の兵士たちは、目を覚ました使用人のまわりに集まってビールを注がせている。たったいま仕事を終えて、一杯やりにきたのだろう。わたしたちを逮捕しにきたわけではないらしい。

リーコンは深刻な顔でわたしを見た。いつもはにこやかで気さくなのに、今夜はどことなく警戒しているようで、とげとげしささえ感じられる。

「ブロデリックの独房の外でちょっとした諍いがあったと部下から聞きました」リーコンは言った。「あなたと看守のラドウィンターのあいだで」

「ああ」わたしは言った。「そのことか」

「本来なら、ウィリアム・マレヴラー卿に報告しなくてはいけません。でも部下が言うには、ラドウィンターがあなたを挑発したそうで」

「ああ、そのとおりだ。しかし挑発に乗るべきではなかった」

「いまのところ報告は控えます。ラドウィンターと面倒なことになるのはご免だし、ウィリアム卿が命じた仕事もありますからね。ただ、二度と同じことはしないと約束していただけますか」

「約束しよう」

リーコンはうなずいた。

「ブロデリックの様子はどうだろうか。きょうも訪ねるはずだったんだが」

「変わりはありません」リーコンはまた慎重な目つきでわたしを見ると、小さく会釈をして部下に合流した。わたしはタマシンとバラクのもとへもどった。

「なんの話だ」バラクが訊いた。

「ラドウィンターとの喧嘩の件だよ。二度と挑発に乗らないと約束するなら、報告はしないそうだ。ああ、また厄介事が増えてしまったよ」

わたしたちはタマシンを〈王の館〉へ送っていった。あたりは真っ暗で静まり返っている。ソブリン金貨のおかげでタマシンは無事に中へはいることができた。バラクとわたしは宿舎へ引き返した。わたしはベッドに横になったが、しばらく寝つけなかった。

日曜の朝は晴れていた。服を着ていると、バラクが扉を叩いた。

「料理人のグッドリッチ殿が来てる」

わたしは急いで着替えをすませて外に出た。グッドリッチは扉のそばに立っていた。

「ご子息の様子は？」

「よくなりましたが、頭にひどい傷ができています。きょうも仕事をしないように言いました」

「悪化しなくてよかった」

「ええ、ほんとうに。ただ……」

グッドリッチはこちらを見た。金を求めているのかと思い、わたしは財布に手を入れた。しかし相手は首を横に振った。

「わたしはただ――あんなことをだれがしたのかを知りたかっただけです。あの子は安全でしょうか」

「だいじょうぶだ、グッドリッチ殿。ご子息を襲った人物はわたしを狙っていた。犯人はかならず見つけるから安心してもらいたい」

「上に報告しないといけません。国王がいらっしゃるのですから……」グッドリッチは畏敬と恐怖の入り混じった目を〈王の館〉の方角へ向けた。

「わたしにまかせてくれ。ご子息によろしく」

わたしは料理人が野営地へ帰っていくのを見送った。バラクが近づいてきた。「子供はだいじょうぶか」

「ああ。さて、朝食を食べにいこう」

ふたりで食堂へ歩きはじめた。外は動物の檻がある区画で、あの二頭の熊の檻の一方を作業員が世話係の監督のもとで解体していた。わたしは足を止めてながめた。

「国王の前で犬を六匹殺して、圧倒的な強さを見せつけたよ」世話係が言った。「そして誇り高く死んでいった」満足げな笑みを浮かべる。もうひとつの檻にはまだ熊がいて、こちらに背中を向けて隅で体をまるめている。身じろぎして低く弱々しいうなり声をあげた。体じゅうに傷を負い、毛がところどころ血で固まっている。

「こいつはまた闘わされるのか」バラクが尋ねた。

世話係は専門家の目で熊をながめた。「ああ、まだひと勝負できるだろう。こいつらは強い獣だからな」

　わたしは体の震えをこらえて歩き去った。

　礼拝の前に朝食をとっている廷臣や使用人に囲まれ、バラクとわたしは無言で食べつづけた。わたしは前日のことを考えていた。レンヌの図書室で平穏なときを過ごしたのが、はるか昔のことのように思える。

「タマシンを館にひとりで置いておきたくないな」ようやくバラクが口を開いた。「心配だ」

「どうにもならないんだよ、ジャック。早急に事を起こしてはいけない」

　バラクはかぶりを振った。「ゆうべから頭がまともに働かない。教会へ行くのか？　聖オラフ教会で交代制のミサをやってるぞ」

「いや。そんな気になれない」

「一日じゅうここに閉じこもってるのはご免だ」

「腰をおろしてあたりを見渡せるいい場所がある」

　わたしは二日前の夜にタマシンと話をした長椅子へバラクを連れていった。一回目の礼拝に参加するためにおおぜいが聖オラフ教会へはいっていく。国王が訪れてから、聖メアリー修道院の雰囲気は変わった。人々の言動は静かで控えめになった。

数人の廷臣が現れ、二日前の夜に野営地で見かけた若者が何人かいた。デラハムの姿もあった。る。通り過ぎるとき、軽蔑のまなざしをわたしに向けた。カルペパーはいなかった。

「国王夫妻はどこでミサを聞くんだろう」バラクが言った。

「〈王の館〉で内々にあげると思う」

「警備上の理由で? ヨーク人から身を守るためか」

「おそらくそうだろう」わたしは嘆息した。「反乱が起こったのも不思議ではない」

バラクは疑いの目でわたしを見た。「あんた、まさか教皇派に転身するのか」

「ちがう。ヨークの人々が長年受けてきた扱いを考えてみろ。二流のイングランド人並みに扱われてきたんだぞ」そのときクレイクが豪華な服を着た官吏の一団とともに通りかかるのが見え、わたしは片手をあげて振った。クレイクは一瞬ためらったのち、近づいてきた。

「シャードレイク、きみも礼拝へ?」

「つぎの回にすると思う」

クレイクは微笑んだ。「ついさっきまで鐘楼にいたんだ。司祭たちが野営地のいたるところで屋外ミサをあげていて、実に壮観だったよ。さて、そろそろ行かないと遅れてしまう」

一礼して急ぎ足で立ち去った。

「愛想はいいが、どこか態度が不自然だな」バラクが言った。

「ああ、たしかに」

「あの居酒屋で何をしていたのか、突き止めてやろう」

わたしは首を縦に振った。「ああ、そうしよう。それから、タマシンにも手伝ってもらいたいことがある」

バラクは険しい目でわたしを見た。「タマシンを危険にさらすような真似はご免だ」

「カルペパーの素性がわかれば、手がかりがつかめるかもしれない。友人や家族のことが知りたいんだ。北部とのつながりはあるだろうか」

「さあ」バラクは眉間に皺を寄せた。「おれはタマシンに責任を感じてる。こんなことに巻きこんじまって」

わたしはうなずいた。ひとりの女をこれほど気づかっているバラクを見るのは、今回がはじめてだ。「残念だが、あの娘もすでに巻きこまれている」

「何もかもただの勘ちがいで、オールドロイドのことばとはなんの関係もないことがわかればいいんだが」バラクはシャツの下に手を入れ、父親の形見の古いメズーザをなでた。「あのふたりがほんとうにできてるとして、マレヴラーや国王の部下はそれを信じるだろうか」

「わからない」

「国王が不能ってことはあるかな」バラクは考えこんだ。「長年、脚を患っていることしか知らないが」

「神のみぞ知る、だ」

「もしかすると種が弱くて、本人と同じく老いて病んでるんじゃないか。カルペパーのは濃くて元気だろうが」

わたしはかすかに身震いした。「そんなことはあまり考えたくないな」

「病んでると言えば、レンヌの具合はどうだった」

「よくない。横になっていたが、あすの聴聞会には出るつもりだと言っている。きょうまた訪ねると言っておいた。いっしょに行こう。少なくともレンヌの家なら安全だ」

「そうするか。おや、あれを見ろ」

遅れて教会へ向かう人たちのなかに、ジェネット・マーリンの姿があった。わたしが知らない二、三人の貴婦人といっしょだ。

「タミーはどこだろう」バラクが不安げに言った。「ジェネットはいつもタミーをそばに置いておきたがるのに」唇を噛む。「訊いてきてもらえないか。おれの身分では許されない」

わたしは立ちあがって一礼した。ダマスク織の灰色のドレスを身につけ、昔ながらの角張ったフードの端をなびかせたジェネットは、連れの貴婦人たちに先に行くよう合図した。足を止めて、意外にもぎこちない笑みを浮かべた。

「シャードレイクさま。あなたも教会へ？」

「ああ――いいえ。できれば、ひとつ教えてください。ミス・リードボーンはいっしょではないんですか」

「ええ。少し体調を崩したので、部屋で休んでいます」ジェネットはまたためらいがちに微笑むと、ひとつ深呼吸をした。「先晩は失礼なことを申してしまいました。お詫びいたします。ただ、タマシンはわたしにとって大切な友なのです。でも――」バラクに目をやる。

「タマシンとあなたの助手はお互いを大切に思っているようですし、恋の邪魔をしてはいけませんわね」

「そうですね」わたしは少々面食らった。向こうもほぼ同じ考えに変わったらしい。簡単に折れる相手には思えないが、それでもタマシンが懸命に訴えて説得したのだろう。ジェネットは大きな茶色の目に真剣な表情を浮かべてわたしを見た。「婚約者がロンドン塔に不当に拘束されているというだけで、この前はひどいことを申しあげたと思っています」

「お気持ちはわかります」

「国王がいつまでヨークに滞在なさるか、お聞きになっていませんか」ジェネットは婚約指輪に手をやり、何度も回転させた。

「いいえ、聞いていません。だれもわからないようですね。すべてスコットランド王しだいではないでしょうか」

ジェネットはかぶりを振った。「スコットランドを発ったという話も聞きません。それに、国境あたりでまた略奪者の襲撃があったと、ゆうべ〈王の館〉で噂になっていました」あたりを見まわす。「ああ、早くここを出たいわ」

「わたしもですよ」

「バーナードはまだ起訴も釈放もされていません。弁護士のあなたなら、どのくらいにわたってロンドン塔に監禁されるか、おわかりになるでしょうか」

「国王の命令があれば無期限です。ただ、異議を申し立てることは可能でしょう。ロンドンに知り合いはいませんか」

「バーナードの弁護士の友人が何人かいるだけです。でも、かかわることを恐れている人もいます」

「あなたの不屈の精神が婚約者を救うかもしれない」わたしは言った。

ジェネットはまた大きな目でわたしをじっと見た。「金曜に国王があなたになさった仕打ちを聞いて、胸が痛みましたわ」

わたしは落ち着かない思いで体を揺すった。「ありがとうございます」

「正当な理由なく嘲笑されるのがどんなことか、わたしにもわかります。まわりの女性は、あなたが不屈の精神とお呼びになったもののことで、わたしをばかにしていますから」

「それもひどい話です」

「あなたをウィリアム・マレヴラー卿と同類扱いしたことを、申しわけなく思っています。危険で強欲な人物としてヨークシャーじゅうに知れ渡っている人ですから」

「あのかたは友人でも支援者でもありません」

「そうですね。ところで、どうして巡幸に同行することになったのか、お訊きしてもいいかしら」

「クランマー大主教からの依頼です」

「大主教はすばらしいかただと聞きました。あなたの支援者ですか」

「ある意味では」

「あなたのことを誤解していました、ごめんなさい」そう言うと、ジェネットはすばやく膝を曲げて辞儀をし、教会のほうへ歩いていった。扉の前に苛立たしげな顔の教区委員が立っていて、ジェネットが中へはいると、扉が閉められた。わたしはバラクのもとへもどった。

「なんの話をしてたんだ」

「この前の夜のことを謝ってきたよ。それから、きみがタマシンと会うことに、もう反対するつもりはないらしい」わたしは首を軽く振った。「不思議な女だ。ひどい重圧があるんだろうが、それだけはたしかだ」

「タマシンがどこにいるかは聞いたか」

「体調が悪いんで、自室にいると言ったそうだ。そのほうが安全だと思ったんだろう」わたしは教会の閉ざされた扉に目をやった。「きみたちがゆうべ目撃したことが明るみに出たら、ジェネット・マーリンはむずかしい立場に置かれるだろう。レディ・ロッチフォードは雇い主で、タマシンは使用人だ」

「おれたちの置かれた立場に比べたら、どうということもないさ」

わたしはうなずいた。「レンヌ殿の家へ行こう。この忌まわしい場所から出たい」

ふたりで用心しながら門へ向かった。危険がないかとつねに周囲に目を配りながら、兵士が番をする無人の仮設宮の横を通り過ぎていった。

23

〈王の館〉の前を通りかかったとき、階段をおりてくる男の姿が目にはいった。毛皮のついた灰色の長衣を着て、首に重たげな金の鎖をかけ、数人の事務官を引き連れている。リチャード・リッチだ。その目がわたしの目をとらえた。事務官たちを先に行かせて足早に近づいてくるリッチを見て、わたしの心は沈んだ。深く低頭する。

「シャードレイク殿」リッチは冷たい笑みを浮かべた。「バラクもいっしょだな。いまはきみの下で働いているのか」

「はい、リチャード卿」

リッチは楽しげにバラクを一瞥した。「つとまるだけの学があるのか?」ほっそりとした手で長衣をなでつけ、口の端を持ちあげた。「先ほどまで陛下とごいっしょしていたのだよ」リッチは快活に言った。「春に発覚した謀反の首謀者たちが私権を剥奪されて、やつらの土地が増収裁判所の管理下に置かれたのでね。どう処理すべきか議論していた」

「なるほど」

「陛下はヨークシャーで忠誠を示した者たちに厚く報いるおつもりだ。いつ外国勢が侵略してくるかわからないいま、直轄領を増やして、なるべく多くの税収を確保しなくてはならないのだがね」リッチは薄笑いを浮かべた。「それで思い出したぞ。ビールナップの訴訟についてわたしが言ったことを市議会に伝えたか？」

　わたしは深く息を吸った。「適切な判事が選ばれたと思っていらっしゃるという件ですか。伝えてありますよ、いい手札が来たと早々に吹聴する者はたいていはったりをかけている、と」嘘だった。手紙を送るつもりではいたが、まだ書いてはいない。リッチはどういう態度に出るだろうかとわたしは考えた。本来なら増収裁判所の長官にこんな口をきくのは無礼だが、いまは弁護士同士として話をしている。リッチは落ち着かなげな視線を向けてきた。その目は険しく、わたしは自分の推測が正しかったことを見てとった。まだ判事を押さえてはいないにちがいない。

「こちらへ来い」リッチは剣呑《けんのん》に言った。わたしの腕をつかみ、バラクに声が聞こえない場所まで引っ張っていく。きついまなざしで見据えて言った。「いいか、わたしはここでのきみの上司、ウィリアム・マレヴラー卿と長年の付き合いがある」細い顔がいまや怒りにこわばっていた。「あの男はこのあたりの土地を買い足したがっていて、増収裁判所は売りに出せる土地を持っている。忘れるな、ブラザー・シャードレイク。ウィリアム卿はこの地の有力者であり、ヨークできみが頼れるのは粗野な従者ひとりきりだということを。どうやら国王の覚えもめでたくないようじゃないか。ふるまいには気をつけることだ」リッチは意味ありげに間を置いた。「ビールナップの訴訟についての手紙もロンドンには送るなよ。まだ送っていないことはわかっている」わたしが驚いたように見えたのか、リッチは笑った。「政治情勢の不穏なこの地にあって、巡幸から送付される書簡が検閲されていないとでも思ったか？」冷たい灰色の目がわたしを見つめた。「いまのことばをしっかり心に留めておけ。そして、わたしに手間をかけさせるな」リッチは背を向け、きびしい足どりですばやく歩み去った。

バラクが近づいてきた。「何を言われたんだ」

わたしはリッチのことばを伝えた。「脅しをかけてくるのはいつものことだ。去年もそうだった」それでも不安を感じていた。脅威が増えれば、危険も増す。

「家に帰ろう」バラクが強く言った。「タマシンと三人で」

「指示が出るまでは帰れない。ジャムのなかに囚われたハエのように、いまは身動きがとれないんだ」

「むしろ糞のなかかって感じだが」バラクがつぶやき、わたしたちは門へ向かった。

ヨーク大聖堂の敷地を抜けて、わたしたちはレンヌの家を訪れた。本人が玄関で出迎えてくれた。ずいぶん元気になったらしく、頬に血の気がもどっている。案内された階上の部屋では、マッジが暖炉のそばに腰かけて、質素なロザリオの珠《たま》を手繰《たぐ》っていた。マッジは立ちあがって頭をさげ、わたしたちのために葡萄酒をとりにいった。レンヌが椅子を勧めた。止まり木の上で灰色のハヤブサがこちらに首を傾けていた。

「ずいぶん元気になられたようですね、ジャイルズ」わたしは言った。

レンヌは微笑んだ。「ありがとう。休んだらだいぶよくなったよ。ジブソン先生からもらった薬のおかげで痛みも和らいでいる。どうだね、バラク殿、きのうは国王を見られたのか」くつろいだ態度で国王のことを屈託なく口にした。

「はい。市街へはいっていらっしゃったときに。威厳あふれる人物でした」バラクはややぎこちない態度でレンヌを見た。死を間近にした人間に相対した経験がないのだろう。だがレンヌは、気づいていたとしても、そんなそぶりはおくびにも出さなかった。

「何人《なんぴと》も国王の威厳を疑うことは許されない」そう応じて、思慮深くうなずいた。

マッジが葡萄酒と小さなケーキを載せた皿を運んできた。わたしの視線を避けているように見えて、なぜだろうとわたしはいぶかった。レンヌがゴブレットに口をつけて味見した。

「なかなかのフランス産葡萄酒だ。よく晴れた朝にはうってつけだな。フルーツケーキもあるから自由にとってくれ」レンヌは笑顔を向けた。「さて、あすヨーク城で嘆願をおこなう者の一覧が庶務室から届いた。聴聞会は二回おこなわれるが、あすはその一回目だ」

「進行役をつとめるのに、ほんとうに体調は問題ありませんか」わたしは尋ねた。

「だいじょうぶだ」レンヌは力強くうなずいた。「単純な訴えがほとんどだからな」

「われわれの調停を受け入れない者がいたらどうなるんでしょう」

レンヌは頬をゆるめた。「そのときはロンドンの法廷で幸運に賭けてみることもできる。そこまでする者は多くないだろうがね」

「では、しっかりと公平な判断をしなくては」

「そうだな。一覧は隣の書斎に置いてある。嘆願書のはいった背嚢もいっしょだ。バラク殿、書斎へ行って、嘆願書とわれわれの作った要約書を名前で照合してもらえないか。そのあと、みなでざっと確認しよう」

「いい考えですね。頼むよ、バラク」

「葡萄酒を持っていくといい」レンヌは付け加えた。「飲みながらやってくれ」

扉が閉まると、レンヌはわたしに向きなおって苦笑いを浮かべた。「マッジが話してくれたよ。きのうきみが訪ねてきたとき、ちょっとした打ち明け話をしたんだとね。甥との仲たがいについて話したそうだな」

「政治に関する仲たがいだった、とだけ」

「報告すべきだとマッジは思ったようだ」レンヌは悲しげに口の端を持ちあげた。「マシュー、ロンドンできみの手を借りるなら、話しておかなくてはならない。ただ——口にするのが少々つらくてね」

「お察しします。しかし——ジャイルズ、ほんとうに旅をしてだいじょうぶですか。フルフォードであんな——」

レンヌは大きな手を振り、エメラルドの指輪が光を受けてきらめいた。「わたしは行く」急に声を鋭くしてレンヌは言った。「もう決めたことだ。とにかく、甥の話をさせてくれ」

「ではどうぞ」

レンヌは話しはじめた。「なんとも悲しいことだが、わたしと妻のあいだには無事に成長した子供がいない。妻には妹がひとりいて、エリザベスというその妹はデイキンという男と結婚した。法務書記をしている、覇気《はき》のないネズミのような小男だったよ。わたしはいつも、その男を気の毒に思っていたものだが――ただ、正直に言うと、その夫婦がうらやましかった。流行病にかかることもなく、大きく丈夫に育ったひとり息子がいたからだ。成長すると、その息子は法廷弁護士になるためにグレイ法曹院にはいった。わたしが書いた推薦状を持ってな」レンヌは硬い笑みを浮かべた。「そのころには、わたしはその子に大きな愛情を感じるようになっていた。マーティンは利発で、自力で物を考えることを好んだから、そういう面に感心していた。なかなか見られない資質だよ。きみには具わっているがね」ゴブレットでわたしを指し示しながら、レンヌは付け加えた。

わたしは笑った。「恐れ入ります」

「しかし、そうした資質は、行きすぎると当人を危険な水域に引きこむことがある」

「たしかに」わたしはうなずいた。

「マーティンは毎年ヨークにもどって、両親を訪ねていた」レンヌは壇の上に設えられた卓に目をやった。「ここで楽しい夕べを過ごしたものだよ。マーティンとその両親と、わたしと妻とでね。みな死んでしまって、残ったのはマーティンとわたしだけだ」唇を固く引き結ぶ。「だがマーティンは、胸中で長年ひそかにあたためてきたらしいある考えを、わたしには明かさなかった。それを聞いたのは、九年前、一五三二年の夏にあいつが帰省してきたときのことだ。当時、国王はまだキャサリン・オブ・アラゴンと結婚していたが、何年も前から、アン・ブーリンと結婚するために教皇から離婚の許可を取りつけようとしていた。二進《にっち》も三進《さっち》も行かなくなった国王は、やがてローマと袂《たもと》を分かち、クランマーをカンタベリー大主教に任命して、最初の結婚の無効を宣言させた」

「よく覚えています」

「北部では、ローマと決別するという考えにだれもが恐れおののいた。アン・ブーリンは改革主義者だと知っていたし、クロムウェルのような異端者が権力を握るのではないかと恐れていた。そして、実際にそうなった」

「当時はわたしも改革主義者でした」わたしはすばやく口をはさんだ。「絶大な権力を握る前のクロムウェルのこともよく知っていました」

レンヌは探るようにわたしを見た。その目はときに強烈な眼光を帯びる。「その言い方からすると、いまはそう熱心ではないということか」

「はい。どちらの側についても」

レンヌはうなずいた。「マーティンはちがった。あいつはこの上なく熱心な信奉者だった」

「改革派の？」

「いや、教皇派だ。当時のキャサリン王妃の信奉者だよ。それが問題だった。もちろん、国王の最初の妻に好感情をいだくのは自然なことだった――いまでもそうだろう。王妃は二十年も結婚生活をつづけ、ずっと忠節を尽くしてきた。その王妃を捨ててアン・ブーリンを手に入れようとする国王は不道徳きわまりない。だが、そこにもっと深い意味があったことは、きみも知ってのとおりだ。キャサリン王妃は四十代で、子供を望める年齢を過ぎていたが、まだ男の世継ぎは誕生していなかった。世継ぎを産める若い女と結婚しなければ、チューダー朝はそこで途絶えてしまう」

「そのとおりです」

「そして、イングランドで真の宗教を守るには、キャサリン王妃が教皇じきじきの提案を受け入れるしかないと考える者も多くいた。王妃が女子修道院にはいって、国王が再婚できるようにするという提案だ」レンヌは首を左右に振った。「しかし、王妃は愚かで頑迷だった。死ぬまで添いとげることが神のご意志だと言い張り、みずからが憎み恐れていた宗教の大変革を引き起こしてしまった」

　わたしはうなずいた。「皮肉なものです」

「マーティンには見通せなかった皮肉な結末だ。あいつは、国王はキャサリン・オブ・アラゴンとの結婚を継続すべきだという考えを捨てなかった。そして、ある日、親族の晩餐《ばんさん》の席で強硬に言い張ったんだ」レンヌは先ほどの卓を見やった。「わたしは怒りを爆発させた。キャサリン・オブ・アラゴンが離婚に同意するか、女子修道院にはいるかしなければ、国王とローマは決別するとわかっていたからだ。やがてそのとおりになった。キャサリン・オブ・アラゴンもアン・ブーリンも死んだいまとなっては、あれほど激しく論争していたのが奇妙に思えるが、われわれ旧教の信者は二分されていた。わたしのような現実主義者と、キャサリン・オブ・アラゴンは一歩も譲るべきではないと息巻くマーティンのような者たちだ。わたしは腹立たしかったよ、マシュー」レンヌは獅子を思わせる頭を振った。「マーティンの両親が息子の肩を持ったのもおもしろくなかった。マーティンは以前から自分の主義主張を両親と話し合っていたにちがいないと思ったからだ。法律家になれるよう、あれこれ支援してきたわたしにはひとこともなかったのに」レンヌの声がひどく苦々しい響きを帯びた。

「ご両親には話していなかったのでは？　ご両親は単に、息子の味方になってやらなくてはと思ったのかもしれません」

レンヌはため息を漏らした。「そうかもな。子供がいないという前々からのひがみが怒りの一因になったのかもしれない。何しろ、妻までマーティンの味方をはじめたんだから。どうにもいただけない、不誠実なふるまいだったよ。とにかく、わたしはついにマーティンとその両親をわが家から締め出した」

わたしは驚きの目を向けた。レンヌがそこまで苛烈な態度に出たとは想像しがたかった。とはいえ、病を得る前はきっと激しい気性の持ち主だったのだろう。

「それ以来、マーティンともその両親とも話をしたことはない。妹を出入り禁止にしたわたしに、妻はひどく憤慨した。けっしてわたしを許そうとはしなかったよ」レンヌは悲しげに頭を振った。「哀れなセーラ。妹一家はわが家に出入りできなくなった。そして三年前、ヨークで疫病が流行して、数週間のうちに妻もマーティンの両親もみな死んでしまった。マーティンがもどってきて両親の葬儀をおこなったが、わたしは連絡をとる気にはなれず、顔を出しもしなかった。いまマーティンが結婚しているのかどうかもわからない。仲たがいをした当時はひとり身だったが」皺の刻まれた顔に恥じるような表情が浮かんでいた。

「胸の痛むお話ですよ。ただ、この数年よく耳にする話でもあります。宗教上の不和で家族が分裂するというのは」

「驕《おご》りと強情は大いなる罪だ」レンヌは言った。「いまならわかる。できるものなら、マーティンと和解したい」陰気な笑いを漏らす。「結局、われわれはどちらも負けた。クロムウェルと改革主義者が勝利したんだ」

「ひとつだけ言わせてください、ジャイルズ」わたしは言った。「わたしは改革主義に幻滅しましたが、旧体制のほうがよいと思っているわけではありません。どちらも劣らず非情で、激烈で」いったん間を置く。「どちらも残酷です」

「この数年でわたしも情にもろくなり、角がとれたかもしれないが、死を目前にして信仰への思いは強まった」レンヌはわたしを見た。「だれしも最後にはそうなるものだろう。噂では、国王自身が改革主義に幻滅しているらしいな。しかし、わたしには確信が持てない。クランマーはいまだに教会の全権を握っている」

わたしは肩をすくめた。「国王はふたつの勢力を互いに争わせています。いまはどちらも信奉していません」

「つまり、国王にとってすべては政治にすぎないと？」

「おそらく国王は、みずからの転身も変節も、すべて神の働きかけによっておのれの心にもたらされた啓示だと信じているんでしょう」

レンヌは鼻を鳴らした。「少なくとも、神が国王の心を動かすという考えは荒唐無稽《こうとうむけい》だとする点では、われわれの見解は一致しているらしい」

「わたしも含めた元来の改革主義者は、国王を教皇と同じ立場に据えようなどと考えたことはありません」わたしはレンヌを見た。レンヌが保守的な宗教観を持っていることに驚きはなく、むしろそう予想していた。しかし、家族に対して辛辣さを貫いたことには、新たな一面を見せられた気がした。とはいえ、だれにも陰の部分はあるものだ。

「さて」大きく息をついて、レンヌは言った。「この悲しい話題はここまでにしよう。バラク殿がどうしているか、見てこなくては」

わたしは一瞬ためらってから言った。「ジャイルズ、その前に、こんどはわたしから話さなくてはならないことがあります」

レンヌは興味を惹かれたようにわたしを見た。「なんだね」

「きのう、あなたの図書室で地図を見ていて――」

「ああ、そうだったな。目当てのものは見つかったのか。マッジの話では、かなり長いあいだこもっていたようだが」

「はい。助かりました。ほんとうにすばらしい蔵書がそろっていますね」

レンヌはうれしそうに微笑んだ。「この五十年の道楽だったんだよ」

「ほかのだれも所有していないと思われる法律書が何冊か含まれているのをご存じでしたか。

長らく失われていた法律書です」

　レンヌは子供のように楽しげに顔をほころばせた。「ほんとうか？」

「リンカーン法曹院がきっと大枚をはたきますよ。ただ、ほかにも重要なものを見つけたんです」わたしは深く息を吸った。「議会制定法で、どうやら記録からは削除されたものらしい。〈王たる資格〉と呼ばれる法令です」

　レンヌは静かに坐したまま、目を険しくしてわたしを見た。「ああ」

「お持ちであることをご存じなのかどうかと思いまして」

「知っている。読んだのか？　どう思ったね」

　わたしは肩をすくめた。「古い噂の繰り返しですね。エドワード四世とエリザベス・ウッドヴィルの結婚は、事前に別の婚約があったため無効であるとするものです。いまとなっては証明も否定もできません。どうやらリチャード王は、みずからの王位継承を正当化しようと、ありったけの根拠を掻き集めていたようです」

　レンヌは慎重にうなずいた。「そうかもしれない」

「とはいえ、いまこれが明るみに出ると、面倒なことになりかねません」

　意外にも、レンヌは笑みを浮かべた。「マシュー、わたしのように七十を超えている者、特に法律家にとっては、〈王たる資格〉の隠蔽《いんぺい》など古い逸話のひとつにすぎないよ。わたしがグレイ法曹院の学生だったころ、法令が出されてだれでも閲覧できるようになり、翌年に新王の臣下がやってきて写しをすべて押収していった。目新しい事実など何も書かれていない」

「失礼な物言いを許してもらいたいんですが、ジャイルズ、当時のことを覚えている人はほとんど生き残っていないでしょう。いまその法令が公になれば、醜聞になりかねません」

レンヌは笑みを崩さなかった。「あの〈王たる資格〉は、十年前に大聖堂図書館の法律書を片づけていたときに見つけたものだ。手もとに残したんだよ。しかし、わたしの蔵書に興味を示す者はほとんどいなかった。マーティンは関心があったようで、よく本を見にいっていたし、わたしの同僚弁護士のひとりもときおり利用していたが、近年であそこに長居したのは、わたしを除けばきみがはじめてだ。それに、あの法令はほこりをかぶった棚にまぎれこませてあるし、置き場所はすべて暗記しているから目印もつけていない。きみも、マレヴラーに報告したりはしないだろう」

「もちろんです。ただ、〈王の館〉では不穏な文書の捜索がおこなわれていて――」

「捜索？　どんな文書だ」レンヌは興味深げにわたしを見た。

「これ以上は言えません。ただ、〈王たる資格〉を処分すべきなのはたしかです」

レンヌは物思いに沈んだ。「本気で言っているのか、マシュー」

「はい。〈王たる資格〉が露見することで国王の面目がどうなろうとかまいません。ですが、その忌々しい法令のせいで、あなたやほかのだれかを危険にさらしたくない。いま、蔵書のなかにその写しを置いておくのは賢明とは言えません」

レンヌは暖炉の炎をながめながら一考し、ため息を漏らした。「きみの言うとおりかもしれない。わたしは自分の蔵書を鼻にかけていたようだ。これもまた驕りだな」

「ほかには危険なものはありませんか」

「ない。〈王たる資格〉だけだ。わたしの死後に〈王たる資格〉が見つかったら、遺言執行者に迷惑をかけるだろうな」

「ええ」わたしは落ち着かない気分で言った。「その可能性はありますね。マッジまで尋問されるかもしれません」

「マッジに危険が及ぶなんて。まったく、イングランドはどうなってしまったのか。わかった。ここで待っていてくれ、マシュー」レンヌはそろそろと椅子から腰をあげ、肘掛けを一瞬つかんで体を支えながら立ちあがった。

「手を貸しましょうか」わたしは立ちあがって尋ねた。

「いや、長く寝ていたせいで少しふらつくだけだ」しっかりとした足どりでレンヌは扉に向かい、部屋を出ていった。わたしはその場で暖炉の炎をながめつづけた。レンヌは遺言書を作ってあるのだろうか、と思いをめぐらせる。蔵書はだれに贈られるのか。甥かもしれない。そして、さらに考えた。マーティン・デイキンが強硬な政治的保守派で、グレイ法曹院の弁護士でもあるならば、一五三六年にロバート・アスクら保守派弁護士の一派とかかわりを持っていたことは大いに考えられる。さらに言えば、今回の謀反の首謀者に加わっている可能性もある。やはりグレイ法曹院の弁護士であるジェネット・マーリンの婚約者と同様に、マーティン・デイキンもロンドン塔にいるかもしれない。

レンヌがもどった。驚いたことに、〈王たる資格〉を収録した本と、鋭いナイフを携えている。レンヌは悲しげな笑みを漂わせてわたしを見た。「さあ、マシュー。きみを信頼している証を見せよう」本を卓に置き、ナイフで注意深く〈王たる資格〉のページを切っていく。そして、ため息を漏らしながらそれを掲げた。「自分の本にこんなことをしたのははじめてだ」レンヌは暖炉に歩み寄り、切り落としたページをたしかな手つきで火にくべた。厚みのある古い羊皮紙が炎に包まれ、黒焦げになっていくのをわたしたちは見守った。灰色のハヤブサも止まり木の上で体の向きを変え、そのさまを見つめていた。躍る炎がその目に映りこんでいた。

「思いきったことをしましたね」わたしは言った。

「きみの言うとおり、われわれは危うい時代を生きている。こちらへ来て、窓の外を見てくれ」レンヌはわたしを手招きし、大聖堂のほうへ悠然と通りを歩いていく小柄でずんぐりした男を指さした。身につけた聖職者用の長衣がはためいている。「図書室から見かけたんだ。だれだか知っているか」

「いいえ」

「レグ神学博士だ。大聖堂主任司祭でもある。かつてはクロムウェルの監督官のなかで最も恐れられていた人物だった。修道院の壊し屋だよ」

わたしはレンヌに顔を向けた。「主任司祭に任命されたんですか」

「ヨーク大主教に目を光らせておくためにな。きみの言うとおりだ、マシュー。昨今はただの神学者でさえ警戒を怠れない」

わたしは窓に向きなおった。ひとりの女の姿がわたしの目をとらえた。せまい通りを小走りでこの家のほうへ近づいてくる。スカートを足首の上まで持ちあげ、金髪を後ろへなびかせている。タマシンだった。

24

玄関扉が激しく叩かれる音が聞こえ、しばらくしてマッジがタマシンを導き入れた。紅潮した顔に不安げな表情を浮かべたタマシンは、すばやく膝を折って挨拶した。「〈王の館〉から訪ねてきました。あなたとジャックが市街へ向かったと門番が教えてくれたので、行き先はこちらじゃないかと思って。すぐにもどるようにとの命が出ています。ジャックはいますか？」

わたしはうなずいた。マッジがバラクを呼びにいく。レンヌは笑みを浮かべ、賞賛の目でタマシンの緑のドレスやフランス風の頭飾りからのぞく金髪をながめた。「おやおや」レンヌは言った。「近ごろの宮廷はずいぶん美しい使者を雇っているんだな」

「どうやら嘆願書を読まずにおいとますることになりそうです」わたしは言った。

「なに、単純な案件ばかりだし、すでに一度目を通してある。九時に城へ来てくれ。そうすれば一時間ほど時間がとれる」レンヌは気づかわしげにわたしを見た。「何かまずいことでも？　マレヴラーに呼び出されたのか」

「呼び出しがあることは半ば予想していました」わたしは当たり障りのない答を返した。

レンヌはうなずき、ふたたび賞賛もあらわにタマシンを見つめた。タマシンはかすかに顔を赤らめた。

「出身はどちらかな」レンヌが尋ねた。

「ロンドンです」

「バラク殿といっしょだな」

戸口にバラクが現れた。タマシンに心配そうな目を向ける。

「では」レンヌは言った。「ふたりとも、あすの朝会おう」

わたしは急な辞去をもう一度詫び、三人で屋敷をあとにした。


「何があったんだ」タマシンが先頭に立って足早に通りを歩きはじめると、バラクが尋ねた。

「予想してたとおりのことよ」タマシンはわずかに息を切らしながら言った。「自分の部屋にいたら、レディ・ロッチフォードご本人が訪ねていらっしゃったの。人食い鬼みたいにこわい顔つきだった。それで、あなたを呼んでくるように言われたのよ、ジャック。仮設宮のひとつで面会することになってる。それからほとんど走りどおしよ」

「あんたらの意見が正しかったようだな」バラクがわたしに言った。「レディ・ロッチフォードは話し合いたがってる。殺すんじゃなく」

わたしは深呼吸をした。「会わざるをえないな」

タマシンがきびしい顔でわたしを見た。「呼び出されたのはわたしとジャックだけです」

「レディ・ロッチフォードが何を言うか、直接たしかめたい」わたしはきっぱりと言った。「それに、弁護士が同席していれば、あちらもあまり無体なことはできないだろう」

「あなたはレディ・ロッチフォードをご存じないんです」タマシンはためらいがちに答えた。

わたしたちは足早に〈王の館〉にもどり、仮設宮へ向かった。衛兵が立っているが、週末のあいだ中は空っぽだ。「手前のほうです」タマシンが言い、風変わりな建物に歩み寄った。入口のアーチの両側に塔があり、一見、煉瓦でできているように思えるが、近づくと塗料の下に木目が見てとれる。その前には衛兵がふたり立っていた。槍を交差させてわたしたちの行く手をさえぎる。わたしが目を向けると、タマシンはうなずいた。

「こちらでレディ・ロッチフォードにお会いすることになっている」わたしは一方の衛兵に言った。

衛兵はわたしたちを見まわした。「若い男女一名ずつと聞いています」

「変更になった」

衛兵に見られながら、わたしは規則に反して短剣を帯びていることに気づいてはっとした。しかし、衛兵はうなずいた。危険はないと判断したらしい。「左手の二番目の扉だ」衛兵たちが槍を持ちあげ、わたしたちを通した。わたしはふと不安に襲われた。レディ・ロッチフォードがすべての糸を引いていて、わたしたちを殺させようと仲間をひそませていたらどうする？　だが、そんな考えはばかげている。衛兵たちはわたしたちがここにはいったことも、レディ・ロッチフォードがここにいることも知っている。何かしたら発覚しないはずがない。

アーチをくぐると、中庭には大理石が敷きつめられていて、壁面はやはり石に似せて塗られていた。切られたばかりの木材のよい香りが漂う。いくつもの扉が並び、それぞれに衛兵がひとりずつ立っていた。わたしはタマシンにささやいた。「レディ・ロッチフォードがここでわたしたちに会うことを、衛兵たちは妙に思わないんだろうか」

「レディ・ロッチフォードが変人だということは、みんな知っています。それに、危険だとも思わないでしょう――仮設宮はスコットランド王が到着なさるまで空っぽですし。衛兵たちが心配してるのは、使用人たちがタペストリーや家具を盗みにはいることなんです」

わたしたちは衛兵の指示した扉に向かい、開いていた戸口をくぐって、みごとなタペストリーが飾られた応接間にはいった。金の皿がおさめられた食器棚が見え、よい香りのするイグサを床に撒く使用人たちの姿もある。紫のクッションがついた堂々たる王座が二脚ある。つまり、ここは王たちが会談する部屋なのだ。

わたしたちが近づいていくと、衛兵がつぎの扉をあけた。少し小さい部屋にはいる。家具は置かれていないが、洗礼者ヨハネの生涯を描いた大きなタペストリーが四方の壁を飾っている。向かいの壁際にレディ・ロッチフォードが立っていた。鮮やかな赤のドレス姿で、深く刳《く》れた胸もとから乳房の上半分をのぞかせ、顔や首と同様、鉛白を塗って肌を白く見せている。濃い褐色の髪は、真珠をあしらったフランス風の頭飾りにきっちりとたくしこまれていた。その高慢なしかめ面が、わたしを見るなりいっそう険しくなった。

「なぜこの弁護士を連れてきたのです」レディ・ロッチフォードは豊かな声を張りあげた。

「ミス・リードボーン、この弁護士をけしかけるつもりなら、こちらも手加減はできませんよ」

わたしは会釈してから、レディ・ロッチフォードの目をまっすぐ見返した。不安ではあったが、それを気どらせてはならない。「マシュー・シャードレイクと申します。このバラクの雇い主です。ゆうべの鉢合わせのあと、バラクとミス・リードボーンから保護を求められました」

レディ・ロッチフォードはタマシンに詰め寄った。平手で打つのではないかとわたしは危ぶんだ。「ほかにもだれかに話したのですか」嚙みつくように問いつめる。「話したのですか?」レディ・ロッチフォードもまたひどく怯えていることにわたしは気づいた。

「どなたにも話していません」タマシンは小さな声で答えた。

レディ・ロッチフォードはふたたびわたしを不安げに見てから、バラクに目をやった。

「変わった名前ね。イングランド人なのですか」

「生粋《きっすい》のイングランド人です」

レディ・ロッチフォードはタマシンに視線をもどした。直系の部下であるタマシンに集中砲火を浴びせるつもりにちがいない。「で、ゆうべ、あなたとこの無礼な雇い人は何を見たの――いえ、何を見たと思っているの?」

タマシンははっきりと答えたが、その声はかすかに震えていた。「カルペパーさまが厨房の扉の近くに立っていらっしゃって、王妃さまが戸口においでででした。その後ろにロッチフォードさまが見えました。王妃さまはカルペパーさまに別れの挨拶をなさっているようでした」

レディ・ロッチフォードは空疎な笑い声を絞り出した。「愚かな子たちね。カルペパーさまは夜遅くにわたしに会いに見えたのです。別れの挨拶をしていたのはわたしですよ。王妃はわたしたちの話し声を聞いて様子を見にいらっしゃっただけ。カルペパーさまはいつもわたしをからかう、お調子者の友人なのです」

あまりにあからさまな言い逃れに、タマシンは返事をしなかった。

「やましいことはありません」レディ・ロッチフォードはつづけた。声が高くなっていく。「まったくやましいことはないのです。悪しざまに言う者は国王陛下の逆鱗《げきりん》にふれるでしょう」

わたしは率直に言った。「王妃が宮廷一下品な放蕩者と戸口でお会いになっていたと陛下がお聞きになったら、まちがいなくご立腹なさるでしょう。やましいことはなかったにしても、会うこと自体があらゆる作法に反しています」

レディ・ロッチフォードの白い胸がふくらみ、目が光った。「あなたは陛下がフルフォードでからかわれた背曲がりでしょう。どういうつもりなのです――主君に対して、曲がった背中を笑われた仕返しでもするつもり？」

「とんでもない。わたしはこの若者たちを守りたいだけです」

女の目が険しくなった。「弁護士というものは、ていのよい建前ばかり言いますからね。

お金がほしいのですか？　あなたがたの沈黙を買えとでも？」

「いいえ。このふたりの安全を保証してくだされればじゅうぶんです。そして、わたしの安全も」

レディ・ロッチフォードは怒りに顔をゆがめた。「どういう意味です。なぜ安全の心配をするの？」

「けしからぬ秘密を偶然知ってしまった者は、しばしば危険にさらされます。わたしはウィリアム・マレヴラー卿とともに、ここの警備にまつわるいくつかの問題を調べているので、よくわかっています」

マレヴラーの名前を聞いて、レディ・ロッチフォードは目を険しくした。そして笑みを浮かべた。「秘密などありません」明るい声を作って言う。「何ひとつね。王妃は子供のころのご友人たちとの時間を楽しんでいらっしゃっただけです。王妃にとって、この巡幸はおつらいものなのですよ。堅苦しい晩餐会がつづき、延々とぬかるんだ道を旅しなくてはなりません。若い女性には酷《こく》というものです。陛下は王妃が昔の仲間とお会いになってもお気になさいませんが、人々はあらぬ噂を立てたがりますから、王妃はときおりお忍びでご友人に会われるんです。それが広まってしまうのは――聞こえが悪いでしょう」

「それなら何も問題はありません」すかさずわたしは答えた。説明が変わったのは興味深かった。「こちらも醜聞に興味はありませんよ。なるべく早くロンドンにもどって、この難儀な巡幸のことをすべて忘れたいだけです」

「では、だれにも漏らしませんね？」レディ・ロッチフォードは先刻までの横柄さをわずかに取りもどして言った。「沈黙を守れば、すべてうまくいくと約束しましょう」

「望むところです」バラクが答え、タマシンもうなずいた。

レディ・ロッチフォードはわたしたちの真剣な顔をじっと見た。「よろしい」声に傲慢な響きがもどった。「そもそも、あなたがた若い者が夜中の一時過ぎに外で何をしていたのですか。ミス・リードボーン、あなたはとっくに寝ていなくてはいけない時間でしょう。ミス・マーリンはあなたに甘すぎますね。あなたがたを陛下の側仕えからはずすことは簡単なのですよ。覚えておきなさい」

「本人もわきまえることでしょう」わたしは言った。「ところで、ミス・マーリンはゆうべのことをご存じなのでしょうか」

レディ・ロッチフォードは信じられないとばかりに笑った。「あの偏屈者が？　もちろん知りません。わたしたちのほかはだれも知りませんし、知ることもありません」

「それなら、おっしゃるとおり、すべてうまくいくでしょう。ただ、弁護士としてお伝えしますが、保険をかけておかなくてはなりません」

レディ・ロッチフォードはまたも怯えた表情になった。「どういうこと？　だれにも話していないと言ったではありませんか！」

「話してはいません。しかし、何かの書きつけを残すかもしれません。突然わたしが死んだ場合に備えて」

「だめです！　なりません。万一あのことが露見したら――まったく、わたしがあなたがたを害するとでも思っているのですか。考えてもごらんなさい。たとえ王妃がお許しになったとしても――そんなことはありえませんが――あなたがたに世間の目が集まるのをわたしが望むと思いますか」いったんことばを切って、叫ぶように言った。「だまっていなさい。それだけなのよ！」体がわずかに震えはじめていた。

「レディ・ロッチフォード、声を落とさないと衛兵に聞かれます。いまもきっと扉の陰で耳をそばだてているでしょう」

レディ・ロッチフォードは片手で口を押さえた。「そうね」取り乱した声で言う。「そうでした」扉のほうをうかがってから、こちらに目をもどす。あまりにうろたえているので、わたしはこの年嵩の女に憐れみを覚えはじめた。

「静かに話しましょう」わたしは言った。

レディ・ロッチフォードはこちらをじっと見据えた。「あなたを信用しないといけないようね」

「では、そろそろおいとまします」まだ何か言われるかとしばらく待ったが、レディ・ロッチフォードはうなずいただけだった。とはいえ、強烈な視線を向けてきた。バラクとわたしは頭をさげ、タマシンは膝を折って会釈して、部屋をあとにした。

わたしは扉の外の衛兵を一瞥した。無表情で立っている。わたしたちは無言で仮設宮を出て、〈王の館〉とのあいだの開けた場所まで歩を進めた。そこでようやく、わたしは荷馬車に寄りかかってハンカチで額をぬぐった。

「ありがとうございました」タマシンが言った。「あなたがいなかったら、こわくて倒れてしまうところでした」

「やれやれ」バラクがつづけた。「さすがだな。まるで動じていなかった」

「癇癪《かんしゃく》持ちの判事たちを長年相手にしていると、おのずと鍛えられるものだ。だが、なかなかきつかったよ。いまも心臓が破裂しそうだ」わたしはかすかなめまいを覚えた。

「だいじょうぶですか」タマシンが尋ねた。「真っ青ですよ」

「ひと息つかせてくれ」わたしは大きく息を吐き、頭を振った。「近ごろ、嵐のなかを小舟で漂流している気分だよ。幾度となく波をかぶりながら、風にあおられ、あてもなく流されていくような」

「うまくいけば、じきに本物の船に乗れるさ」バラクが言った。「そしてここからおさらばできる」

「ああ。レディ・ロッチフォードはわたしたちが何を漏らすかと恐れおののいている。王妃とカルペパーのあいだには、何か特別なことがあるんだろうか。それとも、ただおのれの保身を心配しているのか」

「わかりません」タマシンが言った。「わたしが知ってるのは、カルペパーさまとフランシス・デラハムさまの仲がよくないという噂が使用人のあいだでささやかれてることだけです」

「デラハムか」わたしは考えをめぐらせた。「王妃のもうひとりの旧友だな」

「カルペパー、王妃、レディ・ロッチフォード。みんないかれてるのかね」バラクが言った。

「レディ・ロッチフォードは——そう、ふつうとは言いがたいな。カルペパーは愚か者だ」

「ただの好色な気どり屋です」タマシンが身震いした。カルペパーが以前タマシンの気を引こうとしたというバラクの話をわたしは思い出した。「そしてキャサリン王妃は軽率な若い娘です」タマシンはつづけた。「でも、カルペパーさまと寝てしまうほど軽率じゃないと思うんですけど」

「で、どうする」バラクがわたしに尋ねた。「このまま口をつぐむか、それともマレヴラーに話すのか」

「だまっていよう。レディ・ロッチフォードが盗まれた文書の件とかかわっているとは思えないし、内容を知っているとも思えない」

「使用人たちに尋ねたんですけど」タマシンが言った。「カルペパーさまは宮廷に出仕して四年になるそうです。ときおり実家に帰っていて、故郷はケントのグードハーストだとか」

「ありがとう、タマシン」わたしは淡々と言ったが、その知らせは興味深かった。

「もうもどらないと。どこへ行ったのかとマーリンさまが気を揉みそうですから」タマシンは膝を折って挨拶し、しっかりとした足どりで歩み去った。

「あの娘、よくやったな」わたしはバラクに言った。

「ああ。だけど、今回のことじゃ、かなり参ってる。きのう、なんて言ったと思う？　父親がだれかわかって、その人物が高官だったら、自分たちを守ってくれるのに、だとさ。高官だったとしても、娘の地位が国王より高くなることはないと言ってやったよ。父親のことになると分別が働かなくなるんだ」

わたしはうなずいた。「それに、前にも言ったとおり、父親が立派な人物とはかぎらない。さっきの、カルペパーがケントの出身だという話は興味深かったな。グードハーストがブレイボーン村の近くなのかを知りたい。ブレイボーンという人物に謀反人たちとのつながりがあるのかどうかもだ」

「ケントからヨークまでは遠い」バラクはわたしの背後を見た。「だが、その道のりを旅してきた者が来たぞ」

振り返ると、守衛官のリーコンが早足で近づいてくるところだった。表情が硬い。「まったく」わたしはつぶやいた。「こんどはなんだ」

リーコンはそばに来て敬礼した。食堂で会ったときと同じように、冷ややかで形式張った態度だった。「あちこち探したんですよ、シャードレイク殿。ウィリアム・マレヴラー卿がすぐにお話しなさりたいそうです。エドワード・ブロデリック卿の独房にいらっしゃいます」

「ブロデリックの？」昨夜からの騒動つづきで、ブロデリックのことをすっかり忘れていた。

「また命を狙われたんです」

25

宿舎で待つようバラクに告げ、わたしはリーコンに従って、入り組んだ修道院の建物のなかを足早に進んだ。「何があったんだ」わたしは尋ねた。

若い守衛官は歩調を乱さなかった。「ラドウィンターは休憩をとっていました。ウィリアム卿が許可なさっている、鍛錬《たんれん》のための休憩です。囚人の食事の監視を終えたあと、休憩にはいりました。その十分後、えずくような音がしたのを、見張りに立っていた兵士たちが聞きつけ、床に倒れたブロデリックがうめきながら嘔吐しているのを見つけたんです。発見した兵士がわたしを呼びにきたので、わたしはビールと塩を持ってくるよう指示しました。ふたつを混ぜてブロデリックに飲ませたんです。それから、人をやってジブソン医師をお呼びしました。医師はもう着いてウィリアム卿といっしょにいます。ウィリアム卿のご機嫌はよくありません」

「よくやってくれた」

返事はなかった。わたしはまたしても、リーコンがなぜかよそよそしくなっているのを感じた。わたしたちは石敷きの廊下に足音を響かせながら進んでいった。独房の扉はあけ放たれていた。中は人でいっぱいで、ヨーク城の独房と同じように嘔吐物のにおいが充満していた。兵士がふたり、ブロデリックをベッドにすわらせて支えている。意識が朦朧としているらしい。兵士のひとりが口をあけさせ、ジブソン医師が瓶にはいった液体を喉に流しこんだ。ラドウィンターは立ったまま処置を見つめている。その目には怒りと、別の何かが宿っていた。とまどいだろうか。マレヴラーはその隣で腕を組み、思いきり顔をしかめていた。そして、不機嫌そうにわたしのほうを向いた。

「どこにいた」鋭い口調で言う。

「その――レンヌ殿の家にいました」

「外へ出よう。いや、おまえはここにいろ」ついてこようとしたラドウィンターに向かって声を荒らげ、マレヴラーはわたしを独房の外へ連れ出した。ふたたび腕を組み、わたしを見る。

「またただ」マレヴラーは言った。

「毒ですか」

「きょうもいつもどおり、ラドウィンターが国王の厨房で調理に目を光らせ、それから食事をここへ運んでブロデリックが食べるのを見守った。十分後、ブロデリックが苦しみはじめた。ラドウィンターは誓って食事に何かが混入されたはずはないと言う。本人が準備したんだからな。リーコン守衛官が証言の裏をとった。そうは言っても――」マレヴラーは唇を引き結んだ。「――ラドウィンター以外、毒を盛れた人物が見あたらない」

「しかし、ラドウィンターのしわざなら、なぜ自分自身をあからさまに怪しまれる立場に置いたんでしょう」

「わからん」マレヴラーは途方に暮れて苛立っているようだった。

「ラドウィンターのほかはどうでしょうか。ブロデリックがここにいることを知っている者は？」

マレヴラーは憤然と頭を振った。「いまとなってはおおぜいいる。噂が広まったからな」

「リーコン守衛官の話では、食事が終わった直後にラドウィンターは独房を離れたそうですね。鍛錬をしにいったとか。その隙に何者かが接触を図ったとは考えられませんか」

「兵士たちの目を逃れて？　そして、無理やり毒を飲ませたと？」マレヴラーは吐き捨てるように言った。「食事に混ぜる以外、毒は盛りようがない」

「無理に飲まされたのではないのかもしれません」わたしは言った。「本人の意志で飲んだのかもしれない」

突然、戸口が騒がしくなって、マレヴラーはそちらを振り返った。兵士たちがブロデリックを引きずり出そうとしていた。足首を固定する重い鎖が耳障りな音を立てている。兵士たちはラドウィンターの椅子を運んできて、そこにブロデリックをすわらせた。ジブソン医師も独房から出てきた。上着を脱いでいて、シャツの袖口は汚れ、まるまるとした顔が赤くなっていた。「中ではまともな診察ができないんでね」医師は言った。

わたしはブロデリックに目を向けた。顔は亡霊さながらで、息も絶えだえにあえいでいる。

わたしをとらえた目が一瞬苛立ったように光った。ラドウィンターが姿を見せると、マレヴラーがこちらへ呼び寄せた。

「シャードレイク殿といま話していたんだが」マレヴラーは剣呑な口調で言った。「わたしにはおまえが毒を盛ったとしか考えられない」

ラドウィンターはわたしに憎悪に満ちた目を向けた。「この男は、その考えを正すようなことは何ひとつ言わないのでしょうね」

「シャードレイク殿はわたしの考えに反対だ」

ラドウィンターは意表を突かれたらしい。わたしを横目で見た。「わたしが毒を盛ったなど、誓ってそんなことはありません。いったいなぜ自分が疑われるような真似をするんですか」

「いちいち口をはさむな、この愚か者」マレヴラーは看守に詰め寄り、のしかかるように見おろした。ラドウィンターはあとずさり、わたしははじめてこの男の怯えた顔を見た。

「わたしは何も知りません、ウィリアム卿。ほんとうです」

わたしはラドウィンターの背後に目をやった。医師がなおもブロデリックの喉にビールを流しこんでいて、ブロデリックがまた嘔吐し、口から黄色い液体が糸を引いて垂れ落ちた。

「全部出たか？」マレヴラーが医師に尋ねた。

「そう思います。兵士がすぐに吐かせようとしたのはいい判断でした」

「独房のなかを見てもかまいませんか」わたしはマレヴラーに尋ねた。

「何をする?」

「わかりません。ただ——ブロデリックが倒れる十分前にラドウィンターが独房を離れたのなら、ブロデリックが自分で何か飲んだ可能性もあるのではないかと」

「独房には何もない!」ラドウィンターが激しく言った。「毎日調べているんだ。どこから毒を手に入れると?」

「必要なら調べるがいい」マレヴラーが疲れたように言った。

わたしはだれもいない独房にはいった。嘔吐物で汚れた石床を見つめる。臭気に顔をゆがめながら歩きまわり、何かおかしなものがないかと調べた。その様子を、マレヴラーとラドウィンターが二羽の黒い鴉のごとく戸口から見守っていた。

床に落ちていたのはブロデリックが使っていた木の椀とスプーンとカップだけで、すべて空になっていた。役には立たないかもしれないが、ジブソン医師に頼んでもう一度調べてもらおう。家具はわずかで、丸椅子一脚とベッドと空の室内用便器が置いてあるだけだ。わたしは染みのついた毛布をベッドから剝がし、藁のマットレスを手で探った。

そのとき、何やら白いものがベッドと壁のあいだにはさまっているのが見えた。手を伸ばして引っ張り出す。

「なんだ?」マレヴラーが鋭く問うた。

「ハンカチですね」わたしは言った。驚いたことに、女物のハンカチだった。薄手のレース地で、四角にたたんである。

「それだけか？」

ハンカチは手ざわりが悪くごわついていて、黒っぽい染みがついていた。わたしは自分のハンカチを取り出してベッドにひろげ、折りたたまれたハンカチをその上に置いた。「外でよく調べてみます」静かに言ったあと、わたしは注意深くハンカチを携えて戸口に向かい、途中で丸椅子もつかんで運んでいった。先ほどの椅子にはブロデリックがぐったりとすわりこんでいて、ジブソン医師がそばに控えている。わたしは廊下の少し先まで行き、丸椅子に自分のハンカチを置いてひろげた。包まれていた小さいハンカチを三人でのぞきこむ。

「つまり」マレヴラーが苛立ち混じりに言った。「どこかの女を思い出すよすがにハンカチを持っていたと――」

「そんなものは持っていませんでした」ラドウィンターが言い、怪訝そうに額に皺を寄せた。「ヨーク城に収容するときにも、ここへ移送するときにも身体検査をしました。ハンカチなど所持していませんでした。手渡す機会のあった面会者はいませんし、女性の面会者はひとりもいませんでした」

わたしは顔を近づけて染みを観察した。「城からここへ移送したときにも身体検査をしたと言ったな」わたしはラドウィンターに尋ねた。

「裸にして、衣服をすべて調べた」

「それなら、これを隠しておけた場所は一か所だけだ」わたしは黒い染みを指さした。一瞬沈黙が落ち、マレヴラーが信じられないとばかりに笑いだした。

「あの男は女物のハンカチを尻の穴に詰めて歩いてきたというのか」

わたしはマレヴラーを見た。「そうです。女物を使ったのは、男物より小さくて薄手だからでしょう。ですから、女性はなんの関係もありません」

「しかし、なぜそんなことを？」

「何かを持ちこむためです」わたしはやむをえずハンカチへまた手を伸ばし、隅をつまんで慎重にひろげた。残念ながら中には何も包まれていなかった。もう一度かがみこむ。かすかなにおいがした。糞便とはちがう、何か別のものが腐ったような不快なにおいだ。わたしは顔をしかめた。馴染みのあるにおいだった——最近嗅いだことがある。記憶がよみがえり、わたしは体を起こした。フルフォード・クロスで国王を前に頭を垂れたとき、国王の脚の腫れ物からかすかに漂ってきたあのにおいだ。

「なんだ」マレヴラーが詰問した。「何を見つけたんだ」

「よくわかりません、ウィリアム卿。ジブソン医師に来てもらってもよろしいですか」

マレヴラーが呼ぶと、ジブソンが現れた。ハンカチが隠されていたとおぼしき場所のことや、何かが包まれていたと思われることをわたしは説明した。気が進まない様子でジブソンは身をかがめ、鼻を近づけた。

「なんのにおいでしょう」わたしは尋ねた。「何かの毒ですか」

ジブソンは苦々しげに笑った。「なんだかわかりませんが、嗅いだことのあるにおいですね。傷んで腐敗したような。いやなにおいだ」

「毒か」マレヴラーが言った。

「もしそうなら、わたしの知らない毒です」

マレヴラーの目が光った。「ブロデリックは毒を安全な場所に隠しておいて、機会を見てそれを使った。ロンドンで待ち受けるものから逃げ出すために、みずから毒を飲んだ」半ば意識を失って椅子にすわりこんでいるブロデリックをわたしは見やった。「くそっ」マレヴラーはつづけた。「自棄《やけ》を起こしたにちがいない」

「しかし、面会者はいませんでした」ラドウィンターが言った。「城にいたときはずっと、だれも面会を許されなかったんです」

「告解を聞く牧師も？」

「はい。ロンドンからの命令で、だれひとり会わせるなとのことでしたから。先月ヨーク城にはじめて収監されたときからそういう決まりでした。それに、ブロデリックは夜中に自宅で拘束されて、寝間着姿で城へ追い立てられたんです。服やそのほかの品はあとで自宅から持ちこまれました。毒を包んだハンカチがあったら気づいたはずです」

　わたしは首を左右に振った。「それなら城で手に入れたにちがいありません。ブロデリックは城で一度自殺を図って失敗した。そのあと、残った毒を尋常ではない方法でここへ持ちこみ、また自殺を試みたんです。今回は吐き気を催すタイミングが早かったんで、ハンカチをいつもの場所に隠す余裕がなく、ベッドと壁のあいだに押しこむのが精いっぱいだったのではないでしょうか」

「そして二度目も失敗した」ジブソン医師が言った。「守衛官に胃の中身を吐かされて」

マレヴラーは、兵士たちに囲まれてぐったりしながらあえいでいるブロデリックに目をやった。「では、毒殺犯など存在しないということか」

「そうです」わたしはすかさず答えた。「いないと考えます」

「毒を持ちこんだ人物はいるはずだ」マレヴラーはラドウィンターを見た。「その人物は、おまえを出し抜いたか、あるいはおまえに毒を渡したのかもしれない」

ラドウィンターはひるんだ。「ぜったいにそんなことはありません」

「この問題が解決するまで、おまえの任を解く」マレヴラーは言った。「リーコン守衛官！」

マレヴラーが叫ぶと、ケント出身のあの若者が壁の陰から現れた。「囚人の監視を命じる。ここにとどまってやつを見張れ。片時も目を離すな。看守、鍵を渡してやれ」

ラドウィンターはためらったのち、ダブレットに引っかけてあった鍵束をとってリーコンに手渡した。ブロデリックは意識が少しはっきりしてきたらしく、うめき声をあげて上体を起こした。リーコンは心もとなげにマレヴラーを見た。「わたしは監視の経験が――」

「このシャードレイク殿が任務を説明する。ジブソン先生、ハンカチを持ち帰って調べてくれ。何が包まれていたのか知りたい」マレヴラーはラドウィンターに向きなおった。「さて、看守、いっしょに来るんだ。兵士もふたりついてこい。追って指示するまで監視下にいてもらうぞ、ラドウィンター」

ラドウィンターはわたしをにらみつけた。唇が開き、何を言われるかとわたしが身構えたそのとき、兵士たちがラドウィンターの両脇について体の向きを変えさせ、マレヴラーにつづいて歩きはじめた。わたしは大きく息を吐き、リーコンに向きなおった。

「ブロデリックを中へ連れもどしたほうがいいんじゃないか、守衛官」

リーコンは兵士たちに命じてブロデリックを立ちあがらせた。ブロデリックがわたしを見た。

「つまり」わたしは言った。「毒で自殺を図ったんだな」

「大罪だなどと言うなよ」ブロデリックはしゃがれた声で言った。「生きていても、もっと残酷な死が待っているだけだった。もうすぐやってくるさ」

「毒を持ってきたのはだれだ」

「モグラさ」吐き気に襲われたブロデリックが身をかがめて咳きこんだので、わたしは兵士たちに合図して囚人を独房にもどらせた。独房のなかで立っていると、すぐそばでリーコンが咳払いをした。

「何をすればいいのでしょうか」リーコンは堅苦しく言った。「毎日どういう決まりになっているんですか」

絶えずブロデリックの様子を見張ること、食事の支度を監督し、食べているあいだも見張りを怠らないことをわたしは求めた。「ウィリアム卿の手が空いたら、もっと細かい指示を受けるといい。それから、口を割らせる必要はない。それはロンドンへ行ってからという取り決めになっている」

リーコンはうなずき、わたしを見た。「あの看守が毒を盛ったんでしょうか」

「そうは思わない。だが、なんとも言えないな」

「ロンドン塔の拷問吏の噂は聞いたことがあります。ブロデリックがこの世から逃げ出したがるのもわかりますよ」

「では、なんとかその道をふさがないとな」わたしはため息を漏らした。「それ以外に何ができる？　調査するのがわたしの仕事だ」

「調査はときに、解決するよりさらに多くの問題を生み出します」リーコンの声には何か辛辣なものが混じっていた。

「どういう意味だ」わたしは尋ねた。

リーコンはためらい、深く息をついた。「前に両親の土地の訴訟についてお話ししたのを覚えていらっしゃいますか。ウォルサムの土地です」

「ああ」

「少し前に手紙が届いたんです。訴訟の行方は、土地がほんとうに地元の修道院から贈与されたものかどうかにかかっていると話しましたよね。その確証がとれたようなんです」

「それなら、いい知らせじゃないか」

リーコンは首を横に振った。「ただ、境界の問題があるんです。四年前に、かつての修道院の土地と領主の土地の境界が定められました。両親の農場は領主側にあるので、領主への奉仕義務があるんですよ。その件は弁護士の仲裁によって裁定ずみです」リーコンはまたも深く息をついた。「仲裁したのはあなたですよ、シャードレイク殿。アシュフォードの記録文書に記載されていました。わたしの叔父は字が読めるので、両親の代わりに文書を確認したんです」

わたしはリーコンをじっと見た。「そうか。わたしが担当したあの案件は――」

「あなたが境界を定めた土地は、両親の領主のものだったんです。領主と修道院の土地を買った人物とのあいだでは公平な判断だったかもしれないが、そのせいで両親は一文なしになった」

わたしは何も言えなかった。リーコンは顔をそむけた。「そう、貧乏人は顧みられないということですよ」静かな、苦々しい声だった。「囚人の世話をしにいったほうがよさそうです」


三十分後、バラクとわたしはムラサキブナの木の下に置かれた長椅子にすわっていた。周囲の見通しがよく、安全な場所だ。すでに夕方近くになっていた。冷たい風が吹きはじめていて、わたしたちは外套を体に巻きつけた。枯れ葉が音を立ててあたりに舞い落ち、木の下の厚い絨毯に積もっていく。

「すっかり秋も深まったな」バラクが言った。「国王の到着した日が最後の秋晴れだったようだ」

「そうだな」わたしは眉根をきつく寄せながら聖オラフ教会の塔をながめた。

「まだブロデリックが毒を手に入れた方法を考えてるのか」バラクが尋ねた。独房での出来事についてはすでに話してある。

「ああ。あした城に行って、もう一度独房を調べようと思う」

「あの料理人も入れられてるんだな」

「料理人はじき釈放されるだろう。毒は食事に混入されていたわけではないとわかったからな」

「よく突き止めたな」バラクが言った。「マレヴラーは感謝すべきだ」

わたしは笑った。「そうするとは思えない」そして姿勢を正して言った。「バラク、すべての糸を結びつけようとずっと考えているんだが」

「おれもだ。頭が痛くなりはじめたよ」

「こう考えてみよう。ブロデリックの毒殺未遂は、ほかの出来事――オールドロイドの殺害や、文書が盗まれたときと先日の夜にわたしが襲われたこと――とは直接の関係がないと仮定するんだ」

「そう思うのか？」

「可能性はある。いまはそう仮定しよう」

「そうか――わかった」

「で、ほかの出来事について見ていこう。最初はオールドロイドの死だ。殺害されたあの早朝に近くにいたのはだれだ？　まずはクレイクだな」

バラクはわたしを見てぎこちなく笑った。「それを言うならタマシンも近くにいた」

「タマシンが言うには、ジェネット・マーリンと会う約束になっていたらしい」わたしは思わせぶりにバラクを見た。「ジェネットは待ち合わせ場所にはいなかった。とりあえずそのことを覚えておいてくれ」

「あの朝は霧が出ていたから、聖メアリーにいた者ならだれでも、オールドロイドが作業していた場所へ近づいて梯子を倒せただろうな」

「そうだ。クレイクにも、レディ・ロッチフォードにも、あとから駆けつけたリーコンにもできた」

「集会室で出くわしたのはいったいだれだったんだ」バラクは尋ね、苛立たしげに足もとの枯れ葉を蹴飛ばした。

「黒い外套か長衣がちらりと見えただけで逃げられてしまった。俊足の持ち主だ」

「命が懸《か》かってりゃ、だれだって足が速くなる」

「では、わたしが襲われて文書が盗まれた件に移ろう」

「そっちも、だれにでもやれたな。人目を引かずに〈王の館〉を自由に歩きまわれる人間なら」

「そのうえ、われわれが小箱を持ってきたのを見た人間ならな。やはりクレイクがあてはまる。ジェネット・マーリンも」

「レディ・ロッチフォードも、リーコンもだ。それに、おれたちがはいるのを見たってことなら、名前もわからない連中が何十人もいる」

「そのとおりだ。たとえば、リーコンはいつも現場の近くにいるように思えるが、そうとわかるのはわれわれがリーコンを知っているからだ。小箱を持ってきたとき、近くにはこちらが覚えていない兵士が十人以上いたはずだ。何しろ、こちらにとっては赤い軍服を着た集団にしか見えないんだから」わたしは大きく息を吐いた。

「同じように、おれたちが見分けられる役人もクレイクひとりだ。それと、おれたちが小箱を持ってるのを見た人物をひとり忘れてるぞ」

「だれだ？」

「レンヌ殿だよ」

わたしは眉をひそめた。「ジャイルズか？　だが、オールドロイドが殺されたときには〈王の館〉にいなかったぞ」

「どうしてわかる？　レンヌはここに出入りする許可を得ている。黒い法服を着た弁護士がひとり増えたって、だれも気に留めないさ。あの早朝にここへ来てオールドロイドを殺すことはできたはずだ。あのじいさんと親しくなったのは知ってるし、ここには気のおけない相手がほとんどいないから、あんたを責める気はないよ。だけど、市街とつながりがあって、オールドロイドを知っている、聖メアリーに出入りできる人間を探すなら、レンヌもそのひとりだ」

「そうは言っても、ジャイルズは人を殺せる人間か？　それに、健康状態を考えてみろ。死にかけてるんだぞ。死ぬ前に甥との関係を修復することしか考えていない」

「それはそのとおりさ」

「だが、きみの言うことも正しい。原則としてはだれも例外にすべきではない」わたしはいやな考えを思い出して顔をしかめた。マーティン・デイキンも謀反にかかわっているかもしれない。「恩寵の巡礼を覚えているか」わたしは尋ねた。

「ああ。クロムウェル卿に命じられて、何人かの仲間とロンドン周辺の調査をした。謀反人の一派がどれだけの支持を受けてるかを調べたんだ」バラクは真剣な面持ちでわたしを見た。

「クロムウェル卿の予想以上だったよ」

「弁護士のあいだでは噂が広まっていた。グレイ法曹院の弁護士が何人か謀反に加担しているというものだ。グレイ法曹院には北部の出身者が多く所属している。ロバート・アスクのように」

「訴追された者はいなかったぞ」

「ああ。だがジェネット・マーリンの婚約者もグレイ法曹院にいたし、ジャイルズの甥もそうだ。無事だといいんだが」わたしはため息をついた。「すまない、本題からそれたな。先へ進もう。野営地での襲撃についてだ」

バラクがうつろな笑い声をあげた。「容疑者は何百人もいるぞ。たとえば、デラハムにカルペパー。デラハムの若造はおれたちを見てるし、あいつは悪党で乱暴者だ」

「そうだな。デラハムが春の謀反にかかわっていた可能性はあるだろうか。王妃の秘書官ではあるがね。オールドロイドが殺されたとき、デラハムはヨークにいた。居酒屋で見かけたのを覚えているだろう？　先発隊のひとりだったんだ。そう、デラハムも考慮に入れなくては」

「リーコンもいたな」バラクが付け加えた。「ラドウィンターもだ。やつはあんたに恨みを持っている」

「いや、あの男はクランマーに忠実だ。それはまちがいない。謀反について何か知っていたら、マレヴラーか大主教にすぐ伝えるだろう」わたしは顎をこすった。「クレイクは野営地にいなかったが、わたしは直前に顔を合わせて野営地へ行くと話した。クレイクが訪れていたという居酒屋に今夜出向いてみよう」

「おれひとりで行ったほうがよくないか」

「いや、わたしも行く。何かしていたいんだ。まださっぱり状況が見えないからな。もうひとつ思いついたことがある。野営地での襲撃の目的が、最初の襲撃とは異なっていたらどうだろうか」

「どういう意味だ」

「リッチの脅しだよ。わたしは一度襲われているから、もう一度襲われたら、それは盗まれた文書と結びつけて考えられる」わたしはかぶりを振った。「しかし、わたしを殺すためにリッチがわざわざ危険を冒して暴漢を雇ったりするだろうか。わたしがビールナップの訴訟に固執しているからといって」

「固執しすぎだよ」バラクは真顔でわたしを見た。「リッチは邪魔な相手を排除するだけの力を持ってる。だけど、小うるさい弁護士を追い出す程度のことでそんな手を使うとは思えない。有利な判事を見つけられると思ってるならなおさらだ」

　わたしはため息を漏らした。「正論だな。だが、なんともややこしい。狩る側ではなく狩られる側になるのは難儀なことだ」

「あんたが見つけた〈王たる資格〉は役に立たないのか」

「だめだな。ただ、あのなかにはよく理解できないことがいくつか書かれているんだ。それに、王妃について知ってしまった不穏な事実もある。わたしはいまもマレヴラーに話すべきかどうか迷っているんだ」

「でも、話したところで、レディ・ロッチフォードや王妃やカルペパーは当然否定するだろう。そうしたらどうやって証明する？　面倒を起こしたといっておれたちが罰せられるさ。それにマレヴラーの手の内にはいりたくない。あいつは嘘をついた。〈王たる資格〉は偽造されたものだと言ったんだ。クランマーに手紙を書いたらどうかな。ここで起こってることを知らせて、あとをまかせるんだ」

「ここから送付される書簡はすべて検閲される。それに、返事が届くまで十日はかかるだろう」わたしはバラクを見た。「だめだ、われわれはここから動けない。そしてだれも信用できない。きみ以外は」

　バラクもため息を漏らした。「タマシンと会う約束をしてるんだ。そろそろ行かなきゃ。

かまわないか」

「いいとも」

「タマシンは怯えてる」

「わかっている」

「宿舎まで送ろうか」

わたしたちは引き返し、バラクが九時に帰ってからふたりで例の居酒屋へ行くことにした。わたしは自分の部屋にはいり、扉に鍵をかけた。外が暗くなりはじめている。もう一度ため息が漏れた。わたしはみなの厄介者になっている。バラク。リーコンには土地の仲裁の件がある。そしてブロデリックは、救ってやった命を拷問吏に渡そうとしている。またしても、フルフォードでわたしに残酷な笑みを向けた国王の顔が心の目に映った。わたしはかぶりを振った。その顔が何度も現れ、臓腑《ぞうふ》に嚙みついて、なぜかすべての出来事の中心に居すわっていた。モグラの顔が。


（下巻につづく）

『支配者』おことわり

本作品には「亀背」「背曲がり」といった呼称をはじめとして、脊柱後湾症に対する差別的な表現がいくつか登場します。同様に、民族などに対する差別的な表現や、現代では不適切と思われる表現もいくつか散見されます。しかしながら、本作品が、障碍者や人種、社会階層や職業への差別や偏見が色濃く残る十六世紀の英国を舞台にしていること、また、脊柱後湾症の主人公が自らの障碍への偏見や劣等感を乗り越えながら事件を解決し成長していく物語であること、さらには、差別をはじめとする古い価値観や世界観への懐疑と解体がテーマのひとつとなっていることに鑑み、先述した表現が差別を助長する意図で用いられておらず、その恐れも考えにくいことから、編集部は、原文に忠実な翻訳のまま本作品を刊行することにいたしました。読者の皆様のご理解を賜りたいと存じます。

集英社文庫

支配者《しはいしゃ》 上《じょう》 チューダー王朝弁護士《おうちょうべんごし》シャードレイク

2014年11月25日 第1刷　　定価はカバーに表示してあります。

著 者　C《シー》・J《ジェイ》・サンソム
訳 者　越前敏弥《えちぜんとしや》
発行者　加藤　潤
発行所　株式会社 集英社
東京都千代田区一ツ橋2-5-10　〒101-8050
電話　【編集部】03-3230-6094
【読者係】03-3230-6080
【販売部】03-3230-6393(書店専用)
印 刷　中央精版印刷株式会社　株式会社美松堂
製 本　中央精版印刷株式会社

フォーマットデザイン　アリヤマデザインストア　　マークデザイン　居山浩二

ISBN978-4-08-760694-2 C0197